LORELEY AMITI

Manuskript einer be................ Journalistin in die Hände fiel.

Seitdem hat sich viel für die fünfsprachige Britin geändert: Ihre Kinderbücher landeten an der Spitze der italienischen Amazon-Bestsel-
lerlisten und die ersten beiden Bücher dieser Trilogie stürmten die
deutschen Amazon-Charts.

Die Autorin wuchs in der Nähe der Grenze zur ehemaligen DDR auf
und die Erfahrungen aus dieser Zeit haben sie nachhaltig geprägt
und inspiriert. Die noch immer ungeklärte Raketenexplosion von
Dannenwalde im Jahr 1977 ist eines von vielen historischen Ereignissen, das die Schriftstellerin fasziniert und in fiktiver Form ihren
Weg in das vorliegende Buch gefunden hat.

Loreley lebt in der südenglischen Grafschaft Devon und schreibt
Kinderbücher, historische Fiktion sowie allgemeine Belletristik.
Mehr über die Autorin gibt es auf ihrer Webseite www.loreleyamiti.
com sowie auf der Seite des Verlagshauses Littwitz Press auf www.
littwitzpress.com.

LORELEY AMITI

EXPLOSIVE BEGEGNUNG

Der 3. Band der Trilogie

Die Unvergessenen

Littwitz
PRESS

EXPLOSIVE BEGEGNUNG

Band 3 der Trilogie *Die Unvergessenen*

1. Auflage 2019

ISBN: 978-1-9993501-2-3

Littwitz Press
Dahl House
Exeter EX4 8NE
Vereinigtes Königreich
www.littwitzpress.com

Lektorat und Korrektorat: Julia Bee & Nicole Lehmann-Pritsch
Titelbild und Umschlaggestaltung: FrinaArt Cover Design

Rechtlicher Hinweis

Dieses Buch ist ein fiktiver Roman, der in einzelnen Elementen auf historischen Ereignissen basiert. Der hier im Buch genannte Friedrich Dahlke wurde von dem tatsächlichen Gründer der ostdeutschen Staatssicherheit, Erich Mielke, inspiriert. Sämtliche charakterliche Beschreibungen, Familienangehörige und sonstige Verbindungen wurden jedoch frei erfunden und entsprechen nicht der Realität. Auch alle übrigen Namen und beschriebenen Personen sind der Fantasie der Autorin entsprungen. Das im Buch beschriebene Raketenunglück basiert lose auf der Explosion in Dannenwalde; aufgrund der bis heute ungeklärten Umstände wurden viele Details in diesem Zusammenhang jedoch frei erfunden. Dieser Roman ist vorrangig Fiktion und sollte weder als „historische Wahrheit" betrachtet, noch für geschichtliche Studien oder als Nachschlagewerk genutzt werden. Das Erleben von historischen Ereignissen ist zudem grundsätzlich subjektiv, wir bitten daher um Verständnis für die literarische Freiheit der Autorin in ihren Schilderungen. Trotz gründlicher Recherche können historische Unstimmigkeiten oder Fehler nicht ausgeschlossen werden.

FÜR ALLE INSPIRIERENDEN SEELEN IN MEINEM LEBEN
(OST & WEST, DAMALS & HEUTE, HIER & DRÜBEN)
Ohne euch würde ein Teil von mir fehlen.
Unvergessen.

Was bisher geschah ...

Helenas Warnung vor einem tödlichen Autounfall hat Dr. Werner Genet und dessen Familie das Leben gerettet. Als er daraufhin seine ehemalige Patientin sucht und diese schließlich im weit entfernten Ostberlin wiederfindet, trifft er jedoch auf seltsame Umstände: Helena wohnt plötzlich bei ihrer Mutter Hannelore, die eigentlich tot sein sollte. Darüber hinaus kann sie sich nicht mehr an Werner erinnern und führt ein vollkommen anderes Leben.

Lediglich der ebenfalls zeitreisende Alexander, der sich als Helenas und Felix' späterer Sohn herausstellt, scheint ein Hinweis darauf zu sein, dass es für eine gemeinsame Zukunft der beiden noch nicht zu spät ist. Doch Alexander ist überzeugt, dass er nur dann existieren kann, wenn es Helenas Mutter Hannelore nicht gibt.

Abgeschreckt von seiner Skrupellosigkeit trifft Helenas Familie einen ebenso heimlichen wie schwerwiegenden Entschluss: Sie werden Helena so lange von Felix fernhalten, bis keine Gefahr mehr für Hannelore besteht. Als Wiedergutmachung schenken sie Helena und Felix schließlich im Oktober 1990 ein Flugticket nach London.

Als sich die beiden Ahnungslosen an Bord des Flugzeugs wiedertreffen und Felix sie bittet, seine Mutter Ruth zu retten, begibt sich Helena jedoch auf eine neue Zeitreise, die ungeahnte Folgen nach sich zieht.

~ KAPITEL 1 ~

Seltsame Lichter

LYNMOUTH, GRAFSCHAFT DEVON, SÜDENGLAND.
LYNDALE HOTEL. 15 AUGUST 1952.

Es war der vermutlich mit Abstand scheußlichste Teppich, auf den sie sich je übergeben hatte. Ein schlammbraunes, mit roten Sprenkeln durchzogenes Blumenmuster kratzte an ihren Ellenbogen, als Helena sich schwerfällig auf ihre Knie rollte und angeekelt den dünnflüssigen Speichel hinunterschluckte. Mühsam blinzelte sie die hartnäckige Tränenflüssigkeit fort und rieb sich mit verzogener Miene den schmerzenden Kopf, während ihre Sicht allmählich schärfer wurde. Eine beachtliche Menge Speichel war auf den abenteuerlich gemusterten Teppich gefallen, wie sie beschämt feststellte. Es erforderte seltsam viel Kraft, ihren Blick vom Boden zu lösen, doch als es ihr schließlich gelang, erstarrte sie. Offenbar war etwas gewaltig schief gegangen! Wo war sie?

Als Helena sich schließlich mit unendlich langsamen Bewegungen in eine sitzende Position manövrierte, wurden ihre Magenkrämpfe so intensiv, dass ihr augenblicklich kalter Schweiß ausbrach. Dies war nicht der Flugzeuggang! Doch wenn sie nicht mehr im Flugzeug war, wo war sie dann? Hatten sie die Maschine angehalten und Helena irgendwo in die Nähe des Flughafens gebracht? Doch warum war sie dann vollkommen alleine? Ihrer Übelkeit nach zu urteilen, war es allerdings recht wahrscheinlich, dass sie mal wieder mitten in einem Zeitsprung steckte. *Nein, das ist endgültig vorbei!*, versuchte sie sich selbst zu beruhigen, doch es wollte ihr nicht recht gelingen.

Mit beinahe unmenschlicher Anstrengung zog sie sich an der Wand in einen wackeligen Stand empor und sah an sich herunter. Sie trug noch immer dieselbe Kleidung, die sie im Flugzeug getragen hatte, als sie neben Felix gesessen hatte. - *Felix!* Wo war er nur? Helena hätte in diesem einsamen, düsteren Flur alles darum gegeben, in diesem Moment einen seiner blöden DDR-Witze zu hören!

Sie war in einem Haus, das ihr seltsam bekannt vorkam. Verwirrt blickte sie den Gang in beide Richtungen hinunter und versuchte, mit möglichst flachen Atemzügen ihren noch immer protestierenden Magen unter Kontrolle zu halten. Links von ihr war in etwa zehn Metern Entfernung eine Treppe, die ins untere Stockwerk zu führen schien. Gedämpftes Besteckgeklapper und ein dröhnendes Rauschen drangen zu ihr hinauf. Wenn sie es schaffte, nach unten zu gehen, dann würde sie vermutlich am schnellsten herausfinden, wo sie war und was hier auf sie wartete.

Helena schloss die Augen, holte tief Luft und konzentrierte sich auf ihre Füße. Sie war schwach, wie immer während ihrer Zeitreisen. Doch abgesehen von den obligatorischen Kopfschmerzen und der furchtbaren Übelkeit fühlte sie sich ein wenig sicherer auf den Beinen als sonst. Entschlossen zwang sie sich zu einem inneren Countdown. Bei zehn würde sie sich bewegen! *Eins* ... Hoffentlich machte ihr der verfluchte Magen nicht auf halber Strecke einen Strich durch die Rechnung! *Zwei* ... *Drei* ...

Plötzlich verschwand die stützende Wand in ihrem Rücken und ein pfeilartiger Schmerz von ihrem Steißbein bis zum Nacken ließ sie die Übelkeit für einen Moment vergessen. Sie hatte mit dem Rücken an eine Tür gelehnt und diese war soeben aufgerissen worden. Über Helena gebeugt stand eine um die Mitte herum etwas üppig geratene Frau mit strähnigen, blonden Haaren. Sie sah ebenso erschrocken aus wie Helena selbst und sagte etwas, doch Helena konnte durch den Lärm im Zimmer nichts verstehen. Es war dasselbe Rauschen, das Helena bereits unterschwellig im Flur gehört hatte, doch in diesem Raum war es schier ohrenbetäubend.

»Was hast du gesagt?«, rief Helena über den Lärm hinweg und richtete sich schmerzhaft stöhnend auf.

»I asked why you stand before the door?«, antwortete die Frau deutlich lauter. Helena bemerkte, dass sie Englisch mit deutlich hörbarem, deutschem Akzent sprach, doch bevor sie die Frau nach dem Grund fragen konnte, riss diese plötzlich verwirrt die Augen auf.

»Hast du eben Deutsch gesprochen?«

»Ja klar!«, antwortete Helena verblüfft.

Die Frau starrte sie an und stemmte für einen Moment sprachlos die Hände in die Hüften. Helena erkannte die Umrisse eines Kinderbetts hinter ihr. Nach einigen Sekunden hatte sich die Frau anscheinend entschieden, dass Helena keine Gefahr für sie und ihr Kind darstellte. Sie ging um die noch immer am Boden sitzende Helena herum und schloss die Tür, bevor sie sich zu Helena hinunterkniete.

»Ist alles in Ordnung?«, fragte sie deutlich freundlicher.

»Ich denke schon, ja.« Mit tapferem Lächeln rieb Helena sich das schmerzende Hinterteil und den Rücken.

»Bist du auch Gast in diesem Hotel? Hast du dich in der Tür geirrt?«, bohrte die vertraut wirkende Frau weiter.

Helena schwieg und beschränkte sich auf ein vages Kopfnicken. Zu ihrem Glück wurde sie für einen Augenblick einer weiteren Antwort enthoben, als das Baby der Frau anfing, leise zu wimmern.

Ein Regen, wie Helena ihn noch nie zuvor in ihrem Leben gesehen hatte, schmetterte seine dicken, harten Tropfen lärmend gegen die vibrierenden Scheiben. Es war, als ob das Fenster direkt in einen stürmischen Wasserfall mündete. Helenas Blick wanderte zum Schreibtisch vor dem Fenster, auf dem ein uralter Wecker stand. Dieser zeigte halb vier Uhr an. Es musste noch früher Morgen sein, denn draußen war es noch immer dunkel. Nur in der Ferne schien etwas grell am Himmel zu leuchten, doch Helena konnte durch die vom Regen triefenden Fensterscheiben keine Konturen ausmachen.

Die Frau war Helenas Blick gefolgt. »Es sieht aus, als ob es mitten in der Nacht ist, oder? Es müsste eigentlich taghell sein, Regen hin oder her!«

»Ist es denn nicht Nacht?«, fragte Helena verwirrt und blickte erneut auf das pechschwarze Szenario vor dem Fenster. Was war nur dieses seltsame Licht fern am Himmel?

»Nein, es ist mitten am Tag! Ich habe so etwas noch nie gesehen! Du etwa?« Die Frau hob den Säugling auf und blickte unwohl zum Fenster. Helena verneinte ebenfalls mit dröhnendem Kopf und schluckte den dünnflüssigen Speichel herunter. Wenn ihr doch nur nicht immer so grauenvoll übel wäre!

»Hier!« Die Frau wiegte ihr Baby auf einer Hüfte und hielt Helena ein Stückchen Brot hin. »Mir war die ganze Schwangerschaft hindurch so speiübel, dass mich nur das gerettet hat. Seitdem habe ich immer hartes Brot dabei – das hilft unglaublich!«

Helena schob sich den harten Klumpen schnell in den Mund. Sich jetzt nicht mitten im Zimmer zu übergeben war wichtiger als eine lange Erklärung! Zu ihrer maßlosen Verwunderung schien es tatsächlich zu helfen. Ihr war noch immer übel, doch mit jedem Bissen wurde es aushaltbarer. Dankbar stieß sie die angehaltene Luft aus und schluckte die aufgeweichten Bissen herunter. »Das war meine Rettung, danke!«

»Das Gefühl kenne ich!«, lachte die Frau.

Helena erkannte plötzlich, dass diese deutlich jünger war, als sie zunächst angenommen hatte. Die Frau war vermutlich erst Anfang zwanzig und somit etwa zehn Jahre jünger als Helena.

»Wie heißt du?«

»Helena. Und du?«

»Ruth.«

Helena erstarrte. Das Rauschen im Zimmer schien auf einmal nicht nur ihre Ohren zu verstopfen, sondern auch ihre Sinne zu benebeln. Das konnte nicht sein! Sie war tatsächlich schon einmal hier gewesen – mehr als einmal. Ruth war die Frau im Mantel, die im Wasser verschwand!

»Wir müssen hier raus!«

»Wo willst du denn hin?«, fragte Ruth erstaunt. »In die Lobby?«

»Nein, raus aus diesem Ort!«

Ruth schüttelte vehement den Kopf. »Da wäre ich unter normalen Umständen sofort dabei, aber bei dem Regen da draußen gehe ich nirgendwo hin – schon gar nicht mit Frank!«

»Frank?«, fragte Helena verständnislos. »Du bist doch Ruth! Ist das nicht Felix?«

Ruth schüttelte verwirrt den Kopf und Helena rieb sich verzweifelt den schmerzenden Kopf. War die Frau nun Felix' Mutter oder nicht? Hatte sie die falsche Ruth gefunden? Es musste wohl so sein, denn anscheinend war dies nicht Felix! Eine dunkle, tief vergrabene Erinnerung schien sich zu melden, doch ihr heftiger Kopfschmerz ließ sie einfach nicht an die Oberfläche kommen.

»Hast du dir vorhin den Kopf angeschlagen?«, fragte Ruth teilnahmsvoll. Sie hatte Frank zurück in das Bettchen gelegt und sich neben Helena gekniet.

Helena schüttelte vehement den Kopf und packte Ruth am Handgelenk. »Wir müssen hier raus!«, wiederholte sie eindringlich.

»Ich gehe nirgendwo hin!«, gab Ruth ebenso entschlossen zurück. »Mein Mann ist noch nicht wieder zurück und der Regen ist einfach zu stark, um jetzt mit Frank rauszugehen!«

»Ich bin doch in England, oder?«, keuchte Helena schwitzend und schob schnell ein weiteres Stück Brot in den Mund. »Welches Jahr haben wir?«

Ruth wirkte plötzlich verängstigt und Helena registrierte erneut unterbewusst, wie jung Ruth noch war. Sie war mit ihrem seltsamen Hotelgast offensichtlich vollkommen überfordert und Helena bemerkte Ruths Bemühen, die Fassung zu bewahren.

»Hör zu Helena, du bist in Lynmouth. Heute ist der fünfzehnte August 1952. Wo wohnst du?«

»Ostberlin.«

»Nein, ich meine hier in England! Welche Zimmernummer hast du?«

»Ich habe kein Zimmer hier.«

Überrascht hielt Ruth inne. »Bist du in einem anderen Hotel in Lynmouth untergebracht?«

Erneut schüttelte Helena den Kopf, während sie entschlossen große Stücke vom steinharten Brot abbiss. Sie würde hier rauskommen!

»Wo wohnst du dann?«, fragte Ruth verwirrt. »Bist du in einem Hotel oben in Lynton?«

Helena wusste nicht, wo Lynton war, doch das Wort *oben* ließ sie automatisch mit dem Kopf nicken.

»Gut, dann lass uns doch mal schauen, ob wir dich irgendwie dorthin bringen können. Vielleicht hat das Hotel ja eine Transportmöglichkeit bei dem Wetter, die wir nutzen können.«

Entschlossen hob sie Frank auf den Arm und wickelte ihn in ihren dünnen Mantel. Helena starrte entsetzt auf das kleine, empört schniefende Gesicht. Ruth war zweifelsohne die ertrinkende Frau, auch wenn sie ihren Sohn aus einem unerfindlichen Grund nicht Felix nannte! Helena sammelte alle Energie, derer sie fähig war und zog die beiden zur Tür. Sie wusste nicht, was mehr dröhnte: der Regen oder ihr Kopf. Doch wenn man bedachte, dass sie offenbar mitten in einem Zeitsprung steckte, dann war es erstaunlich, wie viel Kraft sie diesmal hatte. Fast ein Jahr lang hatte sie nahezu himmlische Ruhe von ihren verhassten Zeitreisen gehabt, doch anscheinend kamen diese nun mit geballter Intensität zurück. Vielleicht wuchsen ihre Fähigkeiten, je mehr Übung sie bekam?

Sie wusste nur eines mit Bestimmtheit: Sie kannte diese Version der Vergangenheit nicht und wenn es ihr misslingen sollte, Felix zu retten, dann würde sie ihn vermutlich nie wiedersehen! Der Gedanke traf sie wie ein Blitz und füllte sie augenblicklich mit Energie bis in die Fingerspitzen. Sie schnappte sich den farbenfrohen Bettüberwurf und ergriff Ruths Hand. Gemeinsam rannten die beiden die hölzernen Treppenstufen nach unten in die Lounge, als die große Wanduhr in tiefen Tönen viertel vor vier schlug.

Eine ältere Dame goss soeben die Blumen auf dem wuchtigen

Rezeptionstisch und blickte strahlend auf. »Haben Sie eine neue Freundin, liebe Ruth?«, fragte sie herzlich auf Englisch. »Das freut mich!«

Ruth warf Helena einen unsicheren Seitenblick zu und nickte schließlich zögernd. Sie setzte mehrfach zum Sprechen an und stotterte schließlich etwas auf Englisch. Es klang sehr Deutsch, doch Helena hatte in der Schule nur Russisch gelernt und verstand kein Wort. Offenbar fragte Ruth nach einer Transportmöglichkeit nach Lynton, aber die Dame, die Elsie hieß, schüttelte energisch den Kopf, während sie die Frage verneinte. Ihr Gesicht war sehr ernst geworden, als Ruth etwas wiederholte und dabei schüchtern auf die wackelige Helena deutete, die sich am unteren Treppenstufengeländer festhielt.

Elsie stellte die Gießkanne ab und legte Helena sanft ihre Hände auf die Schulter. Sie sagte erneut etwas auf Englisch und schüttelte unterstreichend mit eindringlicher Miene den Kopf.

»Ich kann kein Englisch!«, antwortete Helena beschämt und blickte Ruth hilfesuchend an. Doch bevor diese übersetzen konnte, versuchte Elsie es auf Deutsch.

»Ihr musst nicht dumm sein! Da vor die Tür ist, ah, wie sagt man auf Deutsch …« Sie löste kurz ihre Hände von Helenas Schultern und deutete mit den Händen heftigen Regenfall an. »Da ist viel! Zu viel! Ihr bleiben hier in die Lounge und wir fahren da mit das Auto morgen, ja? Nicht heute!« Erneut schüttelte sie streng den Kopf.

Helenas Blick ruhte jedoch wie gebannt auf Elsies Kettenanhänger. Es war ein grünes Kleeblatt, das Helena nur allzu gut kannte! Sie brachte ein halbwegs freundliches Kopfnicken hervor und zwang sich, ihre Panik zu verbergen, während ihr die Kälte vom Rücken bis in den Nacken kroch. Ihnen lief die Zeit davon!

Glücklicherweise klingelte das Telefon an der Rezeption und Elsie wandte sich unwillig von den beiden ab. Helena zog Ruth und den schlafenden Frank in die gegenüberliegende Ecke der Lounge und deutete auf die Wanduhr. »Hör zu, ich weiß nicht, wie das jetzt klingt, aber wir müssen hier raus – sofort! Auch wenn da draußen gerade die Welt untergeht. Glaubst du daran, dass manchmal Sachen passieren, die wir uns nicht erklären können?«

Ruth starrte mit großen Augen zurück, in denen sich plötzlich ein schelmisches Lächeln andeutete. Zum ersten Mal bemerkte Helena, dass Felix die Augen seiner Mutter geerbt hatte und für einen flüchtigen Moment war sie sich sicher, dass Ruth gleich einen DDR-Witz erzählen würde. Woher hatten die beiden die Fähigkeit, selbst in absurden, beängstigenden Situationen wie diesen mit Fröhlichkeit zu reagieren?

»Vielleicht«, antwortete Ruth lächelnd. »Versuch's mal!«

Helena fasste sich ein Herz und hoffte inständig, dass Ruth so aufgeschlossen sein würde wie Felix. »Gut, wenn ich dir beweisen kann, dass ich durch die Zeit reise, kommst du dann mit mir?«

Ruths Lächeln verschwand, doch sie wich nicht zurück.

Helena nahm allen Mut zusammen und sprach so schnell sie konnte. »Ich kenne deinen Sohn aus der Zukunft. Wir treffen uns in Frankfurt am Main. Ich lerne ihn immer wieder in verschiedenen Zeitsprüngen kennen und er glaubt mir immer, dass ich durch die Zeit reise. Ich kenne ihn allerdings als Felix und weiß nicht, warum er plötzlich Frank heißt. Aber er ist derselbe Mensch, den ich aus der Zukunft kenne und ich muss ihn unbedingt wieder treffen!«

Sie konnte plötzlich nur mühsam die Tränen zurückhalten. »Heute Nacht gibt es hier eine Katastrophe! Der Regen wird immer schlimmer und viele Menschen werden sterben! Der Felix, den ich kenne, ist ohne dich bei seinem Vater in Frankfurt am Main aufgewachsen. Sein Vater heißt Reinhard und er arbeitet gerade auf einem Militärgelände irgendwo hier in Südengland. Sie haben mit Wolken experimentiert und etwas ist schiefgegangen!«

Helena durchforstete mühsam ihre Erinnerungen an frühere Zeitsprünge. Da war so viel mehr, an das sie sich erinnern müsste, doch es war wie ein Echo aus vergangener Zeit irgendwo in den Tiefen ihrer Hirnwindungen vergraben.

»Reicht dir das?«, fragte sie Ruth flehentlich.

Ruth musterte sie mit unbeweglicher Miene und atmete tief ein.

Zu Helenas unendlicher Erleichterung nickte sie plötzlich.»Ich glaube dir!«

Die Offenheit in Felix' Familie war das Wunderbarste, das Helena je kennengelernt hatte!

»Ich habe Reinhard gerade erst vor ein paar Tagen gesagt, dass er naiv ist und dass die Engländer sein Projekt für militärische Zwecke nutzen werden. So ein Krieg wird mit Blut geschrieben!«, fuhr sie gewichtig fort und Helena musste über ihr altkluges Gesicht beinahe lachen. Doch sie mussten sich jetzt beeilen.

»Wie heißt der Ort nochmal, den du vorhin oben im Zimmer genannt hast?«

»Lynton?«

»Genau der! Ist der sehr viel höher gelegen als Lynmouth?«

»Ja, da führt ein langer, steiler Weg nach oben.«

»Gut, dann versuchen wir das! Können wir mit dem Auto hinfahren?«

Ruth schüttelte den Kopf.»Nein, genau das habe ich Elsie gerade eben gefragt und sie sagte, dass heute niemand das Hotel verlassen soll. Die Straßen stehen anscheinend vollständig unter Wasser.«

»Mist! Können wir dahin zu Fuß laufen?«

»Ich denke schon«, antwortete Ruth unsicher und sah auf Frank in ihren Armen.

Helena deutete auf die Überdecke, die sie aus Ruths Zimmer mitgenommen hatte und legte den Finger auf den Mund, während sie fast unmerklich mit dem Kopf zur telefonierenden Elsie nickte.»Dann lass uns so schnell wie möglich aufbrechen!«, flüsterte sie eindringlich.

»Sollten wir die anderen nicht warnen?«, fragte Ruth entsetzt.»Wir können doch nicht einfach ohne ein weiteres Wort losgehen und alle hier sterben lassen! Und was ist, wenn uns auf dem Weg etwas passiert? Dann weiß niemand, wo wir sind!«

Helena schob mit einer fahrigen Geste ihre wirren, weißblonden Haare aus dem verschwitzten Gesicht.»Ich weiß und du hast recht! Aber erstens haben wir keine Zeit und riskieren, dass wir sonst ebenfalls hier sterben. Und zweitens weiß ich nicht, wer überhaupt in Gefahr ist. Ich weiß nur, dass heute Nacht viele Menschen in Lynmouth umkommen werden, aber ich habe keine Namen. Und glaubst du wirklich, dass mir hier jemand glauben wird, wenn ich ihnen das alles mit Händen und Füßen auf Deutsch vorspiele? Oder möchtest du gerne übersetzen?«, fragte sie sarkastisch.

Ruth schüttelte den Kopf und biss sich unentschlossen auf die Unterlippe.

»Na dann komm!«, unterbrach Helena abrupt Ruths Gedanken. Elsie hatte das Telefonat inzwischen beendet und war in einem Nebenraum verschwunden. Helena riss die Haustür auf und zerrte Ruth nach draußen. Der Regen war hart wie Hagel und in einer Stärke, wie Helena es noch nie erlebt hatte. Schnell warf sie die Decke über Ruth, Frank und sich selbst und zog Ruth nah an sich heran, da diese bereits Frank trug und keine freien Hände für die Decke hatte. Sie standen bereits knöcheltief in seltsam rot gefärbtem Wasser und versuchten mühsam, die Balance zu halten. Hoffentlich änderte Ruth nicht ihre Meinung! Doch als Helena sie ansah, war Ruths blasses Gesicht besorgt auf den Himmel über ihnen gerichtet.

»Sieh dir das an!«

Helena bemerkte, dass Ruth zitterte. Hoch über ihnen waberte eine riesige, beinahe pechschwarze Wolke, in der ein seltsames, orange-lilafarbenes Licht rotierte. Das musste das grelle Licht gewesen sein, das Helena von Ruths Hotelzimmer aus gesehen hatte. In weiter Ferne grenzte die Wolke jedoch an einen eisblauen, sommerlichen Himmel.

»Oh Reinhard!«, murmelte Ruth verzweifelt. Plötzlich riss sie sich aus ihrer Erstarrung und fuhr zu Helena herum. »Ich kann hier nicht einfach so weggehen! Reinhard ist vielleicht schon auf dem Weg hierher! Und Elsie! Sie war so gut zu mir, ich kann sie doch nicht einfach zurücklassen!«

Helena spürte erneut Panik in sich aufsteigen. Sie würde nicht die Kraft haben, Ruth und Frank gegen ihren Willen irgendwo hinzuziehen, schon gar nicht bei diesem intensiven Regen und dem schlüpfrigen Boden.

»Hör mir zu!«, bat Helena flehentlich. »Wenn du nicht gehst, stirbst du! Ich bin zum ersten Mal in dieser Version der Flutkatastrophe, es kann also auch sein, dass Felix stirbt! Frank, meine ich! Ruth, dein Sohn ist bei seinem Vater aufgewachsen, als ich ihn kennengelernt habe! Das heißt, dass Reinhard logischerweise gerade nicht in Gefahr ist. Und Felix, verdammt, Frank, hatte Elsies grünen Kettenanhänger, den sie ihm nach der Katastrophe als Glücksbringer gegeben hat. Das heißt, sie wird auch überleben! Ich habe weder alle Einzelheiten noch allen Namen, ich weiß nur, dass ich nicht viel Zeit habe, um euch beide zu retten! Bitte!«

Ohne eine Antwort abzuwarten, zog sie Ruth hinter sich her und fuhr fort, vorsichtig einen Fuß nach dem anderen vor sich zu setzen. Zu ihrer maßlosen Erleichterung tat Ruth es ihr nach.

Sie kamen nur mühsam und unendlich langsam voran. Der Regen donnerte mit einer solchen Wucht auf die Decke über ihren Köpfen, dass Helena das Gefühl hatte, er würde Dellen auf ihrem Kopf hinterlassen. Die Straße hatte sich in einen kleinen Fluss verwandelt und sie hangelten sich nur mit größter Anstrengung zwischen Straßenlaternen, Holzpfosten und vereinzelten Autos entlang, während sie immer wieder Gegenständen ausweichen mussten, die von der Strömung erfasst worden waren und an ihnen vorbeischnellten.

Ruth hatte sich leicht vornübergebeugt, um Frank abzuschirmen. Nach etwa dreißig, endlosen Minuten deutete Ruth auf einen großen, dunklen Hügel vor ihnen. »Hier müsste irgendwo ein Fußweg sein!«

Helena ließ Ruth kurz los und hob mit beiden Händen die inzwischen vollkommen durchtränkte, schwere Decke über ihren Köpfen an, welche immerhin die Wucht der harten Tropfen ein wenig dämpfte. »Ich sehe nichts!«

Ruth schielte nun ebenfalls vorsichtig unter der Decke empor und starrte angestrengt auf den Hügel. »Oh nein, ich glaube, der Weg ist der Fluss da vorne! Da, neben den Laternen und dem Holzgeländer!«

Sie hatte recht, das musste der Weg gewesen sein! Entschlossen zog Helena die beiden wieder an sich heran und hielt mit der anderen Hand die Decke hoch, während sie vorsichtig weiter zum Hügel hin balancierten. Sie rutschten mehrere Male aus und waren längst von Kopf bis Fuß durchnässt.

Ruth konnte den inzwischen weinenden Frank nur noch mit Mühe halten und blieb schließlich stehen. »Wir kommen da nicht hoch! Wir müssen zurück!«

»Nein!«, brüllte Helena über den donnernden Regen hinweg. »Wir müssen hier weg – sofort! Felix sagte, da kommt eine riesige Flutwelle!«

Ruth blieb so abrupt stehen, dass alle beide ausrutschten und unsanft auf ihren Hinterteilen landeten. Das Wasser reichte ihnen im Sitzen bereits bis zur Hüfte. »Das ist doch Wahnsinn, Helena! Vielleicht ist dein Felix gar nicht mein Sohn! Wir ertrinken hier draußen!«

Helena riss Ruth mit einer Kraft zurück, die sie selbst nicht für möglich gehalten hätte. »Jetzt hör mir mal zu, Ruth! Wenn du stirbst, springe ich vermutlich immer wieder aufs Neue durch die Zeit, bis ich dich irgendwann retten kann! Anscheinend hört es erst dann auf! Du hast keine Ahnung, was es heißt, mit Zeitreisen zu leben!«

Helena behielt nur mühsam die Beherrschung. Allein Ruths Augen, die so sehr wie die von Felix aussahen, hielten sie davon ab, die junge Mutter an den Schultern zu packen und aggressiv zu schütteln. »Mein ganzes Leben lang bin ich dauernd auf der Reise und sehe einen Horror nach dem anderen! Du hast keine Ahnung, wie oft ich dich im Wasser habe verschwinden sehen! Du wirst deinen Hintern jetzt da hoch bewegen! Das ist das Mindeste, was du mir schuldest! Los, Abmarsch!«, brüllte sie Ruth an und schob sie zum Geländer neben dem Fluss. Helena riss die schwere, triefende Decke von ihren Schultern herunter und schlug sie wie ein Seil um das Geländer.

»Gib die Decke wieder her!«, keuchte Ruth entsetzt.

Der Regen peitschte mit einer solchen Wucht auf die drei herunter, dass es sich anfühlte, als würden sie von Kopf bis Fuß mit Steinen beworfen werden und der dichte, nasse Schleier nahm ihnen die Luft zum Atmen.

»Frank! Der Regen ist zu hart ohne die Decke! Helena, bitte!«, flehte Ruth verzweifelt, als Helena eines der beiden Deckenenden um Ruths Handgelenk schnürte. Helena riss sich ihre durchtränkte Bluse vom Leib und schnürte sie wie eine Trageschlinge um Ruths Oberkörper, sodass der Stoff den gröbsten Wasseraufprall um seinen kleinen Kopf herum auffangen würde. Nie hätte sie sich vorstellen können, dass Regentropfen Schmerzen verursachen könnten! Wenn sie die nächsten Stunden überlebten, würden sie spätestens morgen überall blaue Flecken haben!

»Beweg dich, los!«, schrie Helena und schob schwer atmend gegen Ruths Rücken. Die rotierende, orange-lilafarbene Wolke schleuderte immer länger werdende Blitze auf das Meer, welche beständig näher zu rücken schienen.

»Schneller! Lauf!«, trieb Helena sie an.

Die beiden Frauen hatten längst ihre Schuhe im tiefen Schlamm verloren und robbten inzwischen barfuß auf allen Vieren den rutschigen Hügel nach oben. Helena konnte Ruths Umrisse vor sich nur noch mit Mühe ausmachen, obwohl sie unmittelbar hinter ihr her krabbelte. Alle beide waren von Kopf bis Fuß mit Schlamm bedeckt, allein ihre Augen und Zähne blitzten hin und wieder gespenstisch hervor, sobald einer der vielen Blitze den pechschwarzen Himmel erhellte. Alle paar Meter rutschten sie gut um die Hälfte wieder den Hügel hinunter, doch sie gaben nicht auf.

Ruth sprach nicht mehr, nur hin und wieder sah Helena ihre seltsam weit aufgerissenen Augen, wenn Ruth über ihre Schulter hinweg auf die bedrohliche Wolke starrte. Helena hatte längst jegliches Zeitgefühl verloren, doch sie mussten bereits seit Stunden unterwegs sein. Das Wasser am Fuß des Hügels stieg in rasanter Geschwindigkeit und trieb die beiden Frauen unerbittlich voran. Helena hatte es aufgegeben, Kommandos zu brüllen. Ruth erkämpfte sich glücklicherweise inzwischen ebenso entschlossen wie Helena ihren Weg nach oben und der schwere Regen machte jegliches Sprechen ohnehin so gut wie unmöglich.

Sie konnten Frank nicht mehr weinen hören und Helena hoffte inständig, dass er sich einfach nur in den Schlaf gebrüllt hatte. Wann immer der Regen einen Teil des Schmutzes von ihrer Haut wusch, konnte Helena bereits heftige Blutergüsse erkennen. Sie trug nur noch ihren Büstenhalter und war dem ununterbrochenen Regenaufprall ungeschützt ausgeliefert. Es fühlte sich an, als würde der Regen ihnen problemlos eine Gehirnerschütterung bescheren oder gar ein Auge ausschlagen können. Hoffentlich hatte sie Felix gut genug mit ihrer Bluse geschützt!

Endlich kamen sie am Ende des Hügels an und zogen sich gerade mit letzter Kraft den letzten Meter hinauf, als ein ohrenbetäubendes Donnern den Regen durchbrach und die Erde unter ihnen zum Beben brachte. Ohne einen weiteren Kommentar rutschte Helena erneut hinter Ruth und schob sie mit aller Kraft, derer sie noch fähig war, vom schlammigen Hügel weg und auf den Asphalt vor ihnen. Auch dieser hatte sich inzwischen in ein kleines Schwimmbecken verwandelt, doch das Wasser reichte ihnen lediglich bis knapp unter die Knie und floss beständig den Hügel hinunter.

Helena sah Ruths weiße Zähne aufblitzen, als ob sie etwas sagte, doch Helena konnte durch den tosenden Lärm hindurch nichts verstehen. Die Erde vibrierte so heftig, dass die beiden Frauen im reißenden Wasserstrudel kaum die Balance halten konnten. In der Ferne knickten plötzlich Bäume um wie Strohhalme. Wie in einem absurden Domino-Spiel der Natur fielen sie scheinbar schwerelos in den tosenden Wasserstrom und rissen massives Geröll wie leichte Federn mit sich ins Tal von Lynmouth hinunter.

Ruth umklammerte Helenas Arm und drückte Frank heftig keuchend an sich, doch Helena spürte die Berührung unter der Wucht des auf sie herabströmenden Regens kaum. Wo sollten sie nur hin? Helena suchte die Dunkelheit um sie herum mit den Augen ab. Sie waren offenbar auf einem Parkplatz, denn ein paar Autos schwammen in einiger Entfernung. Am Ende des Parkplatzes konnte Helena einige schwarze Umrisse erkennen.

»Ich kann nichts erkennen. Sind da drüben Häuser?«

Ruth nickte. Sie zitterte am ganzen Körper, doch sie war so dick mit Schlamm bedeckt, dass Helena nur schwer ihre Gesichtszüge in der Dunkelheit ausmachen konnte.

»Dann komm!« Helena packte einen dicken Ast, der soeben an ihnen vorbeischwamm und ging in die Knie. Sie versuchte, ihn wie eine Schranke vor Ruths bloßen Füßen herzuschieben, sodass er einen guten Teil der unbarmherzigen Strömung abfing. Mühsam balancierte Ruth mit Frank auf dem Arm hinter dem schweren Ast. Es schien tatsächlich zu funktionieren! Helenas Fingerknöchel traten vor Anstrengung kalkweiß hervor, doch die unheilvollen Blitze hatten bereits den Hügel erreicht und trieben die beiden Frauen unaufhaltsam voran. Als Helenas Armmuskeln zu versagen drohten, erreichten sie jedoch plötzlich einen etwas höher gelegenen Teil des Parkplatzes. Das Wasser bedeckte hier lediglich ihre Zehen, sodass sie zum ersten Mal seit Stunden fast normal hätten laufen können, wäre da nicht der unaufhörlich donnernde Regen über ihren Köpfen gewesen.

Eine unerwartete Hand ließ Helena herumfahren. Ein mindestens ebenso schmutziger Mann wie die beiden Frauen stand vor ihnen. Er hielt ein dickes Seil in den Händen und atmete schwer. Er brüllte etwas, doch Helena verstand kein Wort. Wenn sie in der DDR doch nur Englisch in der Schule gehabt hätten!

»Kein Englisch!«, rief sie verzweifelt zurück, während Ruth näher an die beiden heranstolperte. »Deutsch!«

Der Mann schien zu fluchen und fuhr sich durch sein welliges, dunkles Haar. Er blutete an der Stirn und schwitzte trotz der Kälte. Ruth schrie ihm nun ihrerseits etwas ins Ohr. Er atmete erleichtert auf und rief etwas auf Englisch zurück.

»Lichter?«, fragte Ruth verwirrt. »Was meinen Sie mit *Lichter*?«

Der Mann hielt sich die Hände wie einen Trichter vor den Mund und schrie so laut er konnte. »Lightning!«

Heftig gestikulierend zeigte er auf den Himmel, an dem die Blitze nun unaufhörlich aus der rotierenden Wolke ins zerstörte Tal sowie auf den Hügel schossen. Dann deutete er von den Blitzen am Himmel zum Boden unter ihren Füßen. »From the ground, too! Cracked my mate's bloody helmet! Lightning. Move it!«, brüllte er verzweifelt und deutete nun zu den verschwommen erkennbaren Häuserfassaden, die auch Helena bereits am Ende des Parkplatzes erspäht hatte.

»Was sagt er?«, rief Helena in Ruths Ohr.

Doch diese starrte noch immer auf den Mund des Mannes, als ob das Lippenlesen in der Dunkelheit die Macht hatte, ihre fehlenden Sprachkenntnisse auszugleichen.

»Irgendwas mit einem Helm«, antwortete Ruth schließlich hilflos.

Der Mann schnappte sich blitzschnell Frank aus Ruths Schlinge und hielt ihn schützend unter seiner Jacke. Helena sah das kleine Gesicht nur für den Bruchteil einer Sekunde. Seine Augen waren weit geöffnet, doch er bewegte sich nicht. Stand er unter Schock oder war er ...?

Ruth hatte es offenbar ebenfalls gesehen und sackte in die Knie. Der Mann zerrte sie jedoch sogleich wieder auf die Füße und schubste die beiden Frauen grob vor sich her. Helena erkannte in dem unwirklichen Licht der Blitze, dass er eine zerrissene Uniform trug. Ruth versuchte mehrmals, ihm Frank aus den Armen zu reißen, sodass sie kaum vorankamen, während die Blitze hinter ihnen immer näher rückten.

»Wir müssen weiter!«, brüllte Helena und deutete auf die dunklen Umrisse der Häuser vor ihnen. »Geh schon!«

»Nein!«, brüllte Ruth und zerrte Frank erneut aus den Armen des Mannes.

Dieser verlor nun die Geduld und schlug Ruth mit der flachen Hand hart ins Gesicht. »For heaven's sake! Move it, girl, or we'll all bloody die out here!«

Helena sah für den Bruchteil einer Sekunde, dass sein Gesicht ebenso panisch war wie das von Ruth und vermutlich auch ihr eigenes. Doch Ruth ließ sich erneut auf den Boden fallen und krümmte sich schützend über Frank.

»Ruth, komm schon, er hat Recht!« Helena krabbelte neben Ruth und versuchte, Felix unter ihrem gebeugten Rücken hervorzuziehen. Sie musste einfach sehen, ob er noch lebte!

Ruth packte jedoch Helenas Hände mit unerwarteter Härte und sah sie mit seltsam geweiteten Pupillen an. Ihr Gesicht wirkte beängstigend verstört. »Trau dem Feind nie!«, brachte sie kaum hörbar hervor und starrte Helena ohne zu blinzeln an. »So ein Krieg wird mit Blut geschrieben!«

»Was denn für ein Krieg?«, rief Helena panisch zurück. »Komm schon, halt die Klappe und gib mir Felix!«

»Frank!«, schrie Ruth laut mit irrem Blick. »Er heißt Frank! Ich werde ihn nie dem Feind überlassen! Nie!«

Ohne nachzudenken riss Helena Felix aus Ruths Armen und begann zu rennen. Das Wasser zu ihren Füßen verfärbte sich zu einem schlammigen Gelbton, während der Boden erneut vibrierte. Trotz des tosenden Lärms hörte Helena Ruth schreien. Der Mann in der zerrissenen Uniform lag reglos vor Ruth am Boden und starrte mit weit aufgerissenen Augen ins Leere, während auf dem gesamten gefluteten Parkplatz plötzlich orangefarbene Blitze vom Boden in die Höhe schossen.

Der Schleier um Ruth und den Mann herum wurde jedoch immer dichter und Helena erkannte zu ihrem Entsetzen, dass es nicht nur das Unwetter war, das ihre Sicht trübte. Offenbar hatte der kalte, harte Regen bisher geholfen, sie in diesem Zeitsprung festzuhalten, doch nun spürte sie, wie sich eine Schwere in ihr ausbreitete, die bis in die Knochen zu gehen schien. Sie hatte noch nicht einmal mehr die Kraft, zu schreien. Es war, als ob sich ihr Körper plötzlich entschieden hatte, dass er genug hatte und sich nun zentimeterweise in Luft auflöste.

Felix!, dachte sie verzweifelt.

Ruth wandte sich von dem Mann ab und starrte Helena an. Mit einem Ruck setzte sie sich schließlich in Bewegung und sprang mit großen Schritten über das erleuchtete Wasser auf Helena zu. Eine regelrecht durch die Luft schwebende Ruth inmitten unwirklicher Farben war das letzte, was Helena sah.

~ KAPITEL 2 ~

Die Macht der Erinnerung

FRANKFURT AM MAIN, HESSEN. FLUGZEUG.
26. OKTOBER 1990.

»Ich muss Sie bitten, sich zu beherrschen! Das ist meine letzte Warnung! Noch so ein Ausbruch und ich übergebe Sie dem Sicherheitspersonal!«

»Ich habe doch lediglich gefragt, ob Sie das Mädel nicht besser dem Bodenpersonal überlassen sollten! Wir haben bereits fünfzehn Minuten Verspätung!«

»Die Passagierin braucht medizinische Hilfe!«

Helenas verschwommener Blick wanderte von der giftig dreinblickenden Frau mit dem strengen, blond gesträhnten Haarknoten zu der Flugbegleiterin mit der resoluten Stimme. Diese warf der zeternden Dame einen nicht minder gereizten Blick zu, während sie Helenas Hand drückte.

»Wissen Sie, wie schwierig es für mich war, zwei Kleinkinder unterzubringen, damit ich zu dieser Konferenz nach London fliegen kann? Und jetzt sitzen wir hier fest, weil hier niemand in der Lage ist, das Problem professionell anzupacken?«

Die Flugbegleiterin hielt deutlich erkennbar die Luft an, während ihre Kieferknochen hörbar knirschten.

»Wir sind sicherlich sehr an Professionalität interessiert, glauben Sie mir!« Eine tiefe, männliche Stimme hatte sich eingeschaltet, die zu dem plötzlich hinzugetretenen Piloten der Maschine gehörte. Sein Gesicht war freundlich, doch sein Tonfall ließ keine Widerworte zu. »Wir sind außerdem sehr daran interessiert, die Situation an Bord so ruhig wie möglich zu halten. Sollten Sie sich dazu nicht in der Lage sehen, werde ich dafür sorgen, dass Sie die Maschine sofort verlassen!«

Die wütende Dame im taubenblauen Business-Kostüm presste ihre Lippen zu einem dünnen Strich zusammen und ließ sich mit genervtem Blick auf den Platz neben Helena fallen. Sie tastete nach dem Sitz ihres tadellosen Haarknotens und sah alles andere als besänftigt aus, doch sie hielt den Mund.

Helena fuhr plötzlich mit einem Ruck auf und sah sich um. »Felix! Wo ist Felix? Er hat auf dem Platz hier neben mir gesessen!«

Sie saß noch immer auf demselben Platz am Fenster, doch neben ihr am Gang saß lediglich die empörte Dame im Kostüm, die bei Helenas Worten die Hände zu Fäusten ballte und sich offenbar nur mühsam an das auferlegte Schweigegebot hielt. Zu Helenas Entsetzen bemerkte sie, dass sie nur noch ihren Büstenhalter trug, über den jemand netterweise zumindest ihre Jacke gelegt hatte. Mit ungelenken Bewegungen schlüpfte sie hinein, doch ihre tauben Finger versagten bei den Knöpfen, sodass sie die Jacke schließlich so weit wie möglich um sich schlang und diese mit überkreuzten Armen vor ihrem Brustkorb festhielt.

Der Pilot betrachtete Helena nachdenklich und runzelte die Stirn. Schließlich flüsterte er der Flugbegleiterin ins Ohr.

»Wir haben keine Informationen darüber«, antwortete diese leise und hob ratlos die Schultern. Sie wandte ihren Blick wieder Helena zu und lächelte freundlich. »Leiden Sie vielleicht an Epilepsie oder etwas Ähnlichem?«

»Oh bitte, das ist doch wohl ein Scherz!«, platzte die Dame neben Helena erneut aufgebracht heraus. »Überlassen wir die Diagnose doch einem Arzt! Bringen Sie sie doch einfach raus zum Flughafenklinikum und dann können wir weiterfliegen! Das muss doch nun nicht so ein Affentanz sein!«

In dem Moment erschienen Sanitäter im Flugzeuggang, welche zu Helenas Entsetzen direkt auf sie zugingen. »Mir geht es wieder gut, es tut mir leid!«, winkte sie hektisch, wenn auch noch immer schwach ab.

Die Stewardess[1] schüttelte jedoch energisch den Kopf, während sie Helenas Hand noch einmal herzlich drückte. »Alles ist in Ordnung, Sie müssen sich für absolut nichts entschuldigen!«

Der Pilot winkte die beiden Sanitäter zu ihnen heran und Helena wäre vor Scham am liebsten im Erdboden versunken, als sie die neugierigen Augenpaare und verrenkten Hälse der anderen Passagiere der voll belegten Maschine aus den Augenwinkeln wahrnahm. Die Dame neben ihr brummelte erneut unüberhörbar aggressiv, was sie von der Handhabung der Situation hielt.

»Bitte, vielleicht kann Felix mich rausbringen. Er muss hier irgendwo sein!«, wiederholte Helena mit zitternder Stimme. *Er muss einfach ...*

Der Pilot winkte ab und sprach leise zu den beiden Sanitätern. »Die Passagierin heißt Helena Kraft. Sie hatte eine Art Anfall und hat laut geschrien, sodass wir den Start vorsichtshalber abgebrochen haben. Medizinische Besonderheiten wurden uns nicht vorab genannt, wir wissen also nichts über die mögliche Ursache.«

Die beiden Sanitäter nickten und der Pilot bedeutete der Dame neben Helena, aufzustehen, was diese gereizt murmelnd tat.

»So, jetzt habe ich genug! Wenn ich noch einen Mucks von Ihnen höre, gehen Sie mit und dürfen ein paar Stunden mit unserem Sicherheitspersonal am Boden verbringen!«, donnerte der Pilot plötzlich unerwartet laut. Schlagartige Stille brach aus und die Dame kooperierte augenblicklich mit rotem Gesicht, während alle anderen Passagiere betont zu Boden sahen. Einzig das Gesicht der Flugbegleiterin zeigte ein höchst zufriedenes Grinsen, während die beiden Sanitäter Helena unter den Achseln und Kniekehlen griffen und durch den schmalen Gang zur Tür trugen.

Helena schlug voller Scham die Hände vor ihr Gesicht, als sie wie ein Häufchen Elend nach draußen gehievt wurde. Sie spürte, dass jemand eine zweite Jacke über sie legte und hörte ein leises Glucksen. »Klasse Auftritt, Lenny! Atmen nicht vergessen!« Doch als sie die Augen aufschlug und sich nach der flüsternden Stimme umsah, konnte sie niemanden entdecken. Fast alle Passagiere waren darum bemüht, betont an ihr vorbei zu sehen oder so zu tun, als ob sie gerade mit etwas Wichtigem beschäftigt wären. Ein Mann mit dunklen, wirren Haaren unweit von Helena und ihren zwei Helfern hatte sich sogar vollständig mit dem Rücken zu ihr gedreht und sie meinte zu sehen, dass seine Schultern zuckten. Lachte er sie etwa aus?

Am Ende der Flugzeugleiter wurde sie zunächst auf eine Bahre gehoben und dann in den bereitstehenden Notarztwagen geschoben. Warum endeten ihre Zeitreisen eigentlich nahezu grundsätzlich entwürdigend? Und wo war Felix? Hatte sie seine Vergangenheit nun zum Besseren gewendet oder nicht? Hatte sie ihn wieder verschwinden lassen? Mit Grauen erinnerte sie sich an das kleine, starre Gesicht in Lynmouth. Lebte er noch?

Sie spürte wie ihr Puls automatisch erneut anstieg, während sich ein Zittern bis in ihre Hände und Knie schlich. Eine Hand legte sich kurz auf ihre Schulter und wurde unbeholfen sogleich wieder zurückgezogen. *Alfred?* Doch ihr Hals war zu trocken und ihr Kopf zu leer, um auch nur ein einziges Wort herauszubringen.

Die Sanitäter hatten sie in einen kleinen, nahezu kahlen Raum mit ein paar medizinischen Geräten irgendwo auf dem Flughafengelände gebracht. Offenbar gab es auf dem Flughafen eine Art Krankenstation. Neben ihr stand noch immer niemand anders als der gewohnt bitter dreinblickende Alfred, der soeben eine Frage grimmig kopfschüttelnd verneinte.

»Wir kennen das schon!«, antwortete er gewohnt knapp. »Ihr geht es gut! Ich übernehme ab hier!«

»Sie sind also der Vater?«, fragte einer der Sanitäter, der ebenfalls neben Helenas Liege stand und offenbar ein Protokoll ausfüllte. Alfred nickte mit gerunzelter Stirn und sah dabei stur auf die gegenüberliegende Wand.

»Schon gut, mach dir nicht ins Hemd!«, krächzte Helena gereizt und zwang sich, ihre wackeligen Knie über den Pritschenrand zu bewegen. Alfred war erst in den letzten Jahren in ihrem Leben aufgetaucht und auch wenn er dafür gesorgt hatte, dass es Hannelore und Helena finanziell gut gegangen war, so war er sicherlich alles andere als eine liebende Vaterfigur gewesen.

Alfred wandte seinen Blick von der Wand ab und erwiderte ihren Blick kurz mit unübersehbarer Giftigkeit. Er bedeutete ihr zu gehen und Helena sprang, so dynamisch wie sie nur konnte, von der Liege herunter. Alfred würde ihr niemals nach draußen helfen. Allein schon jemandem die Hand zu geben, bedeutete für ihn physische Qualen. Genervt mit den Augen rollend schob Helena sich auf wackeligen Beinen an ihm vorbei.

»Zieh nochmal so ein Gesicht und ich bring dich direkt zu deiner Tante!«, zischte Alfred drohend und warf ihr eine Jacke zu. »Und jetzt mach hin! Knöpf deine Rockerbraut-Jacke zu und dann raus!«

Zum ersten Mal betrachtete Helena die fremde Jacke, die jemand im Flugzeug über sie gelegt hatte. Es war eine schwarze Lederjacke mit vielen Aufnähern aus den letzten Jahrzehnten: FDJ[2], das Staatswappen der DDR und einige andere, eher westlich aussehende Aufnäher, deren Bedeutung ihr nichts sagten. Schön war die Jacke nicht, doch das war nicht das, was Helena verwirrte. Von wem hatte sie diese fremde Männerjacke, die eindeutig nicht Alfred oder den Sanitätern gehörte? Spontan kam ihr das Bild des Mannes mit den dunklen, wirren Haaren und den zuckenden Schultern in den Sinn. War es seine Jacke gewesen? Sie sah dieses Kleidungsstück definitiv zum ersten Mal in ihrem Leben, doch aus irgendeinem Grund hatte sie plötzlich das Gefühl, dass sie den Mann erkannt hätte, wenn er sich zu ihr umgedreht hätte.

»Wir haben Frau Kraft in der Neurologie der Uniklinik zum Check angemeldet. Man erwartet sie dort!«, rief der Sanitäter ihnen hinterher.

»Scheiße!«, fluchte Alfred verhalten.

»Mir geht es gut!«, versicherte Helena so überzeugend wie möglich und versuchte dabei krampfhaft, sich nicht anmerken zu lassen, dass sie sich mit dem Rücken an der Wand abstützte. Ihr war unsagbar schwindelig und ihr Kopf brummte schmerzhaft. Der Sanitäter betrachtete Helenas blasses Gesicht und zog eine Augenbraue hoch. »Uns wurde gesagt, dass Sie zurzeit in Frankfurt wohnen und dass Sie eine eigene Transportmöglichkeit haben. Sie melden sich daher bitte umgehend in der Neurologie der Uniklinik! Der Flug wäre nicht abgebrochen worden, wenn das Personal Ihren Zustand nicht als bedenklich eingestuft hätte und solange wir nicht wissen, was da mit Ihnen passiert ist, lassen Sie das bitte prüfen!«

Alfreds zum Protest geöffneter Mund schloss sich widerwillig. Gereizt knallte er die Tür hinter sich zu, während Helena sich vor ihm mit weichen Knien an der glatten, schneeweißen Wand entlangschob.

Plötzlich blieb sie jedoch wie angewurzelt stehen. »Warum dachte der Sanitäter, dass ich in Frankfurt wohne?«, fragte sie verblüfft.

Alfreds grimmiger Gesichtsausdruck wich ebenfalls einem Erstaunen. Das Knallen energischer Stöckelschuhe hallte durch die verwirrte Stille zwischen ihnen und Alfreds Gesicht nahm schlagartig seinen gewohnt düsteren Ausdruck an.

»Na, wie gut, dass ich noch einen Kaffee hier getrunken habe!«, klang Veras aufgeregte Stimme durch den Flughafen zu ihnen. »Was machst du hier?«, schimpfte Alfred. »Ich fahre sie zurück nach Berlin, fahr nach Hause!«

»Nicht, dass ich dir Rechenschaft schuldig wäre«, schnaubte Vera, während sie sich ohne zu zögern bei Helena unterhakte, »aber da ich die Flugtickets gekauft habe, hatten sie meinen Namen und haben mich glücklicherweise ausgerufen, als Helena ihren Zwischenfall hatte. Gott sei Dank war ich noch hier, bevor du sie in ihrem Zustand in deiner Pappschachtel[3] bis nach Berlin gurken konntest!«

»Ihr geht es gut, verdammt nochmal!«

»Ach ja? Sag das mal ihrem Gesicht! Das Kind ist so weiß, dass man ja Angst haben muss, dass ihr das Personal versehentlich ein Schild an die Stirn nagelt, weil man sie vor der Wand nicht sieht! Wir sollen sie in die Uniklinik bringen und das machen wir jetzt auch!«

»Du weißt doch ganz genau, was los ist!«, zischte Alfred. »Sie braucht kein Krankenhaus!«

»Er hat recht!«, stimmte Helena schwach zu.

»Jetzt fang du nicht auch noch an!«, beendete Vera genervt das Gespräch. »Schluss jetzt, ich habe uns bereits ein Taxi gerufen!«

»Wir können genauso gut meinen Wagen nehmen!«

Vera antwortete mit einem abfälligen Schnauben und zerrte Helena kommentarlos weiter zum Ausgang. Vor dem Haupteingang des Gebäudes wartete bereits ein Taxifahrer in einem beigefarbenen Mercedes, dem Vera sogleich zuwinkte.

»Moment, hatte ich hier nicht irgendwo meinen Wagen geparkt?«, rief Alfred ungläubig aus.

»Wie schon vorhin gesagt: Das hier ist ein Taxistand, kein Parkplatz!«, entgegnete Vera unverhohlen schadenfreudig. »Keine Sorge, vermutlich haben sie deine Rührschüssel einfach nur zum Papiermüll um die Ecke getragen. Ich bezweifle, dass sie dafür extra einen teuren Abschleppdienst organisiert haben!« Selbstzufrieden wandte sie sich dem Fahrer zu. »Uni-Klinik, Neurologie, bitte!«

Helena atmete mindestens ebenso tief ein wie Alfred. Der ständige Schlagabtausch zwischen den beiden Kampfhähnen ging ihr unglaublich auf die Nerven. Vera und Alfred hatten keine Ahnung, wie ähnlich sie sich im Grunde waren! Helena krabbelte auf die Rückbank und ließ ihren schmerzenden Kopf gegen die Rücklehne der kühlen Ledergarnitur sinken. Sie war unendlich dankbar, dass die noch immer keifende Vera auf den Beifahrersitz kletterte, um dem Fahrer genaue Instruktionen bezüglich der besten und schnellsten Streckenroute zum Krankenhaus zu geben, während Alfred sich schweigend zu Helena auf die Rückbank setzte. Er saß auf dem Platz hinter Vera und rückte so nahe wie möglich an die Tür, wobei er kommentarlos aus dem Fenster starrte.

Trotz ihrer hämmernden Kopfschmerzen konnte Helena nicht umhin zu bemerken, wie sehr ihm jede Form von Nähe nahezu körperliche Qualen bereitete – selbst wenn es lediglich um das Teilen einer vergleichsweise geräumigen Rückbank ging. Sie hatte sich schon oft gefragt, was für ein Mensch Alfred wohl geworden wäre, wenn er nicht jahrelang mit grausamen Elektroschocktherapien gequält worden wäre. Vermutlich wäre er dann Tante Vera nie begegnet und sie wäre womöglich nie in den Westen geflohen. Ein seltsamer Gedanke …

Fröstelnd fuhr sie sich über die dünnen Arme und schlang dankbar die fremde Lederjacke um ihre Schultern, während sie ihre kalten Finger in ihrer eigenen Jackentasche darunter vergrub. Seltsame Bilder tauchten plötzlich wie Déjà-vus vor ihrem inneren Auge auf und jagten ihr trotz der zwei Jacken einen heftigen Kälteschauer über den Rücken. Sie stutzte, als ihre Finger etwas Hartes in der rechten Tasche erspürten und sie eine goldene Münze hervorzog. Es war eine Gedenkmünze mit dem Brandenburger Tor und dem Jahr 1989. Obwohl sie brandneu sein sollte, sah sie seltsam alt und gebraucht aus. Sie gehörte definitiv nicht ihr. Wie kam diese Münze in ihre eigene Jackentasche?

»Ist die von dir?«, fragte sie Alfred verdutzt.

Doch Alfred furchte lediglich die Augenbrauen und schüttelte den Kopf, bevor er wieder unbeteiligt nach draußen starrte. Von Tante Vera konnte die Münze nicht sein, da diese grundsätzlich alles kommentierte und es sonst schon zig Mal erwähnt hätte. Helenas Daumen fuhr über die Gravur und erneut schwirrten seltsame Bilder durch ihren Kopf: ein dunkelhaariger Mann, der ihr aus schwarzen, seltsam neonfarben leuchtenden Augen zulächelte. Aus unerfindlichem Grund wusste sie plötzlich, dass die zuckenden Schultern im Flugzeug sowie die Lederjacke diesem Mann gehörten. Doch obwohl er ihr bekannt vorkam, konnte sie sich nicht erinnern, ihn jemals getroffen zu haben. Es war, als ob sie wie durch ein Fenster in die Erinnerungen einer Fremden sah. Wie war diese Münze nur in ihre Tasche gekommen?

Nach knapp zwanzig Minuten parkten sie vor dem Haupteingang der Universitätsklinik und Helena ließ die Münze verwirrt zurück in ihre Jackentasche gleiten.

»Haus 95«, teilte ihnen eine sichtlich gestresste Krankenschwester am Empfang mit und drückte Vera ein paar Unterlagen in die Hand. »Gehen Sie gleich zum Warteraum in den vierten Stock und füllen Sie bitte die Formulare aus! Bin ich richtig informiert, dass die Patientin aktuell wohlauf und die Situation momentan unter Kontrolle ist?«

»Ja, das stimmt, aber ...«, begann Vera, doch die Krankenschwester unterbrach sie kurz angebunden. »Wir bekommen gleich einen Notfall in die Neurologie, das heißt, Sie müssen mit etwas Wartezeit rechnen. Tut mir leid!«

Wortlos klemmte Vera sich die Unterlagen unter den Arm und hakte sich erneut mit eisiger Miene bei Helena ein. »Machst du uns vielleicht mal die Türen auf oder hast du gerade etwas Besseres zu tun?«, keifte sie in Alfreds Richtung.

Dieser stand noch immer unschlüssig und mit starrem Blick in der Nähe des Haupteingangs. Doch statt gereizt zu reagieren, zuckte Alfred lediglich zusammen und nickte. Er war mindestens ebenso blass wie Helena und ging schließlich mit seltsam steifen Beinen an den beiden vorbei, um ihnen die Tür zum Flur aufzuhalten. Trotz ihrer hämmernden Kopfschmerzen sah Helena, dass seine Hand zitterte. Selbst Vera schien zumindest eine Spur von Mitleid zu empfinden, denn sie ließ ihn für den Rest des Weges vollkommen in Ruhe und öffnete ohne Murren jede weitere Tür im Alleingang. Helena war offenbar nicht die einzige, die von beängstigenden Erinnerungen verfolgt wurde.

Im Treppenhaus auf dem Weg zur Neurologie hörten sie einen Helikopter landen. Aufgeregtes Personal fegte im Eiltempo an ihnen vorbei. Alfred war im zweiten Stock stehen geblieben und drückte sich mit dem Rücken gegen die Wand, während er mit deutlich verschwitzter Stirn auf die medizinischen Gerätschaften starrte, welche Ärzte und Schwestern im Dauerlauf zur Neurologie bei sich trugen.

Vera musterte ihn einen Moment lang und zum ersten Mal schien eine Erkenntnis in ihr aufzuflackern. »Ach Mensch, dieses Treppenhaus war eine blödsinnige Idee!«, wetterte sie gewohnt brummig. »Ich kann hier ja nun nicht zwei Sandsäcke gleichzeitig nach oben bugsieren! Nun kommt, Kinder!« Energisch klatschte sie in die Hände. »Auf geht's, ihr habt Beine! Wenn wir deinen fürchterlichen Zonen-Karton noch aus dem Altpapier am Flughafen retten wollen, dann mach jetzt mal ein bisschen Tempo, Alfred!«

Trotz ihrer gewohnt brüsken Art schien Alfred die gute Absicht dahinter zu verstehen und setzte sich, wenn auch schwitzend, kommentarlos in Bewegung. Helena rechnete es ihm hoch an, dass er sich zwang, mit ihnen zu kommen. Vielleicht war sie ihm doch nicht ganz so unwichtig, wie sie immer angenommen hatte?

Die wenigen Formulare waren schnell ausgefüllt und das Warten zog sich über Stunden. Eine Ärztin hatte Helena im Schnelldurchgang überprüft und sie dann zufrieden in einem kleinen Raum auf eine Liege gelegt. Vera hatte sich in der Zwischenzeit vier große Tassen Kaffee aus der Cafeteria geholt. Ihr Koffein-Spiegel schien inzwischen selbst ihre Füße erreicht zu haben und Helena war erstaunt, dass Veras spitze Absätze in ihrem tigerartigen Dauerlauf durch das Zimmer noch keine Löcher im Boden hinterlassen hatten. Alfred war in einem speckigen Ledersessel in der gegenüberliegenden Zimmerecke in sich zusammengesunken und kauerte dort bereits seit Stunden vollkommen regungslos mit geschlossenen Augen. Nur seine bewusst kontrollierte Atmung und die geballten Fäuste in seinem Schoß verrieten, dass er nicht schlief.

»Das ist doch nun langsam wirklich ein Witz!«, brauste Vera auf einmal unvermittelt auf und strich sich empört den leicht zerknitterten Rock zurecht. Sie stürmte in den Flur und kam tatsächlich mit einem Pfleger zurück in den Raum. Der junge Mann schien einen gesunden Respekt vor der kampfbereiten Vera zu haben, was Alfred endlich aus seiner so ungewohnten Trance riss und ihn mit den Augen rollen ließ.

»Ich kann Ihnen nichts Genaueres sagen«, wiederholte der Pfleger erneut. »Sie müssen bitte einfach verstehen, dass wir priorisieren müssen und aktuell haben wir da draußen einen schweren Notfall vorliegen!«

»Wenn unser Fall so unwichtig ist, dann gehen wir wohl am besten nach Hause!«, wetterte Vera erbost. »Diese endlose Warterei ist so langsam ja wohl lächerlich!«

»Wenn Frau Kraft sich wohlauf genug fühlt, um nach Hause zu gehen, kann sie das selbstverständlich tun. Wir halten grundsätzlich niemanden gegen seinen Willen. Doch ohne vorherige Untersuchung würde sie sich auf eigene Gefahr selbst entlassen und auch das sollte vielleicht besser mit einem Arzt abgeklärt werden! Ich würde Ihnen daher vorschlagen, dass Frau Kraft die Untersuchung abwartet, damit der Arzt ihr sagen kann, ob Behandlungen oder Therapien angezeigt sind. Ich kann Ihnen da leider nicht weiterhelfen.«

»Das sehe ich klar und deutlich!«, ereiferte sich Vera.

»Was für Therapien und Behandlungen?«, fragte Alfred dazwischen, der unvermittelt aus seinem Sessel hochgeschossen war und im Bruchteil einer Sekunde neben der aufgebrachten Vera zum Stehen gekommen war.

»Ich kann Ihnen da nichts sagen oder gar eine Diagnose stellen!«, lehnte der Pfleger nun deutlich entschieden ab. »Ich bin lediglich hier, um Ihnen mitzuteilen, dass Sie bitte auf den nächsten freien Arzt warten müssen. Mit dem können Sie dann alles Weitere besprechen!«

Helena brach nun ebenfalls der Schweiß aus. Sie wusste nicht viel über den Westen und hatte in der DDR eigentlich nie einen Arzt gebraucht. Sie hatte sich als Kind beim Spielen auf dem Schrottplatz eine kleine Blutvergiftung zugezogen und einmal hatte sie einen heftigen Magenvirus gehabt. Soweit sie sich erinnern konnte, waren dies die einzigen beiden Situationen gewesen, in denen sie ärztliche Behandlung benötigt hatte. Was machte man in Westdeutschland in einem Fall wie dem ihren? Gab es noch dieselben Elektroschocktherapien, die Alfred hatte durchleben müssen?

Alfreds nur allzu offensichtliche Panik ließ auch Helenas Puls rasant ansteigen. »Tante Vera, was hast du auf dem Krankenhaus-formular geschrieben?«

Vera fuhr verwirrt zu Helena herum. »Na, was passiert ist eben! Was ist denn das für eine Frage?«

»Hast du darin etwas von Zeitreisen geschrieben?« Im selben Moment hätte Helena sich für ihren Ausruf selbst schlagen können.

Alfred war ebenfalls entsetzt zusammengezuckt und blickte mit einem kaum merklichen Kopfschütteln zu ihr herüber, während der Pfleger die Szene aufmerksam verfolgte.

»Nein, natürlich nicht! Ich will doch nicht, dass die denken, dass du komplett geistig neben der Kapp' bist!«

Alfred trat ihr so unauffällig wie möglich auf den Fuß.

»Au, pass doch auf, du Trampel!«, rief Vera empört und rieb sich mit schmerzverzerrtem Gesicht die malträtierten Zehen, während sie auf dem linken Bein hopste. »Ich habe nur geschrieben, dass du viele dieser Anfälle hast und dann eben glaubst, dass du woanders warst.«

»Du hast *was*?«, brüllte Alfred außer sich.

»Ich muss hier raus!«, schrie Helena.

»Aber es stimmt doch!«, rechtfertigte Vera sich empört. »Das ist keine Kritik, Helena! Aber irgendwie müssen wir das Ganze doch nun langsam mal anpacken!«

»Ich bin sofort wieder da«, entschuldigte sich der Pfleger leise und verschwand durch die Tür.

»Du bist und bleibst eben doch eine Gabi[4]!«, zischte Alfred. »Was hast du dir bloß dabei gedacht?«

»Na hör mal, du Kotzbrocken, was sollte ich denn schreiben? Sie haben immerhin den Flug wegen ihr abbrechen müssen und Lena hierher ins Krankenhaus geschickt, statt nach Hause! Das Kind braucht Hilfe!«

»Nicht diese hier, glaub mir!«, entgegnete Alfred aufgebracht. »Los, wir gehen!«

Helena sprang von ihrer Liege auf und schickte sich an, zur Tür zu rennen. Doch auf halber Strecke versagte ihr der Kreislauf und die Kopfschmerzen ließen eine kaum kontrollierbare Welle der Übelkeit über ihr zusammenschwappen. Sie hörte die Stimmen um sich herum nur noch durch ein lautes Rauschen, das alles andere überdeckte.

»Ich höre nichts! Was soll ich machen, wenn es wieder losgeht? Tante Vera?« Panik ließ ihre Stimme überschnappen. Plötzlich ebbte das Rauschen jedoch ebenso schnell wieder ab, wie es gekommen war. Sie lag auf dem Boden, während ihr Kopf auf einem weißen Krankenhauskissen ruhte. Weder von Tante Vera noch von Alfred war weit und breit eine Spur.

»Oh nein, ich bin doch nicht schon wieder in einem Zeitsprung? Wo sind Tante Vera und Alfred? Ich muss hier raus!«

Der Pfleger wich intuitiv ein Stück von Helenas um sich schlagenden Händen zurück, sodass Helena einen freien Blick auf den Arzt hatte, dessen warme, vertraute Hände sich beruhigend um die ihren schlossen. Mit einem erleichterten Schluchzen fiel Helena ihm um den Hals, während die Anspannung der letzten Stunden wie von Zauberhand von ihr abfiel.

»Felix! Gott sei Dank!«, heulte sie und drückte sich noch fester an ihn.

Zu ihrem Entsetzen erwiderte er ihre Umarmung jedoch nicht. Er versteifte seinen Oberkörper und schob sie vorsichtig, aber bestimmt an den Schultern von sich fort. Dann griff er in seinen Kittel und holte eine kleine Stabtaschenlampe hervor, mit der er ihr in die Pupillen leuchtete.

Unwillig schob Helena seine Hand zur Seite und nahm seinen Kopf in die Hände. »Bitte, Felix! Versuch dich zu erinnern! Wir kennen uns! Bitte!« Sie konnte nicht anders und fiel ihm trotz seiner deutlichen Ablehnung erneut um den Hals.

Helena spürte, dass er den Kopf zum Pfleger herumdrehte und hörte ihn leise flüstern.

»Bitte eine Tavor[5] bereithalten, ein Milligramm!« Sanft schob er Helena erneut von sich fort und musterte sie prüfend. »So, jetzt erstmal ausatmen! Nicht so viel Luft anhalten, gell?« Er lächelte so vertraut und gleichzeitig doch so fremd. Seine dunkelblauen Augen strahlten warmherzig, doch es fehlte das Schmunzeln darin. »Der Pfleger hat hier eine Tablette für Sie. Das ist ein völlig harmloses Mittel zur Beruhigung, damit wir erstmal die Unruhe wegbekommen. Ganz ruhig atmen, es ist alles in Ordnung.«

Er lächelte sie so betont ruhig an, als ob er eine rasende Irre vor sich hatte, dachte sie erschrocken.

Er tätschelte ihr kurz die Hand und legte eine unscheinbare, weiße Tablette hinein. »Hier, legen Sie sich die doch einfach mal auf die Zunge, während wir zusammen atmen. Glauben Sie, Sie können aufstehen, sodass wir Sie ein bisschen bequemer auf das Bett legen können?«

»Verdammt, sieh mich doch mal richtig an!«, rief Helena verzweifelt und schleuderte die Tablette wutentbrannt durchs Zimmer. »Ich bin nicht gestört! Sieh mich genau an! Bitte! Komme ich dir denn wirklich überhaupt nicht bekannt vor?«

Helena bemerkte zu ihrer Scham selbst, dass sich ihre Stimme hysterisch überschlug und den winzigen Raum unangenehm laut ausfüllte. Plötzlich wurde die Tür abrupt aufgerissen und Helena sah zu ihrer Erleichterung, dass Vera und Alfred hineinstürmten.

»Was ist hier los?«, brüllte Alfreds Stimme durch den Raum, noch bevor Vera einen Laut hervorbringen konnte. Vera wich überrascht ein Stück zurück und Helena konnte sich für den Bruchteil einer Sekunde vorstellen, warum ihre Mutter und ihre Tante früher einmal solche Angst vor ihm gehabt hatten.

»Was haben Sie mit ihr gemacht?« Alfred hatte sich bedrohlich vor Felix aufgebaut und hielt sich offenbar nur mit äußerster Mühe zurück, ihn nicht zu schlagen.

Felix zog Helena abrupt in einen Stand und schob sie mit unerwarteter Kraft auf die Liege, wobei er Alfred nicht aus den Augen ließ. »Hier wird grundsätzlich nichts ohne die Zustimmung der Patientin gemacht!«, entgegnete er mit eisiger Miene, die Alfreds nichts an Kälte nachstand. »Ich habe der Patientin lediglich ein Beruhigungsmittel angeboten, welches sie abgelehnt hat.«

So konnte man das natürlich auch nennen ...

Er wandte sich bittend an Vera. »Ich halte ein Beruhigungsmittel für angebracht und außerdem ein EEG[6] für ratsam. Ich denke, wir müssen zunächst einmal den Verdacht auf mögliche Epilepsie unter die Lupe nehmen. Die Anspannung und offensichtliche Verwirrung der Patientin könnten durchaus eine Nachwirkung sein.«

»Ich habe keine Epilepsie!«, kreischte Helena und sprang erneut von der Liege herunter.

Diesmal trat jedoch Vera energisch auf sie zu und zwang sie zurück auf das Bett. »Liegen bleiben, Lena!«, befahl sie unnachgiebig. »Wir klären das jetzt!«

»Tante Vera, bitte sag doch Felix einfach, dass er mich kennt! Du hast ihm schließlich das Ticket gegeben!«

»Welches Ticket?«, fragte Vera verblüfft zurück.

Helena brach erneut in hysterisches Weinen aus. »Alfred, sag du es ihm! Du kennst ihn doch auch!«, schluchzte sie flehentlich.

Die bisherige Wut war aus Alfreds Gesicht gewichen. Er starrte Helena mit unbeweglicher Miene an und fuhr sich hilflos mit der Hand über seinen stoppeligen, schwarzen Dreitagebart. Selbst Alfred erinnerte sich nicht?

Felix' Gesicht sah nun deutlich teilnahmsvoller von einem zum anderen. »Ich denke, es ist im Interesse der Patientin, dass wir schnellstmöglich ein EEG machen.«

Helena sah, dass Alfred plötzlich wieder so erschrocken aussah wie während der stundenlangen Wartezeit. Er stand mit dem Rücken zur Wand und starrte Felix aus weit aufgerissenen Augen an, während sich auf seiner Stirn erneute Schweißperlen bildeten.

Was war ein EEG? War das der Grund, warum Alfred so traumatisiert war? War es das, was sie mit ihm gemacht hatten? Helena kannte sich mit medizinischen Begriffen und Geräten so gar nicht aus.

»Ich muss hier raus!«, krächzte sie und versuchte, die Hand ihrer Tante beiseite zu schieben.

»Nein, Lena«, antwortete Vera traurig mit bestimmter Stimme.

»Ich denke, der Arzt hat recht. Diese Reise war unser letzter Versuch, dir ein normales Leben zu ermöglichen, aber anscheinend ist das nicht so ohne weiteres möglich. Es tut mir so leid«, fügte sie leise hinzu und wandte sich ab. Helena sah zu ihrem Schrecken, dass ihre Tante weinte. Tante Vera hatte noch nie geweint! Nichts und niemand konnte diese Frau ins Schwanken bringen!

»Ich will kein EEG! Lasst mich raus!«, brüllte Helena.

»Wir machen nichts gegen Ihren Willen«, wiederholte Felix mit ruhiger Stimme. »Aber ich kann Ihnen versichern, ein EEG ist völlig undramatisch und schmerzlos. Wir verkabeln einfach nur Ihren Kopf um, …«

Der Rest von Felix' Satz ging in Alfreds Ächzen und seinen Würgegeräuschen unter. Vera packte ihn kommentarlos am Ärmel und zog ihn zur Tür.

»Die nächste Toilette ist am anderen Ende des Ganges, gegenüber vom Treppenhaus!«, rief Felix ihnen nach. Dann drehte er sich wieder zu Helena um, die er gemeinsam mit dem Pfleger nur mit Mühe auf dem Bett festhielt. »Frau Kraft, Sie müssen sich jetzt unbedingt erst einmal beruhigen! Ich werde nichts ohne Ihre Zustimmung tun, das verspreche ich! Sehen Sie mich einmal an! Glauben Sie, Sie können mir vertrauen?«

Sein Gesicht war nah vor dem ihren und strahlte so herzlich wie immer. Irgendetwas Vertrautes fehlte darin, doch Helena zwang sich zu einem tiefen Atemzug.

»Prima«, lächelte Felix aufmunternd. »Rein mit der guten Luft, raus mit der schlechten. Die ganze Luft mal so richtig rauspusten!«

Helena erinnerte sich dunkel, dass sie genau diesen Wortlaut schon früher einmal von ihm gehört hatte. In einem anderen Leben, das gefühlte tausend Jahre zurück lag. Woher kamen diese seltsamen Erinnerungen? Helena lächelte gezwungen, als Felix ihr zwei Tabletten in die Hand legte.

»Das hier ist ein vollkommen harmloses Mittelchen zur Beruhigung. Ich sehe, dass Sie Angst haben und da kommt man manchmal in eine böse Panikspirale, die alles unnötig größer erscheinen lässt, als es ist. Es gibt absolut nichts, wovor Sie Sorge haben müssen. Und sobald wir den Puls ein bisschen runterbekommen, sieht die Welt gleich ein wenig besser aus. In Ordnung?«

Mit einem Blick auf Felix' aufmunterndes Lächeln legte sie sich die zwei Tabletten auf die Zunge. Nach nur wenigen Sekunden breitete sich eine seltsame Schwere in ihrem Körper aus – fast ein wenig wie zu Beginn einer Zeitreise, doch der Schleier und die Übelkeit fehlten. Ihr Herzschlag wurde seltsam langsam, als würde sie gleich einschlafen. Allein ihre wirren Gedanken weigerten sich, den Bildertanz vor ihrem inneren Auge zu beenden.

»Das gefällt mir doch schon besser!«, sagte Felix schließlich zufrieden und wandte sich an den Pfleger. »Frau Kraft trägt keinen Gürtel oder ähnliches. Hat sie irgendwelche potenziell gefährlichen Utensilien bei sich?«

Der Pfleger schüttelte verneinend den Kopf.

»Gut, Frau Kraft, wir lassen die Tabletten mal ein bisschen wirken. Ich komme in ein paar Minuten wieder, ja? Machen Sie ruhig die Augen zu, ich bin gleich wieder da!«

»Bitte, geh nicht weg!«, flüsterte Helena lallend. »Ich bin so froh, dass du noch lebst! Ich war mir nicht sicher … Der Regen war so hart! Und die Blitze … Ruth hatte Angst und der Polizist auf dem Parkplatz war tot, glaube ich. So viele Blitze, sogar vom Boden! Total verrückt …« Ihre Stimme brach ab und sie konnte ihre flatternden Augenlider nicht mehr offenhalten. Für einen Augenblick sah sie Felix' weit aufgerissene Augen vor sich, doch dann verschwanden diese in stummer Dunkelheit.

~

Sanftes Motorenbrummen drang in ihr Bewusstsein. Ihre Zunge klebte am Gaumen und ein widerlicher, chemischer Geschmack lag in ihrem Mund.

»Wasser!«, krächzte sie heiser und schob verschlafen eine große Daunenjacke zur Seite, die wie eine Decke über ihr lag. Ihre Sinne wachten eindeutig schneller auf als der Rest ihres Körpers, als Helena wie in Zeitlupe ihren schweren Kopf anhob und auf den Fahrersitz neben sich blickte. Felix saß hinter dem Steuer und drehte bei ihren Worten das Radio ein wenig leiser. Er lehnte sich zu ihr herüber und erforschte mit einer Hand Helenas Fußraum.

»Hier!«, sagte er schließlich, als er fündig geworden war und hielt ihr eine kleine Glasflasche hin. Helena trank sie gierig aus. Ihr ausgedörrter Hals fühlte sich danach deutlich besser an, doch ihr Körper schien noch immer bleischwer zu sein.

»Was ist nur mit mir los?«, murmelte sie gereizt.

»Das ist noch von den Tabletten. Entschuldige, zwei Milligramm sind eine ziemliche Dröhnung!«

Langsam fügten sich die Bilder der letzten Stunden zu einer zusammenhängenden Erinnerung zusammen und Helena schob sich mit aller Kraft in einen aufrechten Sitz. Sie parkten mit laufendem Motor in der Nähe eines Parks. Das leicht verramschte und schmuddelige Auto wurde ein wenig von den Bäumen versteckt und passte eigentlich so gar nicht zu dieser Version von Felix. Ihr Blick wanderte zu seinem angespannten Gesicht. »Was machen wir hier?«

»Meinen Job riskieren?«, antwortete er mit gequältem Grinsen.

»Warum?«

»Naja, ich habe deiner Tante und deinem Vater gesagt, dass du schläfst und ich sie morgen anrufe, wenn sie dich abholen können. Dann habe ich dich offiziell ausgecheckt und jetzt hoffe ich, dass ich keinen völligen Dachschaden habe!«

»Ich meinte eigentlich: Warum sind wir *hier*?«, erklärte Helena ein wenig wacher.

Felix stockte kurz und griff schließlich wie zur Bestätigung nach ihren Händen. »Meine Mutter hat mir seit meiner Kindheit die Geschichte erzählt, dass wir nur hier sind, weil uns ein Schutzengel das Leben gerettet hat. Mein Vater hat das bestätigt. Wir sind damals …« Er brach plötzlich ab und sah sie prüfend an. »Nein, erzähl *du* mir nochmal ganz genau, woher du mich kennst!«

»Tja, wie fange ich da an? Ich kenne seltsamerweise mehrere

Versionen von dir und in jeder lernen wir uns anders kennen. Aber du kennst anscheinend die Lynmouth-Variante, also fange ich mal damit an.«

Helena sah, dass sich seine Augen bei dem Wort *Lynmouth* erneut weiteten, doch er unterbrach sie mit keinem Wort, während sie ihm alle Einzelheiten schilderte, an die sie sich erinnern konnte. Da es für sie gerade erst vor wenigen Stunden geschehen war, konnte sie sich problemlos an alle Details erinnern. Dann erzählte sie ihm von den anderen Zeitsprüngen und den vielen Situationen, in denen sie sich auf unterschiedliche Weise kennengelernt hatten. Viele Bilder waren nur schwach und bruchstückhaft, doch sie erzählte ihm jede noch so winzige Kleinigkeit, die sie sich auch nur ansatzweise ins Gedächtnis rufen konnte, während ihr Körper langsam ein wenig von seiner medikamentösen Schwere verlor.

Unerklärlicherweise schlichen sich während ihrer Erzählungen plötzlich erneut Erinnerungen ein, die eigentlich nicht ihre eigenen sein konnten. Sie wusste auf einmal sogar einiges über seine Eltern, Ruth und Reinhard, auch wenn sie sich nicht erklären konnte, woher diese Informationen plötzlich kamen. War dies eine Nebenwirkung der Tabletten und sie halluzinierte vielleicht? Hoffentlich würde er sie nicht für vollkommen übergeschnappt halten und zum Krankenhaus zurückfahren! Es dämmerte bereits, als sie schließlich endete.

»Ich muss dich enttäuschen«, sagte er schließlich, nachdem sie eine Weile geschwiegen hatten. »Ich bin nicht Felix!« Bei Helenas entsetztem Blick musste er kurz auflachen. »Deine Geschichte stimmt größtenteils, keine Sorge. Aber ich heiße nicht Felix, sondern Frank! Anscheinend gibt es in dieser Version ein paar Details, die du bisher nicht erlebt hast. Die RAF[7] dachte, meine Mutter ich seien tot und haben meinem Vater eine große Summe angeboten, damit er zurück nach Deutschland geht und die Klappe hält. Die Feuerwehr hat meine Mutter und mich dann jedoch in Lynton gefunden und das zerstörte Hotel in Lynmouth aufgesucht. Die beiden Hotelbesitzer wussten, dass mein Vater am nächsten Morgen per Fähre zurück nach Deutschland fahren würde. Sie haben meine

Mutter und mich heimlich nach Dover gebracht und wir haben dort dann meinen Vater getroffen. Er war glücklicherweise in Begleitung eines netten RAF -Typs, der meine Mutter und mich ohne Pass einfach mit auf die Fähre gesetzt hat. Und ja«, schloss er nach einer Weile nachdenklich,»ich habe tatsächlich auch mal am Offenbacher Krankenhaus gearbeitet und kenne Dr. Irena Horvat!« Er sah sie nachdenklich an.»Ist es unverschämt von mir zu sagen, dass ich mich leider nicht an dich erinnere?«

Helena schüttelte mit erzwungenem Lächeln den Kopf und starrte aus der mittlerweile vollständig beschlagenen Windschutzscheibe. Es war sicherlich nicht unverschämt, aber es tat höllisch weh.»Und was machen wir jetzt?«, fragte sie mit wackeliger Stimme.

»Keine Ahnung! Gibt es irgendjemanden, der dir glaubt und bei dem wir zumindest ein paar Stunden Asyl bekommen können? Bei mir können wir nicht bleiben. Meine Ex-Freundin zieht gerade aus.« Er kurbelte sein Seitenfenster herunter und starrte verlegen zum inzwischen düsteren Park vor ihnen.

»Werner!«, rief Helena plötzlich aus.»Werner Genet! Ich weiß nicht warum, aber er hat sich bisher ebenfalls an Vieles erinnern können, was er eigentlich nicht wissen konnte!«

»Es ist definitiv einen Versuch wert! Wo wohnt er?«

Helena biss sich plötzlich auf die Unterlippe.»Tja, da gibt es ein Problem. Werner und ich haben letztes Jahr herausgefunden, dass wir um ein paar Ecken herum verwandt sind. Und seine Frau hasst mich, weil sie denkt, ich hätte ihren Neffen umgebracht!«

»Bitte *was*?«

»Das ist eine lange, reichlich komplizierte Geschichte«, seufzte Helena.»Als ich jünger war, haben wir alle einen Familienurlaub in Dannenwalde gemacht: meine Mutter, mein Bruder Michi, Tante Martha, Onkel Helmut und meine Cousins Peggy und Peter. Da war ein Militärlager der Sowjets in der Nähe und Peter, das ist mein jüngerer Cousin, ist heimlich dorthin geschlichen. Ich wollte ihn da rausholen, aber ich habe es vermutlich nur noch schlimmer gemacht, wie immer! Sagen wir es mal so: viele Raketen, heftige Explosionen, hunderte von Toten und ich bin dann ohne Peter zurückgekehrt!«

»Verarschst du mich?«

»Nee, darüber würde ich nie Witze machen!«

»Entschuldigung!«, antworte Felix sofort. »Das klingt alles nur ziemlich ...«

»... unglaubwürdig?«, schlug Helena spitz vor.

»Nein. *Intensiv* wollte ich sagen«, erklärte er lächelnd, doch noch immer fehlte das vertraute Schmunzeln und Blitzen in seinen Augen, das sie immer magisch zu ihm hingezogen hatte. »Also dann lieber nicht zu Werner?«, fragte er.

»Kommt drauf an. Wie spät ist es?«

»Kurz vor fünf. Warum?«

»Dann ist er vielleicht noch in der Praxis. Ich habe allerdings seine Adresse nicht dabei.«

»Wenn er eine Praxis hat, dann steht er im Telefonbuch! Ich halte einfach an der nächsten Telefonzelle an und schau nach, kein Problem. Was ist das denn für eine Praxis?«

»Er ist Psychiater.«

»Aber jetzt verarschst du mich, oder?«

»Nee!«

Felix holte tief Luft und drehte schließlich den Zündschlüssel um.

»Bereust du jetzt, dass du wegen mir deinen Job riskierst?«, fragte Helena zynisch. »Weil ich anscheinend mal wegen meiner Zeitreisen bei einem Psychiater war, obwohl ich mich daran seltsamerweise nicht erinnern kann?«

Felix schwieg einen Moment und blickte stur geradeaus. »Sagen wir es mal so«, antwortete er nach einer Weile, »aktuell könnte ich dringend einen guten Witz und ein paar Bier vertragen!«

Helena sah ihn kampflustig an. »Also gut!«, begann sie in breitestem Ostberliner Dialekt. »Honecker[8] ist mit seinem Fahrer unterwegs. Plötzlich läuft ein Huhn vor das Auto und wird überfahren. Honecker steigt aus und geht zum Bauern. Nach einer Weile kommt er recht geknickt zurück, setzt sich still in den Wagen und befiehlt dem Fahrer, weiterzufahren. Kurze Zeit später überfahren sie versehentlich ein Schwein und Honecker schickt nun lieber seinen Fahrer zum Bauern. Der Fahrer kommt kurze Zeit später mit Geschenken überhäuft zurück. Als Honecker ihn überrascht fragt, wie er das gemacht hat, antwortet der Fahrer: Ich bin da reingegangen und habe nur gesagt, dass ich der Fahrer vom Honecker bin und das Schwein überfahren habe!«

Felix lachte auf und löste kurz seine Hand von der Gangschaltung, um anerkennend den Daumen zu heben.

»Und noch etwas! Ich bin Dahlkes[9] Enkelin und sitze daher direkt an der Quelle! Sag also Bescheid, wenn du noch mehr Witze brauchst!«

Felix warf ihr ein kurzes Grinsen zu, bevor er seinen Blick wieder auf die beleuchtete Straße vor ihnen konzentrierte. Erleichtert lehnte Helena sich im Beifahrersitz zurück. Seine Augen hatten endlich das gewohnte Schmunzeln und Blitzen wiedergefunden, das sie bisher vermisst hatte.

~ KAPITEL 3 ~

Von Freunden und Feinden

FRANKFURT AM MAIN, HESSEN. WERNERS PRAXIS.
26. OKTOBER 1990.

Helena drückte ungeduldig zum dritten Mal auf den Klingelknopf und ruckelte kraftvoll an der fest verschlossenen Eingangstür des Praxisgebäudes.»Verdammt!«

Felix drehte sie sanft an der Schulter zu sich herum.»Das ist ja nun nicht das Ende der Welt. Wir müssen deswegen nicht gleich die Tür einschlagen!«

Als sie sich gerade zum Gehen wenden wollten, schaltete sich der Bewegungsmelder im inneren Hausflur ein und Werner erschien vor der erleuchteten Glastür. Überrascht schloss er ihnen auf und öffnete die Tür.»Helena! Felix! Was macht ihr denn hier?«

Helena fiel ihm erleichtert um den Hals.»Gott sei Dank, du erinnerst dich! Ich dachte schon, ich habe nun endgültig eine Schraube locker! Das ist übrigens Frank, nicht Felix!«

»Oh«, antwortete Werner verwirrt.»Sie sind also Felix' Zwilling?«

Felix starrte mit offenem Mund von einem zum anderen und schüttelte lediglich mit dem Kopf.

»Nee, er ist derselbe«, antwortete Helena an seiner Stelle.»Aber er heißt jetzt offiziell Frank und nicht Felix! Ich nenne ihn aber trotzdem Felix. Tut mir leid, in meinem Kopf ist es chaotisch genug!«, wandte sie sich schulterzuckend an Felix. Dieser öffnete für einen Augenblick den Mund, als ob er etwas entgegnen wollte, doch Werner kam ihm zuvor.

»Zeitsprung?«

Helena nickte und die beiden begannen, die Treppe hinauf zu steigen.

»Komm! Er hat die Tür wieder abgeschlossen, du kommst hier also eh nicht raus!«, rief Helena Felix über ihre Schulter zu, der noch immer mit offenem Mund am Fußende der Treppenstufen stand. »Sei brav oder du kriegst *Handkäs mit Musik*[10] zum Abendbrot!«

Ein unsicheres Lächeln breitete sich auf Felix' Gesicht aus, doch er folgte den beiden. Im dritten Stock angekommen gingen sie am leeren Empfangstisch vorbei in Werners Büro. Sein Schreibtisch versank in unzähligen Unterlagen, welche er in Windeseile zusammenklaubte und in ein paar Schubladen unter dem Tisch verstaute.

»Ich habe gehört, du hast während der letzten Monate versucht, mich zu erreichen, aber meine Familie hat es nicht zugelassen?«, fragte Helena unverblümt und ließ sich auf einen der Plastikstühle plumpsen. »Was war los? Hat sich Alexander noch mal wieder bei dir gemeldet?«

»Wer ist Alexander?«, fragte Felix, während seine Augen prüfend die Zertifikate und Diplome an der Wand überflogen.

Werner blickte nachdenklich auf Helena, doch diese schwieg und überließ die Antwort offenbar ihm. Wie viel wusste sie über Alexanders tatsächliche Herkunft? Doch selbst, wenn sie es wusste, so konnte er jetzt sicherlich nicht vor dem ahnungslosen Felix heraustrompeten, dass er und Helena einen gemeinsamen Sohn haben würden, der ebenfalls durch die Zeit reiste! Felix schien bereits überfordert genug zu sein und Werner konnte es ihm beim besten Willen nicht verdenken. »Alexander ist in einer ähnlichen Situation wie Helena«, antwortete Werner daher vorsichtig.

»Er reist durch die Zeit und Ärzte riskieren wegen ihm den

Job?«, fragte Felix nervös auflachend.

»Genau das!«, bestätigte Werner schmunzelnd. »Auch wenn ich in dieser Version, in der wir gerade sind, nicht unbedingt meinen Job, sondern eher meine Ehe gefährde!« Seine Frau war vor vielen Jahren eifersüchtig auf seine Patientin gewesen, doch daran hatten sich letztes Jahr seltsamerweise weder Helena noch Johanna erinnern können. Damals hatte Helena allerdings noch Gutowski geheißen und war bei ihrer Tante Vera aufgewachsen.

Als Johanna im vergangenen Jahr in seiner Praxis auf Hannelore gestoßen war, hatte ihre Wut jedoch einen vollkommen anderen Grund gehabt. Diese Version von Helena, die nun Kraft hieß und bei Hannelore im Osten aufgewachsen war, kannte seine Frau recht gut und versetzte diese in eine nicht minder nervenzerreißende Rage. Bis heute wollte es ihm einfach nicht in den Kopf, dass Johanna und Hannelore entfernt miteinander verwandt waren. Und dass Helena bei seinem Neffen Peter gewesen war, als dieser bei einem Unglück starb, schien einfach mehr als nur purer Zufall zu sein!

»Deshalb sind wir in deine Praxis und nicht zu dir nach Hause gekommen«, erklärte Helena. »Als du mich letztes Jahr zu Hause aufgesucht hast, habe ich nicht geschnallt, dass du Johannas Mann bist! Ich habe Tante Marthas Schwägerin nur ein einziges Mal getroffen, aber ich weiß, dass alle in Marthas Familie mir die Schuld geben.«

Werner schwieg verlegen. Was sollte er darauf auch erwidern? Genau so war es! »Warum bist du denn überhaupt hier?«, fragte er schließlich verlegen. »Deine Tante hat mir gesagt, ich solle dich bis nach deinem Rückflug nicht kontaktieren.«

»Der Flug ist abgebrochen worden!«, erklärte Helena kurz angebunden. »Da war offenbar eine Bekloppte an Bord, die einen Zeitsprung hatte und das Flugzeug dabei zusammengebrüllt hat!«

»Oh, das tut mir leid! Ich nehme also an, du warst in Lynmouth?«, schlussfolgerte er mit einem Kopfnicken auf Felix. Dieser blickte noch immer fassungslos von einem zum anderen. »War Felix, ich meine, war *Frank* denn auch an Bord?«

»Zuerst ja«, bestätigte Helena. »Doch nach meinem Anfall dann nicht mehr. Jetzt ist er plötzlich wieder Arzt und scheißt sich gerade in die Hosen, weil er mich aus dem Krankenhaus entlassen und meine Familie angelogen hat!«

»Es ist halt echt viel Info auf einmal!«, verteidigte Felix sich. »Du hast mir sonst immer sofort geglaubt – in jeder Version!«

»Ich glaube dir auch jetzt! Ich bin schließlich hier und riskiere womöglich meinen Job für dich!«

Helenas Empörung verrauchte schlagartig. Er hatte recht. Und in keiner anderen Version hatte er etwas für sie riskieren müssen.

»Wie kann es sein, dass er sich an alles erinnert und ich nicht?«, fragte Felix schließlich mit einem beinahe vorwurfsvollen Kopfnicken auf Werner.

»Das wissen wir auch nicht«, antwortete dieser. »Ich verstehe nicht, warum du dann noch immer im Flugzeug warst, Helena, und er nicht. Vera und Alfred haben doch Tickets für euch beide gekauft!«

»Das ist genau der springende Punkt!«, sagte Helena nachdenklich. »Weder Tante Vera noch Alfred wussten etwas von dem Ticket für Felix, als ich es vorhin erwähnt habe. Anscheinend sollte diese Reise nur ein Versuch sein, mir eine Freude zu machen. Ich hingegen dachte, ich war auf dem Weg zu einem Seminar für Gebärdensprache, um langfristig mit meiner Mutter eine Gehörlosenschule zu gründen.«

Werner betrachtete nachdenklich die müde Helena mit den zerzausten, weißblonden Haaren und den stillen Felix, der seinen Blick nicht von Helena abwenden konnte.

»Das ist auch die Version, die ich kenne«, antwortete Werner schließlich zögernd.

»Weißt du dann auch, warum ich laut Helena ursprünglich ebenfalls ein Flugticket bekommen habe?«, fragte Felix plötzlich.

Werner setzte sich umständlich auf seinen Lederstuhl und griff nach einem Kugelschreiber auf seinem Schreibtisch. Er wusste einfach nicht, wie er seine Hände beschäftigen sollte. Er sah aus den

Augenwinkeln, dass auch Helena sich gespannt auf ihrem Plastikstuhl nach vorne beugte und begann zu schwitzen.

Vera und Alfred hatten entschieden, dass Alexanders Existenz für Hannelore zu gefährlich war. Die beiden waren zu ihm ins Büro gekommen und die Diskussion war vermutlich die lauteste gewesen, die seine Praxiswände je erschüttert hatte. Doch Werner hatte ihnen innerlich zugestimmt. So sehr er auch verstand, dass Alexanders Existenz davon abhing, dass Helena und Felix sich kennenlernten, doch sie hatten einfach nicht riskieren dürfen, dass er Hannelore gefährlich wurde. Werner hatte den beiden Streithähnen vorgeschlagen, dass sie Helena zuliebe einen Kompromiss machten. Statt Helena für immer aus Frankfurt und somit von Felix fernzuhalten, würden sie den beiden zu einem späteren Zeitpunkt einen gemeinsamen Flug nach England spendieren und den Rest dem Schicksal überlassen.

Doch das konnte er den beiden in diesem Moment wohl nicht offenbaren. Wenn man bedachte, dass Felix Helena erst vor wenigen Stunden kennengelernt hatte und vielleicht noch immer entweder ihre Zurechenbarkeit oder seinen eigenen Verstand anzweifelte, sollte er vielleicht nicht mit einem gemeinsamen Kind auffahren.

»Soweit ich weiß, wollten Vera und Alfred euch beiden tatsächlich eine Freude machen«, antwortete er schließlich ausweichend und quälte sein Gesicht zu einem halbwegs neutralen Lächeln.

Helena runzelte die Stirn und zog eine sarkastische Miene. Tante Vera und Alfred würden sich niemals einfach so in denselben Raum begeben, um jemandem eine Freude zu machen! Doch unabhängig davon, ob Werner mehr wusste oder aus irgendeinem Grund log, musste sie ihn zunächst um einen Gefallen bitten.

»Ich brauche heute Nacht eine Unterkunft«, wechselte sie daher abrupt das Thema. »Kann ich hier in deiner Praxis pennen?«

Werner rutschte unwohl auf seinem schwarz-gepolsterten Bürostuhl umher. »Helena, ich kann dich nicht einfach unbeaufsichtigt in meinem Büro übernachten lassen«, erklärte er verlegen. »Hier kommt in regelmäßigen Abständen Sicherheitspersonal vorbei.«

»*Unbeaufsichtigt?*«, fuhr Helena empört auf.

Felix stand plötzlich auf und zog seinen Stuhl neben den ihren. »Er hat Recht, Helena. Er kann hier nicht einfach Freunde mitsamt seinen vertraulichen Unterlagen über Nacht einquartieren!«

»Na, ist ja urst[11]! Ich bin froh, dass ihr zwei euch so dufte versteht!« Werner musste schmunzeln. Bis auf die weißblonden Haare erinnerte sie ihn plötzlich sehr an die Helena von früher, die er während ihrer Therapiesitzungen kennengelernt hatte. »Kannst du nicht bei Felix, ich meine, Frank unterkommen? Entschuldigung, an den neuen Namen muss ich mich noch gewöhnen!«

»Naja, so ganz neu ist er nicht«, erwiderte Felix trocken. »Aber Felix geht in Ordnung, wenn das leichter für euch ist. Bei mir geht es besonders heute leider so gar nicht. Meine Ex-Freundin zieht gerade aus.«

»Tanja aus dem Filmmuseum?«, fragte Werner verblüfft.

Felix brachte nur mit Mühe ein Nicken zustande und Werner konnte förmlich ein überdimensionales Fragezeichen über seinem Kopf schweben sehen.

»Wir haben mal ein paar vertrauliche Gläser Bier in einem Café zusammen getrunken«, erklärte Werner. »Das war vor etwa einem Jahr und du hast damals im Nordend in der Nähe deines Vaters gewohnt. Ich bin allerdings überrascht, dass du diese Tanja trotzdem kennengelernt hast, obwohl ihr jetzt nicht zusammen arbeitet.«

Felix stand auf und fing an, im Zimmer auf und ab zu laufen. Helena hingegen strafte Werner mit eisigem Blick und ging energisch zur Tür. »Keine Sorge, ich finde bestimmt ein überteuertes Hotel!«

»Helena, nun warte doch mal!«, rief Werner und hielt sie in letzter Sekunde am Jackenärmel fest, bevor sie aus der Bürotür stürmen konnte. »Nur weil du nicht hier im Büro übernachten kannst, heißt das doch nicht, dass ich dich einfach so vor die Tür setze – so gut kennst du mich doch wohl hoffentlich, oder?«

Helena biss sich unschlüssig auf die Unterlippe und die drei starrten sich einen Augenblick lang verlegen an.

»Ich habe eine Idee!«, sagte Werner schließlich zögernd. »Wie heißt es so schön: *Halt dir deine Freunde nah und deine Feinde noch näher!* Wie wäre es, wenn du beides machst und zu mir nach Hause kommst?«

»Zu Johanna?«, fragte Helena ungläubig auflachen. »Willst du, dass sie uns alle beide rausschmeißt?«

»Ich denke, es wird Zeit, dass ihr das mal klärt und heute scheint die Gelegenheit da zu sein. Felix, würdest du bitte auch mitkommen?«

»Ist das nicht eher ziemlich privat?«, fragte Felix unsicher.

»Genau das!«, entgegnete Werner seufzend. »Es gab eine Version, in der meine Frau einmal dachte, dass da etwas zwischen Helena und mir läuft und von allen Déjà-vus, die man in Helenas Gesellschaft mitmacht, ist das nun gerade eines, das ich herzlich gerne vermeiden würde! Es würde sehr helfen, wenn ich Helenas Freund mitbringe und solche Gedanken bei all den anderen Themen nicht noch zusätzlich aufkommen!«

Werner hatte sich seinen Schlüsselbund vom Schreibtisch geschnappt und hielt bei Helenas tiefrotem Gesicht plötzlich verlegen inne. Den Kommentar *Helenas Freund* hätte er sich vermutlich besser verkneifen sollen! Doch Felix stand auf und griff wie selbstverständlich nach Helenas Hand.

Als Werner im schwach beleuchteten Treppenhaus hinter den beiden herlief, huschte ein erleichtertes Lächeln über sein Gesicht. Vielleicht waren manche Dinge tatsächlich so etwas wie Schicksal.

~

Johanna hatte nach außen hin ruhiger reagiert, als Werner und Helena erwartet hatten. Mit undurchdringlicher Miene und einem süßlichen Lächeln, das Werner insgeheim einen Schauer über den Rücken jagte, hatte sie den unerwarteten Besuchern matschige, versalzene Spaghetti Bolognese gekocht und Helena und Felix den aufgeregten Kindern als *Freunde vom Papa* vorgestellt. Werner dachte mit reichlichem Unbehagen an den Moment, in dem Thomas und Julia im Bett sein würden und Johannas augenscheinlich freundliche Fassade schneller als die Berliner Mauer fallen würde.

Sie brachte die Kinder schließlich um zwanzig Uhr ins Bett, während Werner, Felix und Helena im Wintergarten zurückblieben. Es war kalt geworden und Helena hatte sich eine der kratzigen, roten Wolldecken sowie die warme Lederjacke mit den Aufnähern über ihre ausgekühlten Beine gelegt. Der Himmel über ihnen war bereits pechschwarz. Abgesehen von ein paar flackernden Teelichtern auf dem niedrigen Tisch zwischen den beiden Sofas wurde der kleine, gläserne Raum lediglich vom schwachen Mondlicht und ein paar Sternen erleuchtet, die hin und wieder durch die dichte Wolkendecke blitzten. Es wäre idyllisch gewesen, hätte nicht so viel Unausgesprochenes in der Luft gehangen.

»Gehe ich richtig davon aus, dass es jetzt gleich höllisch knallen wird?«, fragte Felix schließlich nach einer Viertelstunde des angespannten Schweigens schief grinsend.

Werner nickte kommentarlos und Helena stöhnte.

»Das hast du goldrichtig erkannt!«, fauchte Johannas Stimme plötzlich in die Küche hinunter. Die Wintergartentür zur Küche war offen und jedes Geräusch schallte grundsätzlich wie durch einen Trichter gut hörbar ins obere Stockwerk.

»Bringen wir es hinter uns!«, murmelte Helena leise.

Glücklicherweise hatte Johanna den letzten Kommentar nicht gehört, dachte Werner resigniert. Seitdem sie Eltern geworden waren, explodierte Johanna grundsätzlich bei jeder Form von Aufsässigkeit.

Johanna erschien mit wallender blonder Mähne und erhitzten Wangen am Fuß der Wendeltreppe. Sie ging mit steinerner Miene an der kleinen Gruppe vorbei und holte sich einen großen Kaffeebecher, um sich den vermutlich nur noch lauwarmen Kaffeerest aus der Thermosflasche einzugießen. Johanna trank abends sonst nie Kaffee, weil sie danach in der Regel nicht einschlafen konnte.

Das wird eine lange Nacht ..., dachte Werner innerlich seufzend und sah dabei auf die blasse Helena, die unbewusst Felix' Hand drückte. Es war surreal, die beiden hier zusammen zu sehen. Er hatte schon vor Jahren so viel von ihm gehört und erinnerte sich gut an das Gespräch im Frankfurter Café mit ihm, in dem sie sich zufällig kennengelernt hatten.

Felix gab Helenas Hand einen sichtbaren Druck zurück und ein Teil der Nervosität schien von Helena abzufallen. Werner verstand plötzlich, warum Felix ihr vom ersten Moment an so viel bedeutet hatte. Unabhängig davon unter welchen Umständen sie aufeinander trafen und wie kurz sie sich erst kannten, sie waren einfach ein gutes Team, das zueinander passte. Für jemanden wie Helena, der eigentlich immer aneckte und sich sonst nirgends dazugehörig fühlte, musste das wie ein Sechser im Lotto sein.

»Danke fürs Abendessen, das war wirklich nett«, meldete sich Felix schließlich zu Wort, als Johanna mit ihrem Kaffeebecher in den Wintergarten stolzierte und sich neben Werner auf der gegenüberliegenden, grauen Couch niederließ.

Johanna stellte den Becher auf dem Tisch zwischen ihnen ab und zwang sich zu einem halbwegs freundlichen Lächeln. »Gerne. Und danke, dass du nicht gelogen hast, wie lecker es war. Ich schätze Ehrlichkeit!«, endete sie spitz und richtete ihren Blick nun auf Helena.

»Wann habe ich denn bitte gelogen?«, rief Helena empört und sprang auf. Zu Werners Erstaunen zog Felix sie wieder auf die Couch zurück und legte beruhigend seinen Arm um sie. Für einen Augenblick schien er selbst ebenso überrascht von seiner Reaktion zu sein wie Helena und Werner, doch er zog seinen Arm nicht zurück, während er sie nachdenklich ansah.

Johanna zog ihre Füße auf die Couch, verschränkte die Arme vor ihrer Brust und blickte spöttisch zu Helena herüber. »Zu sagen, Peter sei tot, würde ich schon als eine fette Lüge bezeichnen, Helena! Und dann einfach so auf Nimmerwiedersehen zu verschwinden, ist einfach jenseits des guten Geschmacks, findest du nicht?«

Werner sah, dass Helenas Gesicht ebenso fassungslos aussah wie vermutlich sein eigenes. Sie starrte Johanna mit leicht geöffnetem Mund an und hatte offenbar für einen Moment die Sprache verloren.

»Jojo!«, flüsterte Werner leise und legte ihr eine Hand auf die Füße mit den scheußlichen Ringelsocken, die Martha ihr zum Geburtstag geschenkt hatte. Doch Johanna zog ihre Füße bockig zurück. »Peter ist nicht tot und das weiß sie ganz genau! Wegen ihr ist es noch viel schlimmer als das!«

»Jojo, er *ist* tot! Bitte, lassen wir doch dieses Schauertheater! Es ist schlimm genug, dass Martha und Helmut offensichtlich nie darüber hinweggekommen sind und wir es jedes Mal drüben bei ihnen so tun müssen, als ob er nur im Ferienlager ist!«

»Er ist *nicht* tot, Werner!«, brüllte Johanna ihn plötzlich unvermittelt an. »Martha hat es mir erst vor ein paar Monaten erzählt und ich weiß, dass sie die Wahrheit gesagt hat. Peter ist genau wie Helena und er ist nicht tot!«

»*Genau wie ich*?«, wiederholte Helena verblüfft.

»Er kann durch die Zeit reisen!«, erklärte Johanna achselzuckend. »Er taucht seit dem Vorfall damals in Dannenwalde immer wieder auf!«

Die bleierne Stille ließ den nächtlichen Wintergarten unwirklich erscheinen, während sich drei verdutzte Gesichter auf die schwach beleuchteten Umrisse von Johannas Gesicht hefteten.

»Warum hast du mir das nicht erzählt?«, fragte Werner schließlich perplex.

»Sehr witzig, Werner! Damit du mir gleich eine Therapie anbietest? Nein, danke!«

Werner musste gegen seinen Willen lachen und Johannas empörtes Gesicht machte es nur noch schlimmer.

»Ich finde das nicht sonderlich lustig!«, meldete sich Helena leise zu Wort. Sie wandte sich vorwurfsvoll von Werner ab und sah nun Johanna an. »Ich wusste nicht, dass Peter durch die Zeit reisen kann! Ich habe ihn vor dem Unglück nicht oft gesehen und wir waren noch sehr jung. Bist du dir sicher?«

»Natürlich bin ich mir sicher!«, antwortete Johanna und nahm nun deutlich ruhiger ihren Kaffeebecher vom Tisch. »Ich habe all die Jahre nie verstanden, warum Martha und mein Bruder sein Zimmer so beibehielten, wie es war und behaupteten, dass Peter wiederkommen würde. Ich dachte, du hattest ihn einfach an dem Tag seinem Schicksal überlassen und wärst feige weggerannt, nachdem ihr die Raketen hochgejagt hattet. Als ich aber vor ein paar Monaten bei meinem Bruder drüben war, habe ich Peter dann mit eigenen Augen gesehen! Er stand plötzlich da, mitten in der Küche! Er sah noch immer genauso alt aus wie damals und hat gefragt, wo du bist. Ich habe hinterher zunächst gedacht, ich hätte es mir vielleicht nur eingebildet, doch dann tauchte er wieder auf, etwa zwei Monate später. Er stand plötzlich direkt vor mir und freute sich diebisch, weil er gerade zuvor bei dir in Frankfurt gewesen war.«

»So ein Quatsch! Ich habe ihn nach Dannenwalde aber nie wieder gesehen! Und bis gestern war ich mit Mama zu Hause in Ostberlin, nicht in Frankfurt!«, warf Helena skeptisch ein.

»Peter sagte, er habe zusammen mit einem Alexander eine Art Schnitzeljagd veranstaltet und kleine Stöckchen wie Pfeile ausgelegt, damit du auf Felix triffst!«

Helena starrte sie ungläubig an, doch Felix legte die Stirn in nachdenkliche Falten und schwieg.

»Daran erinnere ich mich nicht«, sagte Helena schließlich verwirrt. Erneutes Schweigen legte sich über die vier, während Helena versuchte, ihre Gedanken zu ordnen. »Und jetzt bist du also nicht nur sauer auf mich, weil ich Peter damals zurückgelassen habe, sondern weil er durch die Zeit reist? Warum ist das denn bitte meine Schuld?«

»Weil du die einzige bist, die wirklich weiß, was damals geschehen ist. Und weil du niemals versucht hast, ihn wieder zurückzubringen! Alfred war jahrelang in irgendeiner Klapsmühle und hat dort offenbar einen gewaltigen Sprung in der Schüssel davongetragen, aber *du* hättest etwas tun können! Stattdessen hast du deine eigene Familie egoistisch in dieser Ungewissheit gelassen, in der sie seit dreizehn verdammten Jahren ständig warten und nichts wirklich heilen kann!«

»Das ist aber ziemlich unfair!«, schaltete sich nun Felix ein. »Sie kann ja noch nicht einmal ihre eigenen Zeitsprünge kontrollieren, wie soll sie denn da jemand anderen finden und ihn dann auch noch zurückbringen?« Er schien sein Unwohlsein bei diesem Thema zumindest vorübergehend überwunden zu haben und scherte sich nicht um die erstaunten Blicke. Er sah stattdessen ehrlich empört aus, was Johanna zu Werners Überraschung in ihrem Trotz schwanken ließ.

»Na ja, da sonst niemand anders helfen kann, ist es ja wohl nicht zu viel verlangt, dass sie nach Dannenwalde zurück geht und versucht, das Unglück zu verhindern, oder? Wie konntest du deinen eigenen Cousin einfach so allein lassen – er war erst dreizehn! Mein Bruder und Martha gehen seit Jahren vor die Hunde!«, beharrte Johanna störrisch.

Helena schüttelte aufgebracht den Kopf.

»So einfach ist das nicht, Jojo!«, warf Werner schnell ein, bevor Helena ihr eine wütende Retourkutsche entgegen schleudern konnte. »Helena hat unzählige Male versucht, das Schicksal zum Besseren zu wenden, aber sie kann weder die Zeitsprünge planen, noch weiß sie, wie alles ausgeht, nachdem sie etwas verändert hat!«

»So schwer kann das doch nicht sein!«, wiederholte Johanna bockig. »Sie geht halt wieder an den Tag zurück und bringt Peter einfach zurück zur Ferienhütte, statt ihn aufs Militärgelände laufen zu lassen! Fertig und Happy End!«

Helena lachte zynisch auf. »Na klar, Johanna, dann mach das doch mal!«

»Ich kann aber nicht durch die Zeit reisen!«, fauchte Johanna wütend.

»Und ich kann nun mal nicht kontrollieren, wo es hingeht!«, brüllte Helena aufgebracht zurück.

»Dann konzentrier dich halt!«

»So einfach ist das nicht, du bescheuerte Sumpfkuh!«

»Stopp, stopp, stopp!«, fuhr Werner nun dazwischen, während Felix und er die beiden keifenden Frauen zurück auf die getrennten

Sofas zogen.»Das kann sie nicht, Jojo. Glaub mir, ich weiß, was sie schon alles versucht hat und es endet eigentlich immer im Chaos!« Helena starrte ihn unschlüssig an und schien sich nicht entscheiden zu können, ob sein Einwurf sie dankbar oder ärgerlich stimmte. Felix enthob sie jedoch einer Antwort, indem er aufstand und sie zu sich hochzog.»Bei allem Respekt, aber ich denke, das bringt nichts! Ich war damals nicht dabei, aber alles, was ich heute höre, ist einfach unfair Helena gegenüber! Ich habe heute mit eigenen Augen gesehen, was sie durchmacht, wenn sie das Schicksal geändert hat, um anderen zu helfen. Sie hat meiner Mutter und mir das Leben gerettet und verdient Respekt statt Geschrei und Undankbarkeit! Komm, wir gehen! Ich weiß nicht, warum ich daran nicht schon vorher gedacht habe, aber meine Eltern werden sich tierisch freuen, dich zu sehen!«

Helena war sich nicht sicher, ob sie Felix schon einmal so aufgebracht gesehen hatte und die Dankbarkeit stand ihr ins Gesicht geschrieben.

»Nun wartet doch mal!« schaltete sich nun Werner ein.»Niemand geht heute irgendwo hin, schon gar nicht in Wut! Es geht um Familie, das ist immer ein explosives Thema. Und wir sind nun mal eine Familie! Wir gehen jetzt alle zu Bett! Einer von euch kann im Gästezimmer neben den Kindern schlafen, der andere kriegt die Couch hier im Wintergarten - sucht euch aus, wer wo schläft! Gute Nacht, bis morgen!«

Er zog Johanna mit sich nach oben, bevor sie sich von ihrer Überraschung erholen und ein weiteres Wortgefecht anzetteln konnte. Er wusste aus Erfahrung, dass schnelles, resolutes Handeln bei ihr besser fruchtete als lange Diskussionen – eine Eigenschaft, die sie mit dem anderen Streithahn im Wintergarten teilte.

Als er zehn Minuten später in den Wintergarten zurückkam, saßen Helena und Felix auf der Couch und flüsterten leise.

»Es tut mir echt leid!«, sagte er leise, während er ihnen Bettwäsche, Handtücher und frische Kleidung von sich und Johanna auf das Sofa legte.»Jojo hat das Herz am rechten Fleck, aber sie ist ihrem Bruder einfach sehr nah und die Jahre seit dem Unglück waren verdammt hart für alle. Ich bin mir sicher, dass morgen beim Frühstück alles ein wenig anders aussieht.«

»Da könntest du recht haben, zumindest für mich!«, konterte Helena mit dem Anflug eines sarkastischen Grinsens. Werner zwinkerte halbherzig zurück und ging seufzend die Treppe zurück nach oben. Helena und Felix blieben auf dem Sofa sitzen und sahen ihm schweigend nach. Verlegen warf sie ihm einen kurzen Seitenblick zu. Er hatte inzwischen seinen Mantel und Pullover ausgezogen, sodass sie erst jetzt sein T-Shirt bemerkte.

»*Ein Herz für Ossis*?«, las sie ungläubig.

»Mein ganzer Stolz!«, grinste er ungerührt. »Wann immer jemand es sieht, haben wir einen Anlass, grandiose Zoni[12]-Witze auszutauschen! Ich habe es beim Fall der Berliner Mauer von einem kleinen Warenhändler gekauft. Wortwörtlich Minuten bevor die Mauer fiel. Kam ganz groß an!«

»Der Mauerfall oder der kaum dämliche Aufdruck?«, erwiderte sie trocken und sah erneut kopfschüttelnd auf sein T-Shirt.

»Naja, bei dir scheint es ja zu wirken«, bemerkte er neckend. Er legte erneut einen Arm um sie und zog sie näher zu sich heran. »Er ist ganz in Ordnung, dein Psychiater, oder?«

»Ja, er ist vermutlich der einzige Freund, den ich habe, so bitter das auch ist«, antwortete sie seufzend.

»Na hör mal, und was bin ich dann?«, erwiderte er gespielt empört und legte auch den anderen Arm um sie, sodass sich ihre Oberkörper berührten.

»Etwas mehr als das, denke ich.« Helena drückte sich noch eine Spur enger an ihn und atmete den Duft seiner Haut ein. Er war ihr so vertraut wie noch nie jemand in ihrem Leben. Langsam zog sie ihr Gesicht ein Stück von seiner Schulter zurück und sah ihn aus unmittelbarer Nähe an. Sie spürte seinen warmen Atem auf ihrer Wange und presste schließlich ohne Nachzudenken ihre Lippen auf seinen Mund. Sie war sich ziemlich sicher, dass sie sich noch nie geküsst hatten und doch schien es das Selbstverständlichste von der Welt zu sein. Er strich ihr ein paar wirre Strähnen aus dem Gesicht und küsste sie sanft zurück. Sie legte ihre Arme um ihn und zog ihn fest an sich, während ein ungewohnter Laut ihrer Kehle entwich. Doch plötzlich hielt er inne und zog seinen Kopf zurück. »Tut mir leid, das ist nicht wirklich mein Ding. Ein One-Night-Stand mit einer Fremden, meine ich.« Er hob verlegen die Schultern an und rutschte ein Stück weiter von ihr weg.

Helena schluckte und versuchte, sich nicht anmerken zu lassen, wie sehr dieser Satz sie traf. Sie war nun wirklich weder eine Fremde, noch ein Mensch, der Männer mit aufdringlichen Übergriffen überrumpelte! Mit rotem Kopf sprang Helena auf, griff nach den Utensilien, die Werner für sie bereitgelegt hatte und schickte sich zum Gehen an.

Felix zog sie jedoch spontan wieder zu sich auf die Couch und hielt sie mit beiden Händen an ihren Schultern auf dem Sofa zurück. »Damit meinte ich nicht, dass du gehen sollst!«, sagte er grinsend. In seinen Augen lag das Blitzen, das sie seit Jahren kannte und noch am Nachmittag vermisst hatte. »Können wir vielleicht einfach kurz so tun, als ob wir uns heute zum ersten Mal getroffen haben?«

»Das erste Mal ist für mich eine Ewigkeit her!«, gab Helena verlegen zurück.

Felix zog erstaunt eine Augenbraue hoch. »Na, dann ist es wohl definitiv kein One-Night-Stand!«, stellte er mit dem schelmischen Grinsen fest, das stets ihre Knie schwach werden ließ. »Hatten wir diese Situation denn auch schon mal?«

»Nicht, dass ich wüsste«, antwortete Helena mit glühenden Wangen.

Felix warf einen schnellen Blick zur Wendeltreppe. Es brannte kein Licht im oberen Stockwerk und alles schien ruhig. Nur die verbliebenen Teelichter flackerten im ausgekühlten Wintergarten.

»Als wir uns hier unterhalten haben, habe ich mich an etwas erinnert«, sagte er nachdenklich und Helena blickte hoffnungsvoll auf. »Ich kann mich zwar nicht direkt an dich erinnern, aber diese Stöcke, die wie Pfeile auf dem Boden liegen ... Irgendwie kommt mir das verdammt bekannt vor, auch wenn ich mich seltsamerweise nicht daran erinnern kann, wann und wo das gewesen sein soll.«

Er sah in Helenas dunkle Augen, die im schwachen Kerzenschein in einer seltsamen Mischung aus Dunkelblau und Schwarz zurückblickten. Plötzlich zog er sie unvermittelt neben sich auf die Couch und begann, sie derart heftig zu küssen, dass Helena beinahe die Luft wegblieb. Seine Hände glitten unter ihre Jacke und fuhren warm und erregt ihre glühende Haut entlang. Sie nahm kaum wahr, was mit ihr geschah, doch als sie sich schließlich unter der kratzigen Wolldecke aneinanderschmiegten, wünschte sie sich, es würde nie enden.

Zu spät bemerkte sie, dass der Schleier im schwachen Teelichtschein des Wintergartens kein eingebildeter war. Merkwürdigerweise blieb die sonst übliche Übelkeit aus, nur der Schwindel schien stärker denn je Überhand zu nehmen, während ein seltsames Flimmern den Raum wie unter tausenden von Sternen aufleuchten ließ. Felix' Nähe schien jedoch die Panik, die sie sonst verspürte, auf wunderbare Weise einzudämmen.

Er hatte gesagt, dass sie ihm und seiner Mutter das Leben gerettet hatte. Vielleicht hatte Johanna recht und sie musste sich in der Tat nur besser konzentrieren? Doch genau das fiel ihr in diesem Moment unsagbar schwer. Sie wollte nicht von hier fort, nicht jetzt!

Die flimmernden Funken legten sich wie kleine, brennende Pflaster über die eisige Kälte, die sich langsam von den Zehen bis zu ihrem Kopf ausbreitete. Felix schien ihre Kälte zu spüren und schlang mit geschlossenen Augen intuitiv die Wolldecke fester um Helena und sich selbst.

»Ich hoffe, ich habe dich beim Aufwachen nicht gleich wieder vergessen!«, flüsterte er leise in ihr Ohr.

Genau das hoffte sie auch.

~ KAPITEL 4 ~

Zweite Chance

OSTBERLIN, DDR. HELENAS WOHNUNG.
13. AUGUST 1977.

Ein undurchdringliches Grau brach durch einen kleinen Spalt der zugezogenen Vorhänge. Diese waren aus hellem Sonnengelb, genau wie damals die Vorhänge in Klein Moskau. Hannelore und Helena bekamen oft Kehrpakete aus Russland und auch wenn diese nie einen Absender trugen, so wussten sie, dass es Sascha war, der ihnen mindestens einmal pro Monat ein paar Überraschungen zukommen ließ. Oft waren es farbenfrohe Stoffe, die Hannelore so liebte, und typisch russische Delikatessen, die es selbst in der DDR nicht gab.

Ruckartig setzte Helena sich auf und sah sich um. Sie war definitiv zu Hause in Ostberlin und nicht mit Felix im Frankfurter Wintergarten. Sie war jedoch splitterfasernackt! War sie in einem Zeitsprung? Ihr Herz raste, doch ihr war weder schwindelig noch übel. Wie in Trance tastete sie sich zum Fenster und ließ ihre Hände dabei über Hannelores selbstgeschneiderte Kissen und Puppen wandern, die sie in allen Farben des Regenbogens anlachten. Hannelore behauptete immer, das Leben sei grau genug und man müsse sich Freude selbst schaffen. Sie war eine Meisterin darin, gute Laune und Freude um sich herum zu verbreiten, was die fast immer grüblerische, oft mürrische Helena insgeheim sehr bewunderte.

Intuitiv griff sie nach einem Püppchen in kunterbuntem, russischem Kostüm und betrachtete verwirrt das lachende Stoffgesicht. Diese Puppe hatten sie schon vor langer Zeit aussortiert und in einer Kiste verwahrt. Hatte Hannelore sie wieder herausgeholt?

Sie drückte die Puppe ratlos an sich und schob die gelben Vorhänge zur Seite. Es war schwer zu sagen, wie das Wetter draußen war, denn Helenas Zimmer erinnerte eher an ein kleines Kabuff[13], das niemals das Tageslicht sah. Sie selbst hatte darauf bestanden, dieses Zimmer zu bewohnen, trotz energischer Proteste ihrer Mutter. Doch hier bedrohte keine Sonne die vielen Fotos an den Wänden. Außerdem fühlte sich Helena oft zu depressiv, um mit Sonnenschein konfrontiert zu werden, sodass ihr ein dunkles Zimmer in ihren vielen gleichermaßen düsteren Momenten sehr entgegenkam.

Sie blickte aus dem Fenster und sah zum Himmel hinauf, während sie wahllos nach einem Rock und einem Oberteil neben dem Bett griff und es sich schnell überzog. Ihr Fenster mündete in einen winzig kleinen, fast quadratischen Innenhof, in dem man auf nichts als unzählige Fenster und diverse Wäscheleinen blickte. Weiter oben hatten die Anwohner vor langer Zeit ein engmaschiges Netz zwischen den Häuserdächern gespannt, damit keine verirrten Vögel in dem röhrenartigen Innenhof gegen die Fensterscheiben flogen oder gar ihren Darminhalt auf die Wäsche entleerten. Das kleine Stückchen Himmel, das sie durch das schmuddelige Netz erkennen konnte, schien blau und sommerlich zu sein, doch das mochte sie trügen.

Helena rieb sich über ihre kalten Arme und blickte auf ihre Fotowand. Hier fehlten eindeutig mehr als die Hälfte ihrer Fotos! Hektisch fuhr sie sich mit der Zunge über die trockenen Lippen und kniete vor der Wand nieder, während sie mit den Augen die Bilder überflog. Plötzlich wurde ihre Zimmertür von außen aufgestoßen und ihr Bruder stand im Türrahmen. Doch Helena ignorierte ihn, während ihr Blick wie hypnotisiert über ihre Bilderwand entlangfuhr.

»Hast du etwa noch nicht gepackt? Mama sagt, wir wollen gleich los!«

»Klopf gefälligst an, du Buschplahudi[14]! «, keifte Helena, ohne ihn dabei anzusehen.

»Mach hin oder wir ziehen dich am Hamsterhaken[15] hinterher!«

»Dreh dich um und verfatz dich, andere wollen sich auch ekeln!«

Michael knallte lautstark die Tür zu und überließ Helena ihren verwirrten Gedanken, als sie die deutlich verringerte Anzahl an Fotografien nach Hinweisen absuchte, was mit dem Rest geschehen war. Die Auseinandersetzung mit ihrem Bruder berührte sie nicht weiter. Sie konnte die Gelegenheiten, während derer sie sich ohne kindische Zänkereien unterhalten hatten, vermutlich problemlos an einer Hand abzählen. Irgendwo tief im Inneren mochte sie ihren Bruder und sie vermutete, dass dies in gewisser Weise auch auf Gegenseitigkeit beruhte. Doch sie waren einfach in jeder Hinsicht zu unterschiedlich, um einander nah zu sein.

Michi hatte viele Freunde, war sportlich, überall beliebt, gut in der Schule und abgesehen von seinen waghalsigen Unternehmungen war er fast immer ein Vorzeigekind gewesen. Helena hingegen war in fast jeder Hinsicht das komplette Gegenteil. Vielleicht hätte sie zumindest gut in der Schule sein können, doch wegen ihrer vielen Aussetzer fehlte sie einfach zu oft im Unterricht. Darüber hinaus trugen ihr mangelndes soziales Gespür für ihre Klassenkameraden und ihre offenkundige Ablehnung der vielen, in der DDR so wichtigen Gruppenaktivitäten nicht dazu bei, dass sie jemals zum erklärten Lehrerliebling wurde. Wäre es nicht allseits bekannt gewesen, dass sie Dahlkes Enkelin war, hätte sie für ihre vielen abfälligen Kommentare sicherlich im Laufe der Jahre härtere Konsequenzen zu spüren bekommen als nur schlechte Schulnoten. Sie wusste selbst, dass sie im Grunde genommen einfach nur neidisch war, doch das störte sie nicht weiter. Michi war schließlich mindestens genauso pampig zu ihr.

Während ihre Finger unaufhaltsam die Bilder entlangfuhren, öffnete sich die Tür erneut.

»Guck in den Topf und schreck die Eier ab!«, schimpfte Helena halbherzig, noch immer ohne aufzusehen.

»Leni, ist alles in Ordnung?«

Helena blickte überrascht in das besorgte Gesicht ihrer Mutter, das plötzlich neben ihr erschienen war. Ihre Augen blickten konzentriert auf Helenas Lippen, während sie geduldig lächelte. Manchmal war es ein wahres Glück, dass ihre Mutter so gut wie taub war und nicht immer die Gelegenheit bekam, von ihren Lippen zu lesen.

»Mama, wo sind alle meine Fotos? Und was macht der ganze alte Kram hier?«, fragte sie, mit dem Kopf auf die vielen Puppen nickend.

Hannelores Gesicht wirkte noch eine Spur erstaunter als zuvor.

»Was fehlt denn, Leni? Ich habe keine Fotos abgenommen. Und was meinst du mit *alter Kram*?«

Helena drückte sich verwirrt mit dem Rücken an die Wand unter dem Fenster und betrachtete ihre Mutter genauer. Hannelore sah deutlich jünger aus als sonst und Helena beschlich auf einmal eine böse Ahnung. Sie sprang auf und rannte zum kleinen Spiegel neben dem großen Wandschrank.

»Das kann nicht sein!« Entsetzt rannte sie zur Tür, schlug mit der flachen Hand auf den Lichtschalter und sprang zurück vor den Spiegel. »Meine Haare!«, kreischte sie fassungslos.

»Was ist mit deinen Haaren? Leni, was ist denn los? Sieh mich bitte an!«

Helena fuhr atemlos herum und kämmte sich mit fahrigen Fingern ihre nun aschblonden Haare hinter dir Ohren. »Mama, welches Datum haben wir? Wie alt bin ich?«

Hannelore schluckte, doch sie hatte sich binnen weniger Augenblicke wieder fest im Griff. Sie zog ihre Tochter zum Bett, nahm ihre Hand und strich ihr mit der anderen Hand beruhigend über den Rücken. »Heute ist der dreizehnte August 1977 und du bist neunzehn Jahre alt. Was ist passiert?«

»Genau das frage ich mich auch! Bin ich in einem Zeitsprung?«

»Das ist doch Verarschung vierten Grades!«, schallte plötzlich Michis Stimme aus dem Flur. Im Bruchteil einer Sekunde stand ihr

Bruder erneut im Zimmer. »Dein Theater kostet mich langsam ein eiskaltes Arschrunzeln, weißt du das? Pack endlich deinen Campingbeutel, ich bin seit Stunden fertig!«

»Wie siehst du denn aus?«, platzte Helena lachend heraus und deutete auf den kaum sichtbaren Gesichtsflaum ihres Bruders.

»Das sagt die Richtige! Heute schon mal in den Spiegel geguckt, du Gesichtseimer?«

»Das reicht, ihr zwei!«, mahnte Hannelore besänftigend. »Michi, geh doch mal bitte kurz in die Küche. Vorhin ist ein Paket aus Moskau angekommen, das kannst du gerne schon mal aufmachen!«

Michis Gesicht hellte sich zusehends auf und Helenas sechzehnjähriger Bruder verschwand in der Küche. Saschas Pakete enthielten oft ein kleines Extrageschenk für seinen Sohn und Helenas Miene verdüsterte sich erneut.

Hannelore verstand den Gesichtsausdruck ihrer Tochter sofort und lachte leise auf. »Komm schon, Leni. Du bekommst dafür häufig ein bisschen mehr in den Westpäckchen von Tante Vera. Er hat es nicht leicht, wenn immer alle Aufmerksamkeit bei dir liegt.«

»*Er* hat es nicht leicht?«, schnaubte Helena, doch anstelle einer Antwort lächelte Hannelore gutmütig. »Mama, ich glaube, ich bin in einem Zeitsprung! Ich war gerade eben noch im Jahr 1990 in Frankfurt!«

»Du warst bei Tante Vera?«

»Nee, ich war bei Werner, das ist ein Freund von mir. Also, später in der Zukunft ist er das. Wir waren bei ihm zu Hause und ...« Helena brach plötzlich ab, als sie an den Abend mit Felix dachte. Diese Information war eindeutig nicht für die Ohren ihrer Mutter bestimmt, so gut sie sich auch verstanden!

Doch Hannelore beobachtete sie aufmerksam. »Kennt ihr euch denn gut, dieser Werner und du?«, fragte sie augenzwinkernd.

»Igitt, nee, Mama! Er ist Psychiater und verheiratet mit zwei Kindern! Ich war dort mit Felix!« Sie spürte, wie sie augenblicklich rot wurde und brach erneut ab. Hannelore betrachtete sie nachdenklich. Michi schien in der Küche zu jubilieren und war offenbar von der

soeben noch ungeduldig herbeigesehnten Abfahrt vorerst abgelenkt.
»Ich denke nicht, dass du in einem Zeitsprung bist, Lena. Ist dir
schlecht oder schwindelig?«
»Nein, gar nicht! Ich verstehe das nicht! Ich bin zweiunddreißig
und wegen mir wurde gerade ein Flug nach London abgebrochen!
Ich hatte einen Zeitsprung nach Lynmouth zu der Frau, die sonst
immer ertrinkt.« Hannelore nickte konzentriert. Den Teil der Geschichte kannte sie immerhin.»Aber diesmal konnte ich sie retten«,
fuhr Helena fort,»und sie überlebt mit ihrem Sohn Felix. Das heißt,
diesmal nennt sie ihn Frank, keine Ahnung warum! Daran werde ich
mich wohl nicht so schnell gewöhnen können. Felix war mein Arzt
im Krankenhaus und hat mir geglaubt. Er glaubt mir letztendlich
immer!« Mühsam schluckte Helena die Tränen herunter, die sich
unerbittlich anbahnten. »Er hat mich zu Werner gebracht, bei dem
ich in einer anderen Version von mir eine Weile in Therapie war. Wir
sind sozusagen mit ihm verwandt: Onkel Helmuts biestige Schwester Johanna ist mit ihm verheiratet!«
»Warte, lass mich kurz mitdenken. Dieser Werner ist der Schwager von Tante Martha und Onkel Helmut?«, fragte Hannelore verwirrt dazwischen.
»Ja, dein Schwager und mein Onkel, zumindest auf angeheirate-
tem Wege! Ich weiß nicht, wann Werner und Johanna heiraten oder
ob sie sich jetzt überhaupt schon kennen. Aber im Gegensatz zu
Johanna ist er echt in Ordnung. Und seltsamerweise erinnert Werner
sich ebenfalls an viele meiner Zeitsprünge und merkt, wenn sich etwas geändert hat. Keine Ahnung warum! Wir erinnern uns anscheinend an Dinge, die nie passiert sind!«
»Das ist in der Tat merkwürdig«, wandte Hannelore ein. Sie legte
ihre Stirn in nachdenkliche Falten.
»Ist ja urst, guck mal!«, rief Michael begeistert und hielt ein kleines Panzermodell ins Zimmer.»Ein russischer T-62!«
»Wunderbar!«, antwortete Hannelore lächelnd, die sich mit Pan-
zern nicht im Geringsten auskannte.»Bist du so lieb und guckst
mal, ob Sascha auch richtigen Kaffee geschickt hat? Ich denke, wir

brauchen jetzt etwas Stärkeres als unseren Edescho[16]!«

»Ja, ist drin!«, ertönte Michis Stimme kurz darauf deutlich weniger motiviert aus der Küche. Helena nickte zur Übersetzung, als Hannelore sie fragend ansah.

»Gut, dann mach uns mal bitte eine Kanne!« Michi brummte etwas in der Küche, doch Hannelore konnte es ohnehin nicht hören und wandte sich wieder Helena zu. »Du hast in der Zukunft also zwei Freunde gefunden, die dir helfen? Felix und Werner?«

Helena sah die Erleichterung in ihrem Lächeln. »Ja, Felix ist Arzt und Werner Genet ist Psychiater mit Praxis in Frankfurt.«

Hannelore erstarrte plötzlich. »Werner Genet?«, fragte sie deutlich blasser.

»Ja, warum? Hat Johanna ihn schon erwähnt?«

Hannelore stürmte aus dem Zimmer und legte der verdutzten Helena nach ihrer Rückkehr einen Brieföffner in die Hand. »Der liegt seit meiner Flucht auf dem Schreibtisch in meinem Zimmer!«

»*Dr. Werner Genet. Glückwunsch zum 10jährigen Praxisjubiläum*«, las Helena verwirrt.

»Ist er das?«

»Ich weiß es nicht«, gab Helena unsicher zurück. »Der Name stimmt und so viele Genets mit einer Praxis gibt es vermutlich nicht. Woher hast du den?«

»Ich habe ihn von einem jungen Mann namens Alexander bekommen, der aus Frankfurt kam. Er hat ihn mir allerdings nicht gerade freiwillig gegeben ...«

»Alexander?«, stieß Helena ungläubig aus. »Rote Haare, etwa Anfang zwanzig und so groß wie Michi?«

»Du kennst ihn auch?« Hannelore sprang entsetzt auf. »Hat er versucht, dir etwas anzutun?«

»Nein, warum sollte er auch? Er reist genau wie ich durch die Zeit und hat anscheinend versucht, mir zu helfen - wenn auch auf sehr eigenwillige Art.« Unwillkürlich dachte Helena an die Schlägerei zwischen Alexander und Felix in dem Frankfurter Café. Das alles schien mindestens zwanzig Jahre her zu sein ...

Hannelore antwortete nicht, sondern starrte ihrer Tochter mit weit aufgerissenen Augen wie gebannt auf die Lippen, um keine Silbe zu verpassen.

»Woher kennst du ihn, Mama?«

»Ich weiß nicht, ob du dich an ihn erinnerst, Lena. Du warst noch sehr klein. Wenn wir von demselben Menschen sprechen, dann trau ihm nicht! Der Alexander, den ich meine, hat versucht, mich umzubringen!«

»Ich erinnere mich an den Zeitsprung! Aber ich kenne nur den Teil, in dem ich als Erwachsene mit Alfred streite, während du mit der Kleinkind-Version von mir und Alexander wegläufst!«

»Dann sprechen wir in der Tat von demselben Alexander!«

Die beiden starrten sich verwirrt an und Helena erzählte schließlich so schnell sie konnte die Kurzversion von der Zukunft, die bis vor einer halben Stunde noch ihre Realität gewesen war. Sie ließ nichts aus: den Fall der Berliner Mauer, dass Hannelore und Vera Alexander von ihr fernhielten und sie Helena schließlich ein Jahr später zusammen mit Felix auf eine Flugreise nach England schickten. Sie erzählte von dem Zeitsprung im Flugzeug, von ihrem erneuten Zusammentreffen mit Felix, Werner und Johanna sowie von den merkwürdigen, blauen Lichtern während ihres Sprungs. Nur den Ausklang des Abends bei Teelichtschein behielt sie für sich.

Helena ratterte alles in Rekordtempo herunter. Sobald Michi in der Küche fertig war, würde er wieder zurück ins Zimmer stürmen und jedes weitere Gespräch zunichtemachen. Er hasste es, wenn Helena wegen ihrer Zeitsprünge Aufmerksamkeit bekam und machte sich grundsätzlich über sie lustig. Ob er ihr glaubte oder nicht, würde sie wohl nie herausfinden, doch es ärgerte ihn offenkundig, dass Hannelore in solchen Momenten sofort alles stehen und liegen ließ und ihn vorübergehend ignorierte.

Hannelore unterbrach sie mit keinem Wort, sondern starrte gebannt, augenscheinlich ohne zu blinken, auf die Lippen ihrer Tochter. Vermutlich hatte sie in dem Eiltempo nicht alles verstanden, doch sie schien sich die Lücken halbwegs zusammenreimen zu können.

»Die Mauer fällt also in zwölf Jahren?«, fragte sie unsicher zurück. Als Helena atemlos nickte, schüttelte Hannelore verwirrt den Kopf und fasste die restlichen Informationen zusammen. »Du wirst also in Frankfurt glücklich, aber unsere Familie beschuldigt dich, dass du Schuld an Peters Tod hast?« Helena nickte erneut und kämpfte tapfer gegen den Kloß im Hals.

Hannelore atmete tief aus. »Leni, ich weiß nicht, was ich darauf antworten soll. Ich denke, es gibt nie ein ideales Leben. Egal, welche Version du erlebst, es wird immer einen Haken geben! Die Frage ist, womit kannst du am besten leben?« Bevor Helena antworten konnte, fuhr sie jedoch fort. »Es scheint, als ob alle diese Erlebnisse nicht nacheinander, sondern irgendwie zeitlich parallel passieren. Ich weiß also nicht, ob du hier in einem Zeitsprung bist. Vielleicht ist es eine parallele Zeitleiste? Ich kann dir nur sagen, dass sich für *mich* alles gerade sehr real anfühlt. Und vielleicht ist es das ja auch und du hast jetzt eine zweite Chance?«

»Eine zweite Chance?«, lachte Helena bitter auf. »Für mich fühlt sich das hier ebenfalls verdammt real an! Und das würde heißen, dass ich jetzt mindestens dreizehn Jahre warten muss, um herauszufinden, ob ich Felix nochmal durch irgendein Chaos kennenlerne! Ich weiß ja noch nicht einmal, welche Version von ihm gerade existiert und wo er jetzt ist!«

»Das meinte ich nicht«, sagte Hannelore und lächelte besänftigend. »Auch wenn ich sehe, wie ungeheuer wichtig er dir ist. Ich meinte, dass du jetzt offenbar eine zweite Chance hast, ein Leben zu retten! Peter lebt noch – wir sind gerade auf dem Weg nach Dannenwalde!«

Helena starrte sie ungläubig an und begann auf einmal, zu zittern. »Das ist heute?«

»Ich weiß nicht, ob es überhaupt passieren wird, Leni. Aber heute ist der dreizehnte August und wir treffen uns heute zum ersten Mal seit vielen Jahren mit Martha, Helmut, Peggy und Peter. Sie haben eine Datsche[17] gemietet und sobald du fertig gepackt hast, fahren wir los!«

»Kaffee ist fertig!«, brüllte Michi in dem Moment aus der Küche, doch Helena sparte sich die Übersetzung. »Lass uns einfach hierbleiben, ja?«, brachte sie tonlos hervor.

Hannelore nahm ihre Tochter sanft bei den Schultern. »Dafür ist es zu spät, Martha wird jeden Moment hier sein und wir wissen doch noch nicht einmal, ob es überhaupt passieren wird. Ich glaube dir, aber vielleicht ist es diesmal vollkommen anders? Wenn wir uns immer von dem *Was-wäre-wenn* verrückt machen lassen, dann gehen wir irgendwann nicht mehr vor die Tür. Komm, pack ein paar Dinge zusammen, ich trink noch schnell einen Kaffee und dann fahren wir los, bevor Michi gleich Radau macht!«

Helena nickte unsicher und fiel ihrer Mutter spontan um den Hals. Sie wusste, dass Hannelore nach Helenas Erzählung unendlich viele Fragen haben musste, doch sie stellte ihre eigenen Bedürfnisse Helena zuliebe hinten an, wie immer.

»Ich weiß nicht, wie ich Peter retten soll, Mama!« flüsterte sie ihrer Mutter ins wirr gelockte Haar. »Ich habe nie erfahren, was genau passiert ist!«

Hannelore konnte es nicht hören, doch sie strich ihrer Tochter wie zur Antwort beruhigend über den Rücken und drückte sie fest an sich.

~ KAPITEL 5 ~

Der Tag vor dem Unglück

OSTBERLIN, DDR. WILHELM-PIECK-STRASSE.
13. AUGUST 1977.

»Freundschaft, Genossin!«, tönte ihnen Marthas Stimme lachend entgegen. Sie trug ein modisches, eher westliches Sommerkleid und lief mit ausgestreckten Armen auf die Haustür der Wilhelm-Pieck-Straße zu, aus der Hannelore soeben mit den Kindern getreten war. Die beiden Frauen lachten und strahlten, als sie sich immer wieder verlegen umarmten.

»Wie geht es Judith?«, fragte Hannelore.

»Besser«, grinste Martha. »Leider noch immer mit unserem werten Minister für Staatssicherheit verheiratet, aber in einer immerhin halb offiziellen Beziehung mit einem normalen Menschen!«

Hannelore schüttelte lächelnd den Kopf. »Das hier ist Michael.«

»Dein Klein-Moskau-Export!«, rief Martha ungläubig aus und kniff Michael in die Wangen.

Helena konnte sich trotz aller Nervosität ein Grinsen nicht verkneifen, als ihr Bruder sich vergeblich bemühte, Marthas euphorischen Fingern auf seinem Gesicht zu entkommen.

»Meine Güte, er sieht dem Armeegeneral ja wie aus dem Gesicht geschnitten aus!«

»Und du erinnerst dich bestimmt noch an Helena«, fuhr Hannelore fort und schob ihre Tochter mit einem aufmunternden Klaps auf den Rücken auf Martha zu.

»Helena! Gütiger Lenin, bist du groß geworden!« Martha starrte Helena ungläubig in die seltsamen Augen, die weder Dunkelblau noch Schwarz waren und bekam eine deutlich sichtbare Gänsehaut auf ihren nackten Armen. Sie lächelte noch immer, doch es lag eine Spur Traurigkeit darin. Helena hatte Alfreds durchdringende Augen geerbt und Martha rang nur allzu offensichtlich nach Fassung. Sie umarmte Helena schließlich fest und fuhr ihr mit der Hand über den Kopf. »Wie schön dich zu sehen, Helena!«

Es war mehr als seltsam, Martha so freundlich zu erleben. Es schien Jahrhunderte her zu sein und Helena hatte seit dem Unglück so gut wie jede Erinnerung an Dannenwalde verdrängt. Nun kam die Erinnerung jedoch mit jeder Sekunde immer klarer und nervenaufreibender zurück.

»Na kommt, genug der Gefühlsduselei!«, unterbrach Martha ihre bangen Gedanken. »Da im Auto sitzt meine Bagage! Winkt mal brav rüber!«

Helena erkannte Peggy und Peter, die auf der Rückbank des Wartburgs saßen. Ihre Cousine winkte aufgeregt, doch Helena nahm sie kaum wahr. Sie starrte auf Peter, der in irgendein Heftchen versunken zu sein schien und sie überhaupt nicht beachtete. Laut Johanna reiste er also ebenfalls durch die Zeit!

»Fahrt uns einfach hinterher! Mal kieken, welche Rennpappe schneller da ist!«, rief Martha lachend und eilte zurück auf den Beifahrersitz des Wartburgs. Als Hannelore, Helena und Michi mitsamt Gepäck wieder in ihrem Trabanten saßen, gab Hannelore ein kleines Handzeichen und Helmut startete den Wagen.

Es war keine allzu lange Fahrt und Helena wünschte sich sehnlichst, sie hätte länger gedauert. Michi brummelte ein paar gewohnt unfreundliche Kommentare in Helenas Richtung, doch statt in eine der sonst üblichen Geschwister-Kabbeleien zu verfallen, schwieg Helena in beklemmender Vorahnung. Sie saß neben Hannelore auf dem Beifahrersitz und nahm Michael kaum wahr. Hannelore warf ihr einen kurzen Seitenblick zu und zog fragend die Augenbrauen hoch. Helena wusste, was ihre Mutter fragen wollte und sie nickte bestätigend mit dem Kopf. Sie konnte sich nicht mehr an jedes Detail erinnern, doch sobald jemand etwas sagte oder sie an bestimmten Orten vorbeifuhren, warfen eindeutige Déjà-vus ihre düsteren Schatten voraus.

Nach knapp zweieinhalb Stunden Fahrtzeit erreichten sie schließlich die kleine, abgelegene Datsche. Sie lag auf einer grünen Wiese inmitten eines weitläufigen Waldstücks und hatte eindeutig bessere Tage gesehen. Mit steifen Beinen kletterten alle aus den beiden Autos und Martha bestand darauf, dass sie sich alle vor ihrem Wartburg zu einem Foto aufstellten. Helenas Erinnerung kam erneut jäh zurück, als sie die sperrige Holztür aufschoben und in heftiges Niesen ausbrachen. Die Datsche war schon lange nicht mehr benutzt worden und auf den mit gräulichen Bettlaken abgedeckten Möbeln hatte sich eine dicke Staubschicht angesammelt. Vorsichtig rollten sie die Laken zusammen und versuchten, diese mit so wenigen Bewegungen wie möglich ins Freie zu schaffen, ohne dabei unnötigen Staub aufzuwirbeln. Helena erinnerte sich noch gut daran, wie viel Spaß sie in dem ununterbrochenen Niesen gehabt hatten. Peggy und Helena hatten damals letzten Endes aufgegeben und unter belustigtem Protest eine Staubschlacht mit den Bettlaken begonnen, bis ihre Augen so zugeschwollen gewesen waren, dass sie kaum noch etwas hatten sehen können.

Auch an diesem Tag entwickelte sich ein spaßhaftes Gefecht, doch diesmal überließ Helena ihrem Bruder und ihren Cousins den Spaß, während sie schweigend nach draußen ging. Die Unbefangenheit und Freude der anderen braute sich wie eine Wolke vor dem tödlichen Sturm über Helena zusammen, die sie einfach nicht ertrug.

Bevor sie wusste, was sie tat, hatte sie sich einen Weg in den angrenzenden Wald gebahnt und das nervenzehrende Juchzen hinter sich gelassen. Sie verfiel in einen kurzen Trab, während sie achtlos Blätter und schmale Zweige beiseiteschob, die ihr das Gesicht zerkratzten und sich gelegentlich in ihren Haaren verfingen. Sie hätte niemals hierherfahren sollen! Der sicherste Weg wäre gewesen, wenn sie unter einem Vorwand in Ostberlin geblieben wäre. Marthas Familie wäre vielleicht dennoch hierhergekommen, aber niemand hätte Helena je für Peters Tod verantwortlich machen können! *Es wäre trotzdem noch immer deine Schuld, wenn er dieses Wochenende stirbt*, flüsterte ihr Gewissen unbarmherzig.

Plötzlich kam sie zu einem abrupten Halt. Sie kannte diese Stelle im Wald! Intuitiv und ohne sich dessen bewusst zu sein, war sie zum Militärgelände gelaufen, an dem morgen das Unglück geschehen würde. Tief einatmend schlich Helena durch die verwilderten Büsche in dem nun lichter werdenden Wald. Sie hatte damals mit Peggy zusammen Hagebutten gesammelt, um daraus Juckpulver zu machen. Peter hatte sie mit seiner verschwiegenen Seltsamkeit unendlich genervt und sie hatten einen riesigen Spaß gehabt, die Hagebutten heimlich in ihre Taschen zu stopfen, während Peter mit dem unzähligen Springkraut am Waldesrand beschäftigt war. Er hatte damals viele Stunden im Wald damit zugebracht, eine prall gefüllte Kapsel nach der anderen zerspringen zu lassen und hatte sich diebisch gefreut, wenn ihm die Samen wie kleine Schrotkugeln entgegen schossen. Ihr dreizehnjähriger Cousin hatte nicht ein Wort mit ihnen gewechselt. Er war gebückt von Strauch zu Strauch gegangen, um an jedem einzelnen minutenlang Kapseln springen zu lassen - immer und immer wieder, ohne auch nur einmal aufzublicken. Helena erinnerte sich, dass sie sich zwischendurch gefragt hatte, ob Peter vielleicht geistig behindert oder zumindest ein wenig zurückgeblieben war.

Aus heutiger Sicht verstand Helena selbst nicht, warum sie von seinem absonderlichen Verhalten so genervt gewesen war. Vielleicht, weil sie insgeheim gewusst hatte, dass sonst grundsätzlich sie selbst der Außenseiter war und sie es genossen hatte, dass Peggy in ihr eine gleichgesinnte Freundin gesehen hatte. Ihre Cousine hatte nichts von Helenas sonst üblichen Aussetzern und Anfällen gewusst und es hatte unendlich gutgetan, endlich einmal so beliebt wie Michi zu sein und jemand anderen als Fußabtreter zu benutzen, stellte sie beschämt fest. Sie wandte ihren Blick vom Wegrand ab, an dem Peters Springkraut in derselben Blüte stand und lief weiter auf das Ende des kleinen Trampelpfads zu.

Vor ihr tauchte ein graues Haus mit weißen Fensterrahmen auf - das erste einer kleinen, verlassenen Siedlung, welche direkt an den engmaschigen Stacheldrahtzaun des sowjetischen Militärgeländes angrenzte. Muna[18] wurde die Sperrzone der Roten Armee von den Einheimischen genannt. Eine asphaltierte Straße führte auf das eiserne Haupttor zu, das an diesem warmen Sommertag nicht friedlicher hätte wirken können. Und doch war es der Eingang zu eben jenem Militärgelände, das sie seit dreizehn Jahren bis in ihre Träume verfolgte.

Mit angehaltenem Atem schlich sie auf den geschlossenen Haupteingang zu. Hier vor dem Tor war immerhin noch öffentliches DDR-Gebiet, sie sollte also noch halbwegs sicher sein! Hinter der Angrenzung lag ein großes Feld mit nur vereinzelten Büschen und Bäumen, das vollkommen unauffällig schien, wäre da nicht ein großer, engmaschiger Stacheldrahtzaun rund um das Gelände gewesen. Helena spähte mit Schaudern auf die verwachsenen Pfade und die vernachlässigte Gras- und Buschlandschaft hinter dem Zaun. Obwohl sie wusste, dass es genau derselbe Ort aus ihrer Erinnerung war, sah er so viel harmloser als in ihren Albträumen aus.

Es gab insgesamt drei Zäune auf dem für DDR-Bürger streng verbotenen Militärgelände. Helena hatte später erfahren, dass selbst die NVA[19] zu diesem Gelände keinen Zutritt hatte. Am ersten Zaun befanden sich das Haupttor und ein Wachturm. Dieser war heute ebenso unbesetzt wie damals während des Unglücks, erinnerte sie sich dumpf. In der Ferne hinter dem zweiten Zaun lagen die mitunter in Erdhügeln versteckten Bunker. Helena erinnerte sich dunkel, dass es sogar noch einen dritten Zaun gab, genauer gesagt einen mehrfachen Stacheldraht mit einer Mauer, doch wo genau sich dieser befand und was sich dahinter verbarg, wusste sie nicht mehr. Ob sie es damals herausgefunden und schlicht verdrängt hatte oder ob sie erst gar nicht so weit gekommen war, vermochte sie nicht zu sagen.

Die Sonne stand hoch am Himmel, während unzählige Vögel in der idyllischen Sommerbrise zwitscherten. Helena schob die Ärmel ihres dünnen Rollkragenpullovers hoch. Sie war unangenehm verschwitzt, doch gleichzeitig jagte ihr der Anblick fröstelnde Schauer über die Haut.

In weiter Ferne meinte sie den Hügel des Bunkers ausmachen zu können, in dem sie nach Peter gesucht hatte. Oder war dieser noch weiter weg gewesen? Seltsamerweise konnte sie sich noch nicht einmal mehr erinnern, wie sie damals überhaupt auf das Gelände gekommen war. Das kleine, weiße Wachhäuschen links neben dem Eingangstor war zwar verlassen, doch der Stacheldrahtzaun schien, abgesehen von diesem Haupttor, keinerlei alternative Eingangsmöglichkeiten zu haben. Mit Schaudern dachte sie an die schwere Bunkertür hinter dem zweiten Zaun inmitten des grottenartigen Hügels, die ohne Vorwarnung hinter ihr zugeknallt war und sich nicht mehr von innen hatte öffnen lassen.

Sie hatte Peter tief im Inneren des Hügels gefunden. Dass ihr dreizehnjähriger Cousin in dem nasskalten, modrigen Gemäuer mit den grellen, gruselig flackernden Lichtröhren an der Decke damals keine Angst bekommen hatte, war ihr bis heute ein Rätsel. Sie selbst hatte in dem schlecht belüfteten, beklemmenden Militärbunker regelrechte Todesangst bekommen. Ob es daran lag, dass Jungen bei militärischen Dingen offenbar alles andere um sich herum vergaßen oder ob sie damals bereits eine düstere Vorahnung gehabt hatte, was sie dort erwarten würde, wusste sie nicht.

Nur eines beschloss sie in diesem Moment: Nichts und niemand würde sie davon überzeugen können, dort jemals wieder hineinzugehen! Sie würde mit Peter sprechen. Wenn er tatsächlich ebenfalls durch die Zeit reiste, würde er sie hoffentlich nicht für übergeschnappt halten und ihr zuhören. Gleich heute Abend, wenn alle anderen zu Bett gegangen waren, würde sie mit ihm reden und ihn warnen. Wenn er dann immer noch blöd genug war, morgen trotzdem hierher zu kommen, würde sie wenigstens ein reines Gewissen haben können. Sie konnte ihn nicht retten, wenn er das Militärgelände betrat, so viel glaubte sie immerhin zu wissen. Doch wenn sie es schaffen würde, ihn vorher davon zu überzeugen, dass er auf keinen Fall überhaupt dorthin gehen durfte, dann hatte sie alles getan, um die Katastrophe zu verhindern. Und unabhängig davon, wie der morgige Tag dann enden würde, könnte ihr niemand künftig mehr einen Vorwurf machen. Die Familie würde weiterhin Kontakt haben und Helena würde vielleicht in Peggy zum ersten Mal eine Freundin haben.

Für einen Augenblick dachte sie an Werner und wie seltsam es wäre, ihn dadurch schon deutlich früher kennenzulernen. Ob Johanna und er sich bereits kannten und schon zusammen waren? Würde er sich wieder an Helena erinnern können, obwohl sie sich noch nie getroffen hatten? Doch vielleicht war dies tatsächlich nur einer ihrer üblichen Zeitsprünge, trotz mangelnder Übelkeit. Vielleicht würde sie schon bald wieder zurück in die Zukunft springen und neben Felix aufwachen!

Hoffnungsvoll schloss sie die Augen und wartete. Wenn sie sich etwas mehr konzentrierte, vielleicht würde ihr dann schwindelig genug werden, um von hier zu verschwinden? Es war vermutlich das erste Mal in ihrem Leben, dass Helena sich sehnlich einen Zeitsprung herbeiwünschte und dabei bittende Worte vor sich hinmurmelte.

»Du bist doch hoffentlich nicht unter die Eso-Schnallen[20] gegangen, oder?«

Helena sprang erschrocken auf und fuhr herum. Dicht hinter ihr stand Alexander, der sie mit undurchdringlichem Gesicht anstarrte.

»Was machst du denn hier?«, fragte Helena gerade heraus. Das Gespräch mit ihrer Mutter kam ihr in den Sinn und die unvermittelt aufkommende Angst ließ sich nur mühsam unterdrücken. Sie konnte sich nicht daran erinnern, dass Alexander damals schon hier gewesen war. Hatte er etwas mit dem Unglück zu tun gehabt? Wollte er vielleicht nicht nur ihrer Mutter etwas antun, sondern auch ihr?

Alexander wandte seinen starrenden Blick von ihr ab und blickte mit unbeweglicher Miene auf das so trügerisch friedfertig aussehende Militärgelände hinter dem Eisentor.»Ist es schon passiert?«, fragte er plötzlich unvermittelt, ohne auf ihre Frage einzugehen. Anscheinend war auch er in einem Zeitsprung und wusste jedoch nicht genau, an welchem Tag er gelandet war.

Helena schüttelte den Kopf.»Wie kommst du hierher?«, fragte sie erneut.

Er sah sie seltsam an und schien seine Antwort vorsichtig abzuwägen.»Ich dachte schon, mit mir ist es nun endgültig aus, aber offensichtlich lag ich da falsch.« Aus irgendeinem Grund zeigte sich plötzlich ein schiefes Lächeln auf seinem schmalen Gesicht, das er jedoch sofort unter Kontrolle brachte.»Wenn es noch nicht passiert ist, dann musst du hier weg, bevor sie dich erwischen! Es passiert sowieso, aber es ist besser für alle, wenn du nicht hier bist!«

»Meine Mutter meinte, dies sei vielleicht meine Chance, das Unglück zu verhindern«, platzte Helena heraus und hätte sich im selben Moment für ihre unüberlegten Worte ohrfeigen können.

Sein Gesicht verzog sich zu einer harten Miene, die Helena als blanken Hass deutete, doch er war anscheinend sehr darum bemüht, sich so wenig wie möglich anmerken zu lassen.

»Super Idee!«, brachte er zwischen zusammengebissenen Zähnen hervor.»Sie ist hier ganz in der Nähe, oder?«

Helena wandte sich entsetzt ab und begann, zum Wald zurück zu rennen. Sie war eine Idiotin – hätte sie doch nur nichts gesagt! Kopflos sprintete sie auf Umwegen zur Datsche zurück. Wenn Hannelore recht hatte, dass Alexander ihr etwas antun wollte, dann musste Helena ihre Mutter sofort warnen. Doch wie kam man einem Zeitreisenden zuvor?

~ KAPITEL 6 ~

Nächtliches Spektakel

FRANKFURT AM MAIN, WINTERGARTEN. HESSEN. 26. OKTOBER 1990.

Ein kräftiger Kinnhaken warf Felix zurück auf das Sofa im Wintergarten der Genets. Er verlor beinahe die dünne Decke, die er sich geistesgegenwärtig schnell um die Hüfte geschlungen hatte und blickte verblüfft auf seinen plötzlichen Angreifer. Helena hingegen war verschwunden und zwischen seinen Armen war nichts als kühle Luft.

»Was zur Hölle ...?«, schnaufte er überrascht. Er rieb sich reflexartig sein Kinn, doch er war von dem unerwarteten Angriff zu überrumpelt, um Schmerz zu empfinden. Helena hatte sich direkt in seiner Umarmung in einem schillernden, blauen Funkenregen in Luft aufgelöst! Stattdessen sah er plötzlich zwei dunkelhaarige Männer vor sich. Beide waren auffällig schmutzig und wurden von einem aggressiven Reizhusten geschüttelt.

»Sie ist nicht hier!«, schrie der jüngere der beiden, der Felix ins Gesicht geschlagen hatte. »Ich habe doch gesagt, dass das Serum zu konzentriert war!«

»Es musste eine höhere Dosis sein, sonst wäre es nicht genug gewesen, um sie gleich mehrere Zeitleisten überspringen zu lassen!«, keuchte der andere. Er schien etwa Mitte fünfzig zu sein und sah recht kränklich aus.

Zu Felix grenzenloser Verblüffung hatten die beiden exakt dieselbe, ungewöhnliche Augenfarbe wie Helena – dieses merkwürdige, beinahe neonfarbene Dunkelblau, das fast schon schwarz wirkte. Was ihn bei Helena so sehr faszinierte, wirkte an diesen beiden Gestalten jedoch eher ein wenig unheimlich.

»Klasse! Und warum sind wir stattdessen ausgerechnet bei ihm gelandet?«, blaffte der jüngere und warf Felix einen hasserfüllten Blick zu. »Wo ist Helena?«

Felix spannte automatisch die Schultern an und wappnete sich für den nächsten Schlag, doch der ältere der beiden schlug seinem jüngeren Weggefährten gereizt die kampfbereiten Hände herunter. »Reiß dich zusammen, verdammt! Es war doch klar, dass sie zu ihrem nächsten Anker springen würde!«

»*Anker?* Was hast du mit ihr gemacht?«, brüllte der jüngere außer sich und wollte sich erneut auf den nur spärlich mit einer Decke bekleideten Felix stürzen. Doch diesmal war Felix vorbereitet und wehrte ihn mit einem gezielten Tritt gegen die Knie ab, sodass sein Angreifer zusammensackte und schmerzerfüllt fluchte.

»Komm schon, wir müssen weiter!«, zischte der ältere. »Konzentrier dich, sonst war alles umsonst! Die Jacke ist nicht hier! Wir sind ohnehin nicht auf Gamma – da, schau! Viel zu ungenau!«

Intuitiv folgte Felix seiner abrupten Armbewegung, als er für den Bruchteil einer Sekunde eine Art Uhr gegen den dunklen Nachthimmel hielt und dabei auf die verwirrenden Zahlen und Zeichen zeigte, welche auf dem filigran wirkenden, kleinen Bildschirm erschienen. Felix hatte nicht die leiseste Ahnung, wovon dieser seltsame Fremde sprach.

Der jüngere rappelte sich umgehend auf und rieb sich mit schmerzverzerrtem Gesicht die Stelle am Knie, an der Felix ihn getroffen hatte. Im Gegensatz zu Felix schien er den merkwürdigen Hinweis zu verstehen, denn er stieß erneut einen Fluch aus. Er bemerkte jedoch zu spät, dass plötzlich Johanna in ihrem viel zu weiten Schlafanzug hinter ihm in der Wintergartentür aufgetaucht war und ihn kraftvoll auf den Boden vor Felix' Füße schubste. »Werner!«, brüllte sie mit hochrotem Kopf. »Schnell!« Noch während sie schrie, hatte sie sich den nächsten Blumentopf geschnappt und diesen mit voller Wucht auf dem Rücken des jüngeren Besuchers zerschlagen, sodass dieser nach Luft schnappend zu Boden ging. Felix sah fassungslos auf die schwer atmende Johanna und nahm am Rande war, dass Werner offenbar im Eilschritt die Treppe zur Küche herunterlief.

Plötzlich fiel Johannas Blick jedoch auf den älteren der beiden unwillkommenen Besucher und ihre wutverzerrte Miene wich vorübergehend einem verblüfften Stirnrunzeln. »Das kann doch nicht …«, begann sie fassungslos. »Bist du das etwa, Alfred?«

Dieser starrte mit offenem Mund zurück, doch das Erkennen beruhte anscheinend nicht auf Gegenseitigkeit. Johannas Erstaunen hielt jedoch nicht allzu lange an. Bevor der jüngere Mann sich erneut aufrichten konnte, setzte sie sich schwungvoll rittlings auf dessen Rücken und hielt ihn mit ihrem gesamten Körpergewicht auf dem Boden. »Ich kenne dich von den vielen Fotos bei meiner Schwägerin«, erklärte sie Alfred von ihrem Herrensattel so würdevoll wie möglich, als sei dies das unverfänglichste Gespräch aller Zeiten. »Du bist also Marthas Bruder und Helenas Erzeuger.« Johanna bemühte sich erst gar nicht, die Abneigung auf ihrem Gesicht zu verbergen.

Felix hingegen starrte mit offenem Mund auf den Angesprochenen. Dieser wild verstrubbelte, aggressiv wirkende Kerl mit den bedenklich im Raum umherirrenden Pupillen hatte mit Helena nicht die geringste Ähnlichkeit!

»Jojo, Vorsicht! Ich glaube, er brennt!«, rief Werner plötzlich hinter ihr und deutete auf einen neonblau leuchtenden Funkenregen, der erneut von ihrem Opfer ausging. Johanna sprang entsetzt auf und auch Felix drückte sich schleunigst an die gläserne Wand des Wintergartens hinter sich, wobei er blindlings einige Blumentöpfe und Bilderrahmen umwarf. Im selben Moment wurde auch Alfred in denselben Lichtertanz eingetaucht und er schien erleichtert aufzuatmen.

Im Bruchteil einer Sekunde wanderte Johannas Blick vom Sofa, auf dem noch immer Helenas und Felix Kleidungsstücke verstreut herumlagen, auf den zusammengekrümmten Lichterball vor sich. Im Hechtsprung stürzte sie auf das Sofa zu, schnappte sich Felix' T-Shirt und zog es mit einem Ruck über den Kopf des jüngeren Zeitreisenden. Der junge Mann schnappte unter ihrem eisernen Griff mühsam nach Luft, während der widernatürliche Funkenregen in dem seltsam flimmernden Wintergarten zunehmend greller wurde. »Jojo, lass ihn los!«, rief Werner entsetzt und riss seine Frau am Arm nach hinten. Im nächsten Moment waren die beiden seltsamen Zeitreisenden verschwunden und Dunkelheit legte sich über die benommene Stille. Abgesehen von den offensichtlichen Kampfspuren in dem kleinen Wintergarten wirkte es plötzlich, als hätte diese unerklärliche Szene nie stattgefunden.

Felix ließ sich mit offenem Mund auf die Couch sinken und betrachtete Johanna, die sich gedankenverloren über diverse kleine, rote Stellen an den Händen und Armen strich. Warum hatte sie diesem Wahnsinnigen sein T-Shirt mitgegeben? Wollte sie sicher gehen, dass er wieder zurückkam und Felix erneut angreifen würde?

Auch Werner schien überfordert zu sein. »Ich hole mal eine Creme«, murmelte er und ging zur Erste-Hilfe-Schublade neben der Spüle. »Sind die Erste-Hilfe-Kits unter den Kaffeelöffeln oder beim Spülmittel?«, rief er nach wenigen Augenblicken gereizt.

Johanna winkte mit einer kurzen Handbewegung ab. »Lass gut sein!« Trotz ihrer schmerzverzerrten Miene schien sie seltsam zufrieden zu sein. Mit einem bestätigenden Kopfnicken wandte sie ihren Blick plötzlich ruckartig vom zerwühlten Sofa ab und richtete diesen auf Felix. »Seid ihr euch nähergekommen?«, fragte sie sachlich. »Helena und du, meine ich! Nicht der Typ von eben.«

»Bitte was?« Mit offenem Mund starrte Felix zurück. In Anbetracht der absurden Situation gab es momentan wohl kaum eine unpassendere Frage!

»Also ja«, murmelte Johanna erleichtert mehr zu sich selbst, bevor sie in ihrer Erklärung fortfuhr. »Nun schau nicht so entsetzt aus der Wäsche! Ich sehe genügend Kleidungsstücke auf dem Sofa und eindeutig zu wenige an deinem Körper, um mir den Rest zusammenreimen zu können! Martha hat mir mal erzählt, dass sie Peters Anker ist und dass er deshalb immer wieder zu ihr findet. Wenn ich es richtig verstanden habe, bedeutet das, dass ein Zeitreisender zumindest in irgendeiner Form einen starken Bezug und gute Erinnerungen an eine Person haben muss, um gezielt zu ihr reisen zu können – Eltern und Kinder, beispielsweise. Oder eben …« Sie nickte vielsagend auf Felix' und Helenas verstreute Kleidungsstücke, »… andere Formen der Vertrautheit. Wenn beide Seiten sich aufeinander konzentrieren, klappt es anscheinend noch besser. Martha sagte, dass greifbare Erinnerungsstücke wie Schmuck, Kleidung etc. ebenfalls ein guter Anker sind, daher habe ich ihm dein T-Shirt mitgegeben.«

»Mitgegeben? So kann man das natürlich auch beschreiben!«, antwortete Werner fassungslos. Er war wieder bei ihnen im Wintergarten aufgetaucht und rieb kopfschüttelnd die Überreste einer fast vollständig ausgequetschten Brandsalbe auf Johannas Arme.

»Ich musste sichergehen, dass er es mitnimmt!«, verteidigte sich Johanna ungerührt. Mit selbstzufriedenem Grinsen wandte sie sich an den noch immer sprachlosen Felix, wobei sie Werners kritisches Brummeln geflissentlich ignorierte. »Die beiden werden Helena finden, Felix. Und sobald sie das tun, hat sie nicht nur die Erinnerungen an dich, sondern jetzt auch ein Kleidungsstück von dir. Ich hoffe, dass sie Peter diesmal hilft. Aber falls sie es nicht schafft, kann sie jetzt wenigstens zurückkommen und es dann eben nochmal versuchen!«

Erhobenen Hauptes wehrte sie Werners weitere Einwände ab und ging zur Wendeltreppe. »Ich sehe nach den Kindern. Wenn die nach diesem Höllenlärm noch schlafen, fresse ich einen Besen!« Energisch schaltete sie auf dem Weg nach oben das Küchenlicht aus und hüllte damit den Wintergarten in Dunkelheit. Nur der Mond leuchtete noch immer hin und wieder durch die dünne Wolkendecke hindurch und erhellte schemenhaft Werners und Felix verwirrte Gesichter.

»Wie fühlt man sich so als Anker?«, fragte Werner schließlich dumpf in die nächtliche Stille des Wintergartens.

»Baff«, gab Felix lakonisch zur Antwort. »Ich weiß nicht, ob ich jetzt hoffen soll, dass sie Helena finden oder nicht. Und ich wünschte, Johanna hätte dem Kerl lieber diese scheußliche Biker-Jacke mit den Aufnähern statt meines Lieblings-T-Shirts mitgegeben.« Er zog die Lederjacke unter ein paar zerbrochenen Blumentöpfen hervor und betrachtete diese mit gerunzelter Stirn. War dieses hässliche Ding die besagte Jacke, welche die beiden ungebetenen Besucher anscheinend gesucht hatten? Sie schien so gar nicht zu Helena zu passen. Seufzend ließ er sich auf das Sofa fallen und starrte in den nächtlichen Himmel über dem Wintergarten. Noch vor keiner Viertelstunde hatte dieser deutlich romantischer gewirkt. »Das war eine verdammt schnelle Reaktion von deiner Frau!«

»Sie ist eine verdammt gute Rechtsanwältin«, gab Werner schulterzuckend zur Antwort und verschränkte nachdenklich die Hände hinter dem Kopf, während auch er sich mit dem Rücken an die Sofalehne drückte. »Jojo weiß, wann sie zuschlagen muss.« Ein müdes Lächeln zeichnete sich auf ihren Gesichtern ab, doch keinem der beiden war nach Schlaf zumute.

»Hoffentlich klappt diese Anker-Idee«, murmelte Felix schließlich nach langem Schweigen und betrachtete dabei nachdenklich die Lederjacke in seinen Händen. »Ich habe kein gutes Gefühl …«

Werner war es beruflich gewohnt, stets guten Rat zur Hand zu haben, doch diesmal wollte ihm einfach nichts einfallen. Wusste der Himmel, wo Helena gerade mal wieder war!

~ KAPITEL 7 ~

Eine Frage des Vertrauens

DANNENWALDE, DATSCHE, DDR.
13. AUGUST 1977.

»Wir sollen alle sofort abreisen, aber du kannst uns keinen Grund nennen?« Marthas Gesicht sah auf einmal deutlich vertrauter aus – genauso biestig hatte Helena ihre Tante seit damals in Erinnerung gehabt! »Ich dachte, wir wollen diesen ganzen Klein-Moskau-Bockmist endlich hinter uns lassen und gemeinsam von vorne beginnen?«

»Das wollen wir doch auch«, erwiderte Hannelore betont ruhig, die Marthas Lippen nur mit Mühe durch deren aufgebrachte Gesten hindurch lesen konnte. »Aber wir haben einen kleinen, unvorhergesehenen Notfall, von dem wir erst jetzt erfahren haben.«

»Das macht, mit Verlaub gesagt, nicht viel Sinn!«, schaltete sich nun auch Helmut mit gefurchter Stirn ein. Im Gegensatz zu seiner nur allzu offensichtlich aufgebrachten Frau hatte er sich auf einem der Holzstühle am Esstisch niedergelassen und die Hände behäbig auf seinem deutlich gerundeten Bauch gefaltet.

»Ich habe vergessen, dass ich morgen früh einen dringenden Termin an der Gehörlosenschule habe«, erwiderte Hannelore mit puterrotem Kopf. Genau wie ihre Tochter war sie eine erbärmlich schlechte Lügnerin. Dennoch gab sie ihr Bestes, um die Aufmerksamkeit von Helena wegzulenken.

Helena wandte beschämt den Blick von ihrer Mutter ab und ließ ihn über die Gesichter der anderen wandern. Martha war eindeutig zornig und Peggy hatte dieselbe abfällige Miene, die sie gehabt hatte, als sie damals zusammen mit Helena Juckpulver für Peter gesammelt hatte.

Nicht damals, korrigierte Helena sich plötzlich in Gedanken. *Morgen!* Wenn dies ihre Chance war, die Zukunft zu ändern, dann musste sie jetzt handeln! Auch wenn dies hieß, dass Peggy nicht ihre Freundin sein wollen würde. Vielleicht war sie einfach nicht dazu bestimmt, eine Freundin zu haben.

»Mama lügt für mich!«, brachte Helena heiser heraus, während ihr das Herz bis zum Hals schlug. Hannelore machte Anstalten, sie zu unterbrechen, doch Helena zwang sich, schnell weiterzusprechen, bevor der mühsam aufgebrachte Mut sie wieder verließ. »Ich kann durch die Zeit reisen, allerdings kann ich es nicht steuern. Ich bin gerade aus dem Jahr 1990 hierhergekommen und in meiner Zeitleiste gibt es hier morgen ein großes Unglück!«

Ein lautes Türenknallen unterbrach Helenas Ansprache für einen Moment. Michi hatte die Datsche verlassen und dabei die Tür mit einer derartigen Wucht hinter sich zugeschlagen, dass der knorrige Holzrahmen bedenklich knarzte. Zu ihrem großen Erstaunen war Tante Marthas Gesichtsausdruck schlagartig milder geworden. Dass Helena durch die Zeit reiste, schien für sie keine Neuigkeit zu sein. Peggy hingegen sah sie mit einem Gesichtsausdruck an, den Helena nur allzu gut kannte: Ablehnung.

»Haste zu viel am Rundholz[21] geschnuppert, Genossin?«, stieß ihre Cousine spöttisch hervor und schüttelte ungläubig den Kopf.

»Du solltest deine Zunge im Zaum halten!«, mahnte Martha ihre Tochter mit ernster Miene. »Du weißt nur allzu gut, was mit deinem Onkel passiert ist!«

»Haben sie ihr etwa auch mit Elektroschocks die Birne aufgeweicht wie bei Onkel Alfred?«, konterte Peggy abfällig.

»Peggy!« Marthas Gesicht nahm eine ungesunde Farbe an, doch

bevor sie ihre Tochter erneut zurechtweisen konnte, fiel Helena ihr ins Wort.

»Das muss hart sein, wenn man das Tal der Ahnungslosen[22] direkt im Schädel statt vor der Tür hat! Du weißt doch ganz genau, dass selbst dein Bruder durch die Zeit reist!«

Peggy sah sie für einen Moment sprachlos an und brach überraschenderweise in schallendes Gelächter aus.

»Ich mach' bitte *was*?«, meldete sich nun auch Peter verdattert.

»Jetzt stellt euch doch nicht alle doof!«, rief Helena verzweifelt. »Ihr wisst doch ganz genau, dass ich die Wahrheit sage!« Sie war den Tränen nahe, doch diese Genugtuung würde sie ihnen nicht geben.

»Raus!«, befahl Martha auf einmal heiser. Ihr Gesicht wirkte steinern, als sie Helena und Hannelore an jeweils einem Arm mit sich ins Freie zog. Sie liefen über die kleine Wiese bis zu einer dichten Baumgruppe. Als sie außer Hör- und Sichtweite der Datsche waren, machte Martha halt und drehte sich zu den beiden um. Ihr Gesicht war noch immer hart, doch sie blinzelte verdächtig schnell. »So, Helena, ich will jetzt genau wissen, was das eben zu bedeuten hatte!«

»Bitte glaub mir, ich sage die Wahrheit!«

Martha zwang sich zu einem Lächeln, wenngleich dieses eher zu einer Grimasse ausfiel. »Es gibt einiges, was du nicht von mir weißt, Helena. Ich bin wegen meines Bruders durch die Hölle gegangen! Und dass ausgerechnet unser verdammter Stasi-Chef dein Opa ist, hat unser Leben sicherlich nicht einfacher gemacht! Weiß sie über Alfred Bescheid?«, wandte sie sich abrupt an Hannelore.

Diese nickte stumm, während sie mit höchster Konzentration die Lippenbewegungen von Martha und Helena verfolgte.

»Mein Vater hat Alfred kaputt gemacht, weil er ihm nicht geglaubt hat und Alfred ihm Unannehmlichkeiten bereitet hat. Aber ich habe ihn mit eigenen Augen gesehen, als er …« Martha brach ab und atmete tief durch. »Erzähl mir alles, Helena! Warum müssen wir abreisen? Und was meinst du damit, dass mein Sohn durch die Zeit reist?«

Die drei Frauen ließen sich hinter der kleinen Baumgruppe im ausgetrockneten Gras nieder und Helena erzählte ihrer Tante alles, was sie über das Unglück, die Zukunft und Peter wusste. Sie erzählte von dem Mauerfall, ihren Begegnungen mit Alexander und von dem Unglück. Felix erwähnte sie jedoch mit keinem Wort. Es war eine seltsame Mischung aus Scham und Traurigkeit, die den Gedanken an ihn unbedingt verdrängen wollte.

Als Helena schließlich schwieg und sich mit der Zunge über die trockenen Lippen fuhr, öffnete Martha ihre Augen. »Peter reist nicht durch die Zeit«, stellte sie fest.

»Ich lüge nicht!«, begann Helena empört, doch Martha unterbrach sie mit einer Geste, die keine Widerworte duldete.

»Das sage ich auch nicht! Ich glaube dir. Nach allem, was wir mit Alfred erlebt haben, wäre ich bescheuert, wenn ich jetzt wie mein eigener Vater reagieren würde!« Ihr Gesicht wurde eine Spur härter. »Aber mein Sohn reist nicht durch die Zeit! Zumindest nicht momentan.«

»Aber Johanna wirft mir genau das im Jahr 1990 vor!«, warf Helena vorsichtig ein.

»Johanna? Die Schwester meines Mannes, die neulich mit ihrem Wessi-Freund bei uns aufgetaucht ist?«

»Ja, das habe ich vergessen. Sie heiratet irgendwann Werner, einen Psychologen aus Frankfurt am Main. Er wird später mal ein Freund von mir. Naja, bisher war das zumindest so. Und wenn ich ihn nicht warne, sterben Johanna und er vielleicht bei einem Autounfall am Tag des Mauerfalls.«

»Du würdest unsere Familie wohl gerne tot sehen, was?«, bemerkte Martha mit einem unüberhörbaren Anflug von Zynismus, doch sie klang nicht verärgert.

Hannelore hatte seit über einer halben Stunde kein einziges Wort gesagt, doch nun stand sie plötzlich entschlossen auf und klopfte sich energisch ein paar Laubblätter von ihrem bunten Sommerkleid. Die kräftige Sonne brach durch die Lichtung und brachte sie zum Blinzeln, doch sie störte sich nicht daran. »Ich weiß nicht, ob Peter durch die Zeit reist oder nicht. Aber da wir beide Leni glauben, müssen wir dafür sorgen, dass das Unglück morgen nicht passiert. Ich habe die Lage vorhin nicht recht ernst genommen, als Lena mir davon erzählt hat. Aber wenn Alexander tatsächlich hier ist, dann ist da bitterer Ernst! Ich bin ihm vor vielen Jahren begegnet und weiß, dass er gefährlich ist!«

Helena wollte etwas einwerfen, doch Hannelore ließ sich ausnahmsweise einmal nicht unterbrechen. »Leni teilt diese Meinung nicht, aber ich denke, wenn Alexander hier ist, müssen wir weg! Weiß der Himmel, wo er gerade ist!«

Martha wurde plötzlich blass und sprang auf. »Wenn er Helena gefolgt ist, dann ist er vielleicht bei den Kindern in der Datsche!«, rief sie kurzatmig über ihre Schulter hinweg.

»Mama!«, drang in diesem Moment Peggys Aufschrei zu ihnen.

Die drei Frauen stolperten in Windeseile den kurzen Weg zurück zur Gartenlaube.

~ KAPITEL 8 ~

Gefahr aus der Zukunft

DANNENWALDE, DATSCHE, DDR.
13. AUGUST 1977.

»Was ist hier los?« Tante Martha war wie ausgewechselt und erinnerte Helena erneut an die bittere, vorwurfsvolle Martha, die sie
nach dem Unfall einmal werden würde.

Helmut hatte einen Stuhl zerschlagen und sowohl sich selbst als
auch seine Tochter mit jeweils einem Stuhlbein als improvisiertem
Schläger ausgerüstet. Beide sahen verschreckt und angriffslustig zugleich aus und Helmut keuchte, als wäre er soeben einen Marathon
gelaufen.

»Hier war eben ein Spinner, der nach Peter und Hannelore gefragt hat und als ich ihm sagte, dass beide nicht hier sind und wer er
denn bitte sei, hat er sich einfach in Luft aufgelöst! Einfach so!« Der
konservative Helmut war mit diesem Ereignis eindeutig überfordert,
doch Helena konnte sich nicht dazu bringen, ihn zu bemitleiden.
Dass Alexander tatsächlich hierhergekommen war, erschreckte
sie maßlos, doch immerhin würde dieser Vorfall hoffentlich ihrer
Glaubwürdigkeit helfen. Sie hatte schon viel zu viel Zeit mit langen
Erklärungen verloren.

Auch Hannelore war blass geworden. Sie schnappte sich kommentarlos ihren khakigrünen Mantel und ihre klobige Tasche. Trotz

sommerlicher Temperaturen ging sie niemals ohne Mantel und voll-
gepackte Tasche aus dem Haus, so viel hatte sie von ihren zwei
Fluchten gelernt.

»Mama, wo willst du hin?«, fragte Helena sie besorgt.

»Ich gehe mit Martha und Helmut. Du bleibst mit Peggy hier und
ihr wartet auf Peter und Michi!«

»Nun wartet doch mal!«, rief Helena verzweifelt. »Peggy, wie
sah der Typ aus?«

Vielleicht war es ja gar nicht Alex?

Peggy zuckte stirnrunzelnd mit den Schultern. »Groß, dürr,
knallrote Haare und merkwürdige Augen. Naja, also, so wie du
eben! Und er hat ständig was von einem *Fak* gebrüllt, was auch
immer das sein soll.«

Helena lief es kalt den Rücken runter. Es war also tatsächlich
Alex! Sie wusste trotz mangelnder Englischkenntnisse inzwischen
sehr wohl, was das Wort *fuck* bedeutete, doch es schien gerade weder erheiternd noch wichtig, dies zu erklären.

»Mama, das ist eindeutig Alex, und wenn du da jetzt hinaus-
läufst, dann rennst du ihm womöglich genau in die Arme! Mir wird
er nichts tun, das weiß ich. Aber ich bin mir nicht sicher, was sein
Problem mit dir ist – du solltest ihn also nicht auch noch aktiv suchen!«

»Ich lasse mich von diesem Bluschplahudi nicht mehr ein-
schüchtern!«, brüllte Hannelore aufgebracht. »Wenn dieser Möch-
tegern-Kaskadeur²³ mich tatsächlich im Erdmöbel²⁴ sehen will, dann
will ich ihm vorher wenigstens eine knallen dürfen!«

Helena hatte ihre Mutter noch nie so aufgebracht gesehen - nur
damals während ihrer Flucht aus Klein Moskau. Doch das war so
lange her, dass Helena inzwischen nicht mehr wusste, was davon
tatsächlich passiert war und was ihre Fantasie im Laufe der Jahre
hinzugedichtet hatte.

»Mama, wenn er dir etwas antut, was mache ich dann ohne dich?
Soll ich vielleicht bei Alfred einziehen?« Es war eine unfaire Waffe,
doch ihr fiel auf die Schnelle nichts Besseres ein, um ihre Mutter

von der Idee abzubringen.»Lass uns doch mal logisch denken! Das Unglück passiert erst morgen und vermutlich taucht er genau dann wieder auf. Alex reist durch die Zeit - ich bezweifle, dass ihn ein kaputtes Stuhlbein aufhalten wird!«

»Da hat sie recht«, warf Peggy zu Helenas maßloser Überraschung ein.»Wenn der Typ einfach so mit einem Puff verschwinden kann, dann bringt das nichts! Warum will er dir etwas antun, Tante Hanne?«

Hannelore zwang sich nur mühsam zur Ruhe.»Ich weiß es nicht. Ich weiß nur, dass er mich schon damals während meines Fluchtversuchs aus dem Weg schaffen wollte. Er hat so getan, als ob er mein Freund wäre und hat dann gedroht, mich aus dem zweiten Stock zu schubsen!«

»Er wollte auch mich aus dem Fenster werfen!«, erinnerte sich Helena plötzlich.

»Ja, aber hatte offenbar jemanden organisiert, der dich unten auffangen sollte. Ich erinnere mich an eine Frauenstimme mit ausländischem Akzent, die gerufen hat, dass sie bereit sei.«

Helena wusste inzwischen, wem diese Frauenstimme gehört hatte. Sie hatten Dr. Irena Horvat zufällig vor einem guten Jahr am Frankfurter Bahnhof getroffen. Doch war das wirklich ein Zufall gewesen? Fieberhaft ging Helena in Gedanken alle Informationen durch, die sie über Alexander hatte. Warum wollte er Hannelore unbedingt aus dem Weg haben, wenn er nichts gegen Helena hatte? Es musste ihm doch klar sein, dass Hannelores Verschwinden Helenas ganzes Leben komplett auf den Kopf stellen und verändern würde.

Plötzlich fiel es ihr wie Schuppen von den Augen. Warum war ihr dieser Zusammenhang bisher noch nie aufgefallen?»Mama, er will, dass ich im Westen aufwachse! Er will dich nur dann aus dem Weg haben, wenn du mich irgendwie davon abhältst!«

»Entschuldige, aber das ist doch Unsinn, Helena! Wir haben noch nie woanders als im Osten gewohnt, warum sollte er also genau jetzt wieder hier aufkreuzen? Oder hattest du ausgerechnet heute vor, von hier aus zu Fuß zur Mauer zu laufen und rüberzuhopsen?

Noch dazu hat er nun auch nach Peter gefragt, da stimmt etwas ganz gewaltig nicht! Wir müssen Peter finden! Und Michi ist gerade auch irgendwo da draußen, dabei ist mir ganz und gar nicht wohl - weiß der Himmel, was dieser Wahnsinnige vorhat!«

»Da hast du recht, aber ich glaube, dass er eine neue Zukunft schaffen will, in der es nur mich im Westen gibt. Ich habe ihn immer dann gesehen, wenn ich mit Felix zusammen war oder kurz nachdem ich ihm begegnet bin und ...« Helena brach ab. Hatte er etwas mit Felix zu tun?

»Nun, heute ist er hier aufgetaucht, obwohl dein Felix mit großer Wahrscheinlichkeit nicht hier in der Gegend ist, daher denke ich ...«

»Ich habe Felix gerade erst gestern gesehen, Mama!«

»Nicht in dieser Zeit!«

»Für mich ist das alles eins, versteh doch! Da gibt es einen Zusammenhang und wenn wir Alex aufhalten wollen, dann müssen wir den herausfinden, anstatt ziellos durch den Wald zu pirschen!«

Martha und Helmut wechselten ihr Gewicht nervös von einem Fuß zum anderen und verloren recht offensichtlich die Geduld. »Helena, mein Sohn und mein Neffe sind da draußen! Ich kann nicht einfach hier rumsitzen und philosophieren, während ihnen ein gefährlicher Spinner hinterherläuft!«, sagte Martha entschlossen.

Wenn sie Alex tatsächlich fanden, war es möglich, dass sie alles noch schlimmer machten als in Helenas Erinnerung? Vielleicht passierte das Unglück dann schon heute statt morgen? Wie weit würde Alex gehen, wenn er Hannelore tatsächlich beseitigen wollte? Im Jahr 1990 hatte ihre Familie alles darangesetzt, um Helena nach ihrem Aufeinandertreffen mit Alex von Frankfurt fernzuhalten. Doch dann hatten Vera und Alfred sich schließlich zusammengetan, um ihr ein Ticket nach London zu schenken und sie hatten sogar eines für Felix besorgt. Warum hatten sie das getan? Was wussten sie? Wenn sie die beiden doch nur fragen könnte!

Helena stockte. Tante Vera würde von alledem im aktuellen Jahr 1977 noch nichts wissen, da es noch nicht passiert war. Doch war es möglich, dass Alfred etwas wusste?

»Mama, nimm den Autoschlüssel und komm! Wir fahren zu Alfred!«

»Bist du übergeschnappt?«, fuhr Hannelore sie empört an. »Warum sollten wir ausgerechnet zu Alfred in die Klinik fahren?«

»Weil die Klinik hier in Dannenwalde ist und weil ich hoffe, dass Alfred etwas über Alex weiß! Er hält mich in der Zukunft lange davon ab, wieder nach Frankfurt zu fahren und schenkt mir dann aber aus heiterem Himmel ein Flugticket von Frankfurt nach London.«

»Wohnst du in Zukunft etwa bei Alfred?«, warf Hannelore entsetzt ein.

»Nein, du bist auch da und hast mir ebenso blöde Ausreden geliefert, warum wir nicht nach Frankfurt fahren können!«, erwiderte Helena patzig.

Hannelore starrte sie ungläubig an. »Ich bezweifle sehr stark, dass ich irgendwann etwas gemeinsam mit Alfred diskutieren oder gar unternehmen werde, Leni!«

Martha hatte fahrig etwas auf einen kleinen Zettel gekritzelt und drückte Hannelore diesen auf dem Weg zur Tür in die Hand. Peggy und Helmut waren bereits hinausgegangen.

»Alfred ist nicht mehr in Dannenwalde, er wurde vor zwei Jahren nach Oranienburg verlegt. Eines habe ich von meinem Bruder gelernt, Hanne: Man weiß nie, was die Zukunft bringt! Und manchmal möchte man etwas unbedingt wieder gut machen.«

Das waren Judiths Worte gewesen - damals, als Alfred Hannelore und Helena nach ihrer Flucht aus Klein Moskau nach Berlin gebracht hatte. Seine Unterstützung war dubios und alles andere als herzlich gewesen, doch er hatte letztendlich alles aufgegeben, um Hannelore und Helena zu helfen und hatte sich für sie sogar seinem Vater ausgeliefert. Alfred hatte damals alles verloren und sich seinem schlimmsten Alptraum gestellt. Hannelore würde ihm nie verzeihen, doch gleichzeitig verdankte sie ihm ihre Tochter, führte ein recht luxuriöses, sicheres Leben und hatte eine Anstellung – trotz ihrer Behinderung.

Hannelore biss sich missmutig auf die Unterlippe und starrte auf die Tür, hinter der Martha mit dem Rest der Familie verschwunden war. Dann warf sie einen Blick auf das kleine Stück Papier, das Martha ihr soeben gegeben hatte.

Azaleenstraße 3, 1400 Oranienburg. Die darunter angefangene Telefonnummer war wieder durchgestrichen worden. Stattdessen hatte Martha daneben *Brutzel-Broiler*[25] geschrieben. Ratlos starrten Hannelore und Helena auf den seltsamen Code, als Hannelore plötzlich scharf die Luft einsog. »Dir hat doch jemand Kittifix[26] ins Gehirn gegossen, Genossin!«, murmelte sie schockiert.

»Meint sie damit etwa Alfred?«, fragte Helena ungläubig. Sie erinnerte sich nur allzu gut an Alfreds Panik, als er sie nach dem abgebrochenen Abflug ins Krankenhaus begleitet hat.

»Ja, deine liebe Tante Martha ist manchmal die Königin der schlechten Witze! Na, dann wollen wir mal das gegrillte Brathähnchen befragen!«

»Mama! Die Elektroschocktherapien sind kein Witz!«

»Das weiß ich. Ich hoffe, wir gurken da jetzt nicht eine Stunde umsonst hin!«

Helena sah ihrer sonst so mitfühlenden Mutter sprachlos hinterher, als diese mit zusammengepressten Lippen und ihrer obligatorischen Beuteltasche durch die Tür stakste. Vermutlich konnte sie nach allem, was damals geschehen war, selbst von Hannelore kein Mitleid erwarten. Doch es graute ihr vor dem anstehenden Besuch. Hoffentlich war Alfred in letzter Zeit ebenso fleißig in der Zeit herumgereist wie sie selbst und konnte ihnen helfen. Doch wozu sollte dieses geschmacklose Passwort dienen?

~ KAPITEL 9 ~

Patientin ohne Vergangenheit

FRANKFURT AM MAIN, WINTERGARTEN. HESSEN.
27. OKTOBER 1990.

»Aufwachen, ihr Schlafmützen!«

Verschlafen blinzelten Werner und Felix zur Wintergartentür. Eine vollständig angekleidete Johanna blickte kopfschüttelnd auf die beiden Männer herunter und leerte den letzten Rest Kaffee aus ihrer überdimensionalen Tasse.

»Wie spät ist es?«, murmelte Werner schlaftrunken.

»Spät genug!«, antwortete Johanna spitz. »Wie kann es sein, dass ich zwei brüllende Kinder angezogen, in Schule und Kindergarten abgeliefert und Kaffee gekocht habe, ohne dass ihr von dem Lärm aufgewacht seid?«

»Ich hätte nicht gedacht, dass ich überhaupt schlafen kann«, gähnte Felix und griff nach dem frischen T-Shirt, das Johanna für ihn bereitgelegt hatte. »Danke!«

Werner fuhr sich durch die verstrubbelten Haare und lugte kurz durch die Wintergartentür in die Küche. »Halb neun? Himmel, ich muss los!«

Felix runzelte die Stirn und sah ihn unschlüssig an. »Ich auch, aber was machen wir jetzt wegen Helena? Sie ist noch nicht wieder da!«

»Hoffentlich hat sie nicht schon wieder alles so verändert, dass wir mit der Suche von vorne anfangen müssen!«, brummte Werner.

Felix warf ihm einen fragenden Blick zu und auch Johanna zog erstaunt die Augenbrauen hoch. »Na, du weißt doch, dass ich Helena letztes Jahr gesucht habe.«

»Ja …«, gab Johanna gedehnt zur Antwort, »Aber wenn ich damals gewusst hätte, dass du die Tochter meines gestörten Schwagers suchst, dann hätte ich dir gleich sagen können, dass sie nicht hier in Frankfurt, sondern vermutlich in Ostberlin bei Hanne ist!«

»Aber sieh doch, Jojo, genau das ist der springende Punkt! Die Helena, nach der ich gesucht habe, hieß mit Nachnamen Gutowski und wohnte hier bei ihrer Tante Vera in Frankfurt. Damals wusste sie nichts von Hannelore und hielt Vera für ihre Mutter. Sie hat mich 1984 vor dem Autounfall gewarnt, nur deshalb ist uns in der Nacht des Mauerfalls nichts passiert!«

»Das hast du damals schon erwähnt«, warf Johanna ein. »Und du hast gesagt, dass wir uns wegen ihr gestritten hätten. Ich kann mich allerdings bis heute an absolut nichts dergleichen erinnern! Und Hanne war schon immer im Osten, daher vermute ich, dass Helena ebenfalls ihr ganzes Leben dort gewohnt hat.«

Werner starrte ratlos vor sich hin. »Das Seltsame ist, dass sie noch nicht einmal wie dieselbe Person wirkt. Sie spricht mit einem anderen Dialekt und macht sich komplett anders zurecht. Sie fotografiert offenbar jede Kleinigkeit in ihrem Leben, sie kann sich nicht an unsere Therapiestunden erinnern und …«

»Natürlich kann sie das nicht, wenn sie bei Hanne im Osten aufgewachsen ist!«, fuhr Johanna ungeduldig dazwischen. »Du hast gedacht, dass Helena aus Frankfurt stammt, aber das tut sie nun mal nicht. Oder gibt es etwa noch eine zweite Helena?«

Verwirrtes Schweigen legte sich über den kühlen Wintergarten und Felix knetete unbewusst seine kalten Finger. »Ich denke, das ist die einzige, halbwegs einleuchtende Erklärung, Werner. Das hieße allerdings, dass du die originale Helena, die du damals kennengelernt hast, letztendlich nicht wiedergefunden hast«, stellte er schließlich fest.

Werner hob ratlos die Schultern und legte zweifelnd die Stirn in Falten. Johanna stellte ungeduldig ihre leere Kaffeetasse auf den kleinen Tisch zwischen ihnen. »Mensch, ihr habt heute aber wirklich ein Brett vorm Kopf. Jetzt hört schon mit diesem ziellosen Gequatsche auf! Werner sagt seine Termine für heute ab und Felix meldet sich krank. Dann fahrt ihr zu Werner in die Praxis und sucht nach den Therapieaufzeichnungen von damals. Versucht erstmal, ohne Hanne weiterzukommen, die kriegt sonst womöglich einen Herzinfarkt, wenn sie erfährt, dass ihre Tochter verschwunden ist! Wenn Helena bis morgen früh nicht zurück ist, gebt ihr ganz regulär bei der Polizei eine Vermisstenmeldung auf und informiert Vera und Hannelore. Also, auf geht's!« Sie schnappte sich die Mäntel der beiden vom Kleiderhaken hinter der Küchentür, warf diese den Männern im Wintergarten zu und hielt energisch die Haustür auf.

»Ich habe noch nicht einmal meine Zähne geputzt«, begann Felix, doch Werner versetzte ihm einen Rippenstoß.

Kopfschüttelnd folgte Felix ihm durchs Treppenhaus und griff nach dem Autoschlüssel in seiner Jackentasche. »Ich denke nicht, dass ich einmal heiraten werde«, murmelte er genervt, als sie an diesem kalten Oktobertag auf die Straße vor Werners Haus traten.

Werner enthielt sich der Antwort. »Fahr mir einfach hinterher! Mir gehört der weiße Golf da vorne.«

~

FRANKFURT AM MAIN, HESSEN. WERNERS PRAXIS.
27. OKTOBER 1990.

»Brauchen Sie noch etwas?«, fragte Katharina Stein durch die geschlossene Praxistür. »Sonst geh ich jetzt heim!«

»Danke, Katha, bis morgen!«, hörte sie die dumpfe Stimme ihres Chefs hinter der verbarrikadierten Praxistür.

Kopfschüttelnd packte Werners Empfangsdame ihre Handtasche

und ging zum Aufzug. Sie hatte die letzten beiden Stunden damit verbracht, zusammen mit Dr. Genet und dem fremden Arzt, den er bei sich hatte, uralte Akten im Keller zusammenzusuchen. Danach hatte sie allen Patienten für heute absagen sollen, doch den Grund dafür hatte er ihr nicht verraten wollen. Dr. Genet war sonst immer professionell, aber heute wirkte er fahrig und reichlich sonderbar.

Hätte Katharina einen Blick hinter die verschlossene Praxistür werfen können, hätte sich ihr Eindruck an diesem Tag mehr als bestätigt. Der Raum war ein Schlachtfeld. Seit über einer Stunde hatten Felix und Werner wortlos Akten gewälzt und letztendlich sämtliche Aufzeichnungen aus den Jahren 1984 bis 1986 überall auf dem Boden ausgebreitet, während ihre Finger über die Papiere flogen.

Felix rieb sich schließlich die beanspruchten Knie und manövrierte sich in einen etwas bequemeren Schneidersitz. »Es sieht schwer danach aus, als wäre Helena nie eine Patientin von dir gewesen. Kann das sein?«

Werner lehnte sich an die Wand hinter sich und rieb sich die Schläfen. »Ich habe auch nichts gefunden. Absolut nichts! Wenn ich es nicht besser wüsste, würde ich vermuten, dass die Akten verloren gegangen sind, aber meine damalige Empfangsdame war der mit Abstand zuverlässigste Mensch, den ich kenne. Sie wäre eher bis Mitternacht hiergeblieben, als dass sie etwas fahrlässig weggeworfen oder auch nur falsch einsortiert hätte!«

Ratlos massierte Werner seine pochende Stirn und stand auf, um die Rollläden ein wenig herunterzulassen. Die späte Vormittagssonne warf ihr gleißendes Licht unbarmherzig durch die leicht verstaubten Fenster und auf die unzähligen Papierberge um die beiden Männer herum.

»Mist!«, rief Felix plötzlich aus. »Ich habe Helenas Tante gestern über die Klinik ausrichten lassen, dass Helena über Nacht zur Beobachtung dortbleibt und heute abgeholt werden kann!«

»Tja, dann werden Vera und die Klinik jetzt wohl wissen, dass du kräftig gelogen hast!«, gab Werner trocken zur Antwort. Er ging zum Schreibtisch und kramte das örtliche Telefonbuch unter weiteren Aktenstapeln hervor. »Zisch schon ab! Ich rufe Vera an und schau nach, ob sie bereits losgefahren ist.«

»Die kann mich in der Klinik in Teufels Küche bringen!«, fluchte Felix. Im Eiltempo fegte er die Stufen herunter und rannte zu seinem Auto. Was genau hatte er nochmal gesagt? Sollte sie Helena abholen oder seinen Anruf abwarten? Wenn die Klinik bemerkte, dass er Helena einfach im Alleingang entlassen und ihre Familie belogen hatte ... *Und wo war der verdammte Autoschlüssel?*

Fluchend drehte er sich um und prallte gegen Werners ausgestreckte Hand, die ihm den Autoschlüssel entgegenhielt. »Vera ist anscheinend nicht zu Hause. Ich folge dir mit meinem Wagen, also versuch nicht allzu sehr zu rasen, ja?«

Felix nickte stumm und schnappte sich den Autoschlüssel. Hoffentlich tauchte Helena bald wieder auf!

~ KAPITEL 10 ~

Brutzel-Broiler

BERLIN, ORANIENBURG, DDR. AUTOFAHRT.
13. AUGUST 1977.

Der kleine Trabant holperte über mitunter tiefe Schlaglöcher auf den heruntergekommenen Straßen, sodass Helenas Knie erbarmungslos immer wieder gegen das Armaturenbrett knallten. Eine kurvige, von dicken Ahornbäumen umsäumte Straße, die eher wie ein Fußweg aussah, bog in scharfen Kurven nach rechts und links, sodass Helena sich während einem der vielen abrupten Manöver beinahe den gesamten Inhalt einer Wasserflasche über ihr Oberteil kippte.

»Mist!«

»Tut mir leid, Leni, diese Straße ist grauenhaft! Sieh doch mal in meine Handtasche, da müsste noch ein weißer Nicki[27] drin sein.« Es verblüffte Helena immer wieder, was ihre Mutter in ihrer riesigen Tasche stets mit sich herumschleppte.

Seufzend zog Helena das nasse Oberteil aus und tupfte ihren leuchtend senfgelben Rock so gut es ging trocken. Helena trug eigentlich lieber dunkle Farben, auf denen sich Flecken nicht so schnell zeigten, falls sie mal wieder eine ungewollte Zeitreise unternahm und irgendwo am Boden wälzend wieder zu sich kam. Doch soweit sie sich erinnerte, hatte ihre Mutter diesen Stoff gerade erst aus Moskau bekommen und sie hatte daraus sofort neue Kissenbezüge und Röcke genäht.

Hannelore und Helena waren heilfroh, als sie sich endlich den deutlich besseren Gegenden Oranienburgs näherten. Helena wusste nicht genau, was sie sich unter einer Anstalt wie dieser vorgestellt hatte, doch sie war sprachlos, als sich plötzlich ein prunkvolles Gebäude mit einer großen Gartenanlage vor ihnen auftürmte. Hannelore brachte den überhitzten Wagen vor dem eisernen Zaun zum Stehen und wandte sich mit fragender Miene an Helena.»Schau doch mal bitte, ob die Adresse stimmt. Ich glaube nicht, dass es das hier ist!«

»Azaleenstraße 3«, bestätigte Helena mit einem Blick auf den Zettel.»Sofern es hier nicht eine zweite Straße mit demselben Namen gibt, müsste es das hier sein.«

Schweigend betrachteten sie die dunkelgrauen, eingemeißelten Verzierungen auf dem etwa drei Meter hohen Stahlzaun, der sich gegen den strahlend blauen Himmel abhob. Die Luft war schwül, doch die riesige Grünfläche um das große Gebäude herum wirkte frisch und gut gewässert. Nirgendwo war ein Schild zu sehen, das darauf schließen ließ, dass es sich tatsächlich um eine Klinik und nicht etwa um eine private Villa handelte.

»Na, dann mal los!«, seufzte Hannelore schließlich matt. Langsam schälten sich die beiden Frauen aus dem kleinen, unbequemen Fahrzeug. Die Fahrt war kurz gewesen und sie hatten kaum ein Wort gewechselt.

Das pompöse Gebäude sah so ganz anders aus, als sie erwartet hatten. Es wirkte zwar kühl, doch wenn es drinnen nur halb so schön war wie draußen, war es vermutlich nicht so schlimm, wie sie vermutet hatten. Helena dachte unwillkürlich an den stets nervösen, gequält wirkenden Alfred, doch sie schob diese unliebsamen Gedanken schnell von sich. Wenn sie zu sehr darüber nachdachte, würde sie ihren Plan verwerfen und auf der Stelle umkehren.

Die flachen Kieselsteine auf der gepflegten Auffahrt begleiteten sie mit einem angenehmen, sanften Knirschen bis zur weißen Treppe. Helena konnte ihrer Mutter ansehen, dass ihr das Herz ebenso bis zum Hals schlug wie ihr selbst, doch Hannelore stemmte sich entschlossen gegen die wuchtige Tür aus massivem, ebenfalls weiß getünchtem Holz und stieß diese energisch auf.

Vor ihnen lag eine hell beleuchtete Eingangshalle. Schwere Kronleuchter mit goldfarbenen Lampenschirmen hingen von der mit Stuck verzierten Decke und an den blütenweißen Wänden hingen vereinzelt prachtvolle Gemälde. Der polierte Parkettboden schien spiegelglatt gebohnert zu sein, sodass Helena automatisch ihren Schritt zum holzvertäfelten Empfang verlangsamte. Eine rundliche Krankenschwester mit hochgeschlossenem, weißem Schwesternkittel über einer hellblauen Bluse lächelte sie an, doch aus irgendeinem Grund lief Helena ein kalter Schauer über den Rücken. Irgendetwas in ihrem Gesicht sagte Helena, dass diese Frau keinen Spaß verstand. Oder ging gerade ihre Fantasie mit ihr durch, weil sie an Alfred dachte?

»Bitte?«, fragte die Krankenschwester forsch. Obwohl sie noch immer lächelte, stellte ihr Ton eindeutig klar, dass sie unnötige Gespräche nicht zu schätzen wusste.

»Alfred Dahlke!«, erklärte Hannelore unnatürlich laut und ihre Stimme schien in der Halle ein kleines Echo zu erzeugen. Helena wusste nicht, ob es daran lag, dass ihre Mutter ebenfalls nervös war oder ob ihr Gehör heute einen vergleichsweise besonders schlechten Tag hatte.

»Der Sohn unseres werten Ministers für Staatssicherheit!«, ergänzte Hannelore sarkastisch und war offensichtlich um einen selbstbewussten Klang bemüht, der ihr nicht so recht glückte.

Die Schwester begegnete Hannelores Blick mit demselben, eingefrorenen Lächeln, das keinerlei Gefühlsregung preisgab. »Wir haben hier niemanden mit diesem Namen!«

»Sie haben doch sicherlich unglaublich viele Patienten hier«, warf Helena überrascht ein, »wie können Sie da so sicher sein, ohne zumindest in Ihren Unterlagen nachzusehen?«

Die Schwester wandte sich mit ihrem eingefrorenen Lächeln nun an Helena. Wie war es möglich, dass jemand trotz augenscheinlich freundlicher Miene so kalt aussah?

»Ich kenne jeden einzelnen unserer Patienten und kann Ihnen versichern, dass sich niemand mit diesem Namen unter ihnen befindet!«, erwiderte sie, ohne Helena und Hannelore aus den Augen zu lassen.

»Noch nicht einmal *Brutzel-Broiler?*«, platzte Helena aufgebracht heraus. Hannelore hatte in diesem Augenblick zufällig Helena angesehen und ihre Lippen lesen können, woraufhin sie ihr mahnend einen kurzen Rippenstoß verpasste.

Die Schwester verzog noch immer keine Miene, wenngleich ihr Lächeln unter den Gefrierpunkt zu sinken schien. »Das ändert die Sache natürlich!«

Sie wandte den Blick ab und griff nach einem grauen Telefon auf ihrem Schreibtisch, das Helena bislang noch nicht aufgefallen war. Mit steinerner Miene wählte sie eine dreistellige Nummer und wartete einige Sekunden. »Besuch für 333!«, flüsterte sie schließlich kaum hörbar in die Hörmuschel. Ihr kalter Blick streifte kurz die beiden Frauen vor sich. »Ihre Namen, bitte!«

»Hannelore und seine Tochter!«, stieß Hannelore laut hervor und Helena meinte zu sehen, wie viel Überwindung es ihre Mutter kostete, diese Verwandtschaft laut auszusprechen.

Die Schwester zeigte zum ersten Mal etwas Ähnliches wie eine Gefühlsregung, als sie bei Hannelores Worten kaum merklich eine spöttische Augenbraue anhob, bevor sie wieder in den Hörer flüsterte. »Nahe Verwandtschaft von 333.« Sie schwieg einige Sekunden. »Ja, das haben sie!« Erneut musterten ihre wässrigen grau-grünen Augen die beiden Frauen. »Ich verstehe!«, bellte sie schließlich in die Sprechmuschel und legte auf. »Folgen Sie mir!« Ihr Ton war eindeutig keine Bitte und das professionelle Lächeln war endgültig verschwunden.

Wir sollen mitgehen, bedeutete Helena ihrer Mutter unwohl mit den Händen, da die Schwester sich bei ihren Worten bereits zum Gehen angeschickt hatte, sodass Hannelore ihre Lippen nicht hatte lesen können.

Mit steifen Beinen setzten sich die beiden Frauen in Bewegung und folgten der kleinen Schwester, die trotz ihrer stattlichen Statur keinerlei Geräusche zu machen schien und lautlos zur schmalen Wendeltreppe im hinteren Bereich der Eingangshalle ging. Die Treppe lag hinter einer Reihe riesiger Topfpflanzen und war auf den ersten Blick kaum zu sehen. Die Pflanzen wirkten jedoch eine Spur zu perfekt und Helena streckte unwillkürlich die Hand nach einem der unnatürlich grünen Blätter aus. Sie waren nicht echt.

Plötzlich bemerkte sie hinter einer der größeren, buschigen Pflanzen einen Schatten, der jedoch ebenso schnell verschwand wie er aufgetaucht war. Für den Bruchteil einer Sekunde begegnete sie dem Blick eines Mannes, der vermutlich Mitte oder Ende zwanzig sein musste und in einem zerknitterten, weißen Krankenhaushemd steckte. Er hatte tiefe, dunkle Schatten unter den Augen, doch Helena konnte nicht umhin zu bemerken, dass er auffällig gut aussah. Seine Augen leuchteten seltsam dunkelblau und ihm stand der Schreck ins Gesicht geschrieben, als er in Windeseile den Zeigefinger vor den Mund legte. Helena blieb vor Erstaunen wie angewurzelt stehen, doch bevor sie etwas sagen konnte, bohrten sich seine ungewöhnlichen Augen bittend in die ihren und er schüttelte kaum merklich den Kopf.

»Was ist los, Leni?« Hannelore hatte Helenas Stehenbleiben bemerkt und folgte angespannt dem Blick ihrer Tochter. Helena zwang sich, ihre Augen von den irritierend vertrauten Gesichtszügen abzuwenden und gab ihrer Mutter mit den Händen zu verstehen, dass sie es ihr später erklären würde.

Die Treppe führte in einen langen, ebenfalls eleganten Gang mit zahlreichen Portraits an den Wänden und endete in einer geräumigen Bibliothek. Die Schwester ließ die beiden hinein und schloss nach einem prüfenden Blick in den Gang die schwere Holztür hinter sich. Dann fischte sie einen riesigen Schlüsselbund aus der Tasche ihrer Uniform und verriegelte die Tür mit einem nicht minder großen Schlüssel. Helena und Hannelore sahen unschlüssig auf den mächtigen, runden Holztisch in der Mitte des Raumes, doch ihre gestrenge Begleiterin schritt energisch auf ein Regal zu und griff nach einem Buch mit dickem Ledereinband. Zu Helenas maßlosem Erstaunen drückte sie auf einen Knopf an der Wand hinter dem Buch. Ein schnarrendes Geräusch ertönte, woraufhin ein breiter Teil des Regals plötzlich aufschwang und den Blick auf einen kahlen Gang mit nichts als weißen Kacheln und Fliesen freilegte. Einzig das heftig rotierende Alarmlicht auf der Innenseite der Tür tauchte den kalten Gang für einige Sekunden in ein gleißendes Rot. Ihre Schritte echoten unnatürlich wie eine lärmende Warnung um sie herum und obwohl Hannelore diese nicht hören konnte, zog auch sie unwillkürlich die Schultern hoch.

Wo sind wir hier?, bedeutete Helena ihrer Mutter ohne Worte mit den Händen. Doch Hannelore fuhr sich lediglich nervös mit der Zunge über ihre trockenen Lippen und schüttelte ratlos den Kopf.

Der Gang mündete in einen großen Raum, der wie eine Art Wartezimmer beim Zahnarzt aussah: Plakate mit Querschnitten von Köpfen hingen an den Wänden und einige dünne Fachmagazine zierten den runden, niedrigen Tisch in einer Ecke. Die Stühle waren aus weichem, abgerundetem Plastik und waren, ebenso wie der Tisch, am Boden festgeschraubt.

Unwohl rieb Helena sich über ihre blanken, plötzlich fröstelnden Arme. Ob es tatsächlich kalt hier drin war oder ob es allein die schaurige Atmosphäre war, vermochte sie nicht zu sagen. Ein älterer Mann in einem neutralen grauen Kittel trat ihnen unerwartet aus einer Seitentür entgegen und nickte der Schwester kurz zu, woraufhin sich diese abrupt mit grimmiger Miene entfernte und wieder Richtung Bibliothekstür verschwand.

Der Mann im grauen Kittel nahm seine Brille ab und putzte diese gedankenverloren an seinem Ärmel, während er Hannelore und Helena scheinbar gutmütig zulächelte. »Mit Ihnen haben wir hier nicht gerechnet«, stellte er gerade heraus fest. »Aber da Sie nun einmal hier sind, können wir Alfred gerne gleich zu Ihnen bringen. Er muss allerdings in diesem Raum bleiben, sein Zustand eignet sich nicht für die Bibliothek, in der man ihn eventuell unten hören könnte. Ich muss Sie außerdem warnen: Der Patient ist aggressiv und geistig stark verwirrt, wie Sie vermutlich wissen. Wir mussten ihn eben erst medikamentös beruhigen.«

Helena öffnete unbewusst den Mund für eine Gegenfrage, doch in diesem Moment wurde die Tür erneut aufgerissen und ein Mann mittleren Alters in ebenfalls grauem Kittel stürmte hinein. »Stephan, komm schnell! 301 zeigt seltsame Hirnaktivitäten und spricht mal wieder von ...«

»Nicht jetzt, Jürgen!«, winkte der bis zu diesem Zeitpunkt so freundlich wirkende Stephan sichtlich verärgert ab.

Der soeben hereingestürmte Mann mit dem Namen Jürgen bemerkte Hannelore und Helena erst jetzt. »Heute ist doch keine Besuchszeit?«, stieß er verwirrt hervor.

»Nein, die beiden Damen haben sich spontan hierher verirrt«, entgegnete Stephan kühl. Er schien Jürgen mit seinem Blick etwas andeuten zu wollen und sein Kollege reagierte plötzlich entsprechend distanziert.

»Kein Problem!«, antwortete Jürgen plötzlich auffällig neutral, während er sich sichtbar bemühte, die Bestürzung von seinem Gesicht zu wischen. »Gib mir fünf Minuten!«

Stephan nickte. »Dann bitte ich die Damen hiermit um ein wenig Geduld. Wir sind gleich wieder bei Ihnen.« Ohne eine weitere Antwort abzuwarten, verließen die beiden Männer den Raum und schlossen die Tür hinter sich. Helena hörte zu ihrem Entsetzen den Schlüssel im Schloss.

Sie haben uns eingeschlossen, Mama!, zeigte sie Hannelore stumm mit den Händen. Dieses Gebäude jagte ihr eine Heidenangst ein und sie war überzeugt, dass die Wände hier Ohren hatten.

Hannelore schien ebenfalls besorgt zu sein, doch sie zauberte krampfhaft einen beinahe zuversichtlichen Ausdruck auf ihr Gesicht, als sie Helena in Zeichensprache antwortete. *Das ist nur zu unserer Sicherheit, Leni. Es wird bestimmt nicht lange dauern!*

Helena hatte da so ihre Zweifel. Sie fragte sich plötzlich, in welchem Zustand Alfred aktuell sein würde. Falls er überhaupt etwas über Helenas Zukunft wusste, würde er ihr helfen wollen oder gar können? Es war eine dämliche Idee gewesen, hierher zu kommen! Doch für ihre Reue war es eindeutig zu spät und mit einem Seitenblick auf ihre tapfer lächelnde Mutter, zwang sie sich zur Ruhe und atmete bewusst tief ein und aus.

Die angekündigten fünf Minuten zogen sich eindeutig in die Länge. Es gab keine Uhr in dem kalten Raum, doch Helena war sich sicher, dass sie mindestens eine Stunde gewartet hatten, als endlich ein Schlüssel in der Tür ihr Schweigen durchbrach. Ein dünner Mann mit langem Bart und wirren, dunklen Haaren, die ihm bis auf die Schulter fielen, schlurfte auf unsicheren Beinen in den Raum.

»Alfred?«, hauchte Hannelore entsetzt.

Alfred starrte reglos auf den Tisch, als Jürgen ihn zu einem der angeschraubten Stühle schob und darauf niederdrückte. Er zog zwei breite Sicherheitsgurte aus seinem Kittel und band Alfreds Hüfte mit dem einen um die Stuhllehne hinter ihm und schnürte den anderen Gurt schließlich um Alfreds Handgelenke in dessen Schoß. Helena fragte sich, ob Jürgen sein Arzt oder ein Pfleger war, doch Alfreds furchterregender Anblick ließ diese Frage unbedeutend erscheinen.

»Wir müssen allein mit Alfred sprechen!«, erklärte Hannelore ohne Umschweife.

»Das geht nicht!«, lehnte Jürgen ebenso entschieden ab. »Viel zu gefährlich!«

»Über meine Sicherheit entscheide ich immer noch selbst! Raus!«, herrschte Hannelore ihn unerwartet wütend an. Helena blickte ihre Mutter erstaunt an. So resolut und unfreundlich hatte sie diese nur sehr selten erlebt. Es gehörte viel dazu, um Hannelore in Rage zu bringen und Helena wusste nicht, ob es an der Situation an sich, dem langen Warten oder Alfreds erschreckendem Erscheinungsbild lag. Er sah einfach grauenhaft aus!

Jürgens Augen schweiften kaum merklich zu einem der medizinischen Plakate über Zellstrukturen. Helena meinte für einen Moment ein winziges Loch in einem der vergrößerten Zellkerne zu erkennen, doch sie wandte den Blick intuitiv schnell ab und bemühte sich um einen neutralen Gesichtsausdruck. Nach vielen Jahren unzähliger Zeitreisen und merkwürdiger Blicke von Anderen während ihrer Aussetzer war sie darin Profi geworden. Sie wurden also beobachtet! Nur mühsam unterdrückte Helena ein Seufzen. Wie sollten sie Alfred jetzt ausfragen, ohne ihn oder gar sich selbst in große Schwierigkeiten zu bringen? Wenn er doch genau wegen seiner Zeitreisen hier behandelt wurde, war es sicherlich nicht ratsam, vor den Augen und Ohren seiner Ärzte ein ernstes Gespräch darüber zu führen.

Jürgen verharrte einige Sekunden reglos, als würde er auf etwas warten, und nickte schließlich zögerlich. Ohne Hannelore oder Helena anzusehen, verließ er den Raum und schloss die Tür erneut von außen ab.

Wir haben extra Augen und Ohren hinter der Wand, zeigte Helena ihrer Mutter mit den Händen. Zu ihrem Erstaunen nickten Hannelore und Alfred gleichzeitig. Hatte Alfred sie tatsächlich verstanden oder war es Zufall? Die eigensinnige Geheimsprache zwischen Hannelore und Helena hatte nichts mit offizieller Gebärdensprache zu tun und war für Andere normalerweise kaum zu enträtseln.

Nach einer gefühlten Ewigkeit wandte Hannelore ihren starren, auf Alfred gehefteten Blick ab und ließ sich auf einen der festgeschraubten Stühle an dem glatten, beißend nach Desinfektionsmittel riechenden Tisch sinken. Ihr Blick wanderte über die weißen, freudlosen Wände und sie schüttelte plötzlich heftig den Kopf.»Warum?«

Alfred schien zu müde, um es mit ihrem kampfbereiten Ton aufzunehmen und starrte mit leeren Augen zurück.

Hannelore strich sich fahrig ihre wirren, braunen Locken aus dem erhitzen Gesicht.»Wolltest du mir ein schlechtes Gewissen machen, nur damit ich dir verzeihe?«

Alfred erwachte nun ebenfalls aus seiner Starre und sein Gesicht verfinsterte sich schlagartig.»Stell dir vor, Hanne, es geht nicht immer nur um dich!«

»Wie kannst du es wagen!«

»Wie ich es wagen kann, dich eine egoistische, undankbare Kuh zu nennen? Sieh dich mal um!«

»Mama, er hat recht!« warf Helena nun vorsichtig ein. »Nicht damit, dass du egoistisch bist«, korrigierte sie sich schnell, als sie den wutentbrannten Blick ihrer Mutter auffing. »Aber uns ging es doch nun wirklich gut und ich denke, er hat einen hohen Preis gezahlt!« Helena stockte mit einem flüchtigen Blick auf das Loch in der Wand. Wie zu erwarten, stand das Gespräch unter keinem guten Stern. Wie sollte sie nur herausfinden, wie viel Alfred wusste, ohne dass sie ihn oder sich selbst in noch größere Gefahr brachte?

»Danke für alles!«, presste sie schließlich hervor.

Alfred hob überrascht die Augenbrauen, während Hannelore jedoch wütend vom Stuhl aufsprang. »Du wusstest genau, worauf du dich einlässt, als du wieder hierhergekommen bist! Und für das, was du getan hast, wird es nie eine Entschuldigung geben!«

»Mama!« Helena vergaß für einen kurzen Augenblick, dass sie beobachtet wurden und sah ihre Mutter erstaunt an. Hannelore war sonst stets um Gerechtigkeit bemüht und fast immer freundlich und ruhig. Sie erkannte diese keifende Frau im Raum kaum wieder. »Mama, Alfred hat Schlimmes getan, keine Frage. Aber er hat sich geopfert, damit es uns gut geht! Ich denke, er hat genug gezahlt! Und wir sind schließlich aus einem völlig anderen Grund hier.«

Hannelores Augen blitzten gefährlich, als sie sich betont langsam Alfred gegenüber auf einem der angeschraubten Stühle niederließ und Helenas Bauchgefühl wechselte unwillkürlich von schlecht zu unterirdisch.

»Du hast Recht, Lena!«, zischte Hannelore kaum hörbar durch geschlossene Zähne. Sie versuchte offenbar ein Lächeln, doch es fiel eher zu einer gruseligen Grimasse aus.

Alfred hingegen wirkte plötzlich seltsam ruhig und starrte durch Helena hindurch, als würde er etwas sehen, was direkt hinter ihr war. Nervös drehte sie sich um und blickte möglichst unauffällig auf die weiße Wand mit dem kaum sichtbaren Loch im Plakat. Sah er zu den Beobachtern hinter der Wand?

»Das meine ich nicht!«, antwortete er plötzlich, als hätte er ihre Gedanken gelesen. *Du und ich sind nicht die Einzigen!*, zeigte er plötzlich stumm mit den Händen. Seine Handzeichen waren so klein und unauffällig, dass man von außen betrachtet auch hätte meinen können, er hatte sich nur am Kopf gekratzt und dabei die Hände ausgeschüttelt. »Wie ist das Wetter draußen?«, fragte er hingegen scheinbar belanglos mit lauter Stimme.

Hannelore runzelte fragend die Stirn. Hatte sie seine unauffälligen Handzeichen nicht bemerkt? Es stand ihr ins Gesicht geschrieben, dass sie sich fragte, ob Alfred vollständig geistig verwirrt war.

Doch plötzlich wusste Helena ganz genau, was Alfred meinte: Sie wurden beobachtet, aber das war nicht das, was er meinte! *Du und ich sind nicht die Einzigen!* - Es gab noch mehr Zeitreisende! Doch es war zu gefährlich, dies mit den Händen zu zeigen, da die ihre erfundenen Gesten dafür zu offensichtlich waren, daher die Frage nach dem Wetter. Alfred war nicht verrückt, er war vorbereitet! Er saß hier seit Jahren fest und dennoch hatte er offenbar irgendwann und irgendwie die eigenwillige Zeichensprache von Hannelore und Helena gelernt! Wie oft waren sie sich während seiner Zeitreisen begegnet und wie viel wusste er? Wenn sie doch nur nicht beobachtet werden würden!

Fahrig wischte Helena sich ihre kalten, schweißnassen Hände an dem senfgelben Rock ab.

»Ich sehe, du trägst den Rock noch immer«, bemerkte Alfred scheinbar zusammenhangslos.

Helena dachte für den Bruchteil einer Sekunde fieberhaft nach. Sie hatte diesen Rock damals erst kurz vor der Fahrt nach Dannenwalde bekommen.

Nein, nicht damals – gestern, korrigierte sie sich innerlich selbst.

Sie hatte den Rock nach dem Unglück nie wiedergesehen. Ob er dabei Brandspuren davongetragen hatte und in den Müll gewandert war oder ob ihre Mutter jede Erinnerung an diesen Tag rücksichtsvoll entsorgt hatte, wusste sie jedoch nicht mehr. Das hieß, wenn Alfred sich an den Rock erinnerte, hatte er sie erst gestern oder sogar heute gesehen. Helena fühlte in sich hinein. Kam ihr etwas an dieser Situation bekannt vor? Nichts. Da war nichts! *Verdammt!* Intuitiv ergriff sie die Hand ihrer Mutter und zwang sie, sich mit ihr gemeinsam Alfred gegenüber an den Tisch zu setzen. Hannelore stutzte einen kurzen Moment, doch nach einem kurzen Seitenblick auf ihre Tochter schien sie zu verstehen, dass hier etwas Ungewöhnliches vorging. Das Loch im Plakat war nun in Helenas und Hannelores Rücken. Hoffentlich gab es hier nicht noch mehr Gucklöcher oder Kameras!

»Ich hatte den Rock noch nie an«, begann Helena langsam.

»Dann muss ich das wohl verwechseln oder geträumt haben«, konterte er achselzuckend. »Ich habe eine lebhafte Fantasie und sehe oft Farben.«

»Ach ja?« Was konnte sie nur sagen, um unauffällig mehr aus ihm herauszuholen, ohne dass es jemand merkte? Ihr wollte einfach so gar nichts Hilfreiches oder gar Intelligentes einfallen. Es war zum Verrücktwerden! »Was für Farben siehst du denn?«, fragte sie dümmlich.

Alfred ignorierte Hannelore vollständig. Es war, als säßen Helena und er in einem dunklen Tunnel, während seine Augen sich eindringlich in die ihren bohrten. »Ich habe eben etwas Grünes gesehen. Grüne Pflanzen neben Treppen. Vielleicht hin und wieder ein Klecks dunkelblau dazwischen. Du weißt schon, dieses neonfarbene Dunkelblau, das fast schon Schwarz ist …«

Er hatte den Zeitreisenden neben den Pflanzen an der Treppe gesehen! Wie war das möglich? Helena schwirrte der Kopf.

»Du musst das Bild sehen!«, sagte er kaum hörbar. »Stell es dir genau vor!« Er legte plötzlich seine gefesselten Handgelenke auf den Tisch zwischen ihnen und griff nach Helenas Händen. Sie meinte zu spüren, dass er etwas Weiches fest in ihre Handinnenfläche drückte. »Mach die Augen zu und stell ihn dir genau vor! Hör Tom genau zu und konzentrier dich! Schnell!«

»Sofort loslassen!«, brüllte jemand. Helena erkannte Jürgen

durch den dichter werdenden Nebel um sie herum. Er war jedoch nicht derjenige, der den Befehl gerufen hatte. Hinter ihm stob noch ein anderer Mann ins Zimmer – jemand, den Helena nur allzu gut kannte: ihr Großvater und Leiter der ostdeutschen Staatssicherheit! Sie sah verschwommen Hannelores Umrisse, die sich schützend auf sie zubewegten, doch sie konnte ihre Mutter sowie den Raum kaum noch erkennen. Nur Alfreds Stimme drang noch gedämpft zu ihr hindurch, während eine atemraubende Welle der Übelkeit ihre Magensäfte in Aufruhr versetzte. Alfred flüsterte jedoch nicht mehr, sondern brüllte nun durch den dichten Schleier hindurch. Es war nicht der schöne Funkenregen wie bei Felix im Wintergarten, sondern der kalte Nebel, der ihr unbarmherzig in Kopf und Magen fuhr.

»Konzentrier dich auf Tom und deine Hand, nicht auf den Nebel!«, hörte sie aus der Ferne. »Nutz den Anker! Atmen! Nicht ablenken lassen!«

~ KAPITEL 11 ~

Mysteriöse Farben

FRANKFURT AM MAIN, UNIVERSITÄTSKLINIK.
27. OKTOBER 1990.

Felix und Werner hatten die aufgelöste Vera gerade noch abfangen können, doch deren erboste Schimpftirade auf zwei reichlich verwirrte Pfleger hatten sie nicht mehr rechtzeitig verhindern können. Wenn Felix geglaubt hatte, dass Johanna ein Drache sein konnte, so wurde er nun eines Besseren belehrt. Vera hatte augenblicklich eins und eins zusammengezählt, als sie Felix mit Werner im Schlepptau erkannte und Helena nirgends erblicken konnte. Nur mit Mühe konnten sie die schimpfende Vera und deren laut in den Gängen widerhallende Stöckelschuhe in ein abgelegenes Büro bugsieren. Erleichtert aufatmend schloss Felix die Tür, während Werner sofort nach der Thermoskanne auf dem Tisch griff und Vera eine Tasse Kaffee eingoss. Koffein war in Anbetracht von Veras Gemütszustand vermutlich nicht ideal, doch wenn sie etwas zu trinken hatte, würden die beiden hoffentlich eher ein paar Momente finden, um sie zu beruhigen und einiges zu erklären.

Glücklicherweise schien Werners Theorie aufzugehen und Vera nahm einen kräftigen Schluck des scheußlich riechenden Filtergebräus. »Sie ist also mal wieder verschwunden!«, resümierte sie mit steiler Zornesfalte zwischen den Augenbrauen. »Wann genau und

118

was hat es ausgelöst?«

Felix spürte nun auch Werners Blick auf sich gerichtet und wand sich unwohl. »Wir waren bei Werner zu Hause und es war dunkel. Wir …«, schwitzend fuhr er sich durch die ungekämmten Haare und über seinen reichlich stoppeligen Bartansatz. Er fühlte sich grauenhaft und das hier versprach, mehr als peinlich zu werden.

»Felix und Helena haben sich bei mir unterhalten, um einige … Ungereimtheiten zu klären und Helena ist plötzlich verschwunden«, kam Werner ihm zu Hilfe. »Stattdessen tauchten zwei weitere Zeitreisende auf. Einen von ihnen kennen wir nicht, der andere war laut meiner Frau Alfred, Helenas Vater.«

»Vater!«, stieß Vera aus und ihrer Gesichtsfarbe nach bahnte sich ein erneuter Wutausbruch an.

»Wir wissen nicht, warum die beiden plötzlich aufgetaucht sind, kurz nachdem Helena verschwunden ist«, fuhr Felix rasch fort. »Der jüngere der beiden hat mich angegriffen und dieser Alfred hat ihn offenbar zurückhalten wollen. Er sagte etwas Merkwürdiges, dass sie *nicht auf der richtigen Zeitleiste* wären, was auch immer das bedeutet. Alfred hat auf etwas am Himmel gezeigt, aber ich konnte nichts Ungewöhnliches erkennen. Er hatte allerdings eine Art Uhr dabei, so ein leuchtendes, futuristisches Ding mit merkwürdigen Zeichen. Und zum Schluss haben sie sich in blaue Lichter aufgelöst, die Werners Frau leicht den Arm verbrannt haben.«

Sehr zu Felix' und Werners Überraschung fuhr Vera ihm nicht ungläubig dazwischen, sondern wurde schlagartig ruhig, während sie auf das graue Linoleum starrte. Die beiden Männer sahen sich verblüfft an, als sich plötzlich eine vollkommene Stille ausbreitete. Lediglich die üblichen Krankenhausgeräusche begleitet von undefinierbarem Gemurmel drangen in den kleinen Untersuchungsraum.

»Alfred hat mich vor langer Zeit besucht und mich gewarnt«, sagte Vera schließlich und schüttelte unwillig den Kopf. »Das ist allerdings schon viele Jahre her. Er stand plötzlich in meiner Küche und faselte etwas von verschiedenen Farben in anderen Zeitleisten oder so ähnlich. Als ich ihn vor kurzem darauf angesprochen habe,

hat er allerdings behauptet, sich nicht daran erinnern zu können.«
»Was genau hat er denn damals gesagt?«, fragte Werner atemlos.
Wenn Alfred die barsche Vera tatsächlich freiwillig und nicht versehentlich aufgesucht hatte, musste das einen sehr triftigen Grund gehabt haben!

Vera strafte ihn mit einem empörten Blick. »Na, also bitte! Wie reagiert man denn, wenn plötzlich ein gemeingefährlicher Spinner verschwitzt und verzottelt aus dem Nichts auftaucht und dann irgendwelchen Schwachsinn faselt! Ich hatte ihn damals seit meiner Jugendzeit nicht mehr gesehen und wusste nichts von diesem Zeitreise-Kram! Nach dem, was er mir und Hanne angetan hat, kann er heilfroh sein, dass er sich wieder in Luft aufgelöst hat, bevor ich das Nudelholz parat hatte!« Veras Blutdruck schien erneut kräftig in Wallung zu geraten. »Ich wusste zu dem Zeitpunkt lediglich, dass er in einer Klinik war und Elektroschocks bekam. Und dann steht er plötzlich vor mir – noch dazu in meiner Küche und ...«

»Ich verstehe, dass das ein Schock sein musste«, unterbrach Werner vorsichtig, »aber jedes Detail könnte wichtig sein. Er hat also damals gesagt, dass es verschiedene Zeitleisten gibt und dass diese jeweils unterschiedliche Farben haben, ja? Was noch? Sie sagten etwas von einer Warnung? Versuchen Sie bitte, sich ganz genau zu erinnern!«

Vera legte die Stirn in missbilligende Falten und dachte nach. »Er sagte, dass man an ihm und anderen Zeitreisenden Tests durchführt. Sie wollen, dass Helena wieder zurückkehrt, sagte er mehrmals.«

»Ich verstehe kein Wort!«, unterbrach Felix nun ungehalten. »Wer will, dass Helena zurückkehrt? Wohin? Und wer führt welche Art von Tests durch?«

Vera baute sich mit hochrotem Kopf vor Felix auf, was unter anderen Umständen recht erheiternd ausgesehen hätte, da sie trotz ihrer beachtlich hohen Stöckelschuhe kaum an seine Schultern reichte und wie ein puterroter Kampfzwerg auf Zehenspitzen vor ihm auf und ab wippte. Doch ihr Gesicht wischte jede Spur von Humor mit einem Schlag weg.

»Das nächste Mal, wenn ein irre aussehender, ungewaschener Zeitreisender bei Ihnen zu Hause aufkreuzt, von dem Sie hundertprozentig aus eigener Erfahrung wissen, dass er gefährlich ist, rufen Sie mich doch bitte an, Sie Klugscheißer!«, keifte Vera außer sich.

»Dann bestaune ich Sie höchstpersönlich, wenn Sie ihm Kaffee und Kuchen servieren, während Sie ihm schlaue Fragen stellen!«

»Das verstehen wir doch!«, beschwichtigte Werner sie. »Felix hat das nicht als Vorwurf gemeint, sondern lediglich die Fragen zusammengefasst, die wir vermutlich alle zu diesem Zeitpunkt haben.«

»Hören Sie sofort mit dieser einbalsamierenden Stimme auf! Ich bin hier nicht bei Ihnen auf der Hollywood-Couch!«

»Das sagt doch auch niemand«, versuchte Werner es erneut. »Wir wollen lediglich, dass ...«

Vera setzte erneut zum Widerspruch an, doch Felix schnitt den beiden das Wort ab. »Schluss damit! Wir haben keine Zeit für unsinnige Ego-Trips! Davon habe ich gestern Abend schon genug mitbekommen und das ist ja nun gewaltig in die Binsen gegangen, wenn man bedenkt, dass Helena nun offensichtlich nicht allzu schnell wieder hier auftaucht!«

Vera öffnete erneut den Mund, doch Felix brachte sie nun seinerseits wütend zum Schweigen. »Es reicht, das meine ich ernst! Wir müssen also davon ausgehen, dass es mehrere Zeitleisten gibt und dass Alfred für irgendwelche dubiosen Tests missbraucht wurde. Ich rate dann mal, dass diejenigen, die hinter diesen Tests stecken, nicht zwingend das Beste für Helena im Sinn haben. Die Frage ist also, wer ist dafür verantwortlich und wie bringen wir Helena in Sicherheit, oder?«

Werner nickte. »Es gibt allerdings noch ein weiteres Problem. Wenn man bedenkt, dass es offensichtlich mehrere Helenas gibt, dann stellt sich die Frage, welche Helena wir finden müssen ...«

Vera klammerte sich erschrocken an ihrer kleinen Handtasche fest und Felix sog deutlich hörbar die Luft ein. »Keine Ahnung. Fangen wir mal mit der Helena an, die ich gestern kennengelernt habe. Wir müssen logisch an die Sache rangehen! Werner, du bleibst zu Hause, falls Helena wieder bei euch auftaucht. Und ich suche diese ominöse Klinik auf und sehe nach, ob ich an irgendwelche Unterlagen herankomme, die mich weiterbringen.«

»Moment! Wenn es tatsächlich solche Tests gab oder womöglich noch immer gibt«, warf Vera auf einmal unerwartet sachlich ein, »dann waren diese mit Sicherheit nicht legal und schon gar nicht öffentlich. Ich bezweifle, dass Sie einfach dort aufkreuzen können und alles auf dem silbernen Tablett serviert bekommen. In der Zone haben die doch alles gemauschelt, wie es ihnen in den Kram passte!«

Entschlossen ging sie zur Tür und öffnete diese mit einem auffordernden Kopfnicken, dass die beiden Männer ihr folgen sollten. »Zuerst muss das Kind wieder herkommen, damit wir mehr Antworten bekommen und sicherstellen können, dass niemand irgendwelchen gefährlichen Unsinn mit ihr anstellt. Und wenn jemand weiß, wie dieser Zeitreise-Quatsch funktioniert, dann ist das ärgerlicherweise am ehesten Alfred. Ich habe ihm nach Helenas Krankenhausbesuch gestern ein Hotel organisiert. Er war so derart neben der Kapp', dass ich nicht wollte, dass das Kind sich noch mehr aufregt, falls er auf der Rückfahrt mit seiner Zoni-Pappschüssel gegen den nächsten Baum brettert. Auf geht's!«

~ KAPITEL 12 ~

Vertraute Unbekannte

DANNENWALDE, DDR. AUTOFAHRT.
13. AUGUST 1977. DELTA.

Es war schwer, die Übelkeit und Panik zu ignorieren, doch Helena nahm alle Kraft zusammen, derer sie fähig war und konzentrierte sich. Seltsamerweise hatte sie sofort gewusst, wer Tom war, sobald Alfred seinen Namen genannt hatte. Sie sah die dunkelblauen, beinahe schwarzen Augen des Mannes so detailliert vor sich, als hätte sie diese schon tausendmal gesehen. Sie gehörten zu dem Gesicht, das in letzter Zeit immer öfter vor ihrem inneren Auge auftauchte und sie in Erinnerungen entführte, die so gar nicht ihre eigenen zu sein schienen.

Gleißendes Licht durchbrach den Nebelschleier und schoss ihr für einen kurzen Moment wie ein heftiger Blitz durchs Gehirn. Der Schmerz dauerte nur einen Augenblick, doch er war so heftig, dass ihr Speichel sofort wieder dünnflüssig wurde.

»Atmen!«, flüsterte eine männliche Stimme neben ihr. »Es wird gleich besser!«

Er hatte recht. Helena zählte innerlich bis fünf, während sie das Gefühl hatte, nach vorne geschleudert zu werden. Der Schmerz ebbte ebenso schnell ab, wie er aufgetaucht war und Helena öffnete erstaunt die Augen. Ihr Oberteil war triefend nass und zu ihren Fü-

ßen rollte die fast vollständig entleerte Wasserflasche, die sie auf
der Hinfahrt zur Klinik in der Hand gehalten hatte. Hannelore stand
auf dem Bremspedal und hielt das Lenkrad mit einer solchen Kraft
umklammert, dass ihre Knöchel spitz auf dem Handrücken hervortraten. Entsetzt starrte sie auf den Sitz hinter ihrer Tochter. Helena
drehte sich ebenfalls herum und blickte in die Augen des Mannes,
die sie sich eben noch lebhaft bis ins Detail vorgestellt hatte. *Tom!*
Er lächelte sie kurz an und legte Hannelore dabei eine Hand auf
die Schulter. »Alles in Ordnung, Hanne, ehrlich! Helena und ich
sind gerade hierher gesprungen, um etwas zu ändern. Anscheinend
hast du etwas von mir«, wandte er sich an Helena. Er öffnete sanft
ihre geballte linke Faust und sie sah nun zum ersten Mal, was Alfred
ihr in der Klinik in die Hand gedrückt hatte: einen Aufnäher mit
russischen Schriftzeichen.

»Die Lederjacke gehört dir! Du warst im Flugzeug!«, stellte sie
tonlos fest.

Er nickte und zwinkerte ihr verschwörerisch zu, während er den
Aufnäher in seiner Hosentasche verschwinden ließ. Hannelores Unterlippe fing verdächtig an zu zittern.

»Er sagt die Wahrheit, Mama! Wir haben gerade Alfred in der
Klinik getroffen und er hat mir gesagt, dass ich mich auf Tom konzentrieren soll. Allerdings hätte ich nicht gedacht, dass ich wieder
hier im Auto landen würde. Und ich wusste nicht, dass du plötzlich
bei uns sein würdest«, ergänzte sie und blickte Tom fragend an.

Seine dunkelbraunen Haare hingen ihm in einzelnen Strähnen in
die Stirn, während er Helena verschmitzt anlächelte. Er sah ziemlich gut aus, stellte sie verlegen fest. Paradoxerweise erging es ihr
mit ihm ähnlich wie mit Felix: Er war ihr seltsam vertraut und doch
wiederum vollkommen fremd. Er trug jedoch nicht mehr den Pa-
tientenkittel, den er eben in der Klinik angehabt hatte, sondern eine
offenbar waschechte Levis[28] sowie ein blaues Hemd, das seine eigentümlichen Augen beinahe neonfarben aufleuchten ließ.

»Weißt du, wer ich bin?«, fragte er leise.

»Du heißt Tom«, gab sie zögernd zurück. »Du hast dich hinter den Blumentöpfen neben der Treppe versteckt. In Alfreds Klinik, meine ich.«

Für einen kurzen Moment glaubte sie, in seinem Gesicht Enttäuschung lesen zu können, doch er fing sich sofort.»Stimmt«, bestätigte er.»Dort haben wir uns mal gesehen.«

Für ihn schien dieses Erlebnis deutlich weiter in der Vergangenheit zu liegen als für Helena. Erneut kamen ihr plötzlich diese seltsamen Bilder in den Sinn, die sie gesehen hatte, als sie seine Jacke zum ersten Mal in den Händen gehalten hatte – Erinnerungen, die so gar nicht zu ihrem Leben passten. Dennoch blieb das Gefühl eines seltsamen Déjà-vus zurück, als er sich plötzlich an Hannelore wandte.»Vielleicht sollte Helena das T-Shirt aus deiner Handtasche anziehen?«

Helena bemerkte beschämt, dass ihr durchtränktes Oberteil mehr preisgab, als ihr bewusst gewesen war und Hannelore fing bei ihrem Anblick augenblicklich an, in ihrer riesigen Handtasche zu wühlen. Schließlich wurde sie fündig und eine leicht verlegene Atmosphäre breitete sich in dem beengten Kleinwagen aus.

»Oh sorry«, murmelte Tom und drehte sich auf der Rückbank zum Fenster um. Helena konnte nicht umhin zu bemerken, dass sich seine Nähe seltsam normal und selbstverständlich anfühlte – wie bei Felix. Doch da waren seine Augen, die wie ein Spiegelbild ihrer eigenen waren.

»Sind wir verwandt?«, fragte sie, während sie sich mühsam ihres nassen, auf der Haut klebenden Oberteils entledigte und nach dem identischen, trockenen Oberteil griff, das ihre Mutter ihr eben erneut in die Hand gedrückt hatte.

»Was? Gott, nein! Wie kommst du denn auf *so* was?« Er hatte sich zu der nun beinahe nackten Helena herumgedreht und blickte sie entsetzt an. Helena war zu verblüfft, um zu bemerken, dass ihr weißer, ebenfalls nasser Büstenhalter ihren Oberkörper schonungslos preisgab, doch etwas in seinen Augen beantwortete ihre innere Frage. Sie kannten sich definitiv sehr gut, aus welchem Leben auch immer.

»Lena, zieh dir bitte den Nicki über!« Hannelore hatte endlich ebenfalls ihre Sprache wiedergefunden und starrte Tom mit zusammengepressten Lippen einen Moment lang an, bevor sie fortfuhr. »So, mein Junge, du sprichst wie Alexander damals. Kennst du ihn?«

Tom erwiderte ihren strengen Blick fest, wenn auch mit einem seltsam traurigen Ausdruck. »Ja, ich kenne Alex. Allerdings sind wir nicht besonders gut aufeinander zu sprechen. Ich weiß, dass er dich damals loswerden wollte, damit Helena in Frankfurt aufwächst.« Er seufzte matt und sah erneut Helena an, die gerade noch schnell das trockene Oberteil an sich herunterzog.

»Ihr zwei seid also in der Zeit zurückgereist?«, schaltete sich Hannelore erneut ein. »Wie lange und warum?«

»Nicht lange, für Helena waren es etwa anderthalb Stunden«, gab Tom zurück. »Alfred könnte eure Fragen besser beantworten als ich, aber unser letzter Versuch ging ziemlich daneben. Hoffentlich klappt es dieses Mal besser!«

»Wie oft sind wir denn gesprungen?«, fragte Helena verwirrt.

»Hier auf dieser Zeitleiste nur einmal«, gab Tom verkrampft lächelnd zurück. »Aber diesmal machen wir es anders. Hanne, fahr zurück zur Datsche nach Dannenwalde, nicht zur Klinik. Alfred und ich wollten die Pfleger überrumpeln, aber sie wurden gewarnt.«

»Warst du dieser Patient, über den sich dieser Jürgen gerade so aufgeregt hatte, als wir in der Klinik ankamen?«, fragte Helena plötzlich.

Tom zog seinen imaginären Hut. »Versuchsobjekt Nummer 301 – stets zu Diensten!«, antwortete er trocken.

»Wir müssen aber mit Alfred sprechen!« Hannelore runzelte misstrauisch die Stirn.

Tom schien mit sich zu ringen. »Ich weiß, ihr kennt mich in dieser Version und zu diesem Zeitpunkt noch nicht. Aber ihr wisst hoffentlich, dass ich nicht zu viel sagen darf, da sich sonst alles komplett anders entwickeln kann. Klassisches Marty McFly[29]-Problem!« Er lachte nervös auf und strich sich fahrig über seinen dunklen Dreitagebart. »Sorry, das ist ein uralter Zeitreise-Klassiker, den ihr noch nicht kennt. Der kommt erst in acht oder neun Jahren in die Kinos. Also, im Westen natürlich …« Er räusperte sich erneut und Helena stellte zu ihrem Erstaunen fest, dass er unter ihrem starren Blick etwas mehr Farbe in die Wangen bekam. Machte sie ihn etwa nervös? »Okay, vergesst es! Meinen nächsten Witz kündige ich wohl besser vorher an. Was ich damit meine ist, dass wir nicht zu viel verändern dürfen, denn wenn ich nicht weiß, was als Nächstes passiert, kann ich euch logischerweise nicht helfen.« Sein bittender Blick stimmte Helena zwar ein wenig milder, doch es war nicht die Hilfe, die sie sich erhofft hatte.

»Ich brauche trotzdem noch Informationen von Alfred! Kann ich die Raketenexplosion morgen verhindern? Hat Alex es wieder auf meine Mutter abgesehen? Und warum haben Alfred und Tante Vera diese Flugtickets nach England für Felix und mich gekauft?« Zu ihrem Erstaunen verdunkelte sich Toms Gesichtsausdruck. - Er wusste etwas!

»Okay«, begann er zögernd. »Manches soll vermutlich einfach sein, anderes wiederum vielleicht nicht.«

»Sag mal, du hältst mich für dumm wie 'n Konsumbrot, oder? Geht's vielleicht noch schwammiger?«, motzte Helena ungehalten los.

Tom bog den Kopf in den Nacken und lachte. Dann beugte er sich plötzlich vor, zog Helena sanft ein Stück zu sich nach hinten und küsste sie. »Manche Dinge hingegen ändern sich offenbar nie!«, grinste er schelmisch.

Zu Helenas Erleichterung warf Hannelore ohne jeden weiteren Kommentar den Motor an, wendete abrupt den Wagen und fuhr zurück Richtung Dannenwalde. Der Kuss hatte sich viel zu vertraut angefühlt. Hatte sie Felix während eines Zeitsprungs betrogen? Oder hieß das, dass es Felix vielleicht gar nicht gab? Der Gedanke drehte ihr trotz der unerklärlichen Schmetterlinge im Bauch den Magen um.

»Es gibt nicht immer nur eine Version unseres Lebens«, erklärte

Tom vorsichtig, als ob er ihre Gedanken erraten hatte.»Ihr wisst vielleicht schon, dass Zeit nicht linear ist, wie wir es in der Schule gelernt haben. Und um das Ganze noch spannender zu machen, gibt es oben drauf auch noch Paralleldimensionen. Diese Zeitleiste hier nennen wir beispielsweise Delta.«

Hannelore lachte auf. Helena wusste nicht, ob es ein ungläubiges oder ein hysterisches Lachen war, doch eines war klar: Eine mal wieder durch die Zeit reisende Tochter, ein bevorstehendes Raketenunglück mit unzähligen Toten, ein Wiedersehen mit Alexander und Alfred sowie ein neuer Zeitreisender mit absurd klingenden Theorien waren einfach zu viel Information in weniger als zwölf Stunden! Helena konnte es ihr nicht verdenken.

Doch obwohl sie plötzlich ein beklemmendes Gefühl hatte, Felix vielleicht nie wieder zu sehen, konnte sie nicht anders, als wie hypnotisiert zu lauschen. Tom war der erste Mensch, der sowohl wusste, was in ihrem Leben vorging, als auch viele Antworten zu haben schien. Auch wenn es möglicherweise Antworten waren, die Helena nicht unbedingt hören wollte.

»Was meinst du mit Paralleldimensionen? Und was ist Delta?«, fragte sie atemlos.

Tom blickte nachdenklich auf Hannelore und legte ihr schließlich zögernd die Hand auf die Schulter.»Lass mich vielleicht besser ans Steuer«, bat er.»Das letzte Mal sind wir zwar in die andere Richtung gefahren, aber wer weiß ...«

»Das letzte Mal?«, fragte Hannelore krächzend in den Rückspiegel. Sie hielt jedoch augenblicklich an und stieg ungelenk aus dem Zweitürer, um mit Tom die Plätze zu tauschen.

Helena wartete ungeduldig, bis Hannelore sowohl ihre riesige Handtasche als auch sich selbst auf der Rückbank platziert hatte. »Nun mach schon!«, drängelte sie, als Tom sich mühsam mit seinen viel zu langen Beinen hinter das Steuer quetschte.

Ein erneutes Grinsen huschte über sein Gesicht, als er ihr einen kurzen Seitenblick zuwarf. Der Wagen ruckelte langsam die holprige Straße entlang zurück nach Dannenwalde, während Tom die

Stirn in konzentrierte Falten legte. Bereits nach wenigen Metern fragte sie sich, ob der Fahrerwechsel tatsächlich eine gute Idee gewesen war, denn Tom war entweder der miserabelste Fahrer, den sie je erlebt hatte, oder er war noch nie einen Trabanten gefahren.

»Okay, mit Parallelwelt meine ich, dass es Dimensionen gibt, in denen Doppelgänger von uns ein mehr oder weniger ähnliches Leben führen. Wir nennen das Zeitleisten. Als Normalsterbliche würden wir davon nichts wissen. Abgesehen von so manchem Déjà-vu vielleicht.«

»Was meinst du damit?«, fragte Helena gespannt.

»Damit meine ich natürlich nicht alle deine Déjà-vus«, antwortete er augenzwinkernd. »In den meisten Fällen gibt es eine sehr einfache Erklärung. Wir sind beispielsweise felsenfest davon überzeugt, dass wir jemanden schon mal getroffen haben, obwohl das, rein faktisch betrachtet, nicht sein kann. Doch tatsächlich haben wir einfach schon mal jemanden getroffen, der diesem Menschen in irgendeiner Form unglaublich ähnlich war und fühlen uns daher mit einem Wildfremden beinahe widernatürlich verbunden. Das ist die logischste Erklärung, zu der wir automatisch greifen würden.«

»Aber das erklärt doch nicht, warum ich mich an dich erinnern kann!«, platzte Helena abwehrend dazwischen.

»Ich bin ja auch noch nicht fertig«, fuhr er grinsend fort. »Manche Déjà-vus hingegen hat man jedoch, wenn man beispielsweise jemanden trifft, der in unserem anderen Leben auf einer anderen Zeitleiste ebenfalls existiert. In beiden Fällen treffen wir dann oft falsche Bauchentscheidungen, wenn wir jemandem automatisch Vertrauen schenken, sobald er uns bekannt vorkommt.«

»Das heißt, ich kenne dich aus einer anderen Zeitleiste und das ist vielleicht etwas Schlechtes?«

Zu ihrem Erstaunen bemerkte Helena, dass ihm die Antwort schwerzufallen schien. »Ja und nein, wir kennen uns ziemlich gut, aber wir haben uns immer vertrauen können«, antwortete er ausweichend. »Zumindest in den Zeitleisten, die ich kenne.«

»Ist deine Welt diese Zeitleiste oder eine andere?«, fragte Helena.

»Eine andere, aber meine Zeitleiste liegt sehr nah bei Delta. Ich bin allerdings schon ziemlich lange hier.«

»Aber wenn ich dich in dieser Dimension nicht kenne, dann heißt das, dass wir uns hier zum ersten Mal treffen?«, begann Helena stockend.

»Nicht direkt«, antwortete er erneut ausweichend und bremste scharf ab, um ein großes Schlagloch zu vermeiden. »Du bist ebenfalls aus einer anderen Zeitleiste, auch wenn dir bislang womöglich alles bekannt vorkommt. Wir lernen uns allerdings heute zum ersten Mal an diesem Ort kennen, daher wird sich alles wohl automatisch ein wenig anders entwickeln, als du es in Erinnerung hast.«

»Wo haben wir uns denn in deiner Zeitleiste kennengelernt?«

»In meiner ursprünglichen Zeitleiste treffen wir uns eigentlich erst später, weil ...« Er unterbrach sich plötzlich. »Für dich lernen wir uns dann eben jetzt kennen, das ist auch okay!« Helena konnte nicht umhin, die Traurigkeit durch sein aufgesetztes Lächeln zu hören. »Also, ich heiße Tom, ich bin aus einer Paralleldimension, so wie du, und ich bin Westberliner. In meiner Erinnerung lernen wir uns eigentlich erst in zwölf Jahren kennen.«

»Wie alt bist du denn dann jetzt?«, unterbrach Hannelore ihn verwirrt. Toms Alter war nur schwer zu schätzen. Er war athletisch, fast zu perfekt gebaut. Seine wirren, dunklen Haare hingen ihm strähnig über seine leuchtend dunkelblauen, beinahe schwarzen Augen ins markante Gesicht, das trotz seiner jugendlichen Ausstrahlung viele Lachfalten um die Augen herum aufwies.

»Das ist schwer zu sagen«, antwortete Tom nachdenklich. Ich wurde am 25. Juni 1959 geboren, also bin ich theoretisch gerade erst achtzehn Jahre alt.«

»Oh ...« Instinktiv wich Helena ein Stück zurück und presste sich an die Beifahrertür. Auch wenn sie selbst anscheinend wieder aussah wie neunzehn, doch sie fühlte sich so viel älter, dass es sie bei dem Gedanken schauderte, einen fast noch Minderjährigen geküsst zu haben. Er sah jedoch so gar nicht wie achtzehn aus!

Tom schob Hannelore sanft ein Stück zurück auf die Rückbank, damit Helena ihn ansehen konnte. »In meiner Zeitleiste lernen wir uns 1989 kennen. Zu dem Zeitpunkt war ich theoretisch dreißig und du warst einunddreißig. Auf dem Papier liegt zwischen uns also nur ein einziges, lumpiges Jahr. Aber wer weiß, wie groß oder klein unser Altersunterschied tatsächlich ist. Vielleicht bin ich letztendlich sogar älter als du, wer weiß ...«

»Was meinst du damit?«, fragte Hannelore verwirrt, die aus ihrer jetzigen Sitzposition nicht gut Lippenlesen konnte und so einiges erraten musste. »Helena ist neunzehn! Allerdings siehst du mir ganz und gar nicht wie achtzehn aus!«

»Und was denkst du, Lenny? Wie alt bist du wirklich?«, fragte Tom und sah sie lächelnd von der Seite an. Helena hatte so einige Spitznamen im Laufe ihres Lebens eingeheimst, von diversen Beleidigungen, die Michi ihr beinahe täglich an den Kopf schleuderte, bis hin zu *Lena* oder *Leni*. *Lenny* war ihr neu, doch irgendetwas daran kam ihr erneut beinahe intim vor und verursachte ein warmes Gefühl in ihrer Magengegend.

»Ich denke, ich bin zweiunddreißig«, antwortete sie nachdenklich. »Mindestens.«

»Eben, genau das!«, bestätigte Tom, sichtlich zufrieden. »Unser Alter zu definieren ist für uns Zeitreisende so gut wie unmöglich. Du kannst vermutlich ebenso wenig wie ich auch nur ansatzweise berechnen, wie oft du bereits in deinem Leben durch die Zeit gereist bist. Nicht selten passiert es sogar im Schlaf und du wachst dann noch müder auf als abends vor dem Zubettgehen. Nur eines ist sicher: Wir Zeitreisende sind grundsätzlich viel älter, als unsere Geburtsurkunde uns weismachen will. Wenn man alle Zeitreisen genau addieren könnte, würden dabei Tage, Wochen, Monate, vielleicht sogar Jahre zu deinen eigenen hinzukommen.«

Helena hätte ihm bei seiner Erklärung spontan um den Hals fallen können. Endlich wusste jemand mehr als sie selbst über Zeitreisen und konnte in nur einem Atemzug so manches erklären, was ihr bisher ein Rätsel gewesen war!

»Aber warum sieht Helena dann aus wie neunzehn und du, der eigentlich erst achtzehn sein sollte, siehst aus wie … Mitte oder Ende zwanzig?«, bohrte Hannelore skeptisch nach.

»Das ist ein bisschen kompliziert«, erwiderte Tom und blickte verkrampft auf den holprigen Schotterweg. »Du hast sicherlich schon bemerkt, dass du manchmal im Körper einer anderen Person landest und die Welt vorübergehend als diese Person erlebst.«

»Ja, das hatte ich früher mal, als ich ein Baby in Lynmouth war!«

Es war vermutlich albern, doch es fühlte sich falsch an, Felix vor ihm zu erwähnen.

Tom warf ihr einen verwirrten Seitenblick zu. »Davon höre ich heute zum ersten Mal, aber jede Version von uns ist eben ein wenig anders. In dem Fall nimmst du dein eigenes Ich quasi mit in den fremden Körper. Je nach Persönlichkeitsstärke, Alter und den Umständen der Person, wirft deren Körper dich irgendwann raus und du kehrst automatisch in deine eigene Zeit zurück.«

»Ich fühle mich jetzt gerade aber komplett wie ich selbst, obwohl ich plötzlich nur halb so alt bin«, erwiderte Helena verunsichert. »Wenn ich aber tatsächlich erst neunzehn und auf einer anderen Zeitleiste bin, müsste ich folglich doch jemand anders sein!«

»Das ist doch logisch«, entgegnete er ruhig. »In gewisser Weise bist du ja trotzdem du selbst, auch wenn du lediglich im Körper einer dir sehr ähnlichen Doppelgängerin steckst.«

»Das heißt, es gibt zwischen mir und der Helena aus dieser Version keine Unterschiede und ich bleibe jetzt für immer hier?«

Zu ihrem Schrecken schien Tom bei dieser Frage zu zögern, bevor er sich zu einer Antwort durchrang. »Keine Version ist hundertprozentig gleich. Du bist und bleibst die Helena aus deiner eigenen Zeitleiste. Normalerweise kommt in solchen Fällen irgendwann ein Zeitpunkt, an dem wir bemerken, dass unsere Persönlichkeiten Differenzen aufweisen. Dann fühlen wir uns plötzlich fremd im eigenen Körper und selbst unsere direkte Umgebung kommt uns vielleicht sogar surreal oder zumindest merkwürdig vor. Es sind oft kleinste Details und Abweichungen, während derer wir intuitiv merken, dass wir zwei Personen in einem Körper sind. Beispielsweise wenn du eine andere Entscheidung triffst, als es deine Doppelgängerin tun würde. Und wenn das passiert, dann trennen wir uns für gewöhnlich automatisch, sodass du wieder in deiner eigenen Zeit landen solltest.«

Nachdenklich betrachtete sie ihr neunzehnjähriges, verschwommenes Spiegelbild in der Fensterscheibe. Es war bereits Abend geworden und die Sonne war fast vollständig untergegangen. Dennoch war es noch immer spätsommerlich hell.»Ist es theoretisch möglich, dass dieser Zeitpunkt nie kommt und man für immer festhängt?« Sie war bereits seit vielen Stunden hier und von Schwäche oder Übelkeit, den sonst typischen Zeichen für einen unmittelbar bevorstehenden Zeitsprung, war nichts zu fühlen.

Er schwieg und schien erneut mit sich zu ringen. Sie bogen links ab und der Waldrand von Dannenwalde zeichnete sich in der Ferne ab. Tom brachte den Wagen schließlich abrupt zum Stehen und drehte sich zu Helena um.»Wie gesagt, normalerweise sollte das nicht passieren!« Er hielt das Lenkrad krampfhaft umklammert und blickte stur geradeaus, bis er plötzlich unvermittelt das Thema wechselte.»Du kannst dich also an mich erinnern, ja?«

Helena nickte beklommen. Er war ihr nur allzu offensichtlich ausgewichen – bedeutete das, dass sie womöglich tatsächlich für immer hierbleiben würde?

»Gut!« Tom seufzte erleichtert und legte kurz seine Hand auf ihr Knie.»Das bestätigt, dass deine Zeitleiste nahe an dieser hier dran ist. Es gibt, wie gesagt, zwei Arten von Zeitsprüngen: Du reist entweder auf deiner eigenen Zeitebene in die Vergangenheit oder du verlässt deine eigene Zeitleiste. Letzteres ist, soweit ich weiß, eher selten. Meine Theorie ist, dass beide Zeitsprungarten meist viel mit Stress und Traurigkeit zu tun haben.«

Hannelore blinzelte verdächtig und zog sich ein Stück weiter nach hinten auf die Rückbank zurück. Sie war vollkommen still geworden.

»Quatsch! Das kann nicht stimmen, Mama!«, erwiderte Helena

sofort und drehte sich entschlossen zu Hannelore um. »Mir ging es auf meiner Zeitleiste im Jahr 1990 sehr gut, als ich plötzlich gesprungen und hier gelandet bin!« Zu ihrem Ärger spürte sie die Hitze in ihren Wangen, als sie an Felix dachte. Abgesehen von Johannas Vorwürfen, dass sie an Peters Tod die Schuld trug, war sie selten so glücklich gewesen.

Seltsam war jedoch, dass es während ihrer Diskussion im Wintergarten genau um diesen Zeitpunkt in Helenas Leben gegangen war, an dem sie sich nun befand.

»In welcher Situation bist du denn gesprungen?«, fragte Tom leichthin. Er hatte ihre veränderte Gesichtsfarbe offenbar bemerkt und versuchte gar nicht erst, sein anzügliches Grinsen zu verstecken. Vermutlich nahm er an, dass es ein Augenblick gewesen war, der mit ihm zu tun gehabt hatte.

»Ich war bei Werner und Johanna in Frankfurt und wir haben uns unterhalten.« Ihre Intimitäten mit Felix gingen Tom schließlich nichts an!

»Lass mich raten: Johanna hat dir Vorwürfe wegen Peter gemacht, du hast dich tierisch aufgeregt und plötzlich bist du hier gelandet!« Er lachte auf, als er Helenas sprachloses Gesicht sah. Doch es war kein aufrichtiges Lachen. Es lag eine tiefe Traurigkeit darin, die Helena unsicher machte. Immerhin hatte er die intimen Details ihrer nächtlichen Aufregung glücklicherweise nicht erraten, doch alles andere stimmte haargenau! Wie viel wusste er? Und warum war er so traurig? Helena schwirrte der Kopf und ihrer Mutter schien es nicht anders zu gehen.

»Zeitreisen sind kein Phänomen, das man im Lexikon nachschlagen kann. Aber ich kann beinahe verstehen, warum sie unseren werten Stasi-Chef so sehr interessieren, dass er sich seit Jahren ein paar Versuchskaninchen hält!«

»Wie bitte?«, fragte Hannelore entsetzt dazwischen. »Quält er noch mehr Menschen mit Elektroschocktherapien? Ich dachte, es wäre nur Alfred!«

Tom lachte erneut sein bitteres Lachen. »Nein, allerdings gibt er seinem Sohn seit etwa einem Jahr blockierende Medikamente, da er Alfred gegenüber misstrauisch geworden ist und nicht steuern kann, was Alfred in der Vergangenheit sonst verändert. Außerdem ist Alfred eine deutliche Spur talentierter als der Rest der Versuchskandidaten. Er kann relativ mühelos sogar in Paralleldimensionen wechseln, so wie du, Lenny. Nur kann er im Gegensatz zu dir inzwischen ziemlich gut koordinieren, wo er genau landet. Er hat uns heimlich viel beigebracht, wann immer die Dosierung bei ihm nicht so gewirkt hat, wie es geplant war. Alfred ist ein Meister der Täuschung, das muss man ihm lassen!«

Hannelore schloss kurz die Augen und rieb sich die Schläfen. »Ich brauche eine Pause!«, flüsterte sie kaum hörbar.

Noch immer parkte der Wagen am Waldrand und Tom stieg aus, um Hannelore von der Rückbank zu erlösen. Helena stieg ebenfalls aus dem Wagen und rannte um diesen herum zu Hannelore, die bereits ein paar Schritte losgelaufen war. Sie hielt ihre Mutter am Arm fest und drehte sie zu sich herum, sodass Hannelore ihre Lippen lesen konnte. »Soll ich mitkommen, Mama?«, flüsterte sie eindringlich. Für einen kurzen Moment war sie verärgert, dass Tom ihre Mutter so überfordert hatte, auch wenn sie wusste, dass das ebenso ihre eigene Schuld und somit unfair war. »Ich glaube nicht, dass du hier allein herumlaufen solltest!«

»Lass mich bitte ein paar Schritte allein gehen, Helena. Ich bin in spätestens einer Stunde wieder da und dann erzähl mir bitte alles. Auch was mit meiner Leni passiert ist.«

Mit meiner Leni, hallten Hannelores Worte dumpf in ihrem Kopf nach. Helena starrte ihrer Mutter für einen Moment verständnislos hinterher, bis sie begriff, dass Hannelore nicht vorrangig wegen Alfred verstört war. Vielmehr schien sie zu beschäftigen, dass es mehrere Versionen von ihrer Tochter gab und dass sie, wie auch heute, vermutlich schon öfter einer an sich vollkommen Fremden gegenübergestanden hatte, ohne es überhaupt zu bemerken. Der Gedanke beunruhigte Helena selbst mindestens genauso. Doch ihrem Gefühl nach war Hannelore immer ihre Mutter, egal in welcher Version. Fühlte Hannelore etwa anders?

Nachdenklich ging Helena zum Trabanten zurück und erfuhr, dass sie in dieser Zeitleiste das Unglück nicht hatte verhindern können und dass es vermutlich unterschiedlich begabte Versionen von ihr gab. Gab es vielleicht sogar eine Version von ihr selbst, in der ihr der ganze Stress erspart worden war?

»Hast du mal eine Version von mir kennengelernt, in der ich normal war?«, fragte sie hoffnungsvoll.

»Wenn du mit *normal* deine Zeitreisen meinst, dann ist die Antwort nein!«, gab er erstaunt zurück. »Du bist immer durch die Zeit gereist, genau wie ich.« Er griff nach ihrer Hand. »Wir haben viel gemeinsam, nicht nur das Zeitreisen.«

»Wir haben uns also 1989 kennengelernt. Gab es da einen bestimmten Anlass?«, fragte sie vorsichtig.

Er zögerte einen Moment, doch dann legte sich ein Lächeln über sein Gesicht. »Ich hatte immer ein Bild vor Augen, in dem du vor einer riesigen Menschenmenge in einem blauen Licht erscheinst. Wie eine Art Traum, der immer wieder kommt und den man sich nicht erklären kann. Irgendwann habe ich dann plötzlich den Ort erkannt und bin hingefahren, als die Zeit gekommen war. Ich habe dich aufgehalten, weil …« Er brach abrupt ab und ein bitterer Zug legte sich um seinen Mund. »In dieser Zeitleiste lernen wir uns dann eben hier und jetzt kennen, also machen wir das Beste daraus.« Er hielt noch immer ihre Hand. »Und zurück zu der Frage deiner Mutter, warum wir anders aussehen, als vom Alter her Sinn machen würde. Ich bin vor ein paar Jahren in dieser Dimension gelandet, als jemand, der mir wichtig war, gestorben ist. Ich war mega gestresst und plötzlich war ich hier.«

»Oh, das tut mir leid!« Helena schluckte verlegen. »Aber wenn du im Körper eines anderen Ichs von dir gelandet bist, wie konntest du dann so lange hierbleiben?« Das ungute Gefühl, tatsächlich für immer hier festzuhängen, nahm ihr für einen Moment beinahe die Luft zum Atmen.

»Ich weiß nicht, wie lange man theoretisch im selben Körper bleiben kann, ohne dass es zu einem inneren Konflikt kommt. In meinem Fall ging es problemlos, weil mein anderes Ich aus dieser Zeitleiste nicht mehr hier ist.«

»Das heißt, du kannst nicht in deine eigene Zeit zurück?«

Das klang überhaupt nicht gut!

»Wer weiß das schon!«, winkte Tom mit gereiztem Schulterzucken ab.

Helenas Kopf schwirrte. Sie war in Lynmouth ganz sicher nicht auf einer anderen Zeitleiste gewesen. Felix hatte ihr nur deshalb aus dem Frankfurter Krankenhaus geholfen und seinen Job riskiert, weil Ruth ihm von ihrem Aufeinandertreffen mit Helena 1952 erzählt hatte. Das musste also alles auf ihrer eigenen Zeitleiste passiert sein. Was würde passieren, wenn sie nicht mehr dorthin zurückkonnte und Ruth auf dieser Zeitleiste jedoch nicht warnen konnte?

»Das heißt, ich stecke aktuell in einer Parallelwelt namens Delta fest!«, fasste sie erschöpft zusammen und rieb sich angestrengt die Schläfen. »Wenn mich die Diskussion mit Johanna so sehr gestresst hat, warum bin ich dann nicht einfach auf meiner eigenen Zeitleiste geblieben?«

»Sorry, ich weiß, das ist verdammt viel Info.« Für einen kurzen Moment schien es, als wollte er sie in den Arm nehmen, doch dann besann er sich offenbar eines Besseren und legte seine Hände bewusst auf seinem Schoß ab. »Normale Zeitspringer wären wahrscheinlich auf derselben Zeitleiste geblieben, aber du bist eben etwas Besonderes.«

Normale Zeitspringer! Helena lachte sarkastisch auf. Sie war also auf mehreren Zeitleisten unterwegs und brachte vollkommen unkontrolliert sowohl ihr eigenes Leben als auch das von Freunden und Familie fleißig durcheinander. Wenn er schon auf das Wort *besonders* bestand, dann sollte er es wohl besser um das Wort *scheiße* erweitern!

»Und da ist nichts *scheiße* dran!«, lachte Tom plötzlich laut auf.

»Kannst du etwa auch Gedanken lesen?«, fragte sie entsetzt.

»Nein, aber ich kenne diesen Gesichtsausdruck nur allzu gut!«, konterte er augenzwinkernd. »Alfreds Vater hat uns für seine eigenen Zwecke ziemlich gequält, aber es hat auch ein Gutes: Viele von uns sind letztendlich besser geworden und haben gelernt, ihre Fähigkeit halbwegs zu kontrollieren. Das nicht zu können, ist in der Tat aufreibend. Ich kann dir helfen!«, flüsterte er und knetete die Hände in seinem Schoß, als wollte er diese ebenfalls unter Kontrolle halten. »Es gibt bestimmte Tricks, die dir helfen können.«

»Zum Beispiel?«, fragte Helena matt. »Ich würde alles für mehr Ruhe geben! Kann mein Opa mir vielleicht auch helfen?«

»Ganz sicher nicht!«, entgegnete Tom wie aus der Pistole geschossen und sein Gesicht nahm plötzlich einen derart wütenden Ausdruck an, den sie ihm nicht zugetraut hätte. Entschlossen riss er die Fahrertür auf, ging zügig ums Auto herum und zog Helena aus dem Wagen.

»Warte!«, rief sie verwirrt. »Ich habe noch so viele Fragen. Was genau macht er mit euch? Und was weißt du noch über mich?« Ihr Kopf brummte unangenehm, doch sie war endlich an jemanden geraten, der sie nicht nur beinahe besser verstand als sie selbst, sondern der ihr auch noch Antworten geben konnte.

Noch bevor sie wusste, wie ihr geschah, hatte er sie in den Arm genommen und fest an sich gedrückt. Er roch wahnsinnig gut ...

»Ich bin hier und gehe nirgendwo hin, versprochen!« Seine Stimme war belegt und er sprach so leise, dass sie ihn kaum hören konnte. Er schien zu schlucken und hielt sie nach einigen Atemzügen schließlich auf Armlänge Abstand vor sich. »Du bekommst alle Antworten, die ich dir geben kann. Ehrenwort!«, erklärte er entschlossen. Trotz der hereinbrechenden Dämmerung schienen seine Augen dunkelblau aufzuleuchten, faszinierend und ein wenig hypnotisch zugleich. Sahen ihre eigenen Augen genauso aus? War das der Grund gewesen, warum Felix ihr immer sofort geglaubt hatte? *Felix* ... Er schien so unendlich weit weg zu sein.

»Wir müssen Hanne finden«, sagte er, während er ihr sanft über die Wange strich. »Ich weiß nicht, welche Version von Alex es ist, der sich hier gerade herumtreibt. Er kann in jeder Zeitleiste mitunter sehr anders sein - vermutlich springt er so wahnsinnig oft, weil alle

Versionen von ihm so extrem unterschiedlich sind, dass sie schnell miteinander kollidieren und ihn aus dem Körper werfen. Aber ich würde ungern riskieren, dass er Hanne irgendwo im Dunkeln auflauert.«

»Alex wechselt auch die Zeitleisten?«, fragte Helena schwach.

»Ja, und das leider noch öfter als du. Er kann sogar relativ problemlos vor- und zurückspringen. Es scheint, als ob die Fähigkeit mit jeder Generation ...« Er warf einen kaum merklichen Seitenblick auf Helena und brach ab. »Nicht jede Version von ihm ist so ... aggressiv«, fuhr er schließlich vorsichtig fort. »Er ist verzweifelt, weil er wieder in seine eigene Zeitleiste will und dafür bereits viel Scheiße durchmachen musste. Naja, wie wir alle eben!«

»Kannst du ihm da nicht helfen?«, fragte Helena verwirrt.

Tom schien mit sich zu ringen. »Vielleicht!«, antwortete er schließlich leise, doch er vermied ihren Blick. Stattdessen nahm er ihre Hand und lief auf das Waldstück zu, in dem Hanne sich die Beine hatte vertreten wollen. »Komm, es wird bald dunkel.«

Schweigend liefen sie durch das Dickicht. Helena sog den herben Duft von Tannennadeln ein und merkte, dass sowohl die kühlere Luft als auch seine Art ihren innerlichen Aufruhr wunderbar beruhigten. Tom war wie sie, doch im Gegensatz zu ihr schien er zu wissen, was er tat. Er konnte seine Sprünge teilweise sogar kontrollieren und er würde ihr helfen können, beruhigte sie sich selbst. Wenn Zeitreisen nicht mehr willkürlich passierten, sondern planbar waren, dann musste man sich eigentlich um das Hier und Jetzt gar nicht solche Sorgen machen.

Sie nahm nicht wahr, dass Tom nicht etwa wahllos nach Hannelore suchte, sondern Helena zielstrebig weiter ins Unterholz zog. Stattdessen schlich sich ein weiterer Gedanke in ihr immer klarer werdendes Bewusstsein. Ihr war nicht schlecht und sie war bereits seit ungefähr zwölf Stunden hier – eine bisher selbst für Helena unerreichte Dauer während eines Zeitsprungs. Tom war bereits seit Jahren hier, weil sein anderes Ich aus Delta verschwunden war. Doch das konnte eigentlich nur eines bedeuten ...

Das Gebüsch wurde dichter und Tom zog sie wie selbstverständlich näher zu sich heran. Da war kein Konflikt in ihrem Inneren, nur seltsame Ruhe. Abrupt blieb Helena stehen.

»Wie bin ich gestorben?«

~ KAPITEL 13 ~

Fremde Erinnerungen

FRANKFURT AM MAIN, HOTEL PFEIFFER.
ALFREDS ZIMMER. 27. OKTOBER 1990. GAMMA.

»Ich habe dir schon zig Mal gesagt, dass ich mich nicht daran erinnere, vor Jahr und Tag mal bei dir in der Küche erschienen zu sein!«, wiederholte Alfred gereizt, während er in seine ausgeleierten, dunkelbraunen Lederschuhe schlüpfte, die er achtlos vor sein Hotelbett gepfeffert hatte. »Und ich war letzte Nacht ganz sicher nicht in irgendwelchen Wintergärten unterwegs!«

Vera betrachtete stirnrunzelnd seine vornübergebeugte Gestalt und ließ sich schließlich theatralisch seufzend auf dem mit Klamotten übersäten Schreibtischstuhl nieder. Alfred sah wie immer leicht heruntergekommen aus und Werner dachte mit Unbehagen an Hannelores Geschichte. Selbst diese beinahe eingeschüchtert wirkende Version von Alfred hatte etwas Verstörendes an sich und Werner war sich nicht sicher, ob das lediglich an den seltsamen, mitunter beinahe gespenstisch leuchtenden Augen lag. Ihm gegenüber Vertrauen aufzubringen, erschien selbst in den günstigsten Moment so gut wie unmöglich.

»Wie kann es sein, dass Vera und ich uns aber an diese beiden Situationen erinnern und Sie nicht?«, fragte Werner, während er sich so gelassen wie möglich mit verschränkten Armen an die Wand neben der Hotelzimmertür lehnte. Es war vollkommen paradox, doch Alfred hatte letzte Nacht vollkommen anders ausgesehen: älter, aggressiver und deutlich dünner!

Alfred richtete sich genervt auf. »Das sollte doch inzwischen mehr als logisch auf der Hand liegen! Sie ist vermutlich einem anderen Ich von mir begegnet! Zeit ist nun mal nicht parallel, wie die Menschheit immer angenommen hat. Es gibt verschiedene Versionen von unserer Zeitleiste mit verschiedenen Versionen von uns darin!«

»Das heißt, es kann durchaus sein, dass es uns manchmal zweimal gibt? Also, auf derselben Zeitleiste, meine ich?«, fragte Felix.

Alfred knetete seine Hände und starrte auf den Boden. Trotz seiner unbeweglichen Miene wirkte er plötzlich nervös. »Normalerweise nicht. Selbst als talentierter Zeitspringer würde man nur kurzfristig auf einer anderen Zeitleiste bleiben können. Außer natürlich, der Doppelgänger auf der entsprechenden Zeitleiste ist tot. Keine Ahnung, was dann passiert!«

Vera blinzelte verdächtig und auch Werner und Felix hielten vor Schreck die Luft an.

»Schwachsinn!«, wehrte Felix schließlich heiser ab. »Werner hat schließlich nicht nur eine, sondern offenbar gleich zwei verschiedene Helenas kennengelernt, die beide putzmunter wirkten!«

Alfred schwieg und starrte weiter auf den Boden.

»Himmelherrgott nochmal, Alfred!«, donnerte Vera plötzlich. »Jetzt spuck schon aus, was du weißt! Du hast gesagt, du willst deinen Mist ein wenig gut machen, also fang jetzt bei Helena an!«

»Das habe ich doch schon längst!«, fauchte Alfred zurück und seine seltsam leuchtenden Augen richteten sich unheilvoll auf Vera. »Wer hat sich denn ihr zuliebe vermeintlichen Elektroschocktherapien unterzogen und dafür gesorgt, dass Helena und Hanne dafür im Gegenzug nie der Geldhahn abgedreht wurde?«

»Stopp!«, fuhr Werner hellhörig dazwischen. »Was genau meinen Sie mit *vermeintliche* Elektroschocktherapien? Sind das diese Tests, von denen Vera vorhin gesprochen hat?«

»Das Siezen können wir uns schenken, denn wenn es so weiter-
geht, dann steht vermutlich unser aller Zukunft auf dem Spiel!«,
knurrte Alfred und knetete seine langen Finger eine Spur schneller.
Werner konnte nicht umhin, dabei zum ersten Mal Ähnlichkeiten
mit Helena zu entdecken, auch wenn die beiden, abgesehen von den
Augen, auf den ersten Blick kaum unterschiedlicher hätten aussehen
können. Wie ein Déjà-vu tauchten auf einmal Bilder von Helena vor
seinem inneren Auge auf, in denen sie vor ihm auf dem Praxisbo-
den lag und schrie, während er unbehaglich in einer Akte blätterte.
Seltsamerweise konnte er nicht sagen, ob dies tatsächlich eine Erinnerung oder nur eine plötzliche Vorstellung war.

»Ich reise seit Neuestem immer häufiger durch die Zeit«, fuhr
Alfred ausweichend fort. »Ich habe im Laufe der Jahre eigentlich
gelernt, es zu beeinflussen und auf anderen Zeitleisten war ich ohnehin nur äußerst selten. Aber in letzter Zeit passiert es mir immer
öfter, dass ich ziemlich weit springe und es nicht unter Kontrolle
habe. Wenn es anderen Zeitspringern genauso geht, dann heißt das,
dass irgendetwas gewaltig aus den Fugen geraten ist und so manches Schicksal dadurch komplett umgeschrieben werden kann, Zeitreisender oder nicht!«

Vera und Felix runzelten verwirrt die Stirn und Werner beschlich
eine ungute Gewissheit. »Ich habe so manche Erinnerungen an Helena, von denen ich nicht weiß, ob es tatsächlich meine eigenen
sind. Könnte das etwas damit zu tun haben?«

»Mit ziemlicher Sicherheit sogar!«, antworte Alfred frustriert.
»Ich weiß nur noch nicht, woran es letztendlich liegt. Ich habe Helena ein paar Mal auf verschiedenen Zeitleisten geholfen, damit sie
Ruth rettet und Felix kennenlernt. Vielleicht war das ein Auslöser
für das aktuelle Chaos ...«

Noch bevor Felix die Sprache wiederfand, fuhr jedoch Vera gereizt dazwischen. »So ein Humbug, Alfred! Wann hast *du* ihr denn
mal helfen wollen? Mal abgesehen von dem alten Käse mit der Klinik. - Wenngleich ich glaube, dass du da sowieso gelandet wärst!«

»Na ja, immerhin habt ihr Helena und Felix doch offenbar gemeinsam jeweils ein Flugticket geschenkt«, warf Werner rasch einlenkend ein.

Alfred, der nach Veras Worten im Begriff gewesen war, ihr eine gepfefferte Antwort zu geben, hielt fassungslos inne. »Wir haben *was* getan?«

Verwirrtes Schweigen legte sich über die kleine Runde und die kommende Stunde warf nur noch weitere Fragen auf, als sie ohnehin schon hatten. Felix hatte einzelne, vage Bilder von einem Treffen mit Helena im Frankfurter Nordend im Kopf, wo sie gemeinsam zu Pfeilen gelegte Stöcke suchten. Er konnte sich allerdings nicht erinnern, wann das gewesen sein sollte.

Werner meinte zu wissen, dass Helena bei ihm jahrelang in Therapie gewesen war und ihn vor dem Autounfall gewarnt hatte, allerdings musste auch er zugeben, dass er sich weder die fehlenden Akten erklären konnte, noch konnte er sich konkret an Details aus einzelnen Therapiesitzungen mit seiner ehemaligen Patientin erinnern.

Vera hingegen war überzeugt, dass Alfred alle Anwesenden einfach nur wahnsinnig machte und bohrte mit ihren langen, spitzen Absätzen deutlich sichtbare Spuren in den weichen Hotelzimmerteppich, während sie schimpfend von einem Ende des Zimmers zum anderen lief. Werner war sich recht sicher, dass auch Vera so manche Bilder im Kopf hatte, die nicht in ihre Realität passten und erinnerte sich an Veras Überfürsorge Helena gegenüber, die nicht so recht zu der Rolle einer weit entfernt im Westen wohnenden Tante passen wollte. Bereits vergangenes Jahr auf dem Bahnhof war ihm aufgefallen, wie es Vera offenbar traf, wenn Hannelore sie daran erinnerte, dass sie Helenas Mutter war und nicht Vera.

Doch Vera schüttelte lediglich wild den Kopf, als ob sie die unwillkommenen Gedanken im wahrsten Sinne des Wortes herausschleudern konnte, während sie wie ein gefangener Tiger im Zimmer ihre Runden drehte. Felix wirkte nach außen hin ruhig, doch auch hinter seiner Stirn schien es heftig zu arbeiten.

»Gut, wir haben also allesamt offenbar einen gewaltigen Sprung in der Schüssel, wunderbar!«, fasste Vera schließlich gereizt zusammen. Sie stemmte die Hände in die Hüfte und blickte empört auf Alfred, als sei das allein seine Schuld. »Und was soll das alles bedeuten?«

»Das bedeutet«, antwortete Alfred betont langsam, »dass wir unterschiedliche Erinnerungen haben, die nicht alle auf unsere Zeitleiste oder gar zu uns gehören. Das Chaos ist offenbar bereits größer, als ich befürchtet hatte!«

»Wie kann so etwas denn passieren?«, fragte Werner ruhiger als ihm tatsächlich zumute war. Er hatte keinen Zweifel, dass Alfred recht hatte. Er selbst hatte schließlich vor einem Jahr nach einer Helena Gutowski gesucht, die es hier offenbar noch nie gegeben hatte. Und die bruchstückhaften Erinnerungen an Helena waren eindeutig mehr als nur ein logisch erklärbares Déjà-vu. Was würde passieren, wenn jeder Mensch plötzlich immer mehr seltsame Erinnerungen bekam, die ihm nicht gehörten? Was war dann noch Realität und was nicht? Alfred hatte recht: Je nachdem, in welchem Ausmaß sich diese offenbar fremden Erinnerungen künftig bei jedem einzelnem einschleichen würden, könnte dies ganze Familien und Existenzen auseinanderbringen!

Alle Augen richteten sich fragend auf Alfred, doch dieser zuckte ratlos mit den Schultern. »Ich weiß lediglich, dass es mehr Zeitspringer gibt als nur Helena und mich. Manche sind besser und manche eben schlechter. In der Klinik wurden deswegen Experimente an verschiedenen Kandidaten durchgeführt, die behauptet hatten, durch die Zeit zu reisen. Diese wurden dann in einem geheimen Labor getestet. Meines Wissens nach hatten diese Tests zwar nie einen durchschlagenden Erfolg, aber vielleicht ist das auf anderen Zeitleisten anders! Fakt ist lediglich, dass unsere Zeitebenen immer mehr durcheinander zu geraten scheinen und ich denke, dass es etwas mit Helena zu tun hat.«

»Wo können wir sie finden?«, fragte Felix heiser.

Erneut hob Alfred ratlos die Schultern. »Ich weiß noch nicht einmal, ob meine Theorie überhaupt stimmt. Ich hatte in letzter Zeit einige kurze Zeitsprünge zum Labor und habe Helena dort zusammen mit einem dunkelhaarigen Typen gesehen. Sie ist mit ihm zusammen in einer Art blauen Nebel verschwunden.«

Felix' Gesicht sprach Bände, als er die Hände zu Fäusten ballte.

»Meinst du, dass der dunkelhaarige Kerl es gut mit ihr meint?«, fragte Werner stirnrunzelnd. »Wenn es derselbe Typ ist, der uns vergangene Nacht aufgesucht hat, dann wäre ich mir da nicht so sicher.«

»Woher soll ich das wissen?«, blaffte Alfred seltsam aufgebracht. »Ich war nun mal nicht dabei!« Er sah Werner dabei jedoch nicht an.

»Wo können wir Helena finden?«, wiederholte Felix zwischen zusammengebissenen Zähnen.

»Himmel noch mal, bin ich etwa Jesus?«, polterte Alfred. »Ich weiß es nicht, sonst hätte ich bereits etwas unternommen! Ich bin nicht sonderlich scharf auf diese scheiß Zeitreisen! Niemand ist das, abgesehen vielleicht von denjenigen, die hinter diesen Zeitreise-Tests stehen. Vermutlich weiß Helena inzwischen mehr als ich!«

»Nun gut, dann werden wir jetzt herausfinden, was das Kind weiß!«, erklärte Vera entschlossen. »Du springst jetzt durch die Zeit und suchst sie und dann erklärst du es uns! Besser noch, du bringst sie wieder her!«

Alfred sah Vera zum ersten Mal an diesem Tag direkt an. »Und du glaubst tatsächlich, dass ich es bin, der eine Schraube locker hat? Was glaubst du denn, wie das funktioniert? Sollen wir hier eine Kerze anzünden und gemeinsam ein entspannendes Liedchen summen, bis ich durch die Zeit reise, um sie zu finden? Sehe ich aus wie ein verdammtes Medium oder was!«

»Medium …«, murmelte Werner plötzlich gedankenverloren. »Da war etwas! Ich erinnere mich an jemanden! Glaube ich zumindest. Katja? Karen? Kerstin? … Nein, stopp! Sagt euch der Name *Käthe* etwas? *Käthe Ahrend* - das war's!«

Verblüfft drehten sich alle zu ihm herum. Der Name sagte ihnen in der Tat etwas, irgendwo tief in ihrem Inneren lagen plötzlich weitere, seltsame Erinnerungen, die nicht ihnen gehörten.

~ KAPITEL 14 ~

Unerwarteter Besucher

DANNENWALDE, MILITÄRGELÄNDE, DDR.
13. AUGUST 1977. DELTA.

Tom blieb wie angewurzelt stehen und starrte an ihr vorbei ins dunkle Unterholz.

»Sag schon!«, wiederholte Helena lauter. »Wie bin ich gestorben? Oder sollte ich vielleicht besser fragen: *wie oft*?«

Anstelle einer Antwort legte er eine Hand über ihren Mund und kniff konzentriert die Augen zusammen, während er in die Dämmerung lauschte. Sekunden verstrichen und Helena hielt automatisch den Atem an, als sie durch das dichte Gebüsch einige bekannte Umrisse ausmachen konnte. Direkt vor ihnen ragte der erste Wachturm in den düsteren Himmel. Sie waren beim Militärgelände!

Plötzlich nahm er seine Hand von ihrem Gesicht und fuhr sich hektisch durch seine dichten, schwarzen Haare bis sie in alle Richtungen abstanden. Doch er schwieg noch immer und schien angestrengt zu lauschen.

»Ich war bis eben erstaunlich ruhig, aber jetzt machst du mich echt nervös!« Ungehalten packte Helena ihn an der Schulter und zwang ihn, sie anzusehen. »Was ist los? Warum sind wir hier?«

»Sorry, aber Abweichungen sind ein schlechtes Zeichen!«, fluchte er. »Wir haben schon ein paarmal hier gestanden, aber fast immer haben wir Hannelore an dieser Stelle getroffen oder sie zumindest hier in Zone 1 gesehen. Es gibt auch eine Version, in der Peter und Michi da drüben hocken und sich unterhalten.« Fahrig strich er sich eine längere Strähne aus den Augen und deutete durch das Gebüsch hindurch zu einer Stelle, an der das dichte Gras auf der Wiese deutlich niedriger gewachsen zu sein schien.

Helena versuchte angestrengt, Einzelheiten ihrer Umgebung auszumachen. »Ich kenne diese Stelle! Ist da drüben nicht ...?«

»... der Eingang zu Zone 2 mit den ersten Bunkern, ja!«, bestätigte Tom mit ausdrucksloser Miene. »Hoffen wir mal, dass Peter den fatalen Bunker aber erst morgen entdeckt!«

Helena biss sich auf die Unterlippe, um ihre Emotionen zurückzuhalten. »Du hast gesagt, es gibt auch eine Version, in der Peter und Michi schon heute hier sind und dort drüben sitzen. Was passiert in der Variante?«

Tom zögerte einen Moment und sah sie nicht an. »Lass es mich so formulieren: Wir sind jetzt hier und haben eine neue Chance. Das ist alles, was zählt!« Er schien seinen Arm um Helena legen zu wollen, doch dann zog er diesen plötzlich intuitiv zurück.

»Was ist los? Bin ich etwa hier auf diesem Gelände gestorben?«, bohrte Helena stur nach.

»Nein, das bist du nicht!«, zischte Tom ungehalten. »Du bist schließlich hier. Die anderen Versionen gibt es hier und jetzt nicht!«

»Was für ein Quatsch!« fuhr Helena entnervt auf. »Natürlich gibt es die – ich kann mich schließlich an zig Dinge erinnern, die entweder noch nicht passiert sind oder erst noch geschehen werden!«

Erneut wurde sie von Toms Hand auf ihrem Mund unterbrochen. Diesmal wollte sie diese gereizt wegschlagen, doch er verstärkte den Druck und blitzte sie so wütend an, dass sie automatisch einen Schritt rückwärts machte. Sie kannte diesen Ausdruck nur von zwei Menschen: Alfred und Alex! Konnte sie Tom nun vertrauen oder nicht?

Offenbar hatte ihre aufgekommene Panik ihn jedoch besänftigt, denn plötzlich zog er seine Hand zurück und legte stattdessen lediglich den Zeigefinger auf seinen Mund, während er sie nach unten in die Hocke zog. »Tut mir leid, ich wollte dich nicht erschrecken, Lenny! Dass diese Version auf einmal anders ist, kann nur heißen, dass jemand gerade etwas verändert. Und es ist wahrscheinlich, dass das nur dann passiert, wenn jemand weiß, was als Nächstes passiert und bewusst ins Geschehen eingreift. Hoffen wir mal, dass es nicht Alex ist!«

»Naja, er war immerhin heute gegen Mittag auch schon hier«, warf Helena ein.

»Du hast ihn *heute* hier gesehen?«

»Ja. Deshalb sind Mama und ich doch überhaupt erst zur Klinik gefahren. Wusstest du das nicht? Erst war er irgendwo dort drüben außerhalb des Zaunes und hat mir wegen Mama Angst gemacht. Und kurz danach ist er in der Datsche aufgetaucht und hat meine Familie in Angst und Schrecken versetzt, als ich gerade mit Mama und Tante Martha draußen war.«

Entsetzt sah er sie an und zog sie ohne ein weiteres Wort entschlossen in eine andere Richtung. Fahrig schob er tiefhängendes Gestrüpp zur Seite, das Helena immer wieder beim Zurückschnellen über ihr Gesicht kratzte und sich in ihren langen, blonden Haaren verfing.

»Warte!« Helena zwang ihn, stehenzubleiben. »Wenn in jeder Version, die du kennst, entweder Mama oder Peter und Michi hier auf dem Gelände sind, wo sind sie dann jetzt?«

Tom zuckte hilflos mit den Schultern. »Ich weiß es nicht.«

»Genau das! Vielleicht sind sie heute schon im Bunker und in Gefahr? Wir müssen da rein und nachsehen!«

Bevor er reagieren konnte, drehte sie auf dem Absatz um und rannte ein paar Schritte zum Tor. Es war offenbar verriegelt, doch da war ein kleiner Haken im angrenzenden Maschendrahtzaun, nahezu unsichtbar und nur bei sehr genauem Hinsehen erkennbar. Helena schob routiniert ihre Finger hindurch, hebelte einen Teil des Zauns aus und quetschte sich in Windeseile hindurch.

Woher wusste sie so genau, wie man auf das Militärgelände

kam? Sie erinnerte sich verschwommen, dass sie sich mit Peggy im Wald unterhalten und dann plötzlich vor der Bunkertür in Zone 2 gestanden hatte - einfach so, von einer Sekunde auf die andere. Die Tür war nur angelehnt gewesen und Helena hatte diese problemlos öffnen können. Doch das würde erst am nächsten Morgen geschehen, nicht heute! Woher wusste sie plötzlich von diesem Eingang im Zaun? War dies vielleicht eine der Differenzen, die Helena und ihr besetztes Ich aus dieser Version ausfochten, weil ihre Erinnerungen unterschiedlich waren? Würde sie dann gleich wieder auf ihrer eigenen Zeitleiste bei Felix im Wintergarten sein? Oder waren es wieder nur diese merkwürdigen, fremden Erinnerungen und sie war in dieser Zeitleiste tatsächlich tot?

Fragen über Fragen tobten in ihrem Inneren und wetteiferten mit dem rasenden Tempo ihres Pulsschlags. Zone 1 lag bereits hinter ihr und das Tor zu Zone 2 stand zu ihrem Erstaunen weit offen. Die Wachtürme zu den einzelnen Lagerzonen schienen verlassen zu sein und es war kein Laut zu hören. War das normal?

Sie hörte Tom hinter sich keuchen und sprintete so schnell sie konnte auf die Bunkertür hinter dem Hügel zu. Das Gelände lag seltsam still in der nun beinahe finsteren Abendstunde. Selbst die Vögel schienen den Atem anzuhalten, sodass die Welt wie in einen surrealen Kokon gehüllt wirkte.

Helena stolperte über ein paar trockene Zweige, als sie durch Blätter und verdorrtes Gras um den Bunker zu ihrer Linken herum sprintete. Am Bunkereingang angekommen, zog sie an der schweren Eisentür. Sie war abgeschlossen! Wer hatte die Tür in ihrer eigenen Zeitleiste zu welchem Zeitpunkt geöffnet? Und wo war Tom? Sein lautes Atmen hinter ihr war schon lange verklungen und es war kein Laut zu hören. Hatte er sich versteckt? War ihm etwas zugestoßen?

Zitternd wischte sie sich ein dünnes Spinnennetz aus dem Gesicht und atmete bewusst tief ein. Vielleicht würde sie gleich einfach neben Felix aufwachen und der Spuk war vorbei, wer wusste das schon!

»Michi? Peter?« Vorsichtig tastete Helena die massive Eisentür ab. *Objekt 521* prangte in grellroten, kyrillischen Buchstaben an der grauen Tür. Irgendwo tief in ihrem Inneren regte sich eine Erinnerung, doch ihr Unterbewusstsein drängte diese erfolgreich zurück. War es möglich, die Tür von außen ohne Schlüssel zu öffnen? Sie bezweifelte, dass Peter damals einen Schlüssel gefunden hatte, um ins Innere zu kommen. Plötzlich bemerkte sie unter ihren tastenden Fingern ein kaum hörbares, jedoch deutlich spürbares Ruckeln an der Tür, dem ein leises Klicken folgte. Erschrocken trat sie einen Schritt zurück. Die Tür war auf einmal offen! Es musste also jemand im Bunker sein!

Für einen Moment glaubte Helena, ihr vor Schreck hämmerndes Herz wollte ihr zum Hals herausspringen. Ihr rasender Puls erschütterte ihre Ohren mit heftigem Rauschen und Hämmern. Sie nahm alle Kraft zusammen, derer sie fähig war und konzentrierte sich auf ihren Herzschlag. Er verlangsamte sich nur langsam, doch nach wenigen Minuten konnte sie zumindest wieder atmen, ohne dabei wie Espenlaub zu zittern.

Noch immer hatte sich nichts getan. Niemand war zu ihr hinausgekommen und es war nach wie vor totenstill. Helena hatte das ungute Gefühl, beobachtet zu werden, doch sie konnte niemanden in der bedrückenden Stille ausmachen. Es wirkte beinahe als stünde die Zeit still, als sie endlich den Mut aufbrachte, sich vorsichtig gegen die schwere Tür zu stemmen. Diese öffnete sich jedoch unerwartet leicht, als wären die Scharniere erst vor kurzem frisch geölt worden. Ein breiter, grell beleuchteter Gang erstreckte sich vor ihren Augen. Genau so hatte sie diesen in Erinnerung. Damals war Peter binnen weniger Sekunden erschienen und sie hatten auf ihrer gemeinsamen Suche nach einem Weg aus dem Bunker das Hauptlager mit den Zeitzündern und Katjuscha-Raketen gefunden. Allerdings erinnerte sie sich nicht daran, wie sie die Explosionen letztendlich ausgelöst oder ob diese überhaupt in der Kammer begonnen hatten.

»Peter?«

Es kam keine Antwort aus dem leblos wirkenden Gang. Nur das ungute Gefühl, beobachtet zu werden, blieb. Unsicher blickte sie sich um, doch abgesehen von dem leisen Knirschen unter ihren Schuhen war nichts zu hören.

Flach atmend schlich Helena ins kühle Innere des Bunkers. Sie war damals mit Peter eine ganze Weile herumgeirrt, bevor sie plötzlich Schritte vernommen und in Panik wahllos in einen der angrenzenden Lagerräume geflüchtet waren. Helena hatte damals keine Gelegenheit gehabt, um Peter zu fragen, wie er in erster Linie überhaupt in den Bunker gekommen war. Soweit sie es sich in den Jahren nach dem Unfall hatte zusammenreimen können, hatte Peter beim Spielen zufällig den Eingang gefunden und eigenmächtig den Bunker erforschen wollen. Welcher Dreizehnjährige hätte einer solchen Versuchung schon widerstehen können?

In Anbetracht des unheimlichen Inneren konnte Helena jedoch nicht umhin, ihren kleinen Cousin für seinen Mut zu bewundern. Sie wäre in seinem Alter niemals freiwillig in einen dieser Bunker reingegangen! Selbst als Erwachsene war ihr hier drin mehr als unwohl. Vielleicht war es aber auch die Angst vor ihrem jetzigen Wissen, dass hier gefährliche Raketen und Zeitzünder rumlagen, die schon sehr bald explodieren und beinahe ein ganzes Dorf inklusive unzähliger russischer Soldaten in die Luft jagen würden.

Woher waren eigentlich all die Soldaten plötzlich gekommen?, wunderte sich Helena heute zum ersten Mal. Der Bunker war damals, genau wie offenbar auch jetzt, vollkommen leer gewesen und soweit sie wusste, war keine russische Militärstation in unmittelbarer Nähe dieses Lagers. Und doch hatte es hier nur Minuten vor der Explosion förmlich von Soldaten gewimmelt. Seltsam, dass sie sich diese Frage nie zuvor gestellt hatte. Sie war zu sehr damit beschäftigt gewesen, diesen Tag aus ihrem Gedächtnis zu verbannen.

Falls Peter tatsächlich hier war, dann musste sie sich beeilen! Wenn sie den morgigen Tag verhindern konnte, dann würde ihr ein ganzes Leben grausamer Erinnerungen erspart bleiben!

Oder auch nicht!, dachte sie grimmig. Denn aus welcher Zeitleiste sie auch immer letztendlich hierhergekommen war, in ihrer Welt war das Unglück schließlich bereits geschehen!

»Buh!«

Für einen Augenblick glaubte Helena, dass ihr Herz stehengeblieben war, während sie im Bruchteil einer Sekunde auf dem Absatz herumfuhr und dabei gleichzeitig die schwere Hand von ihrer Schulter schlug.

»Hey, ganz ruhig!« Alexander war beinahe ebenso zusammengezuckt wie sie selbst und hob entschuldigend die Hände. »Sorry, ich wollte dich aus Spaß erschrecken, aber ich wusste nicht, dass du gleich zum Ninja wirst!«

»Bitte *was*?«, hechelte Helena atemlos und rieb sich die pochende Stelle in ihrem Brustkorb, an der ihr rasendes Herz noch immer herauszuspringen drohte.

Völlig unerwartet nahm Alexander sie kurz ungelenkig in den Arm. »Alles wieder okay?« Er wirkte vollkommen anders und deutlich entspannter als heute Mittag!

Helena blickte ihn verwirrt an. »Warum bist du hier?«, fragte sie vorsichtig. Suchte er Hannelore?

Er rieb sich den Nacken, als wäre er verlegen. Sie hatte das merkwürdige Gefühl, als ob sie ihn heute zum ersten Mal sehen würde.

»Kannst du mir sagen, welcher Tag heute ist?«, fragte er unsicher.

»Noch immer derselbe Tag wie vorhin!«, antwortete sie trocken.

»Wann war denn *vorhin*?« Er schien ehrlich überrascht zu sein.

»Ich habe eben erst Peter gesehen, wie er Stöcke für …« Er stockte kurz. »… *Felix* und dich im Nordend gelegt hat. Plötzlich hat mich Alfred überrascht und angefangen, wie ein Bescheuerter zu brüllen und mir krass abgefahrene Anschuldigungen an den Kopf zu werfen und dann war ich auf einmal hier. Der hat echt eine Störung, dieser Vollpfosten!« Zu Helenas Erstaunen wirkte er glaubhaft empört und trotz seiner Aufgebrachtheit so gar nicht furchteinflößend. War dies eine Version von Alexander, die sie vielleicht noch nie getroffen hatte? War es das, was Tom gemeint hatte, als er sagte, dass nicht alle Versionen von Alexander schlecht waren?

»Wir haben uns heute Mittag getroffen, kurz bevor du meine Familie eingeschüchtert hast. Und davor in einem Frankfurter Café im Jahr 1990, als du dich mit Felix geprügelt hast.«

Sein entsetztes Gesicht wischte ihre Bedenken ihm gegenüber mit einem Schlag weg. Dies war eindeutig ein anderer Alexander! Jünger und genauso unsicher wie sie selbst. Den Gedanken, dass ihre Mutter genau das bei ihrem Fluchtversuch 1961 ebenfalls geglaubt hatte und wegen ihm fast ihr Leben verloren hatte, schob sie schnell beiseite. Sie musste jetzt jemandem vertrauen, sonst würde ihre Angst vor diesem Bunker sie auf der Stelle umkehren lassen!

»Ich habe mich nur einmal in meinem Leben geschlagen«, erklärte er freimütig. »Und danach hast du mir die längste Predigt meines Lebens gehalten und mir drei Wochen lang sämtliche elektrische Geräte weggenommen, sogar mein Telefon. Glaub mir, das hat mich nachhaltig beeindruckt!« Er lachte kurz auf und verzog plötzlich erschrocken das Gesicht.

Warum sollte sie in einer Position sein, in der sie ihm wie einem Kleinkind alles wegnehmen durfte? Er war doch schließlich ein freier Mensch und sie konnte nicht … Ihr Magen machte einen Salto, der sie fast in die Knie zwang. Er hatte ihre Augen und Felix' Mund! Wie hatte sie nicht erraten können, wer er war?

Sie musste es schon lange unterbewusst geahnt haben – es lag so offen auf der Hand! Hatte ihre Familie deshalb sämtliche Fahrten nach Frankfurt unterbunden, damit es Alex und die von ihm ausgehende Gefahr nie geben würde? Wie konnte es sein, dass alle anderen es lange vor ihr herausgefunden hatten? Sie war so blind gewesen! Wie lange hatte ihre Familie es schon gewusst und es ihr verschwiegen?

»Sorry, ich hätte den Mund halten sollen!«, entschuldigte er sich zerknirscht. »Ich habe ziemlich krass Schiss und da ist es mir einfach rausgerutscht!«

Helenas Gedanken wollten nicht aufhören, sich zu überschlagen. Wie in Trance überbrückte sie die Distanz zwischen ihnen mit zwei Schritten und nahm ihn unsicher in den Arm. Zu ihrem Erstaunen fing Alexander heftig an zu weinen. »Sorry, tut mir echt leid. Scheiße!«, schluchzte er in ihre Schulter, während er mit seinen Händen wild gegen den störrischen Tränenfluss ankämpfte und vergeblich versuchte, sich wieder unter Kontrolle zu bringen. »Fuck, ich bin noch dazu älter als du, oder?«

Helena lachte halbherzig auf. »Das bist du nicht, keine Sorge! Ich bin aus einer anderen Zeitleiste.«

Alexanders verständnisloses Gesicht überraschte sie. Er schien um die zwanzig zu sein und sah so aufrichtig und liebenswert aus, wie sie ihn noch nie erlebt hatte. »Ich weiß logischerweise, was eine Zeitleiste ist«, begann er verwirrt, »aber ich bin bisher nur wenige Stunden in die Vergangenheit gereist. Ich bezweifle, dass ich die Zeitleiste gewechselt habe. Du hast gesagt, dass das vermutlich nur dann passiert, wenn etwas krass Dramatisches passiert.« Er hielt plötzlich inne und wandte sich ab.

War etwas Schlimmes in seiner Zeitleiste passiert?

»Wo sind wir?«, fragte er schließlich heiser, ohne sich zu ihr umzudrehen.

»Im Bunker«, gab Helena erstaunt zurück. »Du bist im Jahr 1977.«

Entsetzt fuhr er herum. »Das kann nicht sein! Es waren bisher immer nur wenige Stunden im Jahr 2011! Warum sind wir in einem Bunker und wo genau ist der?«

Helenas Kopf schwirrte. Sie musste nachsehen, ob Michi und Peter in diesem verfluchten Bunker waren und wusste der Himmel, wo ihre Mutter und Tom waren! Gab es noch den anderen, aggressiven Alexander von heute Mittag? War es möglich, dass es ihn nun zweimal gleichzeitig gab?

Und doch konnte sie nicht umhin, ihn atemlos anzustarren. Mitten in diesem kalten Bunker, nur einen Tag bevor eine Tragödie das Leben ihrer gesamten Familie für immer umkrempeln und sie verfolgen würde. Wie oft hatte man schon die Möglichkeit, sich mit seinem erwachsenen Kind aus der Zukunft zu unterhalten? Sie war plötzlich froh, dass der Groschen bei dieser liebenswerten Version von Alexander gefallen war, sonst hätte diese Ausnahmesituation sie vermutlich mehr aus der Bahn geworfen, als diese es jetzt tat. Er sah eindeutig verängstigt aus und sie konnte es ihm nicht verdenken. Immerhin schien ihr Sohn bisher von Zeitreisen so gut wie verschont geblieben zu sein.

Ihr *Sohn*! Dieser Gedanke überwältigte sie aufs Neue. Es war vollkommen widernatürlich und jenseits jeder Logik und doch war sie dankbar für diesen absurden Augenblick. Wie oft hatte sie sich gewünscht, mit jemandem über ihre Zeitreisen zu sprechen, der ihr nicht nur zuhörte, sondern sie tatsächlich verstand und ihr vielleicht sogar helfen konnte? Tom war der erste gewesen, der Antworten gehabt hatte.

Schnell schob sie den Gedanken an Tom zur Seite und zog Alexander ein Stück näher zu sich.»Ich weiß, dass das schrecklich verwirrend ist. Aber du bist nicht allein, verstanden? Wir kommen hier zusammen raus! Wir müssen nur Michi, Peter und meine Mutter finden und dann …«

»Meine Oma lebt noch?« Alexanders Verwirrung schien mit jeder Sekunde neue Höhen zu erklimmen.»Aber die ist doch bei der Flucht gestorben, dachte ich? Oder meinst du Oma Ruth? Und wer ist Michi?«

Helena zwang sich zur Ruhe. Jede Zeitleiste war in ihren Details so vollkommen anders und jedes Schicksal schien plötzlich nervenzerreißend ungewiss. Trotz ihrer Angst hatte sie plötzlich eine erstaunliche innere Kraft, die sie zwang, sich um Alexander zu kümmern, statt in Panik zu verfallen.

»Du bist in einem Bunker in Dannenwalde, das liegt in der DDR. Wir sind im Jahr 1977. Deine Oma Hannelore hat in dieser Zeitleiste die Flucht überlebt und wir leben in Ostberlin.«

Sie hasst dich allerdings wie die Pest, schoss es ihr automatisch durch den Kopf. Schnell presste sie die Lippen zusammen und atmete tief ein. *Ein Schritt nach dem anderen.* Dieser Mensch war ein anderer und er schien recht liebenswert zu sein.

»Was? Ich bin in der Zone gelandet?«, rief er entgeistert.»Warum? Aber das erklärt, warum sich die Stimmung in Grenzen hält.«

Er lächelte sie unsicher an. »*In Grenzen halten*, verstehst du? Sorry, das sollte ein Witz werden, wenn er groß ist. Papa kann das besser, fürchte ich.«

Helena atmete unwillkürlich erleichtert auf. Abgesehen von kleinen Merkmalen, sah Alexander weder ihr noch Felix sonderlich ähnlich. Doch diese Version von ihm schien immerhin etwas von Felix' Humor geerbt zu haben. Wie war es nur möglich, dass die Art und Weise wie man aufwuchs, einen Menschen so vollkommen anders werden lassen konnte? Diese Version von Alexander gab ihr die Hoffnung, dass es eine Chance auf ein gutes Leben mit Felix gab. Sie vermisste ihn plötzlich so sehr, dass es ihr für einen Moment die Kehle zuschnürte.

Aber dies ist weder meine noch Alex' Zeitleiste, erinnerte sie sich plötzlich. *In meiner Zeit überlebt Mama. Was geschieht mit diesem Alex, wenn wir beide hierbleiben und ich Felix nie kennenlerne?*

Nur mühsam sammelte sie ihre Gedanken. Es war kalt und bedrückend hier. Sie hoffte inständig, dass das Unglück in dieser Zeitleiste erst morgen passieren würde, sodass ihr genug Zeit blieb, um ihre Familie von ihr wegzubringen und das Schicksal zu ändern.

»Ich bin mir nicht sicher, warum du hier gelandet bist«, antwortete Helena vorsichtig. »Fühlst du dich in Konflikt mit deinem Inneren? Ist da noch ein anderes Ich in dir?«

»Hä?«

»Gut, vergiss die Frage für einen Moment und komm mit! Hier gibt es morgen ein Unglück, weil Peter und ich versehentlich eine Raketenexplosion auslösen und …«

»Ihr tut *was*?« Alexander blieb abrupt stehen, doch Helena zog ihn energisch weiter. Sie brannte darauf, mehr von ihm erfahren, aber Zeit und Schicksal rannten ihnen womöglich währenddessen in einem grausamen Wettlauf davon.

»Es war ein Unfall! Oder es wird einer sein, noch ist es ja nicht passiert. Ich hoffe, ich kann es diesmal verhindern! Sobald ich das auf dieser Zeitleiste schaffe, weiß ich vielleicht, wie ich das auch in meiner eigenen Zeitleiste hinkriegen kann.«

Sofern ich hier jemals wieder wegkomme, dachte sie grimmig, doch den Gedanken musste sie energisch beiseiteschieben. Wenn sie hierblieb, was würde dann aus Felix und Alexander werden?

»Und warum sollten Oma, dieser Michi ...«

»Michi ist dein Onkel!«, warf Helena ein.

»Äh, okay ... Warum sollten also meine tote Oma, mein unbekannter Onkel und Zoni-Peter hier mitten in diesem kack Bunker rumlaufen?« Alexanders Humor hatte offensichtlich seine Grenzen erreicht. Das grelle Licht ließ seine Haare feurig orange leuchten, während seine Augen gefährlich aufblitzten. Hatte sie sich getäuscht und Alexander war doch nicht so harmlos, wie er ihr in den letzten Minuten vorgekommen war?

»Ich erkläre es dir, aber komm mit!« Hektisch rannte sie weiter den langen Gang entlang, während Alexander ihr dicht auf den Fersen folgte. Zu ihrer Erleichterung schwieg er nun jedoch, während sie ihm so kurz und neutral wie möglich erzählte, wie sie hierhergekommen war und was ihnen vermutlich bevorstand. Tom ließ sie jedoch vorerst aus ihren Erzählungen aus. Irgendetwas an Tom war ihr so vertraut wie bei Felix und das machte ihr ein seltsam schlechtes Gewissen.

Ratlos schaute sie hinter jede Biegung und rannte einige Male zurück, um einen neuen Weg zu wählen. Die Anlage war riesig und anscheinend waren alle Bunker unterirdisch miteinander verbunden. Sie hatte schon längst die Orientierung verloren, genau wie damals. Peter und sie waren aus purem Zufall im Hauptlager gelandet. Konnte sich hier irgendjemand ohne Karte jemals zurechtfinden?

Peter war damals plötzlich spurlos im Bunker verschwunden und nie wieder gefunden worden, sodass sie hatte schlussfolgern müssen, dass er bei den Explosionen gestorben war.

»Peter? Michi? Hallo?« *Nichts ...* »Mama? Hallo? ...«

Atemlos blieb sie stehen und versuchte, ruhig zu bleiben. Doch es wollte ihr diesmal nicht so recht gelingen. Sie wusste bis heute nicht, wie sie selbst damals aus dem Bunker herausgekommen war und hatte es sich irgendwann so erklärt, dass sie einen Zeitsprung gehabt haben musste.

Zu ihrem Erstaunen hatte Alexander sich wieder gefangen.
»Okay, wenn du also tatsächlich hier in der Zone aufgewachsen bist und nicht in Frankfurt am Main, dann hast du damals Russisch gelernt, oder?«

Helena nickte. Ihre ersten Jahre in Klein Moskau hatte sie in der kurzen Zusammenfassung für Alexander nicht erwähnt. Russisch war ihre erste Sprache gewesen.

»Cool, dann kiek doch mal, ob uns das hier weiterhilft!«

Helena musste bei seinem kläglichen Versuch, zu berlinern, unwillkürlich lächeln. Bis auf die seltsam vielen englischen Wörter sprach er so gut wie dialektfrei, doch hin und wieder waren seine hessischen Wurzeln einfach unüberhörbar. Er klang in diesem Moment so sehr wie Felix.

Alexander deutete auf die russischen Beschriftungen, die hin und wieder an den Wänden zu erkennen waren. Ihr Russisch war sicherlich nicht mehr fließend und ihr Wissen um Militärbegriffe war vermutlich mehr als begrenzt, doch es war einen Versuch wert.

»Das hier heißt übersetzt *Haupthahn*. Aber ich weiß nicht, worauf sich das bezieht.«

»Okay, solange es sich um Wasser handelt, könnte uns das sehr nützlich sein.« Er zog bei Helenas erstauntem Blick die Augenbrauen nach oben. »Das war eines der ersten Dinge, die du mir von Kind auf an eingetrichtert hast – fast zwei Jahrzehnte lang, bevor ich überhaupt meinen ersten Zeitsprung hatte!«

Helena hob ratlos die Schultern und schüttelte fragend den Kopf.

»Krass ...«, murmelte Alexander verwirrt und warf ihr einen ungläubigen Blick zu. »Okay, dann werde ich wohl mal besser dein Gedächtnis auffrischen! In der Kurzfassung heißt das: Wir bestehen bekanntlich überwiegend aus Wasser. Man kann einen Zeitsprung daher oft verhindern oder zumindest aufschieben, wenn man ordentlich trinkt. Bei jedem Sprung verdunsten nämlich unnatürliche Mengen an Wasser in unseren Zellen, daher fühlen wir uns beim Springen oft, als würden wir in Ohnmacht fallen. Uns wird schwindelig und wir bekommen Kopfschmerzen. Selbst Papa weiß das übrigens und hat damit genauso krass genervt wie du! Du hast außerdem gesagt, dass bei einem anstehenden Zeitsprung schon ein paar Schlucke ausreichen können, damit man wenigstens in derselben Zeitleiste bleibt und nur minimal vor oder zurück springt.«

»Was für ein Glück, dass du anscheinend bei einer eindeutig klügeren Version von mir aufgewachsen bist!«, kommentierte sie ironisch und folgte ihm seufzend. Konzentriert ließ sie ihre Hand am kalten, rauen Gemäuer über die vereinzelten, kyrillischen Schriftzeichen entlangfahren. Dieses gespenstische Neonlicht zerrte ebenso an ihren Nerven wie der längere Aufenthalt in diesem furchteinflößenden Bunker. Nach mehreren Biegungen erreichten sie einen kleinen, muffig riechenden Nebenraum mit unzähligen Rohren sowie einem großen, verrosteten Hahn.

»Ist das tatsächlich ein Wasserhahn oder irgendetwas anderes?«, fragte Helena verunsichert. Das Wissen, dass sie von Tonnen an Explosionsmaterial umgeben waren, ließ ihren Puls erneut schneller werden. »Nicht, dass da Gas rauskommt ...?«

»Na, wer nicht wagt, der nicht gewinnt!«, konterte Alexander trocken und drehte den Hahn auf.

~ KAPITEL 15 ~

Die andere Wahrheit

DANNENWALDE, BUNKER 521. DDR.
13 AUGUST 1977. DELTA.

»Bist du verrückt?«, schrie Helena entsetzt. Doch es war zu spät. Ein zischendes Geräusch ertönte und in den verstaubten Rohren war plötzlich ein hässliches Gurgeln zu hören, das die beiden erschrocken zusammenzucken ließ. Alexanders Hand schnellte sofort zurück zum Hahn, um diesen zuzudrehen, doch in diesem Moment ebbte das Zischen ab und eine bräunliche Flüssigkeit sprühte stotternd aus diesem heraus.

»Nur Wasser!«, seufzte Alexander nach einigen bangen Sekunden erleichtert. Entschlossen griff er nach einer alles andere als hygienisch anmutenden Stahlflasche, die offenbar schon länger auf dem Steinboden in Vergessenheit geraten war.

»Pfui, das riecht ja grauenvoll! Das Zeug würde ich nie im Leben trinken!« Angeekelt hielt Helena ihre Hand vor die Nase.

»Glaub mir, im Notfall ist das besser, als ins nächste Chaos zu schlittern!«, antwortete er schlicht, während er konzentriert die verbeulte Flasche füllte und danach den Hahn zudrehte. »So, wo geht's jetzt hin?« Grinsend drückte er ihr die Flasche in die Hand.

»Keine Ahnung, um ehrlich zu sein! Wenn sie tatsächlich alle in diesem verdammten Bunker sind, dann suchen sie vermutlich ebenfalls das Waffenlager«, seufzte sie mutlos.

»Happy days, *Keine Ahnung* liegt grundsätzlich links!«, konterte er schlagfertig und machte eine einladende Bewegung zur linken Seite des Tunnels.

Helena ging voran und studierte konzentriert die russischen Beschriftungen an jeder Ecke der steinernen Wände. »Das hier heißt übersetzt *Hauptraum*, das könnte zumindest in der Nähe des Hauptlagers sein!«, rief sie schließlich aufgeregt aus. Doch der Gang hinter ihr war leer und Alexander war nirgends zu sehen. War er gesprungen, ohne dass sie es bemerkt hatte?

»Alex?«, rief sie und ging einige unsichere Schritte zurück. Hinter einigen Biegungen kam er zu ihrer Erleichterung schließlich auf sie zu gestolpert.

»Ich dachte, ich hätte etwas gehört!«, keuchte er atemlos. Hektisch fuhr er sich durch die roten, verstrubbelten Haare, die so einige Spinnweben aufwiesen. Doch bevor Helena etwas fragen konnte, packte er sie kurz am Ärmel, um sie wieder in die entgegengesetzte Richtung zu drehen, aus der sie eben gekommen war. »Los, wir wollen doch nicht, dass die Raketen früher losgehen als geplant, nur weil die drei Knalltüten das Schicksal aus Versehen auf heute vorverlegen!«

Irgendetwas in seinem Grinsen irritierte sie, doch er begann, so schnellen Schrittes vorneweg zu laufen, dass sie binnen weniger Augenblicke nur noch schwer mit seinem raschen Tempo mithalten konnte. Er schien seine anfängliche Unsicherheit vollends abgelegt zu haben und strebte zielstrebig durch die Gänge. Im Eilschritt überflog Helena die russischen Beschriftungen, an denen sie vorbei hetzten: Hauptanlage ... Sicherheitsraum ... Nebenbunker ... Abschnitt Beta ... irgendwas mit Maschinen ... Kontrolllager ... ein weiterer Begriff, den sie nicht kannte ... *Lager 521*. Wieder diese Zahl, die sie schon an der Eingangstür gesehen hatte! Helenas Erinnerung kam plötzlich wie ein Schlag in die Magengrube zurück. Objekt Nummer 521 war das Munitionslager!

Mit Entsetzen blickte Helena auf den rechts abzweigenden Raum und fühlte sich zum ersten Mal seit ihrer Ankunft in dieser Zeitleiste tatsächlich wieder wie neunzehn. Es schien, als wäre es gerade erst gestern gewesen und ihr Innerstes zog sich augenblicklich vor Grauen zusammen. Der Raum war deutlich dunkler als der Gang und die anderen Kammern. Lediglich eine einzelne Glühbirne baumelte an einem langen Kabel in der Mitte des riesigen, vollgepfropften Raumes und hüllte diesen in ein flackerndes, gespenstisches Licht.

»Peter?«, brachte sie mühsam hervor. Inmitten der unzähligen Kisten, die sie sofort wiedererkannte, lag ein Mann zusammengekrümmt auf dem Boden.

»Gütiger Himmel!« Entsetzt eilte sie an Alexander vorbei und kniete sich neben dem Mann nieder. Es war nicht Peter, sondern Tom!

Vorsichtig stupste sie ihn an. »Tom!« Panik durchfuhr sie, als sie Blut an seiner Schläfe entdeckte. Er war offensichtlich nicht einfach so in Ohnmacht gefallen. »Schnell, wir müssen ihn aufwecken und hier irgendwie rausbringen! Er braucht einen Arzt!«

»Vergiss es, der kann sich selbst helfen!« Alexander blickte abfällig von oben auf Tom herab. »Ich würde dem Sack nicht über den Weg trauen!«

»Was meinst du?« Wie in Trance blickte sie auf Alexander, der den Raum abzusuchen schien. Hatte er vorhin nicht eine helle Hose angehabt? Helena drückte verunsichert Toms Hand. Irgendetwas stimmte nicht …

»Hier sind die anderen!«, rief Alexander plötzlich aus.

Zögernd ließ Helena Toms Hand los und ging zu Alexander in die hintere Ecke des Raumes, die hinter den hoch aufgetürmten Kisten kaum zu sehen war. Das schwache Licht der flackernden Glühbirne reichte nicht bis hierher und die am Boden sitzenden Personen waren in der Dunkelheit kaum auszumachen.

»Mama!« Ihre Mutter, Peter und Michi waren mit dem Rücken aneinandergefesselt, doch nur Michi schien bei Bewusstsein zu sein. Helena stellte die schmuddelige Metallflasche neben sich ab, an die sie sich bis eben geklammert hatte und zog mit zitternden Fingern den zerfledderten, speicheldurchtränkten Lappen aus Michis trockenem, verkrustetem Mund. »Um Himmels Willen, was ist passiert?« Ihr Bruder hatte noch nie so fremd gewirkt, als der sonst so energiegeladene Michi sie mit glasigen Augen hoffnungsvoll anblickte. Er leckte sich über seine ausgedörrten Lippen und schluckte mühsam. »Ich habe mich noch nie so gefreut, dich zu sehen, Schwesterherz!«, brachte er schließlich krächzend hervor.

»Wer hat euch das angetan?«

Michi runzelte angestrengt die Stirn und sah zu Alexander hinauf, der dicht neben Helena stand und auf ihn hinunterblickte. »Ich weiß es nicht. Hier sind ein paar düstere Kammern wie diese hier, in denen man die Hand vor Augen nicht sieht. Peter und ich haben die offene Eingangstür gefunden und uns dann irgendwie verlaufen. Wir dachten, es wäre kein Schwein hier, aber dann hat uns irgendjemand einzeln von hinten angegriffen. Oder vielleicht waren es auch mehrere.« Er ließ den Kopf auf seine verschrammten Knie sinken.

Helena, die vergeblich versucht hatte, die Fesseln zu lösen, wandte sich gereizt an Alexander. »Kannst du mir vielleicht mal helfen?« Was war nur plötzlich mit ihm los?

Alex ging zögernd neben ihr in die Hocke und griff nach einem kleinen, roten Klappmesser in seiner Hosentasche. Helena hatte noch nie ein Messer mit so vielen Funktionen gesehen. Ihr Blick schweifte unsicher über seine schwarze Markenhose. Sie hätte schwören können, dass er vorhin eine weiße Hose angehabt hatte!

Während Alexander sich an den Stricken der drei Gefesselten zu schaffen machte, rührte sich nun auch Peter zu ihrer Erleichterung ein wenig. Hannelore hingegen, deren Rücken an Peter Halt gefunden hatte, kippte bei seinen schwachen Bewegungen zur Seite und landete mit einem haarsträubenden, dumpfen Geräusch mit dem Kopf auf dem Steinboden.

»Autsch«, kommentierte Alexander ungerührt, während gleichzeitig mit steinerner Miene sein Messer zusammenfaltete und wegsteckte. Helenas Herz schlug bis zum Hals.

»Warum hast du das getan?« Peters Augen waren von Helena

zu Alexander gewandert und hatten sich angstvoll geweitet. »Das warst doch du, oder?«

»Bullshit[30]!«, wehrte Alexander sofort ab. »Ich war die ganze Zeit bei Helena!«

Nicht die ganze Zeit, schoss es ihr plötzlich durch den Kopf, während sie aufstand und über den Kistenstapel neben sich lugte, um schnell zu Tom hinübersehen zu können. Genau wie auch ihre Mutter schien er noch immer bewusstlos zu sein. Ihr Blick blieb plötzlich an einem roten Fleck am Kammereingang hängen, der so schnell wieder verschwand, dass sie sich für einen Moment fragte, ob sie ihn sich nur eingebildet hatte. Fieberhaft begann sie nachzudenken, während sie sich wieder hinkniete und ihrer Mutter mit kräftigen Bewegungen über den Rücken strich, um sie aufzuwecken. »Alex, kannst du mal bitte schauen, ob hinter den Kisten da drüben irgendwas halbwegs Weiches rumliegt, damit ich ihren Kopf hochlagern kann?«

Mit einem genervten Schulterzucken wandte er sich glücklicherweise für ein paar Augenblicke ab, während er das weiter entfernte Ende der Kammer halbherzig unter die Lupe nahm. Blitzschnell stand Helena auf und lugte erneut um die Kisten herum. Ihre Augen wanderten suchend zum Kammereingang, wo tatsächlich ein rothaariger Mann zu sehen war, der sich halb hinter der Biegung versteckte. Nur sein grellrotes Haar leuchtete verräterisch im Neonlicht des Ganges. Unter seinem nackten Oberkörper war ein Teil seiner weißen Hose zu sehen.

Erschrocken unterdrückte Helena nur mit Mühe einen Laut. So schnell sie konnte, ging sie blindlings ein paar Schritte zurück und fiel wieder auf ihre Knie neben Peter, Michi und Hannelore.

»Was ist los?«, fragte Alex, der soeben mit vollen Armen zurückkam. Er kniete sich neben sie und sah sie prüfend an, als er ihr ein paar staubige, graue Decken in die Hand drückte.

»Nichts!«, wehrte Helena eine Spur zu schnell ab. »Wir müssen alle hier schnell rausbringen und ich weiß nicht wie!« Sie bemerkte seinen skeptischen Blick. Konnte er trotz der Dunkelheit erkennen, dass sie etwas verbarg? Sie war eine grauenhafte Lügnerin, so viel wusste sie mit Sicherheit.

Michis Blick durchbohrte sie ebenso wie Alex'. Hatte er ihr eben mit den Augen ein Zeichen gegeben? *Diese verdammte Dunkelheit!* »Was war das für ein Messer?«, fragte ihr Bruder scheinbar kumpelhaft an Alex gewandt. »Zeig mal her!«

Obwohl sie seine Gesichtszüge nur schemenhaft erkennen konnte, wusste Helena sofort, dass Michi in Wahrheit kein Interesse an einer Konversation mit Alex hatte. Er wollte eine Gelegenheit, um Alex das Messer abzunehmen und damit Alex' Aufmerksamkeit von Helena wegzulenken. Helena konnte sich nicht erinnern, dass ihr Bruder und sie jemals miteinander zurechtgekommen waren. Die wenige Zeit, die sie notgedrungen hin und wieder miteinander verbrachten, bestand eigentlich ausschließlich aus gegenseitigen Beleidigungen oder eisigem Schweigen. Und doch wusste sie plötzlich, was der Spruch *Blut ist dicker als Wasser* bedeutete.

»Ha ha, geiles Fail[31]!«, lachte Alexander sarkastisch auf. »Als ob ich auf so einen kindischen Mindfuck[32] reinfallen würde!«

»Das reicht jetzt, Alexander! Schluss!« Helenas Angst schlug zu ihrer eigenen Überraschung in rasende Wut um, die sich binnen weniger Augenblicke wie ein Gift bis in ihre Fingerspitzen ausbreitete. Fast ihre ganze Familie war in einem Bunker, in dem es schon sehr bald eine Massenexplosion mit unzähligen Toten geben würde. Hannelore und Tom waren anscheinend ernsthaft verletzt. Und irgendwo im Gang versteckte sich eine Version ihres Sohnes, der sie eindeutig mehr vertraute als diesem zwielichtigen Kotzbrocken vor ihrer Nase!

»Du sprichst jetzt gefälligst mal so, dass ich zumindest die Hälfte verstehe! Lass deine verdammte Arroganz beim Klassenfeind[33], wo sie hingehört!«, schnaubte sie. Ihre Finger hatten sich um seine Schultern gekrallt und sie schüttelte ihn in einer schäumenden Wut, die ihr das Adrenalin durch die Adern jagte. »Offenbar kriegst du deine verdammten Zähne nicht auseinander und willst uns nicht helfen! Gib mir dein Messer! Sofort!«

Alexander war unter ihren Händen erstarrt und soweit sie sein Gesicht erkennen konnte, sah er zum ersten Mal wieder so aus, wie ihr anderer Sohn, der ängstlich im Gang stand. Entnervt schüttelte Helena den Kopf, als könnte sie damit die wirren Gedanken vertreiben. »Los!«, brüllte sie ihn unbeherrscht an.

»Ich kann nicht!«, brachte Alex kaum hörbar hervor. »Du kannst es nicht verhindern, die Explosion passiert sowieso und anders kommst du hier nicht weg!«

»Was?« Für einen Augenblick ebbte ihre Wut ab und hinterließ eine seltsame Leere in ihrem Kopf.

»Wann?«, piepste Peter ängstlich.

»Manchmal heute Nacht, manchmal morgen Mittag. Du hast gedacht, du hast es ausgelöst und vielleicht warst du es auch in irgendeiner Version – wer weiß! Aber Fakt ist, dass hier genügend zündbares Material herumliegt, das sehr bald auch ohne dich hochgeht – spätestens bei einem der Blitze, die morgen Mittag hier einschlagen. Nur der Zeitpunkt variiert, je nachdem, was in der Luft liegt, wie stark der Boden vibriert oder was auch immer die Explosionen auslösen kann.« Er zuckte scheinbar gleichgültig mit den Schultern, aber er wagte es nicht, sie anzusehen.

Wie stark der Boden vibrierte? Er hatte es vermutlich in Ahnungslosigkeit dahingesagt, aber konnte es sein, dass allein die Tatsache, dass in dieser Zeitleiste nicht nur Helena und Peter, sondern ihre ganze Familie in der Nähe der Munition herumtrampelten, alles zeitlich vorziehen könnte? Oder hatte es etwas damit zu tun, dass es der aktuellen Stille zum Trotz hier bald nur so von russischen Soldaten wimmeln würde?

Michis und Peters Gesichter schienen in der Dunkelheit wächsern zu leuchten und Helena fühlte, dass sie selbst vermutlich ebenso bleich geworden war. »Wir müssen hier raus! Sofort!«, flüsterte sie.

Michi und Peter rappelten sich mühsam auf. Peter schwankte jedoch besorgniserregend und Hannelore rührte sich noch immer nicht. Als Michi kurzentschlossen seine Mutter schultern wollte, drückte Alex ihn wieder auf den Boden. »Lass sie besser liegen. Es kommt bald Hilfe.«

»Hilfe vom Circus Aljoscha[34]?«, hauchte Hannelore plötzlich kaum hörbar.

»Ja«, antwortete Alex gelassen.

»Spinnst du?«, zischte Michi. »Wenn die Russen uns hier erwischen, dann gehen wir definitiv höchstpersönlich und wortwörtlich in die Luft, du Gesichtsfünf!«

»Sorry, ihr müsst hierbleiben!«, erwiderte Alexander ebenso scharf.

Für den Bruchteil einer Sekunde war Helena sich sicher, dass er seine Hand zur Hosentasche mit dem Messer bewegen wollte. Bevor sie wusste, was sie tat, holte sie aus und schlug ihm mit aller Kraft ins Gesicht. Sie hatte noch nie jemandem Gewalt angetan und sie wusste nicht, was sie mehr schmerzte: dass sie soeben ihren eigenen Sohn geschlagen hatte oder dass sie drauf und dran war, es gleich noch einmal zu tun! Was sagte das über sie selbst aus, dass sie bereit war, ihr eigenes Kind bewusstlos zu schlagen?

Alexander hielt sich fassungslos die blutende Nase, während ihm die Tränen herunterrannen. Weinte er oder hatte sie ihm soeben die Nase gebrochen? Noch immer wollte sich kein Schamgefühl einstellen. Dafür war jetzt keine Zeit! Doch bevor sie ihm eine weitere Frage stellen oder er gar die Hände von seinem geschundenen Gesicht lösen konnte, krachte eine Holzlatte auf seinen Kopf und beförderte ihn mit einem hässlichen Geräusch auf den Boden. Helena schrie entsetzt auf und schob sich reflexartig vor Peter, Michi und ihre Mutter.

Alexander lag zusammengekrümmt am Boden und umklammerte ihre Füße. »Bitte, du musst mir glauben, du kommst hier raus!«

»*Sie* schon, die anderen nicht!«, konterte dieselbe Stimme aus dem Dunkeln.

»Dreck, den gibt's gleich zweimal?«, stöhnte Michi entsetzt, als er auf Alexanders Ebenbild mit dem Holzstück starrte. Dieser ließ sofort die improvisierte Waffe sinken.

»Wir sind anscheinend aus verschiedenen Zeitleisten«, bemerkte der Alexander mit der weißen Hose eisig. »Mit dem Scheißkerl hier habe ich nichts zu tun, aber ich weiß, was er vorhat! Er hat mich vorhin überrumpelt und versucht jetzt, euch hier festzuhalten, bis es zur Explosion kommt!«

»Warum willst du uns alle umbringen?«, murmelte Hannelore mit glasigem Blick. »Was haben wir dir jemals getan?«

»Er will in seine eigene Zeitleiste zurück«, antwortete Helena an seiner Stelle und sah nachdenklich auf den zusammengekrümmten Alexander am Boden, der nun die Hände schützend über seinem Kopf hielt. Seine Nase blutete noch immer stark und ein haarfeiner Blutstrom floss zwischen ihren Schuhen hindurch. »Er weiß, dass etwas Heftiges, sehr Dramatisches passieren muss, damit wir die Zeitleiste wechseln. Tom sagte, Alex sucht schon seit Jahren seine eigene Zeitleiste und er denkt, dass er nur in einer Zeit existieren kann, in der es dich nicht gibt, Mama.« Sie spürte, dass ihr schlecht wurde.

Nicht jetzt!, dachte sie verzweifelt.

»Spring einfach, verdammt!«, keuchte der blutende Alexander. »Diese Zeitleiste hat doch mit dir nichts zu tun! Solange du hier rauskommst, ist der Rest echt scheißegal, glaub mir!«

»Wie kannst du behaupten, dass das hier nichts mit mir zu tun hat?«, fragte Helena entsetzt und spuckte angeekelt den dünnflüssigen Speichel zur Seite. »Jede Version ist real! Aber du spielst mit dem Leben Anderer, als ob sie einen feuchten Dreck wert wären! Als würde nur deine eigene Zeitleiste zählen!«

»Von wem ich das wohl habe?«, konterte er sarkastisch und starrte sie nun aus seinem blutverschmierten Gesicht gehässig an. »Und wer ist trotz aller Info so krass naiv, dass sich einem die Fußnägel hochklappen? Du glaubst doch echt jedem dahergelaufenen Idioten jeden Scheiß!« Sein wutentbrannter Blick wanderte zu Tom hinüber. »Und apropos *mit dem Leben Anderer spielen* – wer hat denn zuerst in der Vergangenheit rumgepfuscht und mich dabei so gut wie ausgelöscht?«

»Das hat sie ja offensichtlich leider nicht geschafft!«, fuhr Michi gereizt dazwischen, doch Alexander ignorierte ihn und sah Helena beinahe flehentlich an.

»Du wirst es irgendwann verstehen: Wenn du es hier rausschaffst, dann regelt sich auch alles andere! Ehrlich! Du musst zurück!«

Helena fühlte den dicken Nebel wie eine kleine Eisschicht auf ihrer Haut. Sie konnte hier nicht weg - nicht auszudenken, wenn sie jetzt die Zeitleiste wechselte und alle hier ihrem Schicksal überließ! Schemenhaft erkannte sie, wie die Holzlatte erneut krachend zu Boden fiel und ihr jemand die Stahlflasche in die Hand drückte.

»Ist es nur Nebel oder flimmern einzelne Punkte darin?«, fragte der Alexander mit der hellen Hose neben ihr.

»Flimmern«, brachte Helena mühsam hervor.

»Shit, das heißt, dass du die Zeitleiste wechselst! Du kannst den Sprung nicht vermeiden, aber bleib wenigstens in dieser Zeitleiste, okay? Hast du einen Anker? Verdammt! Du hast keine Ahnung, was ich meine, oder?« Noch während er sprach, hatte er in Windeseile die Stahlflasche entkorkt und ihr die Öffnung an die Lippen gedrückt. »Trink! Je weniger Wasser deine Zellen verlieren, umso größer ist die Wahrscheinlichkeit, dass du in dieser Zeitleiste bleibst, okay? Hol Hilfe, egal wen – keine Ahnung, ich kenne diese kack Version nicht!«

»Sascha!«, hörte Helena plötzlich die kaum vernehmbare Stimme ihrer Mutter. »Hol Sascha! Schnell!«

Helena spürte, wie eine abgestanden schmeckende Flüssigkeit in ihrem Mund landete. Der Gedanke an tote Krabbeltiere in der widerlichen Stahlflasche, die womöglich zusammen mit der braunen Brühe gerade in ihren Hals wanderten, brachte sie heftig zum Würgen, während der Nebel in dichten Schwaden über ihrem Kopf zusammenschwappte und die Geräusche in sich erstickte. Vermutlich hatte sie jedoch zu viel von der braunen Brühe ausgespuckt, denn trotz Alexanders redlichen Versuchen, schien sich der flimmernde Nebel nicht mehr aufhalten zu lassen.

~ KAPITEL 16 ~

Hinter der Wand

NASSAU, HESSEN. KÄTHE AHRENDS WOHNUNG.
27. OKTOBER 1990. GAMMA.

»Ich komme mir kaum dämlich vor!«, schimpfte Alfred durch den Nebel. Mühsam blinzelte Helena durch den Funkenwirbel, doch er war noch immer wie eine undurchdringliche, golden flimmernde Brühe.

»Halt die Klappe und konzentrier dich!«, keifte die unverkennbare Stimme von Tante Vera zurück. »Wir sind nur hier, weil du sie offenbar nicht gezielt suchen kannst!«

»Genau *das* ist doch der Punkt!«, fuhr eine beruhigende Stimme dazwischen, die von Alfreds wütendem Gemurmel begleitet wurde. *Werner!* »Das Ziel ist, dass wir Helena irgendwie aufspüren können – wurscht wie! Glaub mir, das hier gehört auch nicht gerade zu meinen gängigen Therapiemethoden!«

»Nicht quatschen, einfach summen! Konzentration!«, unterbrach eine tiefe, weibliche Stimme, die Helena nicht einordnen konnte.

Was machten sie alle hier? War sie noch immer auf Delta? Irgendetwas Festes materialisierte sich vor Helenas tastenden Händen. Es schien ein Stück Stoff zu sein, das immer wieder aus ihren gefühllosen Fingern glitt. Noch immer konnte sie nur schemenhafte Umrisse erkennen, doch das grelle Flimmern wurde zumindest ein wenig erträglicher. Im Gegensatz zu sonstigen Zeitsprüngen war ihr diesmal jedoch nicht übel. Lediglich den Gedanken an die widerliche, braune Brühe in ihrem Mund musste sie schnell verdrängen. Normalerweise war ihr bei Zeitsprüngen immer schlecht. Nur als sie die Zeitleiste gewechselt hatte, war es anders gewesen. Ihr Herz setzte für einen kurzen Moment aus. War sie wieder zurück? Ein vertrauter Duft stieg ihr plötzlich in die Nase und ließ sie schlagartig alles andere vergessen.

»Klappe!«, rief die ebenso vertraute Stimme und Helena hätte vor Erleichterung am liebsten geheult. Die Streitereien der anderen im Raum verstummten sofort. »Helena, alles in Ordnung?«

Langsam zeichneten sich Felix' Gesichtszüge dicht vor ihrem Gesicht ab und sie fuhr ungläubig die noch immer leicht verschwommenen Konturen seiner Wangen nach. Ihre Fingerspitzen waren taub und obwohl sie ihn erkennen konnte, war es, als ob sie versuchte, ihn durch eine fest gefrorene Eisschicht zu berühren. Allerdings fühlte sich diese paradoxerweise nicht kalt, sondern eher erstaunlich warm an. Seinem Gesichtsausdruck nach erging es ihm ähnlich und sie sah, dass er intuitiv die Luft anhielt, während er vergeblich versuchte, sie festzuhalten.

»Was hat das zu bedeuten?«, kreischte Vera irgendwo hysterisch im Hintergrund. »Das Kind ist ja fast durchsichtig!«

Doch Felix ignorierte sie und Helena konnte außer seinem noch immer leicht verschwommenen Gesicht nichts und niemanden im Raum erkennen. »Was ist das letzte, woran du dich erinnerst?«, flüsterte er nur für sie hörbar.

»Wintergarten«, brachte sie mühsam atmend hervor.

Erleichterung huschte über sein angespanntes Gesicht und er rückte sogleich noch ein Stück näher, sodass sich ihre Nasen gegen den unsichtbaren, warmen Schleier drückten, der zwischen ihnen waberte. »Was muss ich tun, damit du vollständig herkommst?«, fragte er eindringlich und sie meinte, zumindest den Hauch seines Atems spüren zu können. Vielleicht bildete sie es sich aber auch nur ein, weil sie sich in diesem Moment kaum etwas sehnlicher wünschte.

»Andere Zeitleiste«, keuchte sie angestrengt. Der schillernde Nebel schien ihre Stimmbänder einzufrieren. Warum schaffte sie es nicht vollständig hierher?

»Helena!« Werners Gesicht tauchte nah genug vor ihr auf, sodass sie ihn erkennen konnte. »Wo bist du? Jahr, Zeit, Ort?«

»1977 ... Bunker ... Peter ... Ich muss es aufhalten ...«

»Helena!«, wiederholte Werner eindringlich, während nun auch er vergeblich versuchte, sie an den Schultern zu fassen. Irgendjemand im Hintergrund schien zu schluchzen.

Tante Vera? Sie würde niemals weinen! Was war hier los?

»Vergiss, was Jojo von dir verlangt hat, Helena! Wie holen wir dich zurück?«

Das war eine verdammt gute Frage!

»Anker?«, hauchte sie angestrengt. Es war mehr eine Frage als eine Antwort. Alex und Tom hatten etwas von einem Anker erwähnt und es schien etwas zu sein, das sie in einer Zeitleiste halten konnte. - Abgesehen vom Wassertrinken, doch das half ja offenbar nur bedingt.

Felix und Werner warfen sich kurz einen Blick zu, als würde ihnen das tatsächlich etwas sagen. »Hast du mein T-Shirt?«, fragte Felix offenbar vollkommen zusammenhanglos.

Wovon sprach er nur?

»Erinnerst du dich an mein Ossi-T-Shirt, das ich gestern anhatte?« Helena brachte ein verwirrtes Kopfnicken zustande. »Gut, wenn du es siehst, fass es an oder besser noch: zieh es über! Und bleib dunkelhaarigen Typen fern!«

»Vielleicht kann er sie aber zurückbringen?«, begann Werner einen Einwurf. Er war bereits wieder irgendwo im Hintergrund verschwunden und wurde von dem erneut greller werdenden Nebel verschluckt. Nur mit Mühe erkannte Helena lediglich noch Felix' Umrisse, der anscheinend jedoch rigoros den Kopf schüttelte.

»Komm zurück!«, drang seine Stimme durch den Funkenregen. Dann war auch er verschwunden. Das helle Flimmern um sie herum wurde tief grau und verwandelte sich den vertrauten, farblosen Schleier. Die Kälte nahm erneut Überhand und ein eisiger Klumpen breitete sich in ihrem Magen aus. Sie würde es versauen! Ihre Familie saß in diesem grauenhaften Bunker und setzte alles Vertrauen in sie. Doch sie hatte keine Ahnung, was sie da eigentlich tat und wie sie gezielt von einem Ort zum anderen kommen sollte! Anscheinend hatte sie zumindest mit diesem Anker richtig geraten, denn Felix und Werner schienen etwas darüber zu wissen. Doch wie konnte sie sich einen Anker beschaffen? Und was hatte es mit dem T-Shirt auf sich, das Felix erwähnt hatte?

Sascha, wiederholte Hannelore in ihrem Kopf leise und Helena versuchte krampfhaft, sich den russischen Armeegeneral vorzustellen, an den sie sich nur noch vage erinnerte. *Wie soll das bloß funktionieren?*, dachte sie verbittert, während die Kälte sich bis in ihren Kopf ausbreitete. Sie war damals gerade mal drei Jahre alt gewesen! Alles, woran sie sich noch erinnern konnte, waren ein paar russische Süßigkeiten und die Flucht zum Maschendrahtzaun von Klein Moskau. Abgesehen davon erinnerte sie sich nur noch an ihre Mutter, die eine Waffe auf Ivanka richtete.

~ KAPITEL 17 ~

Familienbande

MOSKAU, RUSSLAND. UNBEKANNTE WOHNUNG.
12. AUGUST 1977. DELTA.

»Helena?«

Mühsam rappelte Helena sich auf und sah sich um. Sie war eindeutig nicht mehr bei Felix! Stattdessen stand sie nun in einem geräumigen Wohnzimmer mit unzähligen Bücherregalen, auf denen schwarzgerahmte Fotografien standen. Helles Tageslicht flutete den gemütlichen Raum, der mit einem geschmackvollen blauroten Teppich ausgelegt war und dem stilvoll eingerichteten Zimmer das Flair einer kleinen, wohlorganisierten Bibliothek gab.

Vor ihr stand eine perfekt zurechtgemachte Frau mit blondgefärbten, schulterlangen Locken, die ihr eine helfende Hand gereicht hatte. Zu Helenas Entsetzen blickte sie in das Gesicht einer nicht minder fassungslosen Ivanka. - Saschas Frau, die ihrer Mutter damals in Klein Moskau das Leben schwergemacht hatte! Wenn auch aus gutem Grund, wie Helena innerlich hinzufügen musste.

»Was machst du hier?« Ivanka sprach ein schnelles, jedoch deutlich artikuliertes Russisch, sodass Helena immerhin alles verstand. Konnte sie Ivanka vertrauen oder nicht?

Zögernd zog Helena ihre Hand zurück. »Ich soll Sascha holen«, antwortete sie unsicher und machte vorsichtig einen Schritt rückwärts, falls Ivanka wütend werden würde.

Zu ihrem Erstaunen war diese Ivanka jedoch anders als die Frau, von der sie hin und wieder etwas gehört hatte und an die sie sich recht verschwommen aus der Perspektive einer Dreijährigen erinnerte. Die Frau vor ihr war alles andere als furchteinflößend, eher im Gegenteil. Ivanka war klein, unsagbar dünn und Helena konnte unter ihrem makellosen Make-up tiefe Augenringe erkennen. Sie musste inzwischen Anfang fünfzig sein und sah gleichermaßen zerbrechlich und schön aus. Von der früheren Härte, an die Helena sich vage erinnerte, schien nichts mehr übrig geblieben zu sein.

»Sascha ist im Büro«, gab Ivanka mit unbeweglicher Miene zurück. »Warum brauchst du Hilfe?«

Nervös betrachtete Helena das scheinbar gelassene Gesicht der fremd wirkenden Frau. Hatte sie sich so sehr geändert oder war Delta tatsächlich so anders als ihre eigene Zeitleiste? Die Ivanka aus Helenas Vergangenheit hatte Hannelore unter zwielichtigen Bedingungen nach Klein Moskau gelockt und sie dort einem grausamen Schicksal überlassen wollen. War dies tatsächlich dieselbe Frau?

»Hast du etwa Angst vor mir?«

Helenas Gesicht schien mal wieder wie ein offenes Buch alle ihre Gefühle ungefiltert preiszugeben und Ivanka lachte kurz auf. Es war ein seltsamer Laut und ihr angedeutetes Lächeln schien ihre Augen kalt zu lassen.

»Entspann dich!«, sagte Ivanka. Resolut schob sie Helena zu einem der dick gepolsterten Stühle und drückte sie darauf nieder. Dann zog sie sich selbst einen zweiten Stuhl heran und durchbohrte Helena mit ihren unergründlichen, hellgrünen Augen. »Du hattest schon damals diese seltsamen Augen«, stellte sie unverblümt fest. »Reist du noch immer durch die Zeit?«

Helenas Mund stand für einen Moment sperrangelweit offen. Hatte Sascha seiner betrogenen Frau letztendlich wirklich alles erzählt? Und sie hatte es ihm einfach so geglaubt?

Ivanka lachte erneut auf und diesmal klang es ein wenig glaubwürdiger. »Ja, ich weiß alles, meine Liebe! Wir hatten nach dem

Skandal um deine Mutter damals nur eine Möglichkeit: Wir mussten ehrlich sein und den angesammelten Dreck komplett aufräumen! Wir sind sofort zurück nach Moskau gezogen und haben Saschas finanziellen Mist glücklicherweise hinbiegen können. Ich wollte ihm unsere Tochter nicht wegnehmen, aber dafür hatte ich eine Bedingung: Er musste alle Karten auf den Tisch legen!«

Sie beugte sich vor und ihre Augen verengten sich gefährlich, als diese Helena kampfentschlossen anblitzten. »Ich lasse mich von niemandem mehr hintergehen und wer mich anlügt, der lernt mich kennen!« Das glaubte Helena ihr sofort ...»Also, raus mit der Sprache, Mädchen! Warum brauchst du Sascha und wer hat dir gesagt, dass du Hilfe holen sollst?«

Helena schluckte. Dann setzte sie sich jedoch ruckartig in eine kerzengerade Position und erwiderte Ivankas Blick mit derselben Schärfe. Vielleicht hatte ihre Mutter recht und Sascha konnte ihnen helfen. Sie musste es zumindest versuchen, denn es sah leider nicht danach aus, als ob Felix jede Sekunde neben ihr auftauchen würde, um sie zu retten oder ihr zumindest von seinem blöden T-Shirt zu erzählen!

»Gut, das kannst du haben! Aber ich brauche Wasser. Viel Wasser!«

Dass sich damit anscheinend Zeitsprünge verhindern oder zumindest innerhalb derselben Zeitleiste lenken ließen, musste Ivanka zu diesem Zeitpunkt nicht wissen! Helena war sich noch immer nicht sicher, inwieweit sie ihr vertrauen durfte. Doch welche andere Option hatte sie sonst?

Ohne Widerworte brachte Ivanka eine große Karaffe und schenkte schweigend zwei Gläser ein. Dann setzte sie sich ihr erneut gegenüber und zog erwartungsvoll die Augenbrauen nach oben.

Helena gab sich einen Ruck und erzählte Ivanka alles aus ihrem Leben, das ihr auch nur ansatzweise wichtig erschien. Davon, dass Hannelore nach ihrer Flucht aus Klein Moskau versucht hatte, aus der DDR zu fliehen und nach ihrem zweiten missglückten Versuch als Republikflüchtling galt, bis Alfred sich für sie geopfert hatte.

Dass ihr Großvater der Leiter der Staatssicherheit der DDR war und seinen eigenen, ebenfalls zeitreisenden Sohn mit Elektroschocks kurieren wollte, damit er ihm nicht weiter die Karriere ruinierte. Dass sie einen anderen Zeitreisenden namens Tom getroffen hatte, der ebenfalls in der Klinik gelitten hatte, nachdem Alfreds Vater herausgefunden hatte, dass nicht alle Patienten geisteskrank, sondern tatsächlich Zeitreisende waren. Sie erzählte Ivanka von dem anstehenden Raketenunglück in Dannenwalde und dass sie sich fragte, ob sie jemals wieder in ihre eigene Zeitleiste zurückkehren konnte oder ob sie es überhaupt überleben würde. Und dass Alexander mehrmals versucht hatte, ihre Mutter umzubringen, aber dass es plötzlich mindestens zwei Versionen von ihm gab. Bei dem Gedanken an die liebenswerte Version ihres Sohnes, den es künftig eventuell gar nicht geben würde, musste sie zwei volle Gläser Wasser auf einmal leeren, bevor sie sich sicher war, dass sie den aufkommenden Nebel wieder unter Kontrolle hatte.

Helenas Gedanken waren wirr und ihr Russisch zum Teil erschreckend bruchstückhaft. An einigen Stellen musste sie deutsche Wörter benutzen und sich mit Händen und Füßen durch ihre Erzählungen manövrieren. Doch Ivanka unterbrach sie nicht ein einziges Mal. Sie hörte schweigend zu und schenkte lediglich immer wieder Wasser nach. Hin und wieder schloss Ivanka die Augen oder blickte aus dem Fenster, doch Helena wusste, dass sie konzentriert zuhörte. Obwohl Ivanka und Hannelore optisch nicht hätten unterschiedlicher sein können, hatte Helena mitunter das seltsame Gefühl, mit ihrer Mutter zu sprechen. Vielleicht lag es aber auch einfach nur daran, wie oft sie in diesem Gespräch zwangsläufig die Hände benutzen musste.

Als sie nach über zwei Stunden schließlich mit kratziger Stimme ihre Erzählungen endete, schlug Helena erschöpft die Hände vors Gesicht und ließ sich schwer atmend in dem gepolsterten Stuhl zurückfallen. Wie gerne sie jetzt einfach nur geschlafen und alles vergessen hätte. Sich alles von der Seele zu reden, hatte eine seltsam beruhigende, einschläfernde Wirkung gehabt. Wann hatte sie überhaupt das letzte Mal geschlafen?

»Welcher Tag ist heute und wie spät ist es?«, fragte sie gähnend. »Es ist Freitag, der zwölfte August 1977, etwa vier Uhr«, gab Ivanka leise zur Auskunft.

Helena ließ verwirrt die Hände sinken. »Zwei Tage vor der Explosion? Dann bin ich eigentlich noch gar nicht hier! Ich bin doch erst Samstagmorgen angekommen und in meinem Zimmer bei Mama aufgewacht!«

Sie sah plötzlich ihren Bruder vor ihrem inneren Auge, der strahlend sein Paket aus Moskau ausgepackt hatte. Sie bezweifelte insgeheim, dass Sascha seiner Frau erzählt hatte, dass er noch immer in Kontakt mit ihnen stand und regelmäßig Geld und Geschenkpakete schickte.

Ivanka grinste jedoch und kniff ihr unerwartet in die Wange. »Der KGB³⁵ ist wohl kein geeigneter Arbeitsplatz für dich! Du kannst so gar nichts verstecken, Mädchen, oder? Raus damit!« Sie klang freundlich, doch sie duldete keine Widerrede.

»Mein Bruder und ich bekommen hin und wieder Post aus Moskau«, gestand sie unsicher. »Aber Sascha trifft sich nicht mit meiner Mutter!«, fügte sie hektisch hinzu. Falls er dies tat, dann wusste sie zumindest nichts davon!

Zum ersten Mal wirkte Ivankas Lächeln aufrichtig. »Was glaubst du denn, von wem eure Pakete kommen? Männer sind leider nutzlos, wenn es um Geschenke und regelmäßige soziale Verpflichtungen geht!«

»*Du* hast uns geholfen und Geschenke gemacht?«, fragte Helena ungläubig. »Aber warum? Du wolltest meiner Mutter wehtun, als sie selbst noch ein Kind war!«

Ivankas Gesicht hatte sein Lächeln schlagartig verloren. Wie in Zeitlupe stand sie wortlos auf, ging zu dem dunkelgrünen Telefon auf dem Beistelltischchen neben dem Fenster und begann, die Wählscheibe zu drehen.

»Was hast du vor?«, schrie Helena entsetzt und machte einen schwankenden Satz auf sie zu.

Ivanka legte augenblicklich den Hörer zurück auf die Gabel, drückte Helena in eine sitzende Position auf den Boden und gab ihr ein volles Glas Wasser. »Trink!«, befahl sie barsch. Offenbar hatte sie nicht nur konzentriert zugehört, sondern Helena auch genauestens beobachtet und schien verstanden zu haben, warum Helena hin und wieder hastig trank.

Trinken oder nicht? Vielleicht war es besser, schnell von hier zu verschwinden, auch wenn sie eventuell die Zeitleiste wechselte? Vielleicht würde sie wieder bei Felix landen? Ein blasser Schleier begann, die Farben im Raum zu dämmen und Helena fühlte die Übelkeit wie einen alten Freund ihre Speiseröhre hinaufschleichen. Doch der Funkenregen blieb diesmal aus.

»Trink, verdammt noch mal!«, brüllte Ivanka erneut. Sie verpasste Helena eine schallende Ohrfeige und ihre schlanken, manikürten Finger pressten sich erbarmungslos in Helenas Kiefer, bis sich ihr Mund automatisch öffnete. Schluck für Schluck zwang Ivanka das kühle Nass ihre Kehle hinunter, wobei eine kleine Menge Wasser jedes Mal in Helenas Ausschnitt rann. Es war beinahe wie im Frankfurter Café damals, als Felix und Alexander eine Schlägerei angezettelt hatten und Alexander sie erfolgreich am Springen gehindert hatte.

Was hatte Ivanka nur mit ihr vor? Es war ein Fehler gewesen, hierher zu kommen! Vermutlich hatte sie mal wieder alles nur noch schlimmer gemacht!

Helenas Sicht wurde allmählich klarer. Ivanka ließ schließlich von ihr ab, knallte energisch das leere Glas auf den Tisch und stemmte die Hände in die Hüften. »So, jetzt hörst du mir mal zu! Ja, ich hätte damals alles getan, um meine Tochter zu retten. Dafür wäre ich notfalls über Leichen gegangen! Selbst heute, zwei Jahre nach ihrem Tod lasse ich nichts und niemanden auf Tatjana kommen! Es war nicht einfach, Sascha zu vergeben und all die Jahre unter einem Dach zu leben. Aber es war gut für meine Tochter, dass er da war, darum habe ich mich entschieden, ihm zu verzeihen - auch wenn wir letztendlich getrennte Wege gegangen sind. Du magst glauben, dass deine Mutter noch ein Kind oder gar ein Opfer war, aber das stimmt so nicht. Ihr Verhalten damals in Klein Moskau war alles andere als unschuldig! Sie hat meinen Mann um ihren Finger gewickelt und mich vor meinen Freunden lächerlich gemacht! Und als Krönung hat sie mich auf ihrer Flucht noch fast angeschossen!«

Ihre Augen wanderten für einen kurzen Moment zu den vielen, schwarzgerahmten Bildern von Tatjana und der Schmerz darin ließ Helena unerwartet zusammenzucken. Doch dann legte sich Ivankas Blick mit aller Härte auf Helena, als sie fortfuhr.»Hannelore hat einen reichlich schamlosen Weg gewählt, aber mit meiner Entscheidung, meinem Mann zu verzeihen, seid auch ihr zu meiner Familie geworden. Und Familie geht mir über alles! Du warst außerdem noch ein Kleinkind und Michael war noch nicht einmal geboren, ihr konntet nichts für unser verkorkstes Leben. Kinder brauchen eine starke Familie, sonst tragen sie unseren Mist in die Zukunft. Ich bin Russin, Helena. Im Gegensatz zu deiner verdorbenen Mutter habe ich nicht nur Feuer unterm Arsch. Ich habe Ehre!«

Ivankas linke Hand thronte noch immer auf ihrer Hüfte, während sie sich mit ihrer geballten rechten Faust energisch auf ihre Herzgegend trommelte. Unter anderen Umständen hätte Ivankas Gebärden auf Helena vermutlich lächerlich gewirkt. Doch vor ihr stand eine Frau, die großen Schmerz nicht nur angenommen, sondern ihn mit unvorstellbarer Größe bezwungen hatte. Helena dachte an all die sorgsam ausgewählten Geschenke, deren feminine Hand ihr bis zu diesem Moment nicht aufgefallen war. An all das Geld, das immer regelmäßig eingetroffen war und ihnen ein für die DDR wunderbar luxuriöses Leben ermöglicht hatte. Sie konnte nicht anders als diese dünne und doch so ganz und gar nicht zerbrechliche Frau vor sich zu bewundern, als sie Sascha am Telefon in rasend schnellem Russisch in ihre Wohnung kommandierte, während die späte Nachmittagssonne ihre energisch schwingenden Locken wie einen goldenen Heiligenschein aufleuchten ließ.

~ KAPITEL 18 ~

Der Haken des Vertrauens

MOSKAU, RUSSLAND. IVANKAS WOHNUNG.
12. AUGUST 1977. DELTA.

Helena hatte sich selten so ausgebrannt gefühlt – und dabei hatte sie bislang noch nicht einmal etwas am Schicksal geändert. *Oder doch?* Anstelle von Nervosität machte sich diesmal jedoch lediglich bleierne Müdigkeit in ihr breit. Sie hatte die Augen geschlossen und sich in dem bequemen Sessel zurückgelehnt. Ivanka hatte sich neben sie gesetzt, doch sie schwieg. Helena rechnete ihr das hoch an, denn Ivanka musste Unmengen an Fragen haben. Wäre sie nicht so maßlos erschöpft gewesen, hätte sie sich jetzt vermutlich für so manchen bösartigen Gedanken über Ivanka in ihrem Leben geschämt. Die Russin war in ihrer Erinnerung im Laufe der Jahre zu einer Art Monster mutiert, das ihre Mutter und sie selbst in Gefahr gebracht und ihnen Michis Vater weggenommen hatte, den ihre Mutter Helenas Wissens nach bis heute liebte. Hannelore hatte danach nie wieder eine Beziehung gehabt und es sah nicht so aus, als wäre sie daran interessiert, diesen Zustand jemals zu ändern.

Helena seufzte unwillkürlich und zuckte erschrocken zusammen, als sie eine Hand auf ihrer Schulter spürte. Doch als sie die Augen öffnete, waberte bereits ein altbekannter Nebel um sie herum.
»Helena?«

Helena schluckte den dünner werdenden Speichel herunter, während ihr Hirn raste. Sie musste hierbleiben und Sascha alles erklären! Wie sollte sie den anderen sonst helfen? Die vertraute Kälte, die jeden Zeitsprung ebenso begleitete wie die leidige Übelkeit, kroch wie unzählige Nadelspitzen an ihren fröstelnden Armen empor.

Ivankas Gesicht erschien plötzlich dicht vor ihrer Nase. Sie hatte Helenas Kopf mit beiden Händen gepackt und schüttelte diesen energisch. »Helena, atme tief ein! Los!« Ihre grünen Augen blitzten in fester Entschlossenheit. Sie ließ mit einer Hand von ihr ab und griff nach Helenas Glas. »Trink, schnell!«

Helena gehorchte mühsam, doch es war zu spät. Das Glas war nur halb voll und die Karaffe war leer.

»Du musst kämpfen, Helena! Ich werde Sascha alles erzählen. Sei vorsichtig in dem Bunker! Hörst du? Du darfst niemandem trauen!«

Helena war sich nicht sicher, ob Ivanka den letzten Satz unzählige Male wiederholte oder ob ihr das Bewusstsein einen Streich spielte. Sie meinte zu sehen, wie sich die Wohnzimmertür einen Spalt breit öffnete und Ivanka herumschnellte. Doch dann erreichte die Kälte ihren Kopf und führte sie in den dunklen Teil des Nebels, aus dem es kein Zurück gab.

~

DANNENWALDE, BUNKER 521, DDR.
14 AUGUST 1977. DELTA.

»Scheiße, das war lange!« Tom fühlte vorsichtig ihre Stirn und strich ihr über die Wange. So viel Vertrautes lag in dieser Geste. Mühsam wischte Helena verkrustete Tränenflüssigkeit aus ihren Augen und versuchte, sich aufzusetzen.

»Langsam, Leni, du warst viele Stunden ohnmächtig!« Hannelores Gesicht wirkte trotz der Dunkelheit kalkweiß und sie schwankte besorgniserregend.

»Mama, wie geht es dir?« Nur mühsam schaffte Helena es, ihren schwerfälligen Blick über die Versammelten um sich herum schweifen zu lassen. »Und dir, Tom?«

»Ich habe einen Schädel aus Stahl.« Sein Lächeln war ebenso erzwungen wie das ihrer Mutter, doch Helena war dankbar, dass anscheinend alle wieder bei Bewusstsein waren.

»Moment, wo ist Alex?« Ein scharfer Schmerz durchfuhr ihren Kopf, als sie sich erneut ruckartig aufsetzte und umsah.

»Wir haben versucht, hier rauszukommen, aber der Bunker ist verriegelt und wir wissen nicht warum«, erklärte Hannelore mit ruhiger Stimme. Helena hasste es, wenn ihre Mutter ihre *Nachrichtensprecherstimme* einsetzte, wie Helena diese heimlich nannte. Die Ruhe in ihrer Stimme stand in der Regel proportional zum Ärger, der Helena oder Michi in solchen Momenten unmittelbar bevorstand. »Wir haben stundenlang alles abgesucht und …«

»Und ich habe dich getragen, weil wir dich nicht allein hierlassen wollten!«, warf ihr Bruder nicht ohne Stolz ein. »Erstaunlich, wie schwer so ein Klappergestell sein kann. Du wiegst mindestens eine Tonne!«

Helena ignorierte seinen Kommentar. »Und ihr glaubt, dass Alex die Ausgänge abgeschlossen hat? Und wenn ja, welcher von den beiden soll es gewesen sein?«

Aus dem Augenwinkel entdeckte sie plötzlich die beiden Jungen, die nur wenige Meter von ihnen entfernt aneinander gefesselt auf dem Boden lagen und stellte fest, dass alle Anwesenden reichlich zerrupft aussahen. Selbst Hannelore wies Schrammen im Gesicht und an den Händen auf.

Hatten sie alle miteinander gekämpft?

Der nette Alex mit nacktem Oberkörper und weißer Hose sah nicht so übel zugerichtet aus wie sein aggressives Ebenbild, doch auch er hatte deutliche Blessuren von Kopf bis Fuß davongetragen.

»Was war hier denn los?«, fragte Helena fassungslos.

»Sagen wir es mal so: Ich weiß nicht, wer von beiden besser lügt.« Tom bedachte die beiden zusammengekauerten Häufchen

Elend am Boden mit unverhohlener Abfälligkeit.»Also, wo warst du?«, wandte er sich abrupt an Helena.

Sei vorsichtig in dem Bunker! Hörst du? Du darfst niemandem trauen, wiederholte Ivanka in ihrem Kopf.

Im Grunde wusste Helena über Tom noch weniger als über die beiden Versionen ihres Sohnes. Da war nur dieses Gefühl der Vertrautheit. Doch war das ein gutes Zeichen? Sie war sich dessen vor kurzem so sicher gewesen, aber Ivankas Worte hüllten alles in ein anderes Licht. Wovor hatte die Russin sie warnen wollen? Wie viel wusste sie? War Tom tatsächlich der dunkelhaarige Mann, vor dem Felix sie gewarnt hatte?

Dunkelhaariger Typ, dachte sie im selben Atemzug kopfschüttelnd. Das traf auf mehr als die Hälfte der Menschheit zu!

»Ich war bei Sascha in Moskau«, antwortete Helena vorsichtig. Den Abstecher zu Felix behielt sie vorerst wohl besser für sich. »Genauer gesagt habe ich mit seiner Frau gesprochen.« Ihre Mutter behielt ihre Gesichtszüge erstaunlich gut unter Kontrolle, doch Helena glaubte zu sehen, dass Hannelore die Luft anhielt.»Ivanka hat Sascha angerufen und gesagt, dass sie ihn informiert und hierhergeschickt. Das war am Freitagnachmittag.«

War sie womöglich der Grund gewesen, warum es hier direkt vor dem Unglück plötzlich vor Russen nur so gewimmelt hatte? Wenn das der Fall war, dann hatte ihr Zeitsprung lediglich bewirkt, dass sich ihr Schicksal nun vermutlich wiederholte und die Explosion stand unmittelbar bevor.

Hannelore nickte entschlossen.»Sascha wird uns immer helfen!«, bestätigte sie überzeugt.

Oder Ivanka, fügte Helena im Stillen hinzu, doch jetzt war nicht der richtige Zeitpunkt, um ihre neuesten Erkenntnisse zu offenbaren. Hoffentlich hatte sie überhaupt die richtige Ivanka aus dieser Zeitleiste getroffen!

»Wir sollten trotzdem versuchen, hier schnell rauszukommen.« Helena zwang sich in einen wackeligen Stand.»Die Tür, durch die ich in den Bunker gelangt bin, war zunächst auch in meiner Zeitleiste verschlossen, aber dann ist sie plötzlich aufgesprungen. Ich weiß nicht, ob es ein Mechanismus war oder ...«

»Das war der Kerl gewesen!« Toms wütender Blick wanderte erneut zu den beiden Alexanders am Boden. »Es ist sicherer, wenn wir einfach hierbleiben.«

»Ich denke, wir sollten versuchen, einen anderen Ausgang zu finden«, beharrte Helena. Hoffentlich würde Sascha hier bald aufkreuzen! Sie würde sicherlich nicht hierbleiben, bis die Russen kamen! Genau das hatte sie das letzte Mal getan und den Ausgang der Geschichte würde sie freiwillig sicherlich nicht noch einmal wiederholen! »Irgendetwas oder irgendjemand löst diese verdammte Explosion aus und ich werde alles versuchen, damit es diesmal anders ausgeht!«

»Das glaub ich dir, aber wir kommen hier nicht anders raus. Vertrau mir!« Toms Augen begannen, seltsam neonfarben aufzuleuchten und er drückte sich dicht an Helena.

Sie warf ihm einen verwirrten Blick zu, doch ein unterdrücktes Gurgeln von dem Alexander mit der dunklen Hose lenkte sie ab. Obwohl sie seine Gesichtszüge im schwachen Licht nur schemenhaft erkennen konnte, bemerkte sie, dass seine Augen über dem Knebel förmlich hervorquollen, um ihr etwas zu signalisieren. Kurzentschlossen ging sie zu ihm hinüber und schickte sich an, den Knebel zu entfernen, doch Toms Hand fuhr dazwischen. »Lass ihn, er hat einen heftigen Schlag auf den Kopf bekommen und quatscht nur Schwachsinn!«

»Das werde ich dann selbst beurteilen, danke!«, gab sie scharf zurück, während sie ihre Hände aus den seinen riss und schnell den Knebel aus Alexanders Mund zog.

Du darfst niemandem trauen!, schoss es ihr erneut durch den Kopf. Wen hatte Ivanka nur gemeint?

»Er hat mindestens so viel Scheiße am Stecken wie ich!«, krächzte Alexander, während seine Lippen beim Sprechen immer wieder an seinen trockenen Zähnen kleben blieben. »Er will nicht, dass du das Labor vorzeitig findest. Lieber lässt er alle hier sterben!«

Entsetzt sprang Helena einen Schritt zur Seite und starrte auf Tom, der abwehrend die Hände hob. »Lenny, du weißt, dass er nur an sich denkt und dafür sogar deine Mutter opfern würde!« »Im Gegensatz zu dir natürlich!«, konterte Alexander sarkastisch. »Wenn sie hinter dein schmutziges Geheimnis kommt, dann versucht sie vielleicht doch lieber, meinen Vater zu finden!« Es war das erste Mal, dass diese Version von Alexander sich als ihr Sohn bekannte und sein Zwilling neben ihm, der noch immer geknebelt war, gab Helena ein kaum merkliches Kopfnicken, während sein ängstlicher Blick in der nächsten Sekunde wieder zu Tom wanderte.

»Was soll das bedeuten?«, meldete sich nun Hannelore zu Wort, die misstrauisch zwischen den beiden Alexanders und Tom hin und her sah. Plötzlich machte Tom einen unerwarteten Satz auf den Alexander zu, der Helena eben gewarnt hatte.

»Stopp!«, brüllten Hannelore und Helena wie aus einem Mund. Ohne sich abzusprechen, versuchte Hannelore, den rasenden Tom festzuhalten, indem sie auf seinen Rücken sprang und seinen Hals im Würgegriff umklammerte. Helena hingegen zerrte an den Fesseln der beiden Jungen. Ihre zitternden Hände brauchten eine gefühlte Ewigkeit, doch sie schaffte es schließlich, die Fesseln genügend zu lockern, sodass die beiden Alexanders ihre Hände herausziehen konnten.

»Ihr wisst nicht, was ihr da tut!«, schrie Tom aufgebracht, als er es schließlich schaffte, Hannelore von sich abzuschütteln. Erneut machte er einen Satz auf die beiden Alexanders zu.

»Lauf den rechten Gang hoch und sieh selbst! Nebenbunker!«, brüllte der Alexander mit der weißen Hose.

Ohne nachzudenken rannte Helena los. Das grelle Neonlicht blendete sie nach der langen Dunkelheit und machte sie benommen, doch sie lief auf wackeligen Beinen so schnell sie konnte. Schwere Schritte stolperten hinter ihr her und erhöhten ihr Tempo. In Windeseile las sie die kyrillischen Beschriftungen an den Wänden.

Wo war dieser verfluchte Nebenbunker?

Die Schritte hinter ihr wurden ebenso lauter wie das Keuchen mehrerer Personen, doch Helena verschwendete keine Zeit darauf, sich umzudrehen. Sie war eine mehr als schlechte Läuferin – Michi war die Sportskanone von ihnen beiden. Sie hatte weder Zeit noch Luft, um wertvolle Sekunden zu verlieren.

Etwa zwanzig Meter vor ihr teilte sich der Gang plötzlich in zwei Tunnel. Hektisch fuhr ihr Blick die Wände entlang, doch sie fand keine Beschriftung, weder links noch rechts - lediglich nichtssagende Nummern.

»Jetzt links!«, brüllte Alexander hinter ihr außer Atem. Welcher von beiden war es?

Doch sie drehte sich nicht um und wandte sich intuitiv in die genannte Richtung.

»Lenny, stopp!«, rief Tom verzweifelt. »Hör nicht auf ihn!«

Auch ihre Mutter schrie etwas, doch Helenas Beine hatten bereits die Entscheidung für sie getroffen. Der linke Tunnel war ebenfalls mit grellen Neonröhren an seiner unangenehm niedrigen Steindecke ausgestattet, sodass Helena automatisch mit eingezogenem Kopf weiterrannte. Sie konnte erkennen, dass der Tunnel nur noch etwa dreißig Meter weiter führte und in einer Eisentür mündete.

»Halt an! Bitte!«, keuchte Tom dicht auf ihren Fersen. Doch Helenas verschwitzte Hand hatte sich bereits auf die Klinke gelegt und drückte diese hinunter.

~ KAPITEL 19 ~

Das Ende eines Zeitreisenden

DANNENWALDE, ZONE 3, GEHEIMLABOR.
14. AUGUST 1977. DELTA.

Ein schmales Eisenrohr an ihrer Stirn bremste Helenas stürmischen Eintritt in den runden, seltsam beleuchteten Raum jäh ab. Entsetzt sprang sie zur Seite und rieb sich die schmerzende Stelle, mit der sie soeben in den Lauf einer gezückten Pistole gerammt war. Der Pistolenlauf war nun jedoch auf den Eingang gerichtet, in dem Tom und die beiden Alexanders aufgetaucht waren. Helenas erkannte an der Geräuschkulisse im Hintergrund, dass der Rest ihrer Familie ebenfalls hinter den beiden stand.

Der Mann im weißen Kittel ließ die Waffe ratlos von einem zum anderen wandern. Die Blasen werfenden Lampen sowie die Computerbildschirme, auf denen grüne Zahlen- und Buchstabenkombinationen die schwarzen, flackernden Monitore herunterjagten, waren mit Abstand das Futuristischste, was Helena je gesehen hatte – was besonders erstaunlich war, wenn man bedachte, dass sie aus dem Jahr 1990 gekommen war. Die Lampen sahen sehr nach den Lavalampen aus, von denen Tante Vera erzählt hatte. Sie hatte in den frühen 1970er-Jahren eine solche Lampe gekauft und sich später noch jahrelang darüber aufgeregt, als diese kaputt ging und sie erfuhr, wie gesundheitsschädlich defekte Lavalampen waren. Helena konnte sich nicht erinnern, im Jahr 1990 noch viele von ihnen gesehen zu haben.

Vor den sieben Monitoren saßen weitere Mitarbeiter, die sich nun ebenfalls zu der kleinen Gruppe hinter Helena umgedreht hatten. Sie sahen jedoch eher erstaunt als erschrocken aus und warfen einen prüfenden Blick auf ihre Armbanduhren. Diese hatten kein Ziffernblatt, sondern strahlten in grellen Farben, während für Helena unverständliche Nummern und Ziffern die winzig kleinen Bildschirme der Armbänder erhellten.

»Sieh mal einer an«, lachte einer von ihnen und ließ dabei seine auffällig weißen Zähne blitzen. »Der verlorene Sohn ist heimgekehrt!« Sein hämisches Grinsen verzog sich zu einer hässlichen Grimasse.

Wen meinte er? Helena konnte nicht genau erkennen, wen er dabei ansah, da beide Alexanders und Tom dicht nebeneinander standen.

Der Mann mit der Pistole richtete die Waffe erneut auf Helena, während er den Kopf leicht zur Seite drehte und das verfeindete Dreiergespann ansprach, ohne dabei den Blick von Helena abzuwenden. »Du hast eine Minute Zeit, dieses Eindringen zu erklären, dann knalle ich Blondie ab! Die Zeit läuft!«

»Ich bin nur verschwunden, um sie zu suchen! Sie weiß nichts!«, rief Tom. »Lass sie gehen! Die beiden Spinner hier könnt ihr entsorgen, aber ich brauche Helena! Dahlke weiß Bescheid!«

»Du feige Sau!«, brüllte der Alexander mit der dunklen Hose. »Das hier ist ein Zeitreise-Labor, Helena! Unser kompetenter Stasi-Chef und wertes Familienoberhaupt nutzt die Klinik nur zur Fassade und für medizinische Experimente an den armen Schweinen, die er in die Hände bekommt. Hier in diesem Labor werden die Talentiertesten dann erpresst, damit sie durch die Zeit springen und ihm politische Vorteile sichern. Und wer hier nicht pariert oder mit ungenauem Blabla zurückkommt, der darf dann persönlich zusehen, wie ein Familienmitglied abkratzt!«

Ein Schuss löste sich und Helena sah sich wie in Zeitlupe zu

Boden gehen. Ihr Gehirn registrierte erst zeitverzögert, dass jemand auf ihr drauf lag, als ihr schwer belasteter Brustkorb sich nicht mehr ausreichend zum Atmen heben konnte. Sie sah aus dem Augenwinkel, wie die Waffe über den Boden an ihrem Kopf vorbei schlitterte und hörte ihre Mutter schreien. Irrte sie sich oder rief Hannelore etwas auf Russisch?

Eine vertraute Stimme aus alten Zeiten brachte den turbulenten Raum mit wenigen russischen Worten zum Schweigen.

Helenas Augen wanderten zu dem grauen Anzug im Raum, der jedoch nicht nach einer russischen Armee-Uniform aussah. Sascha musste etwa Ende fünfzig sein und genau wie bei Ivanka sah man ihm sofort an, dass er harte Zeiten durchlebt hatte. Seine Stimme hatte eine Autorität, die alle im Raum augenblicklich verstummen ließ.

»Alle Anwesenden haben befugten Eintritt!«, donnerte sein tiefer Bass durch den Raum. Er schritt zu Helena hinüber und zog den schweren Körper mit einer Leichtigkeit von ihr herunter, als würde er einen Kieselstein aufheben. Erst jetzt registrierte sie, dass der Alexander mit der weißen Hose sich auf sie geworfen und den Schuss abgefangen hatte. In derselben Sekunde, in der sie erleichtert tief Luft holen konnte, bemerkte sie mit Schrecken, dass Alexander hingegen nur noch flach atmete.

Sascha beugte sich zu ihm herunter und griff nach Alexanders Hand. »Спасибо – danke!«

Für einen kurzen Augenblick schien es, als ob er mehr sagen wollte, doch dann legte er Alexanders Hand in Helenas und wandte sich ab. Wie im Traum bemerkte Helena tausend Dinge auf einmal und doch schien alles wie in Zeitlupe abzulaufen. Hannelore schlang ihre Arme um Sascha. Die Mitarbeiter drehten sich schweigend zu ihren Computern um, ohne jedoch weiter zu arbeiten. Der Mann mit der Pistole lieferte sich ein hitziges Wortgefecht mit Tom und Sascha, während der andere Alexander fassungslos auf seinen am Boden liegenden Doppelgänger starrte.

Helena drückte die Hand ihres Sohnes und strich ihm hilflos

über das verschwitzte Gesicht. Sie sollte vermutlich etwas fühlen, vielleicht sogar weinen. Aber da war nichts. Nur Fragen und eine seltsame Leere inmitten der unverständlichen Wortgefechte um sie herum.

Du darfst niemandem trauen, wiederholte Ivanka in ihrem Kopf. War Sascha nun gekommen, um ihnen zu helfen oder nicht? Ihre Mutter schien dies zu glauben.

»Alex braucht Hilfe!«, brachte sie schließlich hervor. »Ich glaube, die Kugel steckt noch drin.« Der Raum wurde erneut in Schweigen gehüllt.

Alexander drückte schwach ihre Hand. »Hey, warum ist die Banane krumm?« Er versuchte ein krampfhaftes Grinsen, doch Helena sah die Angst in seinen Augen. Diese seltsam leuchtenden Augen, die offenbar alle Zeitspringer gemeinsam hatten. »Weil sie einen Bogen um die DDR macht!«

Helena versuchte ihm zuliebe ein Lächeln, doch es gelang ihr nicht. Leere. Nichts als Leere. Er drückte noch einmal ihre Hand, während seine Lippen sich tonlos bewegten.

Lauf!

~ KAPITEL 20 ~

Die Flucht

DANNENWALDE, MILITÄRGELÄNDE, ZONE 3.
14. AUGUST 1977. DELTA.

Die Erde begann plötzlich zu vibrieren und Helena spürte, wie sie unsanft über eine Schulter geworfen wurde. Der Eilschritt ihres Trägers ließ den grauen Boden mit dunklen Hosenbeinen und herabbröckelnden Steinen verschwimmen.

»Es geht los!«, hörte sie den verbliebenen Alexander hinter sich brüllen. »Sobald du Nebel oder besser noch Flimmern siehst, spring, okay?«

»Nein!« Helena trommelte mit letzter Kraft auf den Rücken unter sich. »Peter! In meiner Version stirbt er!«

»Du hast wohl 'nen Splitter! Ich dreh' jetzt garantiert nicht um!«, brüllte ihr Träger zurück. Es war Michi!

»Hör auf, 'nen Breiten zu machen[36] und lass mich runter, du Penner!« Mühsam versuchte Helena, sich von seiner Schulter zu strampeln, die bei jedem seiner kräftigen Schritte schmerzhaft in ihren Magen rammte. »Ich muss gleich kotzen, das meine ich ernst!«

Ihr Bruder verstärkte jedoch nur seinen unsanften Griff an ihrem unteren Rücken, bis ihr beinahe endgültig die Luft wegblieb. »Das ist mir analegal! Du bist die beschissenste Läuferin aller Zeiten! Sonst kann ich deinen Hintern auch gleich auf die nächste Rakete binden!«

»Lenny, das Ding geht hoch!«, keuchte nun Tom hinter ihr, der sich im dichten Tunnel offenbar an Alexander vorbeigedrängelt hatte. »Du kannst jetzt nichts mehr tun!«

Helena sah, dass Sascha vor ihr lief und die schwer atmende Hannelore an der Hand mit sich zerrte. Er brüllte mit wutverzerrtem Gesicht russische Befehle nach vorne und hinten.

»Was ist los, Mama?«

Doch Hannelore war zu sehr außer Atem, um auf Gesten oder gar Lippenbewegungen in dem staubigen Gang um sich herum zu achten.

»Das Labor hat einen Notschalter und irgendein Depp hat den wohl gerade aktiviert«, erklärte Tom zwischen gepressten Atemzügen. Er war kreidebleich und blickte stur geradeaus. Im Gegensatz zu Helena und Hannelore schien er ein hervorragender Läufer zu sein, doch selbst er musste sich anstrengen, bei dem angeschlagenen Tempo noch zu sprechen. »Jetzt können wir nur hoffen, dass die Munitionskisten nicht …« Der Rest seines Satzes ging in einem ohrenbetäubenden Knall unter, der augenblicklich tiefe Risse in den Wänden nach sich zog und alles in eine dichte Staubwolke hüllte. »Scheiße!«

Helena spürte zu ihrer Erleichterung, dass Michi sie endlich absetzte. Sie waren an einer schmalen Ausgangstür angekommen, aus der sich alle hustend und keuchend ins Freie zwängten.

»Weiter!« Sascha hatte sich Helena mit seiner zweiten, freien Hand geschnappt und zerrte sie vom Bunker weg. Aus den Augenwinkeln bemerkte Helena, dass die anderen Russen zur Eingangstür von Objekt 521 liefen.

»Nicht zum Munitionslager!«, schrie Helena. Ihr ausgetrockneter Hals brannte wie Feuer und ihr fiel auf einmal kaum noch ein Wort auf Russisch ein. »Пять – два – один! Нет! Fünf – zwei – eins! Nein!« Sie riss an seiner Hand und schüttelte wie wild den Kopf.

Doch Sascha ignorierte sie und zog sie mit aller Kraft über die

Waldlichtung zum Zaun der angrenzenden Zone 1, hinter dem das kleine Wohnviertel einiger russischer Soldaten und ihrer Familien lag. Die russische Siedlung schien komplett geräumt worden zu sein und das Tor stand sperrangelweit offen.

»Sascha, Mama – stopp! Ruf die Russen zurück! Alle werden sterben, vermutlich auch Peter!«

»Nein, nach Peter wird bereits gesucht«, erklärte Sascha zu ihrem Erstaunen, während er sie vor sich her an den Soldaten vorbei manövrierte und sein Gesicht in eine steinerne Maske hüllte. War ihr Russisch so schlecht, dass sie ihn gerade komplett missverstand oder wusste er tatsächlich mehr als sie?

Er rief drei Soldaten in grauer Uniform etwas zu, woraufhin diese nickend Richtung Wald zeigten. Tatsächlich entdeckten sie nach weiteren dreihundert Metern einen brandneuen, khakigrünen LuAZ[37], der halb versteckt hinter einer kleinen Baumgruppe geparkt worden war. Der Schlüssel steckte im Zündschloss, vermutlich hatte Sascha dies vorher mit den Soldaten abgesprochen.

»Die Karre ist viel zu lahmarschig, damit kommen wir nie rechtzeitig weg!«, rief Tom. »Vielleicht sollten wir lieber hierbleiben und uns in Zone 3 in Sicherheit bringen!«

Michael zeigte ihm einen unmissverständlichen Vogel und auch Sascha wimmelte Toms Vorschlag mit einem missbilligenden Kopfschütteln ab, während er sich eine seltsame, schwarze Mütze mit Kopfhörern aus dem Wageninneren angelte.

»Was ist das denn?«, fragte Hannelore überrascht.

»Eine Panzerfahrerhaube mit eingebautem Funkgerät. Kommt vermutlich erst in ein bis zwei Jahren in die DDR«, antwortete Sascha kurz angebunden, während er den Kopfhörer an seine Ohren presste und angestrengt lauschte. Schließlich holte er eine Taschenuhr aus seinem Mantel, presste die Lippen zusammen und deutete den anderen wortlos an, schnell in den Wagen zu steigen. Tom schien zu zögern, doch als Helena ins Innere kletterte, stieg er ohne einen weiteren Kommentar hinterher.

Es gab lediglich einen einzigen Sitz für den Fahrer in der Mitte des dachlosen Fahrzeugs. Jeweils rechts und links von diesem waren zwei flache Transportliegen, auf denen sich Helena, Hannelore, Michi und Tom niederließen.

»Kann man die Liegen nicht zu Sitzen hochklappen, damit wir nicht nach hinten auf die Ladefläche durchrutschen?«, maulte Michi. Seine Mutter quasi auf seinem Schoß zu haben, war ihm eindeutig zu viel familiäre Nähe.

»Keine Zeit, haltet euch an den Tragegurten fest!« Sascha schien erneut eine Nachricht über Funk zu bekommen und atmete schließlich tief ein. »Nicht mehr lange, dann werden wir wissen, ob es brenzlig wird oder nicht. Hoffen wir mal, dass die Kisten diesmal nicht kollektiv hochgehen!«

Diesmal?

Hustend zwang Sascha sich hinter das Steuer und rang sich bei Toms verblüffter Miene ein schiefes Grinsen ab. »Wir haben auch ein paar Informationen!«

Helenas Kopf schwirrte. Auf welcher Seite standen Sascha und Tom? Hatte der Notschalter des Labors eben die Explosion ausgelöst? War es möglich, dass sie letzten Endes doch nicht an dem Unglück Schuld gewesen war und sich all die Jahre umsonst von ihrem schlechten Gewissen hatte quälen lassen?

»Wo ist Alex?«, rief sie plötzlich erschrocken. Die verbliebene Version von Alexander war vielleicht nicht ihr Favorit, doch sie war nicht bereit, ihren Sohn heute zweimal zu verlieren!

»Er ist in Sicherheit, glaub mir!« Tom strich ihr beruhigend über die Hand, doch Helena zog ihren Arm intuitiv weg und drückte sich an die Seitentür. Wenn sie nur nicht nahezu auf seinem Schoß sitzen müsste, momentan wollte sie einfach nur von ihm weg! War er nun der dunkelhaarige Fremde, vor dem Felix sie gewarnt hatte oder nicht? Seine Miene war undurchdringlich. Was auch immer er dachte, er wusste es gekonnt zu verstecken.

»Alexander weiß zumindest eher, was er da tut als Peter!«, knurrte Sascha und warf den Wagen an. Er schien erstaunlich viel Deutsch zu verstehen. Immer mehr Militärfahrzeuge fuhren an ihnen vorbei, doch als der vollbeladene LuAZ schließlich Zone 1 verließ, war der Wachturm noch immer verlassen. Trotz des unebenen, zugewachsenen Waldweges und der vielen Abkürzungen querfeldein kamen sie gut voran. Helena fühlte sich ein wenig dankbarer als noch wenige Minuten zuvor, dass sie immerhin auf einer gepolsterten Liege saß. Auf der direkt angrenzenden Ladefläche im hinteren Teil des LuAZ hätte sie bei dieser reichlich holprigen Fahrt sonst vermutlich eine Gehirnerschütterung bekommen.

»Wo fahren wir hin?«, fragte Hannelore, während sie sich mühsam an den Gurten sowie der Seitentür festklammerte.

»Ins nächste Dorf«, erklärte Sascha mit fester Stimme. Er schien vollkommen ruhig zu sein, doch er behielt den Himmel hinter ihnen ebenso konzentriert im Blick wie den unebenen Feldweg vor ihnen. »Martha, Helmut und Peggy sollten bereits bei Freunden in Eichholz untergebracht worden sein. Wir wissen ungefähr, wo die Raketen einschlagen werden, falls es dazu kommt. Aber noch hoffen wir aufs Beste!«

»Das heißt, wir evakuieren die Gefährdeten in den angrenzenden Dörfern? Und wann fahren die Soldaten vom Gelände weg und bringen sich in Sicherheit?«, fragte Helena schwitzend. Niemand antwortete. »Verdammt noch mal! Warum reise ich sonst wie bescheuert durch die Zeit, wenn ich schlussendlich niemandem helfe?«

Anstelle einer Antwort schüttelte Sascha jedoch lediglich verneinend mit dem Kopf und konzentrierte sich aufs Fahren. Der Himmel hatte sich zu dichten, dunkelgrauen Wolken zusammengezogen, aus dem alle paar Minuten heftige Blitze zuckten. Kein einziger Regentropfen fiel zur Erde, stattdessen drang ein tiefes Grollen aus der Ferne zu ihnen.

»Dreh um!«, fuhr Helena ihn an. »Oder lass mich zumindest raus! Ich habe alles zurückgelassen, um hier etwas zu ändern und ich höre mir nicht schon wieder die nächsten dreizehn Jahre an, dass alles meine Schuld war!«

»Lena!«, begann Hannelore fassungslos, doch sie wurde von

dem schnaubenden Michi unterbrochen. Dass er trotz seines wutverzerrten Gesichts nicht wie ein Verrückter brüllte, lag vermutlich allein an der Tatsache, dass Hannelore direkt vor ihm halb auf seinem Schoß saß.

»Du hohle Gesichtsfünf!«, zischte er hinter Saschas Fahrersitz zu seiner Schwester herüber. Er hatte seine Hände zu Fäusten geballt und sah so aus, als ob er sie am liebsten schlagen würde. Helena hatte diese Reaktion nur allzu oft in ihrem Leben gesehen, als dass sie davor zurückgeschreckt wäre. Er hasste sie für die stete Aufmerksamkeit, die sie seiner Meinung nach damit erheischen wollte.

»Ist dir schon mal der Gedanke gekommen, dass ich das nicht mit Absicht mache?«, fauchte sie. »Du selbstgefälliger Schleimer würdest das nie verstehen, aber ich versuche, anderen zu helfen! Doch wenn mich niemand lässt …«

»Du nervst mich beinahe gar nicht, du astronomischer Hirnschiss!«, keifte er sarkastisch zurück, während die beiden Geschwister gleichzeitig die verzweifelt fuchtelnden Hände ihrer Mutter beiseiteschoben, um sich besser angiften zu können. »Ist dir schon mal in den Sinn gekommen, dass es nicht deine Aufgabe ist, die Welt zu retten und dass du womöglich alles nur noch schlimmer machst? Was glaubst du denn, wer du bist?«

»Wozu sollen meine Zeitreisen denn sonst gut sein? Und vermutlich hören sie nie auf, wenn ich die schlimmsten Dinge nicht verhindere!« Helena war nun doch kurz vorm Heulen und brach ab.

Michi starrte sie mit offenem Mund an und vergaß für eine Sekunde seinen Ärger. »Ich glaub', mein Hamster bohnert! Du nervst uns alle nur deshalb mit deinen hirnrissigen Dramen, weil du glaubst, dass damit deine Zeitsprünge aufhören? Aus welchem logischen Grund sollten sie das tun? Gibt es da etwa eine höhere, perverse Macht, die irgendwann mit dir zufrieden ist, wenn die Kacke endlich genug dampft?«

Wütend wischte Helena sich die aufgebrachten Tränen aus dem Gesicht, während ihr Bruder gereizt mit dem Kopf schüttelte. »Ich wusste ja, dass du ein Hohlroller bist. Aber dass du so dermaßen blöde bist ...«

»Das reicht jetzt, Michael!«, unterbrach Hannelore. Sie hatte in dem Wortgefecht nicht alles von den Lippen lesen können, aber sie hatte eindeutig genug verstanden.

»Er hat aber leider recht!«, murmelte Tom leise.

Helena fuhr wütend herum und wünschte sich einmal mehr, dass sie nicht so unangenehm nah bei ihm sitzen müsste. Was hatte sie bei ihrem ersten Aufeinandertreffen nur an ihm gefunden?

»Sorry.« Er zuckte entschuldigend mit den Schultern. »Du hast eine Vermutung in eine Tatsache verwandelt, Lenny, aber leider stimmt diese so nicht. Naja, oder Gott sei Dank, wie man es eben nimmt. Natürlich werden deine Zeitreisen mitunter durch Stress ausgelöst. Aber wo du genau landest, hängt von deiner Konzentration ebenso ab wie von den Begebenheiten auf nahen Zeitleisten. Es ist ein Zusammentreffen von meist dramatischen Geschehnissen, einem Anker sowie deinem inneren Fokus, das dich lenkt. Das ist nicht unbedingt etwas, das ich als unausweichliches Schicksal bezeichnen würde.«

»Und warum lande ich dann immer wieder bei denselben Menschen und durchlebe immer wieder denselben Mist? Warum hört es anscheinend nur dann auf, wenn ich jemanden gerettet habe?« Helena war zu schockiert, um erneut zu brüllen. Doch aus irgendeinem Grund traf es sie sehr, dass er Michi Recht gab.

Tom blickte an ihr vorbei. Immerhin fühlte er sich anscheinend unwohl dabei, sie vor ihrer Familie zu kritisieren. »Ich sage ja nicht, dass es deine Schuld ist, Lenny. Es hat dir bisher niemand erklärt, wie du deine Zeitreisen steuern kannst und dass du unbewusst ziemlich viel Chaos stiftest, solange du die Zusammenhänge nicht besser begreifst. Du triffst immer wieder dieselben Menschen, weil du dich tendenziell isolierst und dadurch ohnehin vergleichsweise nur wenige Menschen um dich hast, die du genauer kennst. Das scheint auf jeder Zeitleiste so zu sein. Dadurch sind deine Gefühle diesen Menschen gegenüber zwangsläufig recht intensiv. Wenn du dann Stress hast, zieht es dich zu ihnen in die Vergangenheit. Und wenn auf einer anderen Zeitleiste gerade etwas frei wird, dann landest du vermutlich ebenfalls bei diesen Menschen in einer Paralleldimension.«

Helena fühlte sich hin- und hergerissen zwischen dem Impuls, frustriert zu heulen und der Begierde, endlich mehr zu erfahren. Aus unmittelbarer Nähe in das abfällige Gesicht ihres Bruders zu schlagen, schien allerdings ebenfalls höchst verlockend.

Bis auf Sascha, der sich verkrampft aufs Fahren sowie die Funknachrichten konzentrierte und dabei immer wieder seine Taschenuhr im Auge behielt, hingen alle wie gebannt an Toms Lippen, sodass er schließlich fortfuhr. »Manchmal passiert etwas Gravierendes in deinem Leben: ein Unfall, ein Konflikt – kurz: etwas sehr Dramatisches, das dir emotional sehr zusetzt. Dann springst du normalerweise in die Vergangenheit. Wenn aber gleichzeitig etwas in einer nahen Zeitleiste passiert, das entweder dich oder eben einen Menschen betrifft, auf den du dich gerade sehr konzentrierst, dann landest du unter Umständen auch dort.«

»Das verstehe ich nicht«, unterbrach Helena ihn verwirrt. »Du hast eben schon erwähnt, dass manchmal etwas auf einer anderen Zeitleiste *frei* wird. Was bedeutet das?«

»Unsere Zeitspringer-Gruppe hat herausgefunden, dass es anscheinend eine Art Magnetismus zwischen den Zeitleisten gibt. Sagen wir mal, du lebst auf Zeitleiste Gamma und springst zufällig auf Zeitleiste Delta, dann ist deine eigene Zeitleiste vorübergehend frei und jedes deiner anderen Ichs könnte auf Gamma gezogen werden. Es gibt viel mehr Zeitspringer, als wir früher angenommen haben, nur sind diese Sprünge meist so minimal, dass man sie nicht als solche wahrnimmt.« Er hielt kurz inne und warf einen unsicheren Blick auf Sascha.

Doch dieser nickte lediglich. »Ich verstehe nicht alles«, antwortete Sascha in erstaunlich passablem Deutsch. »Ich musste in den letzten Jahren zwar Deutsch lernen, aber mir liegen Sprachen nicht sonderlich. Dafür habe ich normalerweise meine Übersetzer. Doch was Spionage betrifft, habe ich eindeutig mehr drauf als du. Ich kenne Akte *Lazlo 2000* vermutlich besser als du, Genosse!«

»Akte *was*?«, fragte Hannelore verwirrt. Das Lippenlesen auf so engem Raum während der mehr als unbequemen Fahrt querfeldein forderte ihr so einiges ab.

Tom war blass geworden und Helena bemerkte, dass es ihm diesmal nicht gelang, seine Mimik unter Kontrolle zu behalten. Was hatte er zu verbergen? Es war seltsam, wie sehr ihre Gefühle ihm gegenüber schwankten. In manchen Momenten war sie sich sicher, dass sie ihm in irgendeiner Version ihrer selbst sehr nahe gewesen sein musste. Und in Augenblicken wie diesen traute sie ihm plötzlich einfach nicht über den Weg.

»*Lazlo 2000* ist der Deckname unserer Springergruppe, die Dahlke ins Leben gerufen hat, um seine Macht auch in Zukunft mit Hilfe von Zeitreisenden zu sichern«, begann Tom schließlich zögernd.

»Einige Geheimbeauftragte unserer Regierung haben ein Team an Ärzten und Wissenschaftlern zusammengestellt, das uns in der Klinik fleißig quält. Neben mehr oder weniger medizinischen Tests werden auch verschiedene ...«, er stockte einen Moment, »sagen wir mal *praxisorientierte* Experimente durchgeführt. Es gibt da ein Abkommen mit den Russen, dass diese auf dem Gelände ungefragt lagern dürfen, was sie wollen und dafür im Gegenzug keine Fragen zu Zone 3 stellen. Keine Berichterstattung, keine Protokolle. Offiziell weiß niemand etwas und der Briefverkehr aller Involvierter sowie aller Anwohner wird strengstens kontrolliert, notfalls zensiert.«

»Du hast gesagt, dass es mehr Zeitspringer gibt, als ihr früher angenommen habt«, warf Michi ein. »Kann es sein, dass ich auch einer bin und es nur noch nicht bemerkt habe? Immerhin gibt es davon so einige in unserer Familie.«

Saschas Fingerknöchel spannten sich um das Lenkrad, sodass seine Fingerknöchel scharf hervortraten. Tom wägte seine Antwort vorsichtig ab. »Du wurdest eine Weile beschattet und es wurde nach Anzeichen dafür gesucht, doch es konnten keine Anhaltspunkte dafür gefunden werden. Bei Helena ist es beispielsweise sehr eindeutig, da sie für jedermann offensichtliche Aussetzer hat oder sogar einfach verschwindet.«

»Na, wie gut, dass ich so urst talentiert bin!«, seufzte Helena sarkastisch.

»Das Problem mit dir ist, dass du vollkommen unkontrolliert springst! Du kennst keinerlei Techniken und hast nie mit anderen Zeitreisenden näher zu tun gehabt. Von Alfred vielleicht mal abgesehen, aber der war nie in einer Verfassung, in der er dir hätte helfen können. Du warst inzwischen vermutlich schon auf zig verschiedenen Zeitleisten unterwegs und hast dort Dinge geändert, ohne es überhaupt zu bemerken. Du brauchst Training, Infos und vor allem erstmal einen Anker!«

»Was genau meinst du damit?«, fragte Helena gereizt. »Und was hast du für eine Abmachung mit der Stasi?«

»Nicht jetzt, Helena!« Sascha hatte die Stirn in sorgenvolle Falten gezogen und brachte sie mit einer jähen Geste zum Schweigen. Ein greller Blitz durchzuckte den inzwischen tiefschwarzen Himmel, auf den umgehend ein tiefes, schauriges Donnern folgte. Sascha blickte zum tausendsten Mal vom gewittrigen Himmel auf seine Taschenuhr und zog seine Haube herunter. »13.55 Uhr – hoffen wir das Beste!«

Ein zweiter Blitz folgte seinen Worten – der längste, grellste Blitz, den Helena je gesehen hatte. Für einen Moment waren die Insassen des LuAZ so geblendet, dass sie nur noch grelle Punkte sehen konnten, bevor sich ihre Sicht wieder normalisierte. Doch dann richteten sich alle Augenpaare atemlos auf den Himmel. »Das sollte der letzte Blitz gewesen sein. Wir haben diesmal …«

Doch was Saschas Sondereinheit diesmal anders gemacht hatte, konnte er nicht mehr beenden. Ein seltsames, neonblaues Leuchten stieg mit mehrfachem, ohrenbetäubendem Knallen in der Ferne in die Lüfte und schleuderte eine wirbelnde, dunkelgraue Masse an Rauch in alle Richtungen.

»Не дай бог - um Himmels Willen! Das sind mehr, als ich erwartet habe!«, stieß Sascha entsetzt hervor. Sie hatten inzwischen das Dorf von Dannenwalde erreicht und Helena erblickte die besorgten Gesichter der Einwohner hinter den Gardinen ihrer Häuser. Sascha riss die Autotür auf. »Alle raus! In das Haus da drüben! Schnell!«

Helena sprang in einer seltsamen Mischung aus Erleichterung und Angst von Toms Schoß. »Ich kenne das Haus!«, rief sie erstaunt. »Ich habe keine Ahnung, wie ich damals vom Bunker hierhergekommen bin, aber ich war plötzlich in genau diesem Haus. Es gehört einem Feuerwehrmann und seiner Familie!«

»Klasse, dann gibt es dort wenigstens ein Telefon!«, keuchte Michi neben ihr.

Wenn er ausnahmsweise einmal keine arrogante Grimasse zog, sah er exakt wie eine jüngere Version von Sascha aus, bemerkte Helena verblüfft.

Genau wie damals war die Tür nicht verschlossen. Damals waren die Besitzer nicht hier gewesen. Ausschließlich panische Russinnen mit ihren Kindern waren nach und nach ins Haus gestürmt und hatten sich zusammen mit Helena, Michi, Hannelore sowie Marthas Familie im Keller versteckt. Draußen waren immer wieder Militärfahrzeuge vorgefahren, die weitere evakuierte Familien von der kleinen russischen Siedlung nahe des Militärgeländes hierhergebracht hatten.

Der dunkle Eingangsflur mündete in einer hellen Küche mit unzähligen offenen Dosen und Töpfen. Im Gegensatz zu Helenas Erinnerung war die Köchin heute jedoch zu Hause und starrte entsetzt auf die kleine Gruppe, die plötzlich ihr Zuhause stürmte.

»Was machen Sie denn noch hier?«, fragte Helena fassungslos.

»Was *ich* hier mache?«, fragte die Besitzerin ebenso verblüfft zurück. Ihre eisgrauen, kurzen Löckchen wippten im Einklang mit ihrem empörten Gesicht. »Na hör mal, Kindchen, das sollte ich wohl besser euch fragen!«

»Die Muna geht hoch!«, erklärte Hannelore ohne Umschweife.

»Nein!«, fuhr Sascha schnell dazwischen. »Das waren bislang nur einige Kisten. Ich gehe noch immer davon aus, dass wir es diesmal rechtzeitig eindämmen können!«

Helena konnte sich noch immer nicht daran gewöhnen, dass Sascha inzwischen so gut Deutsch sprach und auch Hannelore schien mit dem Lippenlesen zu kämpfen, da sie nicht wusste, welche Sprache sie jeweils erwarten konnte. »Saschko, langsam bitte. Ich verstehe nicht, was los ist! Explodiert das Lager nun oder nicht?«

~ KAPITEL 21 ~

Besorgniserregender Fund

DANNENWALDE, DORF, DDR.
14. AUGUST 1977. DELTA.

»Wie bitte?«, rief die Besitzerin entsetzt und griff sich schwer atmend an die Brust.

»Nichts explodiert heute! Zumindest nicht in einem Maße, das uns hier gefährlich werden könnte«, beruhigte Sascha die ältere Dame schnell. »Bitte ignorieren Sie unsere Anwesenheit so gut es geht. Dürfen wir in Ihr Wohnzimmer gehen?«

»Bitte!« Die Dame hatte sich in Sekundenschnelle gefasst und deutete auf die Tür neben der Küche. Sie schien jedoch nicht gewillt, ihre ungebetenen Besucher allein in ihrem Haus ausschwärmen zu lassen und wischte sich resolut die mehlbestäubten Hände an einem Handtuch ab. »Meine Schwiegertochter ist mit den Kindern oben. Ich hole sie schnell herunter und dann dürfen Sie uns das bitte erklären!«

Als die stattliche Hausbesitzerin auf den knarrenden Wendelstufen ins obere Stockwerk trampelte, schob Sascha die kleine Truppe rasch zurück durch den düsteren Flur in das angrenzende Wohnzimmer. Helena erschauderte, als sie den Raum wiedererkannte. An den Wänden hingen unzählige, ausgestopfte Tierköpfe, die auf jeweils einem dunklen Holzstück an die Wand genagelt worden waren. Diverse Vögel und Hirsche starrten aus toten Glasperlenaugen auf sie herunter. Helena wusste nicht, ob sie es sich nur einbildete, doch der Raum schien seltsam nach einer Mischung aus staubigen Fellen und alten Strumpfhosen zu miefen. Trotz der sommerlichen Temperaturen war es hier kühl und ein wenig klamm.

»Schnell, setzt euch hier hin und hört mir zu!«

Rasch ließen sich alle an dem großen, runden Holztisch in der Essecke nieder. Auch der Tisch und die Stühle waren aus dunklem Holz und trugen zur morbiden Note des Raumes bei. Helena zog unwillkürlich die Schultern hoch, als sich die Blicke der toten Tieraugen von den Wänden in ihren Rücken bohrten.

Wie kann man in einem solchen Raum nur essen!, dachte sie angeekelt. Wie viel lieber wäre sie jetzt in ihrer sicheren, kunterbunten Wohnung in Ostberlin gewesen!

»Das hier ist nur für eure Ohren!«, fuhr Sascha leise auf Deutsch fort. »Laut unseren Informationen ist dieses Unglück auf parallelen Zeitleisten bereits mindestens einmal geschehen und es scheint jedes Mal etwa gegen 14 Uhr mit einem kleinen Gewitter loszugehen. Die Behörden auf anderen Zeitleisten haben daher immer angenommen, dass ein Blitzeinschlag die ersten Explosionen bewirkt und damit eine Kettenreaktion an Detonationen ausgelöst hat. Dank Akte Lazlo 2000 wissen wir jedoch, dass es zu einem Vorfall im Labor in Zone 3 gekommen ist, welcher die Massenexplosion ausgelöst hat.«

»Ich bezweifle sehr, dass Team Lazlo das Projekt gefährden oder gar absichtlich das Labor in die Luft jagen wollte«, warf Tom zynisch ein. Helena konnte nicht genau erklären, woran sie es festmachen konnte, doch sie meinte zu spüren, dass er nervös war.

Auch Sascha kniff die Augen zusammen und warf ihm einen seltsamen Blick zu, bevor er fortfuhr. »Laut unseren Informationen über Zeitleiste Gamma war Peter im Labor, als es zur Explosion kam. Wir müssen also davon ausgehen, dass es etwas mit ihm zu tun hat oder dass er sie unwissentlich ausgelöst hat. Ich habe eine Spezialeinheit dorthin beordert, die nach ihm sucht und ihn umgehend da rausholen wird.«

»Das ist doch Quatsch!«, fiel Helena ihm ungläubig ins Wort. »Das letzte Mal war ich gemeinsam mit Peter dort und er hat nichts dergleichen getan! Wir waren noch nicht einmal im Geheimlabor– zumindest nicht in meiner Version der Geschichte!«

»Bist du dir sicher?«, fragte Sascha. »Warst du wirklich in jeder Sekunde bei ihm, bevor es losging?«

Krampfhaft versuchte Helena, sich alle Einzelheiten ins Gedächtnis zu rufen. Doch was all die Jahre mit aller Kraft verdrängt worden war, lag unter einer undurchlässigen Schicht an Unruhe, zu der Helena nicht im Detail durchdringen konnte.

»Nein, ich bin mir nicht sicher«, gab sie schließlich widerwillig zu. »Aber ich glaube es dennoch nicht! Wie sollte denn ein Dreizehnjähriger ohne nennenswerte Chemie- oder Physikkenntnisse eine derartige Explosion auslösen können? Selbst wenn ich es bewusst planen würde, wüsste ich noch nicht einmal, wo ich überhaupt anfangen sollte!«

»Willst du es ihr vielleicht erklären?«, wandte sich Sascha abrupt an Tom.

»Woher sollte *ich* das wissen?«, fuhr Tom auf. »Ich war schließlich nicht dabei!«

Ein lautes Donnern unterbrach den Rest seines Satzes und ließ alle vor Schreck zusammenfahren. Die Erde unter ihnen schien zu vibrieren und gleichzeitig wurde die Wohnzimmertür energisch von der älteren Hausbesitzerin aufgerissen. Dicht auf ihren Fersen folgten eine jüngere Frau, die offenbar besagte Schwiegertochter war, sowie zwei kleinere Kinder im Alter von etwa drei und fünf Jahren, die sich ängstlich an den Haushaltskittel ihrer Mutter klammerten.

»Was ist hier los?«, rief die alte Dame über den Lärm hinweg.

Unwillkürlich richteten sich alle Augenpaare auf Sascha, doch dieser hob lediglich die Hand und gebot ihnen, zu schweigen. Seine Gesichtsmuskeln zuckten angespannt, als er angestrengt die Geräuschkulisse analysierte. »Es sollten nicht derart viele Raketen sein …«, brachte er schließlich zwischen zusammengepressten Zähnen hervor. Seine Augen hefteten sich nervös auf Helena. »Ist es bisher anders als in deiner Erinnerung?«

»Ich bin mir nicht sicher. In meiner Version war ich erst irgendwann am Nachmittag hier, aber ich habe natürlich damals nicht auf die Uhr gesehen. Die Explosionen waren bereits in vollem Gange, als ich plötzlich irgendwie hier gelandet bin. Die Besitzer waren allerdings nicht im Haus. Und Tom auch nicht.«

»Cool! Das heißt, wenn gleich die Katjuschas genau wie in Helenas Zeitleiste hier in Scharen einfliegen, glaubt mir der KGB endlich, dass ich nichts damit zu tun hatte?«, kommentierte Tom bissig. Er erntete jedoch nur ein höhnisches Grunzen von Sascha.

KGB – der Geheimdienst der Sowjetunion! Helena schlug sich innerlich mit der flachen Hand vor die Stirn. Warum hatte sie nicht schon deutlich früher eins und eins zusammengezählt? Selbst Ivanka hatte den Geheimdienst kurz erwähnt, doch das hätte schließlich auch ein rein zufälliges Beispiel sein können!

»Du bist beim KGB?«, fragte nun auch Michael verblüfft. Eine seltsame Mischung aus Schreck und Stolz zeichnete sich auf seinem Gesicht ab.

»Dein Erzeuger ist sogar das höchste Tier des netten Vereins!«, antwortete Tom an Saschas Stelle mit einem unüberhörbaren Anflug von Sarkasmus. Wusste er etwa über ihre gesamte Familiengeschichte Bescheid?

Die jüngere Frau drückte ängstlich ihre beiden Kinder hinter sich. »Was soll das bedeuten? Wir sind rechtschaffene Leute und waren immer Freunde der Sowjetunion!« Sie war vor Schreck anscheinend kurz vorm Weinen.

Die ältere Dame tätschelte ihr beruhigend den Arm und blitzte Sascha wütend an. »Sie verlassen augenblicklich mein Haus!«, keifte sie. »Mein Mann ist bei der Feuerwehr und mein Sohn arbeitet für die NVA!« Sie schien ihren Ärger nur mühsam zurückzuhalten und musterte ihre ungebetenen Besucher mit unverhohlener Ablehnung. Schließlich löste sie ihren grimmigen Blick von Saschas Uniform und schritt zur Tür, um diese zur Unterstreichung ihrer Worte zu öffnen. Helena erinnerte sich, dass die Tür in den Hof und Garten führte, in dem die Familie riesige Gemüsebeete angelegt hatte. Doch bevor sie die Tür erreichte, wurde diese plötzlich von außen aufgerissen. Ein etwa dreißigjähriger Mann in grauer Uniform stürmte in das ungemütliche Wohnzimmer und legte seine weiß behandschuhten Hände auf die Schultern seiner Frau. »Ingrid, ihr müsst sofort hier raus!« Als seine Frau sich mechanisch auf dem Absatz zur Tür Richtung Treppe abwandte, verstärkte er seinen Griff. »Es ist keine Zeit zum Packen! Ihr müsst sofort gehen!«

»Es gewittert! Die Kinder brauchen doch wenigstens …«, stammelte Ingrid.

»Das ist kein Gewitter! Die Geräuschkulisse kenne ich noch aus dem Krieg!«, unterbrach die ältere Hausbesitzerin ihre Schwiegertochter gewichtig.

Lautes Stimmengewirr ertönte vor der Tür und ein kleiner Trupp an russischen Soldaten sowie deutschen NVA-Wachmännern stürmte in den Raum. Das kleine metallische Windspiel über der Gartentür klingelte gespenstisch seinen Weg in Helenas Unterbewusstsein. Von einer Sekunde auf die andere erinnerte sie sich plötzlich an jede Einzelheit. Alles würde sich ab diesem Zeitpunkt wiederholen! *Alles …*

»Lenny, was ist los?« Tom war unbemerkt an sie herangetreten und hatte seine Arme um sie gelegt. Ein nicht zu unterdrückendes Zittern durchfuhr sie. In diesem Augenblick war er ihr seltsamerweise wieder vertraut und seine unmittelbare Nähe ganz und gar nicht unangenehm. Dennoch hielt sie sich mit Erklärungen vorsichtshalber zurück und schüttelte lediglich abwehrend den Kopf, während eine Flut an unerklärlichen, widersprüchlichen Erinnerungen über sie hinwegrauschte. Sie musste zuerst herausfinden, warum er sie hatte hindern wollen, das Labor zu finden und welche Abmachung er mit der Staatssicherheit hatte!

Die Soldaten und Wachmänner feuerten zeitgleich auf Deutsch und Russisch ihre Berichte auf Sascha ab, während alle anderen sorgenvoll das hektische Treiben betrachteten. Helena ging auf die große Fensterfront zu und schob die mit Blumen bestickten, halblangen Spitzengardinen zur Seite. Das Dorf hatte offenbar jedes zur Verfügung stehende Fahrzeug aktiviert, um die Einwohner von Dannenwalde zu evakuieren. Selbst im kleinen Hinterhof der Feuerwehrfamilie standen bereits mehrere Trabanten.

»Frauen und Kinder in die Autos!«, brüllten einige Männer draußen immer wieder. Es roch bereits nach Schwefel und alle paar Sekunden erklang ein Mark und Bein durchdringendes Geräusch am grauen Himmel, dem helle Lichter und noch mehr Rauchschwaden folgten.

»Was passiert gerade?«, fragte Hannelore nervös, als sich der Schwefelgeruch nun auch im Wohnzimmer ausbreitete.

»Was ist dieses Heulen, Mama?«, fragte das kleine Mädchen hinter Ingrid. »Sind das Wölfe?«

»Das sind Katjuscha-Raketen«, antwortete Michi wie aus der Pistole geschossen, dessen lebenslange Militärbegeisterung sich anscheinend gerade bezahlt machte. »Klingt ganz so, als explodieren sie alle paar Sekunden kistenweise!«

Sascha wischte sich nervös über die glänzende Stirn und Helena trat ihrem unsensiblen Bruder auf den Fuß. Die Kinder hatten ohnehin schon genug Angst.

Sie wandte sich an die Hausbewohner. »Sie müssen von hier weg!«

Ohne eine Antwort abzuwarten, schob Helena die verblüffte Familie zur Gartentür und brüllte einem Mann zu, in seinem Auto Platz zu machen. Lediglich Ingrids Mann blieb bei ihnen im Wohnzimmer zurück.

Die sprachlosen Blicke ignorierend, drehte Helena sich schließlich zu ihrer eigenen Familie um. »Mama, du gehst mit Michi nach draußen! Fahrt bei jemandem mit nach Eichholz und sucht Martha, Helmut und Peggy! Fragt einfach irgendeinen deutschen Uniformierten nach der Tochter von Dahlke, dann werden sie schon kooperieren und euch helfen. Sobald ihr Martha und die anderen gefunden habt, fahrt ihr mit ihnen so weit weg, wie ihr nur könnt! Die Raketen schlagen bald nicht nur hier ein, sondern auch in den

Nachbardörfern!«

Hannelore setzte zu einer heftigen Erwiderung an, doch Helena schnitt ihr gereizt das Wort ab. »Ich bin zweiunddreißig Jahre alt, Mama! Du hörst jetzt zur Abwechslung mal auf *mich*!« Sie wandte sich an den erstarrten Familienvater. »Gerd, richtig? Eine der Katjuschas wird irgendwann am späteren Nachmittag oben im Kinderzimmer einschlagen und im Kinderbett landen. Es ist noch etwas Zeit bis dahin, wenn Sie also besondere Erinnerungsstücke oder so was da drin haben, dann holen Sie die besser jetzt gleich raus!« Noch während sie sprach, schob sie Hannelore zur Tür und gab ihrem Bruder nickend zu verstehen, ihr zu folgen.

»Und du bleibst mit diesem Flaschenhals hier?«, fragte Michael skeptisch.

»Ihr wird schon nichts passieren!«, antwortete Tom gereizt.

»Mach die Flocke!«, fuhr Michi ihn scharf an.

»Ich bleibe auch hier!« Sascha legte seinem Sohn beruhigend die Hand auf die Schulter. »Tom wird unter meinen Fittichen bleiben, dafür sorge ich!«

Was lag nur zwischen den beiden? Sascha und Tom schienen regelrecht verfeindet zu sein. Normalerweise konnte Helena sich gut auf ihr Bauchgefühl verlassen, doch in diesem Fall konnte sie sich einfach nicht entscheiden, wem sie letztendlich weniger über den Weg traute. Sascha war nett und hatte ihnen immer geholfen. Hannelore vertraute ihm offenbar blind, aber er hatte anscheinend einen hohen Rang beim KGB - das sprach ganz eindeutig gegen ihn!

Tom hingegen war ihr unglaublich vertraut und wenn sie die plötzlichen Erinnerungen vor ihrem inneren Auge richtig deutete, dann gab es mindestens eine Zeitleiste, in der sie ein Paar gewesen waren. Dennoch schien er wichtige Informationen zurückzuhalten und erinnerte Helena hin und wieder an die zwielichtige Version von Alexander.

»Kommt mit!« Energisch packte Sascha seinen Sohn und Hannelore an jeweils einem Arm und zog sie zur Gartentür, um ihnen im Hof eine Mitfahrgelegenheit zu organisieren. »Du rührst dich nicht von der Stelle, Genosse!«, rief er Tom drohend beim Hinausgehen zu.

»Was ist denn mit euch beiden los?«, fragte Helena ungeduldig, sobald Sascha außer Hörweite war.

Tom zögerte einen Moment, doch dann sah er ihr offen in die Augen. »Ich bin einer der besten Zeitspringer, die das Team hat und berichte direkt an das MfS[38]. Wenn nötig, leiten wir hin und wieder etwas an die NVA weiter, aber der KGB ist definitiv ausgeschlossen. Ich habe keine andere Wahl, weil der Projektleiter zu viel gegen mich in der Hand hat. Ich wollte dich suchen und in Sicherheit bringen, deshalb wollte ich nicht, dass du ins Labor stürmst. Je weniger sie von dir wissen, umso besser!«

Das erklärte zwar Toms Verhalten im Bunker, doch irgendetwas kam ihr an seiner Erklärung merkwürdig vor. War *das* etwa die besondere Abmachung mit ihrem Großvater? Dahlke würde nie jemandem helfen, ohne dafür eine mindestens ebenso große Gegenleistung zu bekommen - Alfred war dafür das beste Beispiel!

»Euer Sascha hat darüber hinaus ein besonderes Interesse an Projekt Lazlo. Er hat uns gezielt ausspioniert und dafür ist dem KGB offenbar jedes Mittel recht!« Ein bitterer Zug legte sich um Toms Mund. »Falls du dich fragst, warum manche Versionen von Alfred so extrem einen an der Klatsche haben oder warum so mancher Zeitspringer einfach unauffindbar verschwindet, dann frag vielleicht mal den werten Ex-Armeegeneral!«

Sascha sollte mit brutalen Methoden unschuldige Zeitspringer quälen oder sie gar verschwinden lassen? Das passte so gar nicht zu ihrem Bild, das sie von ihm hatte!

»Warum sollte er das tun?«, fragte sie ungläubig.

»Was glaubst du denn, warum er es trotz des Skandals in Klein Moskau bis an die Spitze des KGB geschafft hat! Weil er durch deine Existenz überhaupt erst von Zeitreisen erfahren hat und Informationen zu Lazlo 2000 besorgen konnte! Glaub mir, jede Regierung vergisst selbst finanzielle Betrügereien mit Handkuss, wenn sie im Gegenzug so etwas zugespielt bekommt!«

Doch bevor Helena ihre Gedanken sammeln konnte, kam Sascha zurück ins Wohnzimmer. Das Windspiel über der Tür klingelte wie eine unheilvolle Drohung aus vergangenen Zeiten und Helena fand es in diesem Moment unfassbar, dass das Unglück für die meisten Anwesenden in diesem Moment zum ersten Mal geschah. Dreizehn Jahre an Vorwürfen und den üblichen Was-Wäre-Wenn-Fragen, die sie wie ein Fluch immer und überall hin begleiteten. Das musste ein Ende haben!

Das Heulen der Katjuschas draußen wurde lauter und beständiger. Die Einschläge schienen bisher nur in der Ferne stattzufinden, doch Helena wusste, dass sich dies sehr bald ändern würde.

»Sascha, wir müssen zum Militärgelände – sofort!«, fuhr sie ihn schärfer an als geplant. Er würde ihr das mit dem KGB erklären müssen, doch frustrierender Weise war dafür aktuell mal wieder keine Zeit.

»Auf keinen Fall!«, winkte er jedoch resolut ab. »Wir bleiben hier und warten die nächste Phase ab! Ich habe den Befehl gegeben, dass Munition und Raketen geborgen und vom Gelände entfernt werden. Daher waren all die Soldaten dort, als wir abfuhren. Wir haben Züge mit leeren Waggons organisiert und in diesem Moment werden die Kisten auf die LKWs geladen und dann zum Bahnhof gefahren. Peter wird inzwischen vermutlich ebenfalls auf einem der Waggons in Sicherheit gebracht.«

Helena biss sich verzweifelt auf die Lippen. Sie wusste nicht, was genau die Soldaten in der Version, die sie kannte, unternommen hatten. »In meiner Zeitleiste waren ebenfalls viele Soldaten dort. Und meine Verwandten haben erzählt, dass in den Wochen danach über dreihundert Zinksärge im Umkreis bestellt wurden. Soweit ich weiß, sind entweder keine oder nur wenige Deutsche gestorben, aber es hat dreihundert oder mehr Russen das Leben gekostet. Kannst du garantieren, dass das diesmal nicht passiert? Und dass Peter es diesmal überlebt?«

Sie hatte ihn nicht anbrüllen wollen, doch aus irgendeinem Grund machte er sie fuchsteufelswild. Vielleicht war es sein uniformiertes, steifes Militärgehabe und Kommandieren, obwohl sie vermutlich mehr wusste als er, Spionage hin oder her! Vielleicht war es aber auch schlicht das nervtötende Ohnmachtsgefühl, weil sie tatenlos in diesem freudlosen Haus festsaß.

Für einen Moment war sie überzeugt, dass Sascha sie für ihre Respektlosigkeit zurechtweisen würde. Doch zu ihrer Überraschung zuckten seine Gesichtsmuskeln ein wenig, was bei ihm vermutlich einem Lächeln nahe kam.

»Ich kann nichts garantieren«, antwortete er bewusst ruhig. »Ich wusste, dass dieses Unglück irgendwann dieser Tage passieren und wie es ungefähr ablaufen würde, daher standen alle Soldaten bereits seit Jahren in diesem Monat abrufbereit. Doch ich verdanke es deinem Besuch bei Ivanka vorgestern, dass wir genau wussten, wann es losgeht.«

»Unfassbar, dass sie mir alles sofort geglaubt hat …«, murmelte Helena.

Sascha lachte mindestens ebenso erstaunt auf. »Warum hätte sie dir auch nicht glauben sollen? Du hast damals in Klein Moskau eindeutig Spuren hinterlassen. Und wenn Tatjana noch hier wäre, hätte sie es ihrer Mutter niemals verziehen, wenn Hannelore oder dir etwas zustoßen würde. Spätestens seit Tatjanas Tod ist Ivanka mehr als gewillt, an ein Leben vor, nach und jenseits unserer Welt zu glauben.«

Das leuchtete Helena sogar ein. Sie wusste aus eigener Erfahrung, welchen Einfluss der Tod eines Menschen haben konnte.

»Ich muss wissen, ob sie Peter gefunden haben!« Ohne eine Antwort abzuwarten, marschierte sie zur Tür, doch Sascha zog sie blitzschnell am Arm zurück.

»Bist du wahnsinnig?«, schimpfte er und jeglicher Anflug von Gutmütigkeit war jäh aus seinem Gesicht verschwunden. »Du gehst nirgendwo hin! Hast du mir denn eben überhaupt nicht zugehört? Familie hält zusammen und du wirst dich an meine Anweisungen halten! Wo ist das Telefon, von dem du vorhin gesprochen hast?«

Helena schluckte ihren Ärger über seinen unmissverständlichen

Befehl nur mühsam hinunter. Sie war ihm keinerlei Rechenschaft schuldig! *Noch nicht ...*

»Ich weiß nichts von einem Telefon. Michi hat das vorhin gesagt, als ich erwähnt habe, dass der Hausbesitzer bei der Feuerwehr ist.« In diesem Augenblick steckte Gerd seinen Kopf vom Flur durch die Wohnzimmertür. »Das Telefon ist oben im ersten Stock im Elternschlafzimmer. Erste Tür links hinter der Schiebetür. Ich muss los!«

»Niemand verlässt das Haus!«, wiederholte Sascha scharf.

Gerd machte ein paar Schritte auf ihn zu und baute sich vor dem Russen auf. »NVA, Sondereinsatz. Ich nehme zu diesem Zeitpunkt keine Befehle vom KGB entgegen, Genosse! Wir haben auf Anweisung des MfS bis jetzt gewartet, aber uns hat inzwischen die Nachricht erreicht, dass unser eigenes Munitionslager in Gefahr ist und wir müssen verhindern, dass dieses ebenfalls hochgeht!«

»Die Muna wird nicht hochgehen! Wir haben ...«, begann Sascha einen Einwurf, doch Gerd fiel ihm barsch ins Wort.

»Das können wir jetzt nur noch hoffen, denn meinen Informationen nach haben die Russen unzählige Kisten lediglich aus den Bunkern auf das offene Gelände verfrachtet und sind nun nirgends mehr zu sehen! Einige wenige versuchen anscheinend noch, vereinzelte Kisten wegzuschaffen, aber das ist nach unserem aktuellsten Fund ein reines Himmelfahrtskommando, wenn es jetzt nicht ratzfatz geht!«

»Was für ein Fund?«, fragte Tom und Helena spürte, wie sich seine Hand trotz seiner unbeweglichen Miene unwillkürlich auf ihrem Arm verkrampfte.

»Klimasensoren und Heliumflaschen in Sektor 3!«

Saschas Gesicht wurde aschfahl. Mit wenigen Schritten rannte er zum Flur und polterte die Treppen hinauf ins obere Stockwerk, in dem sich laut Gerd das Telefon befand.

»Was bedeutet das?«, fragte Helena. Tom zuckte jedoch mit betont ausdruckslosem Gesicht mit den Schultern.

»Das bedeutet«, fuhr Gerd betont eindringlich fort, »dass wir davon ausgehen, dass sich eventuell atomare Sprengwaffen auf dem Gelände befinden! Wäre es lediglich normale Munition, würde man weder Klimasensoren noch Helium brauchen. Zumal die meisten Raketen offenbar ohne scharfe Zünder gelagert wurden, im Normalfall bestünde daher aus militärischer Sicht kein logischer Grund für derartige Maßnahmen.«

Eine bedrückte Stille breitete sich aus. Helena hatte sich nur deshalb auf die Fahrt zur Datsche eingelassen, weil sie insgeheim gehofft hatte, nicht nur Peter zu retten, sondern vielleicht sogar das Unglück diesmal verhindern zu können. Doch irgendwie schien es in dieser Zeitleiste sogar noch schlimmer zu werden, als sie es in Erinnerung hatte. Krampfhaft versuchte sie sich ins Gedächtnis zu rufen, ob es damals in ihrer Version auch schon eine Zone 3 und Projekt Lazlo gegeben haben könnte. Doch sie konnte sich an keinerlei Hinweise erinnern.

»Wir sind vorhin durch einen Tunnel zum Labor gelangt«, grübelte sie schließlich laut. Tom blickte sie fragend an, doch Helena fuhr in Gedanken versunken fort. »Von Projekt Lazlo höre ich in dieser Version zum ersten Mal, das heißt, wenn es dieses Projekt auf meiner Zeitleiste nicht gab, haben sie mit der Explosion vermutlich nichts zu tun. Zone 3 umfasst lediglich den Bunker hinter der Mauer mit dem vierfachen Stacheldraht, richtig?«

»Genau dort haben wir die Klimasensoren gefunden!«, warf Gerd ein. »Was ist Projekt Lazlo?«

»Eine Gruppe von Zeitspringern, die Dahlke Informationen zuspielt.«

»Helena!« rief Tom mahnend aus, doch in diesem Moment stürmte Sascha zurück in den Raum. »Der Stacheldrahtzaun um Zone 3 wurde offenbar spontan elektrisch geladen und hat zehn meiner Leute hingerichtet! Peter wurde noch nicht gefunden und wir kommen nicht rein! Es wurden jedoch selbst am Zaun vereinzelte Klimasensoren gefunden. Tom, was geht dort vor?«

»Woher soll ich das denn wissen!«, schnappte dieser zurück.

Helena wich entsetzt ein Stück von ihm weg. Er log! Sie konnte es sich nicht genau erklären, doch sie wusste es einfach! »Was verheimlichst du?«

Er wischte sich unbewusst die Handflächen an seiner Jeans ab und hob erneut trotzig die Schultern. Das war sie wieder, die zwielichtige Version von ihm, der sie nicht über den Weg traute! Gab es in dieser Zeitleiste vielleicht auch mehrere Toms und sie hatte es nur nicht bemerkt?

Bevor sie begriff, was vor sich ging, hatte Sascha einen Satz auf Tom zugemacht und ihm einen Kinnhaken verpasst, der diesen quer über den Esstisch schleuderte. »All die Jahre, in denen wir versucht haben, genau das hier zu verhindern!«

Helena schrie entsetzt auf, doch Toms Kiefer schien einiges auszuhalten. Er hatte offenbar tatsächlich einen Schädel aus Stahl, wie er im Bunker stolz verkündet hatte … Wütend fuhr er auf und rieb sich ein wenig Blut aus dem Mundwinkel. »Meinst du zufällig all die Jahre, in denen ihr unsere Springer gequält oder um die Ecke gebracht habt?«

»Wir konnten ja nun schlecht das Oberhaupt des MfS persönlich beseitigen! Das wäre sofort auf uns zurückgefallen und hätte eine politische Krise ausgelöst!«

Gerd sah nun vollends verwirrt von einem zum anderen. »Was hat Dahlke denn bitte damit zu tun?«

»Darf ich vorstellen: Friedrich Dahlke, mein Opa! Berufsquäler und anscheinend machthungriger Drahtzieher einer Zeitspringer-Gruppe!«, antwortete Helena seufzend. »Projekt Lazlo ist ein Geheimprojekt in Zone 3, an dem auch Tom hier irgendwie beteiligt war. Die Spitze des MfS wollte sich damit ihre politische Position sichern.«

Tom und Sascha marschierten in sicherem Abstand zueinander unruhig im Zimmer auf und ab. Helena wünschte sich spontan nichts sehnlicher, als dass Felix jetzt hier wäre. Er hätte vermutlich selbst in dieser Situation einen seiner bescheuerten Witze gerissen!

»Das erklärt vermutlich auch Dahlkes Nachricht vorhin«, murmelte Gerd fassungslos.

»Was für eine Nachricht?«, fragte Tom sichtlich überrascht.

»Ich habe sie nicht persönlich gelesen. Aber wir haben ihn heute gegen etwa dreizehn Uhr kontaktiert, als wir bemerkt haben, dass sich Unbefugte Zugang zum Gelände verschafft hatten und an keinem der ersten beiden Tore Wachposten stationiert waren. Seine Nachricht vom MfS lautete lediglich, sämtliche Abweichungen vom Normalzustand bis auf Weiteres zu ignorieren.«

»Ich hatte die Wachposten abgezogen«, erklärte Sascha nachdenklich. »Wir wussten bereits, dass heute ein Unglück passieren würde und wollten das Schlimmste verhindern. Die Wachen waren ab spätem Vormittag am Bahnhof, um die Waggons in Empfang zu nehmen und die Evakuierung der russischen Familien aus Zone 1 zu organisieren.

»Wir haben keine Zeit zu verlieren!«, erklärte Gerd zu Helenas maßloser Erleichterung. »Es sind nicht genügend Russen dort, um weitere Explosionen aufzuhalten. Bisher scheinen die meisten Raketen glücklicherweise im Wentowsee gelandet zu sein. Aber das Munitionslager der NVA in Wolfsruh ist nur knappe sechs Kilometer entfernt. Nicht auszudenken, wenn letztendlich auch das noch hochgeht - das Atomkraftwerk Rheinsberg ist nur zehn Kilometer entfernt! Und weiß der Himmel, was uns bevorsteht, wenn in der Muna noch mehr Kisten explodieren, während dort tatsächlich atomare Sprengwaffen gelagert sind!«

Das Windspiel klingelte stürmisch, als die Gartentür erneut aufflog und zwei Männer hineinstürmten. Sie hielten sich nasse Stofftücher und Lappen vor die Nase und husteten schwer. Obwohl sie die Tür sogleich hinter sich schlossen, breitete sich augenblicklich ein beißender Schwefelgeruch aus, der die Atemwege aller Anwesenden reizte.

»Was zur Hölle macht ihr noch hier drinnen?«, krächzten sie. »Alle raus!«

Gerd stürmte sofort in die Küche und kam binnen Sekunden ebenfalls mit nassen Küchenhandtüchern zurück, die er Sascha, Helena und Tom zuwarf. »Ich muss zur Muna!«, keuchte er und verschwand im Hinterhof.

»Und jetzt?«, rief Helena durch das nasse Tuch und den Lärm. Der Qualm setzte ihren Tränendrüsen so sehr zu, dass sie kaum noch sehen konnte, wo sie hinlief. Den anderen erging es nicht viel besser.

»Auto!«, hustete Tom und öffnete wahllos einen der geparkten Trabanten.

»Wir haben doch den LuAZ!«, rief Sascha. »Ich kann das Stoffdach hochziehen!«

»Keine Zeit!«, rief Tom ungehalten.

Helena konnte nicht umhin, sich zu fragen, ob es wirklich bloß der Zeitmangel war, warum Tom ein anderes Transportmittel gewählt hatte. Der LuAZ war für die Fahrt zum Militärgelände zweifelsohne besser geeignet als ein Trabant. Wollte er vielleicht verhindern, dass Sascha Funkkontakt mit den Soldaten in der Muna aufnahm?

Bevor Sascha jedoch protestieren konnte, hatte Tom sich bereits zu einer alten Dame auf die Rückbank des kleinen Fahrzeuges gequetscht und Helena mit einem Ruck neben sich gezogen. Fluchend setzte Sascha sich auf den Beifahrersitz und knallte die Tür zu.

»Dann mal los!«, hustete der unbekannte Fahrer, der sich als einer der Nachbarn herausstellte. Obwohl alle Fenster des kleinen Fahrzeugs sofort geschlossen worden waren, hatte sich auch hier binnen Sekunden ein unbarmherziger, quälender Schwefelgeruch im Auto ausgebreitet, der ihnen beinahe sämtliche Luft zum Atmen nahm.

»Fahren Sie zur Muna!«, bestimmte Helena, bevor sie nachdenken konnte. Sie wusste recht genau, was sie dort erwarten würde, doch sie hatte noch immer keinen Plan, wie sie das Unglück verhindern sollte. Nur eines wusste sie mit Sicherheit: Wenn sie jetzt wegfuhr und Peter im Stich ließ, würde sie damit nicht noch einmal leben können!

Seltsamerweise schien Tom erleichtert zu sein, dass sie im Begriff waren, mitten in die Gefahrenzone zu fahren. Sascha und der Fahrer hingegen drehten sich zeitgleich mit aufgebrachten Gesichtern zu ihr herum. Doch bevor eine erneute Diskussion ausbrechen konnte, hob Helena resolut die Hand. »Ihr müsst dort nicht mit mir aussteigen, aber ich muss einfach irgendwas tun! Es steht zu viel auf dem Spiel und so manche meiner Erinnerungen könnten helfen!«

Sascha öffnete erneut den Mund, um zu protestieren, doch Helena schnitt ihm sofort das Wort ab. »Es geht nicht anders! Damals sind über dreihundert russische Soldaten und ein paar Deutsche gestorben, von Peter mal ganz zu schweigen! Es scheint sich alles haargenau zu wiederholen und die einzige Chance, die wir haben, sind meine Erinnerungen und Toms Wissen über Zone 3!«

Sie hoffte zumindest, dass sie sich auf Tom verlassen konnte … Als hätte dieser ihre Unsicherheit erraten, nahm er ihre Hand und drückte mit entschlossener Miene schweigend zu. Wenn sie doch nur aus ihm klug werden könnte!

»Ohne mich!«, fluchte der Fahrer. Er warf Sascha neben sich einen bitterbösen Blick zu, als er eine Hand auf den Türgriff der Fahrerseite legte. »Mutter und ich steigen zu den Barlowskis ins Auto! Ich will den Wagen in einem Stück ohne irgendwelche Kratzer wiedersehen, Genosse! Sobald das hier vorbei ist, steht er fein säuberlich geparkt vor Nummer dreizehn da drüben, ist das klar? Stichwort *sechzehn Jahre Wartezeit*[39]!«

Sascha nickte mit zusammengepressten Lippen und wechselte wortlos auf die Fahrerseite, während der empörte Wageninhaber die gebrechliche Dame von der Rückbank ins Freie beförderte und ihr seine dünne Jacke zum Schutz vors Gesicht hielt. Als Sascha den Wagen anwarf, drehte er sich noch einmal stirnrunzelnd zu Helena um. »Wenn dir hinterher auch nur ein Haar fehlt, wird mich deine Mutter grillen!«

»Dreihundert Zinksärge, Sascha!«, wiederholte Helena genervt. »Tritt aufs Gas!«

~ KAPITEL 22 ~

Der andere Tom

DANNENWALDE, DDR, MILITÄRGELÄNDE.
14. AUGUST 1977. DELTA.

Gerd hatte nicht übertrieben: Das Militärgelände wirkte bei ihrer Ankunft wie ausgestorben. Eine schier undurchdringliche Rauchschicht blockierte ihre Sicht und reizte sämtliche Schleimhäute, während der intensive Schwefelgeruch die Sinne zu benebeln schien. Hunderte von Kisten lagen entweder vereinzelt oder in Stapeln auf dem freien Gelände von Zone 2 und alle paar Minuten explodierte eine von ihnen.

Helena konnte den Himmel durch den dichten Rauch nicht mehr sehen, doch es schienen keine Blitze zu sein, welche die Explosionen auslösten. Lag etwas in der Luft, das die Raketen hochgehen ließ? Doch hatte Sascha nicht gesagt, dass die Raketen ohne Zünder gelagert worden waren? Helena wusste nicht genügend über Sprengstoff, um zu einer logischen Erklärung zu kommen und etwas in Saschas Blick sagte ihr, dass er ähnlich verwirrt zu sein schien. Die Explosionen jagten ihren Adrenalinspiegel in ungeahnte Höhen, doch sie war zu angespannt, um in Panik zu verfallen.

Je weiter sie in Zone 2 vordrangen, umso mehr seltsam schillernde Funken tanzten um sie herum, die selbst ohne direkten Kontakt ab einer gewissen Nähe wie kleine, warme Nadelstiche auf der Haut

spürbar waren. Die kleinen, flackernden Lichter hatten eine ungewöhnliche, neonbläuliche Farbe und Helena beschlich das Gefühl,
dass diese widernatürliche Erscheinung alles andere als ein gutes
Zeichen war. Sascha stieß unverständliche, russische Flüche in den
reichlich schmuddeligen, nassen Lappen vor seinem Gesicht, während Tom seit ihrer Abfahrt aus dem Dorf kaum ein Wort von sich
gegeben und jeden Blickkontakt mit Sascha und Helena vermieden
hatte.

Helena wurde aus ihm einfach nicht klug. Er selbst war es gewesen, der sie am Vorabend zur Muna gebracht hatte. Als heute die
ersten Raketen hochgingen, hatte er mit Helena auf dem Gelände
bleiben wollen, anstatt sich gemeinsam mit ihr und den anderen in
Sicherheit zu bringen. Er schien ehrlich um ihre Sicherheit besorgt
zu sein und wich ihr nicht von der Seite. Dennoch setzte er sie wil-
lentlich und entschlossen der unmittelbaren Gefahr aus, die von diesem Ort ausging und mit jeder Minute zunahm. Sie konnte sich auf
sein widersprüchliches Verhalten einfach keinen Reim machen und
Felix' Warnung vor einem *dunkelhaarigen Typen* ging ihr nicht aus
dem Sinn. So vage seine Beschreibung auch gewesen war, Helena
war sich inzwischen recht sicher, dass er Tom damit gemeint hatte.

»Bunker? Reingehen?«, keuchte Helena fragend so kurz wie
möglich zwischen zwei Explosionen. Der Rauch brannte wie Säure
in ihrem Hals und ein seltsam metallischer Geschmack lag in ihrem
Mund. Saschas bestätigendes Kopfnicken wurde in derselben Sekunde von lautem Motorenlärm in der Ferne unterbrochen, sodass
ihre drei Köpfe simultan herumschnellten. In rasantem Tempo kamen etwa dreißig Lastkraftwagen näher, aus denen von Kopf bis
Fuß vermummte Soldaten heraussprangen. Ohne Rücksicht auf Ver-
luste rannten sie todesmutig auf die Kisten zu und begannen, diese
im Eiltempo auf die Ladeflächen zu heben.

»Verstärkung!«, rief Sascha erleichtert aus, doch Helena packte
ihn abrupt am Ärmel. »Wie spät ist es, Sascha?«

Er zog eine Taschenuhr aus einer Seitentasche seiner Uniform
und bemühte sich, den steten Tränenfluss wegzublinzeln. »Fast

drei«, gab er schließlich hustend zur Antwort. »Warum?«

»In meiner Zeitleiste wird es hier gegen vier Uhr am schlimmsten«, keuchte Helena zurück. »Schick sie weg! Es ist zu spät!«

»Bist du wahnsinnig?«, entgegnete er mit ungläubigem Blick. »Wir müssen das Schlimmste verhindern!«

»Das kannst du nicht!«, meldete sich nun auch Tom zum ersten Mal zu Wort. »Zu spät, auch in meiner Zeitleiste und in allen Versionen, die ich kenne! Sie werden alle sterben!« Schnell legte er sich den grauen Lappen wieder vor sein verschmiertes Gesicht, als ihn ein heftiger Krampfhusten zum Würgen brachte. Sascha würdigte ihn jedoch keines Blickes und rannte los, um den Soldaten zu helfen.

»Vollidiot!«, kommentierte Tom eisig. Er packte Helena am Arm und zog sie im Eiltempo mit sich fort. Helenas Augen tränten inzwischen so sehr, dass sie kaum mehr die Hand vor Augen sehen konnte. Blindlings stolperte sie neben ihm her, bis er sie schließlich mehr trug als zog. »Wir kommen hier raus, Lenny. Hörst du? Ich bring uns hier weg!«

Helena brachte lediglich ein Nicken zustande. Ihr Hals und ihre Augen brannten wie Feuer und das wiederholte Wischen mit dem verschmutzten, kurzen Ärmel ihres Oberteils schien ihre ohnehin strapazierte Netzhaut nur noch mehr zu reizen.

Sie fühlte, dass Tom sie schließlich an eine Wand lehnte. »Ich bin gleich wieder da!«, raunte er ihr zu und strich ihr beruhigend über die Schulter.

»Warte! Tom! Wo gehst du hin?« Doch seine Schritte hatten sich bereits entfernt und Helena versuchte vergeblich, ihre Augen zumindest halbwegs frei zu wischen.

»Helena!«, ertönte plötzlich Toms erleichterte Stimme direkt neben ihr. »Komm mit!« Er zog sie fest in die Arme, als ob er sie zum ersten Mal seit langer Zeit wiedersehen würde und zog sie mit sich fort. »Hier!« Er drückte ihr einen nassen, halbwegs frischen Lappen in die Hand, den sie dankbar auf ihre brennenden Augen drückte. Augenblicklich nahm der Schmerz ab und ihre Sicht wurde klarer.

»Wo sind wir?«, fragte Helena verwundert. Sie waren offenbar wieder in einem Bunker, doch die Gänge sahen ein wenig anders aus als im Hauptlager 521, aus dem sie vor knapp zwei Stunden geflohen waren. Die Decken waren ein wenig niedriger, dafür waren die Tunnel deutlich breiter und anstelle der schaurig flackernden Neonröhren zierten kleine Messinglampen die Wände.

Tom stand neben ihr und sah fast genauso aus wie eben. *Fast ...* Über seiner verschmutzten Kleidung trug er plötzlich ein schwarzes T-Shirt, das ihr irgendwie bekannt vorkam. Er hatte es sich offenbar jedoch nur flüchtig über den Kopf gestülpt, sodass es nun vornüber baumelte, als er sich zu Helena hinabbeugte. Mit angewidert wirkendem Gesicht riss er das Oberteil augenblicklich herunter und warf es auf den Boden, bevor er sich wieder Helena zuwandte. Aus irgendeinem Grund wirkte irgendetwas an ihm anders als noch wenige Sekunden zuvor.

Aus der Abzweigung zu ihrer Linken rückte plötzlich ein reichlich verstaubter Alfred in ihr Blickfeld, der eine zweite Version von Tom mit sich zog. Intuitiv wusste sie, dass dies der Tom war, der sie hierhergebracht hatte.

»Wir haben ein Problem!«, stellte Alfred stirnrunzelnd fest, während er sich durch die wirren, leicht angesengten Haare fuhr. »Hallo Helena!« Er wirkte nicht unfreundlich oder bedrohlich, zumindest wenn man bedachte, dass es immer noch Alfred war. Doch irgendetwas schien ihn sehr zu frustrieren.

Automatisch hielt sie den Atem an und ließ ihren verwirrten Blick über die Szene vor sich wandern. Der Tom, der sie hierhergebracht hatte, hielt einen frischen Lappen in der Hand, den er offenbar, wie sein soeben neu aufgetauchter Doppelgänger, Helena hatte geben wollen. Er wirkte verzweifelt und machte Anstalten, etwas zu sagen, doch sein Ebenbild schnitt ihm gereizt das Wort ab.

»Ich weiß, ich weiß! Ich hatte diese Situation hier schon mehrmals und weiß, was du sagen willst. Nein, wir sind nicht aus derselben Zeitleiste – da, sieh dir die Nuancierung an!«

Erstaunt folgte Helena seiner Handbewegung. Er hatte eine Art Uhr am Handgelenk, auf der für Helena unverständliche, rote, schwarze und grüne Zahlen neben einem kleinen Farbfenster blinkten. Er ließ diese wie einen Sensor an seiner Kleidung herunterfahren und Helena beobachtete fasziniert, wie sich die Zahlen und Farben auf dem verhältnismäßig großen Ziffernblatt veränderten. Helena wandte nur mühsam den Blick von dem seltsamen Gerät ab und blickte zu dem anderen Tom hinüber, mit dem sie hierhergekommen war. Es war merkwürdig, doch der fremde Tom, der vor ihr stand, schien insgesamt eine Spur blasser zu sein – nicht nur im Gesicht, auch seine Kleidung wirkte farbloser. Man bemerkte es jedoch nur, wenn man direkt vor ihm stand und ganz genau hinsah.

Nichts macht auch nur ansatzweise Sinn!, dachte Helena verzweifelt.

Welchen Tom hatte Felix denn nun gemeint, als er von dem dunkelhaarigen Fremden gesprochen hatte, von dem sie sich fernhalten sollte? Nach der Erfahrung mit Alexander wusste sie inzwischen, dass es auf jeder Zeitleiste zu großen charakterlichen Abweichungen kommen konnte. Seltsamerweise schien dies bislang jedoch nur auf die Zeitreisenden zuzutreffen. Zumindest Felix, Hannelore, Werner und Ruth schienen charakterlich immer gleich zu bleiben.

Beide Toms sahen offenbar ehrlich besorgt in ihre Richtung, während der blassere Tom seine merkwürdige Uhr nun an Helenas Gesicht und Kleidung hielt. »Wow, nicht Alpha, aber anscheinend verdammt nah dran! Wie lange ist sie schon hier?«, wandte er sich an sein plötzlich nervös wirkendes Ebenbild.

»Seit etwa vierundzwanzig Stunden, soweit ich weiß«, antwortete dieser. Erneut wanderten drei Augenpaare prüfend an Helena auf und ab, sodass sie unter den musternden Blicken nervös die Arme über ihrem Brustkorb verschränkte.

»Zwei, maximal drei Zeitleisten von Alpha würde ich sagen«, schätzte Alfred schließlich. »Hattest du irgendwelche Zeitsprünge, seitdem du hier gelandet bist?«, fragte er Helena und seine dunklen Augen bohrten sich unheilvoll in die ihren.

»Nur einen nach Moskau, weil meine Mutter wollte, dass ich Sascha hole«, antwortete Helena wahrheitsgemäß. Irgendetwas in ihrem Unterbewusstsein riet ihr, Felix nicht zu erwähnen.

»Sie ist dabei auf Delta geblieben«, ergänzte der ihr bekanntere Tom mit einem vielsagenden Blick auf die beiden anderen. »Der Russe kam sofort danach angerückt!«

»Gut, das ist gut …«, murmelte der blassere Tom, doch er wirkte eher bedrückt als erleichtert. »Dann wollen wir mal hoffen, dass es auch tatsächlich dieselbe Version von Helena war, welche die Russen geholt hat. Was ist das letzte, woran du dich aus deiner eigenen Zeitleiste erinnerst?«

»Ich war bei Werner im Büro«, antwortete sie wie aus der Pistole geschossen, während ihre Wangen bedenklich warm wurden. »Mein Flug war abgebrochen worden und ich bin danach auf einen Besuch in seiner Praxis vorbeigekommen, weil ich nicht zu Tante Vera gehen wollte.« Wie gut kannte Tom sie? Würde er sich täuschen lassen? Sie war im Lügen leider genauso miserabel wie im Laufen.

Alfred betrachtete sie skeptisch mit zusammengekniffenen Augen und gerunzelter Stirn, bevor er erneut die zwei abzweigenden Gänge auf unwillkommene Gesellschaft prüfte. Beide Toms schienen ihr jedoch zu glauben und wirkten erleichtert.

»Gott sei Dank! Dann ist es vielleicht noch nicht zu spät!« Der blassere Tom hielt sein futuristisch leuchtendes Armband erneut gegen Helenas Kleidung und nickte bestätigend. »Es sieht schwer danach aus, als ob du aus Zeitleiste Gamma bist. Wir müssen das Ruder dort jetzt unbedingt rumreißen, sonst können wir dieses Chaos nicht mehr aufhalten!« Plötzlich wurde sein Blick jedoch skeptisch. »Allerdings frage ich mich, warum wir eben in diesem Wintergarten gelandet sind!«

Helena unterdrückte den Impuls, ihre feucht werdenden Handflächen an ihrem Rock abzuwischen. Sie konnte es sich nicht erklären, doch sie war erneut an einem Punkt, an dem sie Tom einfach nicht über den Weg traute – zumindest nicht dieser blassen Version von ihm!

Der fremde Tom musterte sie erneut, doch zu ihrer Erleichterung meldete sich Alfred zu Wort. »Unsere Geräte sind nicht immer hundertprozentig genau in ihren Berechnungen und wir waren … zu *beschäftigt* für eine eindeutige Lesung. Ich bin mir ziemlich sicher, dass wir eben gerade nicht auf Gamma waren!«

»Wo seid ihr denn gelandet?«, fragte Tom überrascht.

»Dort, wo du gerade mit ihr hingehen wolltest!«, schnappte der blassere Tom kurz angebunden. »Aber solange der Typ von eben nicht aus Gamma war, ist das egal! Helena, hast du in deiner Zeitleiste einen Freund?«

Helena schüttelte so gleichgültig wie möglich den Kopf und versuchte mit aller Macht, an Michi zu denken. Das war vermutlich ihre beste Chance auf ein neutrales bis angewidertes Gesicht. »Nein. Ich wohne noch bei meiner Mutter in Ostberlin und arbeite mit ihr an der Gehörlosenschule.«

Tom nickte. Zu ihrer Erleichterung schien er mit ihrer Antwort zufrieden zu sein, wenngleich beide Versionen von ihm sie noch immer ebenso prüfend ansahen wie Alfred. »Du hast etwas von einem abgebrochenen Flug gesagt. Hast du danach etwas in deiner Jackentasche gefunden?«

Helena konnte ihre Überraschung diesmal nicht verbergen. Das hatte sie in der Tat, als sie auf dem Weg zur Klinik im Taxi gesessen hatte! War das etwas, das Tom wissen durfte oder nicht? Für einen Rückzieher war es jedoch zu spät, da er sie auffordernd ansah.

»Ja«, antwortete sie unsicher. »Eine Lederjacke und eine Münze mit dem Brandenburger Tor drauf. Sie sah ziemlich alt aus, obwohl sie eigentlich brandneu hätte sein müssen.«

Die strenge Miene des blasseren Toms wich bei ihren Worten einem ehrlichen Strahlen und selbst Alfred wirkte erleichtert. »Die Jacke sagt mir nichts, aber die Münze ist von mir! Dann bist du genau die Helena, die wir gesucht haben!«, murmelte er anerkennend und nickte ihr kurz zu.

Aus irgendeinem Grund schien der andere Tom jedoch nicht gleichermaßen erfreut zu sein und biss sich kaum merklich auf die Unterlippe, während sein Doppelgänger fortfuhr. »Helena, ich weiß, dass das alles total verwirrend für dich sein muss, aber ich gebe dir eine Kurzfassung, okay?«

Helena nickte und hielt erneut unwillkürlich den Atem an, während sich beide Toms simultan mit derselben Bewegung durch die wirren dunklen Haare fuhren. Diese immer häufiger aufkreuzenden Doppelgänger und ihre seltsamen Spiegelbildbewegungen kratzten langsam aber sicher an ihrer Fassung!

Beide Toms setzten sich neben sie, während Alfred sich an der Wand heruntergleiten ließ und nervös auf seine merkwürdige Uhr starrte. Der blassere Tom warf seinem Ebenbild einen undefinierbaren Blick zu, als dieser beruhigend Helenas Hand in die seine nahm und näher an sie heranrückte. Es schien ihm deutlich zu missfallen, doch er gab sich schließlich einen Ruck und begann zu erklären.

»Nun gut, du hast sicherlich schon bemerkt, dass wir alle aus verschiedenen Zeitleisten kommen. Wir springen seit einer Weile immer häufiger und immer unkontrollierbarer. Dank unserer Nachforschungen gehen wir inzwischen davon aus, dass es daran liegt, dass die originale Version von dir verschwunden ist. Wir nennen diese originale Zeitleiste Alpha und unseres Wissens nach kippt die Balance auf allen anderen Zeitleisten, wenn jemand von Alpha widernatürlich verschwindet. Das Schicksal auf jeder Zeitleiste mag flexibel sein, aber wenn der natürliche Ablauf auf der originalen Zeitleiste gestört oder gar außer Gefecht gesetzt wird, dann zieht das offensichtlich eine regelrechte Kettenreaktion auf allen anderen Zeitleisten nach sich.«

Helena schüttelte ungläubig den Kopf und Tom legte einen Arm über ihre Schulter. »Sorry, ich weiß, das ist verdammt viel auf einmal.«

»Es geht nun mal nicht anders!«, entgegnete sein blasseres Ebenbild scharf, während sein Blick missbilligend über die vertraute Geste schweifte. War er etwa eifersüchtig auf sein anderes Ich?

»Das heißt, ich bin schuld daran, dass plötzlich nichts mehr einen Sinn macht und die Welt aus den Fugen gerät?«, fasste Helena sarkastisch auflachend zusammen. »Das ist ja urst! Und ich dachte schon, ich hätte nur Peter auf dem Gewissen! Nur so aus Neugier:

Wie habe ich es denn bitte bewerkstelligt, dass jetzt mehrere Welten gleichzeitig aus den Fugen geraten?«

Der eben noch erzürnte, blassere Tom fuhr nun deutlich milder gestimmt fort. »Das ist genau der springende Punkt, Helena. Du hast keine Schuld! Verstehst du? Weder an diesem Schlamassel noch an Peters Verschwinden damals! Hast du schon von Projekt Lazlo gehört?«

»Nur ganz kurz. Ich weiß, dass es eine Zeitspringer-Gruppe ist und dass sie im Dienst der Stasi[40] in der Zeit herumreisen.«

Alfred richtete sich auf und legte seinen Finger auf den Mund. Er machte jeweils ein paar Schritte in die zwei abzweigenden Gänge und nickte Tom schließlich zu. »Mach hin und nicht so laut!«, presste er schließlich angespannt hervor.

Tom nickte und fuhr fort. »Stimmt! Ziel ist es, politisch kritische Ereignisse oder regime-feindliche Subjekte nachträglich zu beseitigen und diese somit gar nicht erst entstehen zu lassen. Dieses Projekt wurde jedoch unseres Wissens nach nie auf der originalen Zeitleiste gestartet, sondern zwei Zeitleisten entfernt von Alpha. Das heißt, sämtliche Auswirkungen strömen lediglich in die von Gamma abzweigenden Zeitleisten.«

»Ich verstehe kein Wort!«, unterbrach Helena genervt.

»Damit meint er«, warf der ihre Hand haltende Tom ein, »dass die Alpha-Zeitleiste das Original ist, an das sich alle anderen Zeitleisten anpassen. Das Original beeinflusst die Entwicklung auf allen anderen Zeitleisten, aber andere Zeitleisten können niemals das Original ändern.«

»Normalerweise jedenfalls nicht!«, unterbrach sein blasser Doppelgänger. »Genau hier liegt offenbar das Problem. Projekt Lazlo wurde auf Zeitleiste Gamma gestartet und hat seitdem Auswirkungen auf alle anderen Zeitleisten gehabt, die von Gamma wegführen. Doch dann ist Peter bei diesem Unglück plötzlich von Gamma verschwunden und stattdessen auf der originalen Zeitleiste gelandet. Unseren Informationen nach hat er dich dort mit einem Typen namens Felix zusammengebracht, den du nicht hättest wiedertreffen dürfen!«

»Mit diesen Pfeilen aus Stöcken?«, fragte Helena verwirrt dazwischen.

Tom brach jäh ab und Helena spürte, wie sich die Hand seines Doppelgängers wie ein Schraubstock um die ihre zusammenzog. »Woher weißt du davon?«

»Werner hat mir davon erzählt!«, log sie schnell. »Er sagt, er habe plötzlich viele Erinnerungen, die er sich nicht erklären kann.« Irgendetwas in ihrem Inneren schlug rasenden Alarm und riet ihr immer eindringlicher, Felix auf keinen Fall zu erwähnen. Die Hitze in ihren Wangen schien sich beunruhigender Weise allerdings bis in ihre Ohren auszubreiten.

»Das kann sein, der Psycho-Heini hat offenbar verdammt viele Zweiterinnerungen«, schaltete sich glücklicherweise Alfred ein, der inzwischen wie ein eingesperrtes Tier nervös auf und ab lief und alle paar Sekunden kontrollierend in einem der beiden Gänge verschwand. Immer wieder sah er auf das seltsame Gerät an seinem Handgelenk und legte dabei die Stirn in sorgenvolle Falten. »Leg einen Zahn zu, Mann!«

»Zweiterinnerungen?«, wiederholte Helena verwirrt.

»Okay, okay«, erklärte Alfred gereizt. »*Zweiterinnerungen* nennen wir das Phänomen, wenn man sich an etwas erinnert, obwohl man es nicht erlebt hat. Ähnlich wie ein Déjà-vu, nur dass man dabei nicht etwas erlebt, das der aktuellen Situation einfach nur ähnlich ist. Zweiterinnerungen sind tatsächliche Erinnerungen, die von deinem Doppelgänger aus einer anderen Zeitleiste stammen.«

»Alles klar …«, kommentierte Helena schwach. Alfred schien vor Nervosität so dermaßen gereizt zu sein, dass er ihr vermutlich einfach eine reinhauen würde, wenn sie ihm noch eine weitere Frage stellte.

»Das Problem ist«, fuhr der blassere Tom betont ruhig fort, »dass die Alpha-Helena dadurch Felix kennengelernt und gemeinsam mit ihm diesen rothaarigen Spinner produziert hat. Die Helena aus Zeitleiste Alpha hatte ursprünglich einen anderen Weg gehabt, aber dann hat Peter eben diese dusselige Schnitzeljagd mit Stöcken veranstaltet und sie hat Felix wiedergetroffen. Ein paar Jahre später hatte sie dann die grandiose Idee, zurückzureisen und Hanne zu retten. Das allein hätte vielleicht nicht alles aus den Fugen gebracht, wer weiß. Aber offenbar hatte ihr Sohn zur selben Zeit einen Zeitsprung, sodass beide sozusagen mit doppelter Sprungkraft von Alpha verschwunden sind.«

Es verwirrte Helena, dass er von ihrem anderen Ich wie von einer Fremden sprach, die er nicht leiden konnte. Sie wusste, dass sie nicht dieselben Menschen waren, aber in gewisser Form gehörten doch alle ihre Versionen irgendwie zusammen. *Oder nicht? ...* Gab es vielleicht auch von Helena Versionen, die vollkommen anders waren als sie selbst? Unruhig rieb sie ihre fröstelnden Arme und sah sich um, als ob gleich eine Monsterversion von ihr selbst um die Ecke gelaufen kommen könnte.

Was für ein Quatsch!

Doch ihre Nervosität steigerte sich ebenso wie das gedämpfte Knallen und Zischen, das sie von draußen vernahmen.

»Zehn vor vier, fass dich kurz!«, mahnte nun auch Alfred ungehalten.

Beide Toms wandten sich Alfred zu, um auf dessen seltsames Armband zu starren. Bevor sie wusste, was sie tat, bückte Helena sich und schnappte sich das schwarze T-Shirt, das Tom zuvor auf den Boden geworfen hatte.

Ein Herz für Ossis... Felix' T-Shirt! Selten hatte Helena sich über etwas so sehr gefreut wie über dieses lächerliche Oberteil und es kostete sie enorme Selbstbeherrschung, ihre Mimik unter Kontrolle zu halten. Sie hatte keine Tasche dabei und obwohl es ein relativ dünnes Material war, so war es dennoch eine Menge Stoff.

Wohin damit?

Schnell ließ sie es unter ihren Rock gleiten und beugte sich vornüber. Felix hatte ihr gesagt, dass sie es in die Hand nehmen oder anziehen sollte. Sie hatte es immerhin kurz in ihrer Hand gehabt und drückte es nun gegen ihren Unterleib.

Was hatte er sich davon versprochen? Es hatte so geklungen, als ob ihr das T-Shirt eine große Hilfe sein würde, doch nichts geschah. Dennoch beugte sie sich gerade noch rechtzeitig weiter vornüber und zwang sich zu einem neutralen Gesichtsausdruck, als alle sich erneut zu ihr umdrehten. Die drei Männer runzelten bei Helenas zusammengekrümmter Pose die Stirn, doch es schien, als ob sie in der offensichtlichen Anspannung das nun fehlende Kleidungsstück am Boden vergessen hatten.

»Alfred hat recht! Gehen wir!« Der blassere Tom zerrte sie recht unsanft am Ellenbogen in den Stand und gebot seinem protestierenden Doppelgänger, zu schweigen. »Dein Plan haut nun mal nicht hin – Alfred und ich sind der lebende Beweis! Anscheinend haben wir es nicht bis nach Gamma geschafft! Wir versuchen daher jetzt etwas anderes, aber dafür müssen wir zurück zum Labor!«

Hatte Tom nicht vorhin angedeutet, dass dort ein Notschalter betätigt worden war? Helena hatte automatisch angenommen, dass das Labor in der markerschütternden Explosion gesprengt worden war. Doch bevor sie etwas fragen konnte, fuhr die blasse Version von Tom fort. Glücklicherweise achtete er nicht auf Helenas seltsame, gekrümmte Haltung, während sie krampfhaft versuchte, Felix' Oberteil so unauffällig wie möglich unter ihrem kurzen Rock zu verstecken und es beim Gehen nicht hervorblitzen zu lassen.

»Hier lang, Helena! Also, sowohl Alpha-Helena als auch Alpha-Alexander haben es nicht mehr auf die originale Zeitleiste zurückgeschafft und seitdem kommt es zu immer mehr widernatürlichen Abweichungen. Zunächst waren es nur Kleinigkeiten. Plötzlich konnten sich Menschen beispielsweise an Dinge erinnern, die nicht auf ihrer eigenen Zeitleiste geschehen waren. Diese Unstimmigkeiten im natürlichen Ablauf scheinen für immer mehr Veränderungen und Chaos auf allen parallelen Zeitleisten zu sorgen, die sich wie eine teuflische Spirale ausbreiten. Immer mehr Zeitreisende finden sich plötzlich in einer anderen Zeit oder sogar auf einer anderen Zeitleiste wieder und können es nicht kontrollieren – selbst diejenigen, die sonst kaum weiter als ein paar Minuten sprin-

gen konnten. Selbst Nicht-Zeitreisende wie dein Frankfurter Psychiater-Freund haben plötzlich Erinnerungen oder Informationen, die
nicht zu ihnen gehören und ihr gesamtes Umfeld immer weiter aus
dem Gleichgewicht bringen!«

»Und genau das müssen wir jetzt irgendwie geradebiegen!«, fuhr
Alfred ungehalten dazwischen, während er zielstrebig auf eine Eisentür am Ende des Ganges zusteuerte, die Helena nur allzu bekannt
vorkam. »Peter hätte niemals auf die Alpha-Zeitleiste kommen dürfen! Er hat das Labor auf der Gamma-Zeitleiste zufällig entdeckt
und dort mehr gesehen, als er sollte. Einer der Deppen bekam Panik
und hat ihn mit der erstbesten Substanz außer Gefecht gesetzt, die in
Griffweite lag. Allerdings wusste er nicht, was das zur Folge haben
würde!«

»Die Substanz enthielt eine deutlich höhere Konzentration an
Helium und Peter verschwand plötzlich spurlos«, fiel der Helena
etwas vertrautere Tom nun ein. »Er hat sich quasi in Luft aufgelöst
und die Forscher nahmen zunächst natürlich an, dass er tot ist. Es
hatte ja niemand ahnen können, dass er ein passives Gen zum Zeit-
springen hat und ihn der verdammte Cocktail bis auf die originale
Zeitleiste schleudern würde! Seitdem wurde an einem Helium-Se-
rum gearbeitet, um unsere Sprünge zu optimieren. Das Konzentrat,
das Peter gespritzt wurde, war offenbar zu stark und schleudert ihn
seitdem von einer Zeitleiste zur anderen. Wir müssen vorsichtshalber also viel niedriger dosieren, was aber leider heißt, dass selbst mit
dem besten Serum unser Aufenthalt auf Alpha vermutlich nur sehr
kurz wäre. Wir sollten es jedoch schaffen, uns für längere Zeit auf
Gamma aufhalten zu können, um dort einiges zu ändern. Dadurch
können wir uns hoffentlich von Alpha abkoppeln und zumindest
hier alles wieder regulieren.«

»Ihr schafft sozusagen ein zweites Original?«, fragte Helena entsetzt. Sie würden also einfach Schicksale komplett umschreiben und
ihr ein komplett anderes Leben verschaffen?

»Genau das!«, entgegnete der blassere Tom strahlend. »Wir
könnten nicht nur die falschen Zweiterinnerungen beseitigen, son-

dern gleichzeitig so Manches verbessern oder ausmerzen, was im Original schiefgelaufen ist!« Alfred schien kaum merklich zusammenzuzucken. Oder bildete sie sich das nur ein?

»Was würdet ihr denn genau ändern?«, fragte sie vorsichtig.

»Das tut jetzt nichts zur Sache!«, entgegnete der ihr bekanntere Tom eine Spur zu schnell. »Wichtig an unserem aktuellen Problem ist vorerst, dass wir leider trotzdem eine Kleinigkeit in der originalen Zeitleiste korrigieren müssen, damit wir nicht noch weiter ins Chaos stürzen. Wir können nur dann einen neuen Weg auf den parallelen Zeitleisten einschlagen, wenn das bisherige Original nicht mehr sofort alles aus der Balance bringt. Sonst haben wir keine Chance. Wir müssen die originale Helena wieder zurück auf Alpha bringen - vermutlich zu einem Zeitpunkt bevor sie erfährt, dass ihre Mutter gestorben ist und bevor sie diese verdammte Schnitzeljagd macht. Sonst setzt sie diese Spirale gleich wieder in Gang.«

»Wann und wie erfährt die Alpha-Helena denn bislang von ihrer Mutter?« In Helenas Gehirn raste es. Sie standen inzwischen vor der massiven Eisentür, die zum Labor führte. Offenbar gab es zwei Eingangstüren, auch wenn diese identisch aussahen, denn dieser Gang war nicht derselbe wie der, den Helena vorhin entlanggelaufen war. Alfred und die beiden Toms würden also offenbar gleich einen neuen Versuch starten, um Schicksale zu ändern oder auszuradieren. Konnte es sein, dass sie Felix nie wiedersehen würde?

Mühsam drückte sie sein T-Shirt gegen ihre wackeligen Knie. Sie meinte zu spüren, dass es ein wenig auf ihrer nackten Haut brannte, aber es war genauso gut möglich, dass sie sich das in ihrer aufkeimenden Panik nur einbildete. Vermutlich hatte Felix recht und sie musste es überziehen? Aber wie sollte sie das schaffen, bevor es ihr jemand wegreißen konnte? Und was würde dann passieren?

»Wann und wie erfährt denn diese Helena von ihrer Vergangenheit?«, wiederholte sie so neutral wie möglich.

»1984!«, antwortete Alfred kurz angebunden. »Leider hat die originale Version von mir einen erklärenden Brief an Vera geschrieben, den Helena letztendlich liest. Das müssen wir verhindern!«

Alfred schien erstaunlich viel über die Alpha-Zeitleiste zu wissen. Erstaunlich, wenn man bedachte, dass es doch offenbar so gut wie unmöglich war, dorthin zu kommen … Erwarteten sie jedoch allen Ernstes, dass Helena ihnen helfen würde, ihr anderes Ich zu belügen, damit diese niemals ihre leibliche Mutter kennenlernen würde? Würde sie selbst dann nicht zwangsläufig ebenfalls ihre Mutter verlieren, da Alpha alle anderen Zeitleisten beeinflusste?

Helena schwirrte der Kopf, während sie sich bemühte, ihre hektische Atmung unter Kontrolle zu halten. Lag der tote Alexander vielleicht noch immer im Labor? Sobald die Tür aufging, gab es kein Zurück mehr.

»Was genau wollt ihr denn jetzt tun?« Je mehr sie wusste, umso besser!

Alfred und sein blasser Begleiter verglichen jedoch erneut ihre seltsamen Armbanduhren und schwiegen. Es war der andere Tom neben ihr, der antwortete. »Wir wissen, dass das Labor gegen zehn vor vier noch leer ist. Peter erscheint um 15:53 und wird um 15:56 von einem der Forscher erwischt, der ihm das Serum spritzt. Dem müssen wir diesmal zuvorkommen!«

Wenn Peter nicht auf Alpha landete, würde die originale Helena Felix dann nie wiedersehen? Das würde auch Einfluss auf alle anderen Versionen haben, inklusive ihrer eigenen! Offensichtlich kam man ohne dieses Serum nicht auf die Originalleiste. Das hieß, sie musste jetzt mitspielen und schaffen, was ihr damals nicht gelungen war: Peter beschützen! Doch wie?

»Alles klar, er ist drin!«, flüsterte der blassere Tom in diesem Moment und Helena spürte, wie sich schlagartig eine Gänsehaut auf ihren Armen und Beinen ausbreitete. Wie konnte sie Peter nur helfen? Sie wollte nicht, dass er durch die Zeit irrte und nicht zurückfand. Aber wenn es tatsächlich Peter und dieser Zwischenfall im Labor gewesen waren, die sie letztendlich zu Felix geführt hatten, was sollte sie dann bloß tun?

»Auf drei!«, flüsterte Alfred bestätigend und ballte die Fäuste. »Eins, zwei …«

»Stopp!«, rief Helena laut aus. Doch es war zu spät.

»DREI!«

~ KAPITEL 23 ~

Zurück auf Anfang

DANNENWALDE, ZONE 3, GEHEIMLABOR. DDR.
14. AUGUST 1977. DELTA.

Helena konnte nicht sagen, was sie erwartet hatte, als die schwere Tür mit einem unheilvollen Krachen aufflog. Auf eines war sie jedoch nicht vorbereitet gewesen: Mitten im Raum stand ihr dreizehnjähriger Cousin, dessen blasses, erschrockenes Gesicht bei ihrem Anblick in Erleichterung umschlug. Für ihn waren sie vermutlich nur wenige Minuten voneinander getrennt gewesen, doch Helena sah plötzlich binnen Sekunden dreizehn lange Jahre an Schuldgefühlen in einem solchen Tempo an ihr vorüberziehen, dass es ihr die Kehle zuschnürte und den Atem nahm. Sie hatte sich in all den Jahren so oft vorgestellt, was wohl tatsächlich mit ihm passiert war.

Und nun stand er hier mit seinen zotteligen, beinahe kinnlangen, dunkelblonden Haaren und seinem noch immer etwas speckig-kindlichen Gesicht. Er lebte! Sie musste etwas tun und zwar schnell! Nur was?

»Lena!«, rief Peter aus und stürmte auf sie zu.

Helenas Knie zitterten zu sehr, als dass sie ihm hätte entgegenlaufen können, doch sie riss intuitiv die Arme hoch, um ihn zu umarmen. Zu spät fiel ihr Felix' T-Shirt ein, das sie noch immer mühsam unter ihrem Rock versteckt gehalten hatte. Ab diesem Punkt ging alles so schnell, dass ihr Gehirn kaum Zeit hatte, zu registrieren, was nun passierte.

Der blassere Tom hatte Peters Ablenkung ausgenutzt, um sich blitzschnell von hinten an ihn heranzuschleichen und ihm eine der schweren Lavalampen auf dem Kopf zu zerschlagen. Peter sackte sofort lautlos in sich zusammen, während sich die Flüssigkeit der zerbrochenen Lavalampe mit dem Blut aus seiner Platzwunde mischte und in erschreckendem Tempo in Strömen an seinen weit aufgerissenen Augen herunterlief.

Bevor Helena auch nur schreien konnte, war Alfreds Blick auf das nun vor Helena am Boden liegende T-Shirt gefallen. Seine Augen blitzten gefährlich auf, als er sich mit einem Hechtsprung auf sie warf und zu Boden drückte.

»Halt!«, brüllte der ihr bekanntere Tom entsetzt. »Das war nicht der Plan!«

»Der Plan hat sich geändert!«, zischte sein Doppelgänger. »Die Helenas aus Alpha und Beta sind spurlos verschwunden! Das heißt, nur unsere Gamma-Helena hier ist nahe genug am Original dran und das lasse ich mir nicht entgehen!« Ein irres Grinsen legte sich über sein Gesicht, das Helena einen Schauer nach dem anderen über den Rücken jagte. Peter bewegte sich nicht mehr, doch seine unnatürlich weit aufgerissenen Augen waren noch immer auf sie gerichtet, als Alfred sie unsanft zurück auf ihre Beine zerrte und sie im Schwitzkasten vor sich hielt.

»Na schau, wenn dich doch die gute Hanne so sehen könnte!«, lachte der blassere Tom kopfschüttelnd. »*Bitte, Hanne, ich möchte es doch nur wieder gutmachen ...*«, äffte er erstaunlich überzeugend Alfreds heisere Stimme nach und wedelte gespielt melodramatisch mit den Händen.

Helena konnte Alfreds Gesicht nicht sehen, doch sein unbarmherziger Griff um ihren Hals verstärkte sich, sodass sie nur noch mühsam Luft bekam.

»Bist du auf unserer Seite oder nicht?«, fragte der farblosere Tom sein Ebenbild prüfend, während er langsam auf Helena und

Alfred zukam.

Der bis eben noch entsetzt dreinblickende Tom straffte augenblicklich seine Schultern und sah seinem blasseren Ich kämpferisch in die Augen. »Ich weiß nicht, was du vorhast, du bist mir offenbar ein paar Sprünge voraus. Aber logo: Wenn Peter im Weg war, dann musste er halt weg! Wer will schon wie ein Wahnsinniger ohne Kontrolle durch die Zeit springen? Was machen wir jetzt mit ihr hier?«, fragte er mit einem scheinbar gleichgültigen Kopfnicken in Helenas Richtung.

Trotz seiner verstörend kalkulierenden Miene schienen sich die Augen des blasseren Toms bei Helenas Anblick ein wenig zu erwärmen. »Ich bin mir hundertprozentig sicher, dass diese Helena von der Gamma-Leiste ist«, erklärte er, wobei er kurz seine seltsame Armbanduhr Richtung Helena hielt. »Sie hatte immerhin meine Münze, die ich im Flugzeug in ihre Jacke gesteckt habe, bevor das Personal auf sie aufmerksam wurde. Die Münze habe ich nur einer einzigen Helena zugespielt und das war definitiv auf Gamma! Das heißt, sie ist von allen noch auffindbaren Helenas am nächsten an Alpha dran und somit unsere beste Chance!« Er hatte seine Hände auf Helenas Wangen gelegt und lockerte Alfreds Würgegriff mit einem warnenden Seitenblick auf diesen. »Wir gehören einfach zusammen! Meine Helena hat mir damals gesagt, dass sie ab der ersten Sekunde wusste, dass sie mich kennt.«

Ja, vermutlich aus ihren Albträumen!, dachte Helena zynisch. War sie tatsächlich auf der Zeitleiste dieses Irrsinnigen so anders, dass sie sich in ihn verlieben würde? Aktuell war ihr eher nach Erbrechen zumute!

Seltsamerweise fing sie einen Seitenblick des anderen Toms neben ihr auf, der ihr fast unmerklich mit den Augen bedeutete, mitzuspielen. »Ich glaube, ich erinnere mich daran!«, krächzte sie schwach. Glücklicherweise ließ Alfreds Griff nur wenig Mienenspiel ihrerseits zu, sodass sie sich diesmal um ihr fehlendes Talent im Lügen hoffentlich keine Gedanken machen musste.

Der blassere Tom lehnte sich vor und küsste sie sanft, während er Alfreds Arm von ihrem Hals wegschob. Noch nie war es ihr so schwergefallen, ihre Gesichtszüge unter Kontrolle zu halten. Ihr einziger Wunsch war, dieser Version von Tom ins Gesicht zu spucken! Doch als ihr Blick erneut zu Peter wanderte, wusste sie, dass es jetzt um alles oder nichts ging.

Der blasse Tom trat schließlich einen Schritt zurück und sah ihr prüfend in die Augen. Dann nickte er zufrieden und räusperte sich. »Gut. Dann wollen wir mal aufräumen und dieses Chaos aus der Welt schaffen!« Er nahm ihre Hand und lächelte plötzlich so aufmunternd, als ob er sie zu einem Wohltätigkeit-Bankett ausführen wollte. »Wir bringen dich erstmal auf Alpha!«

»Etwa allein?«, rief der andere Tom neben Helena aus und erntete augenblicklich einen abfälligen Blick seines Gegenspielers.

»Quatsch! Natürlich mit Alfred und mir zusammen! An sich ist es egal, wer von uns beiden mit ihr geht, aber Alfred und ich sind dir nun mal so einige Zeitsprünge und Erfahrungen im Voraus! Du weißt, was alles auf dem Spiel steht!«

Der bekanntere Tom nickte kurz und zuckte scheinbar gleichgültig mit den Schultern. Er ging zum nächsten Tisch mit vielen kleinen Reagenzgläsern hinüber. Peter lag mit glasigen Augen direkt neben diesem, doch auch dieser Tom war offenbar so abgebrüht, dass ihn diese Situation nicht im Geringsten störte.

War Peter tot? Helena war vor Schreck zu gelähmt, um irgendetwas zu empfinden. Sie hatte noch nicht einmal wirklich verstehen können, dass Peter in dieser Version noch lebte – bis zu diesem Augenblick zumindest.

Nach wenigen, erstaunlich geübt wirkenden Handgriffen kam Tom schließlich zurück und drückte seinem blassen Doppelgänger eine aufgezogene Spritze mit einer blau leuchtenden Flüssigkeit in die Hand. »Hier, die wirst du dann wohl brauchen! Und sobald Alpha wieder in Balance ist, bringst du sie wieder hierher zu mir. Deal?«

»Klar!« bestätigte der blassere Tom mit einem beinahe feierlichen Handschlag.

Beide logen wie gedruckt! So viel erkannte Helena selbst in dieser Situation. Bemerkten die beiden das etwa nicht oder war das alles Teil dieses seltsamen Spiels?

Ohne jede Vorwarnung rammte der blassere Tom die aufgezogene Spritze plötzlich in Helenas Hals. Augenblicklich brannte die Stelle wie Feuer und Helenas Sicht verschwamm vor Schmerz, während ihr Puls zeitgleich derart anstieg, dass ihr gesamter Körper von einem Schweißfilm überzogen wurde. Bevor er jedoch nach der zweiten Kanüle greifen oder Helena auch nur schreien konnte, sackte ihr Angreifer auf einmal in sich zusammen. Sein Doppelgänger hatte ihm ebenfalls eine Spritze in den Hals gerammt und abgedrückt.

Hechelnd und mit entsetzt aufgerissenen Augen rollte sich der blassere Tom auf den Rücken. »Was hast du getan?«

»Ich bin wie du, du Vollidiot! Für wie naiv hältst du mich denn?«, zischte der andere Tom. »Ich weiß, dass du nicht vorhattest, mit ihr von Alpha zurückzukommen!«

Das Licht der Lavalampen verfärbte sich plötzlich und tauchte den ganzen Raum in unwirkliche Farbspiele, während der blassere Tom sich langsam aber stetig ebenso auflöste wie Helena. Allerdings schien sein Verschwinden mit großen Schmerzen verbunden zu sein und sie konnte kleine Adern unter seiner Haut platzen sehen. Sie selbst hingegen verschwand in dem ihr bereits bekannten Gemisch aus blauen, glühenden Funken und einer sich warm anfühlenden Eisschicht.

»Was passiert jetzt?«, keuchte sie entsetzt und fiel auf die Knie. Trotz ihrer leicht verschwommenen Sicht bemerkte sie, dass Felix' T-Shirt verschwunden war. Nur mühsam gelang es ihr, den immer schwerer werdenden Kopf anzuheben. Nur noch der ihr bekanntere Tom war übrig. Die Funken um sie herum wurden greller. Nur schemenhaft erkannte sie, dass Tom eine weitere Spritze nahm und sich selbst ebenfalls etwas in den Hals spritzte. Er schien darin viel Übung zu haben, denn er verzog dabei keine Miene. Helena hingegen meinte den Schmerz bis in ihre Fingerspitzen fühlen zu können.

»Nicht nachdenken!«, hörte sie plötzlich Alfreds leise Stimme durch den Nebel. Helena spürte, wie ihr unsanft etwas Dunkles über den Kopf gezogen wurde. Hatten die zwei ihr eine Decke über den Kopf gestülpt? Wo brachten sie sie nur hin? Toms und Alfreds Hände schlossen sich jeweils rechts und links um ihre Unterarme, als der dichte blaue Nebel die drei Zeitreisenden lautlos in seine Fänge nahm.

~ KAPITEL 24 ~

Lebewohl

FRANKFURT AM MAIN, HESSEN. STRASSENBAHN.
19. NOVEMBER 1984. ALPHA.

Es war kalt und ein tristes, winterlich grelles Licht fiel durch die verschmutzten Scheiben der ruckelnden Straßenbahn. Ein halb abgerissenes Poster einer Mike-Oldfield-Tournee hing im hinteren Teil des Waggons.

Bibbernd fuhr Helena sich über ihre nackten Arme. Die Fenster der grauen, eng aneinandergereihten Häuser in dieser freudlos wirkenden Straße waren zum Teil bereits weihnachtlich geschmückt, doch Helena trug noch immer ihren sommerlichen Rock und ihr weißes T-Shirt. Allerdings baumelte Felix' schwarzes T-Shirt wie ein Schal an ihrem Hals. Das war es also gewesen, was ihr einer der beiden kurz vor ihrem Zeitsprung über den Kopf gezogen hatte! Schnell zog sie es sich vollständig über und verschränkte die kalten Arme unter dem Stoff. Er gab nicht viel Wärme bei diesem Wetter, aber es war immerhin besser als nichts. In der Eile hatte sie es versehentlich auf links angezogen, doch sie bemerkte es nicht.

Neben ihr standen Alfred und Tom, die beide ebenso unpassend für diese Temperaturen angezogen waren wie sie selbst. Doch sie schienen zu angespannt zu sein, um den gewaltigen Temperaturunterschied zu bemerken.

»Was machen wir denn hier?«, flüsterte Tom kaum hörbar in Alfreds Richtung. »Wo sind wir?« Zu Helenas Überraschung schien er ebenso ratlos zu sein wie sie selbst. Sie war sich sicher, dass sie noch nie hier gewesen war. Trotz des grauen Wetters schien alles ein paar Farbnuancen intensiver zu sein, als sie es gewohnt war.

»Frankfurt, 1984«, raunte Alfred leise zurück.

»Das Frankfurt im Westen?«, platzte Helena laut heraus.

»Klappe!«, zischte Alfred gereizt und legte unterstreichend seinen Finger auf den Mund. »Schnell, geht zum anderen Ende der Straßenbahn und seht euch nicht um!«

Tom hob überrascht die Augenbrauen, doch dann schien er plötzlich zu verstehen. Er nickte und legte seinen Arm um die unschlüssige Helena. »Komm«, flüsterte er ihr ins Ohr und zog sie so schnell dies bei den vielen, dicht aneinander gedrängten Menschen um sie herum möglich war, hinter sich her zum anderen Ende der Straßenbahn. Als diese abrupt anhielt, fiel Helena Tom ungebremst in den Rücken und klammerte sich in letzter Sekunde an seinem bloßen Oberarm fest, damit sie nicht noch tiefer fiel.

»Igitt, bist du kalt!«, murmelte er gespielt angewidert und zog sie mit schelmischem Grinsen näher an sich heran. Obwohl er sie offenbar gerade vor seinem wahnsinnigen Doppelgänger gerettet hatte, traute sie ihm noch immer nicht über den Weg. Auch er wollte schließlich ihr Leben komplett umschreiben. Oder war das nur Teil der Fassade gewesen? Sie öffnete den Mund, um zur ersten ihrer gefühlt tausend Fragen anzusetzen, doch er legte ihr kopfschüttelnd den Finger auf den Mund.

»Ich weiß«, flüsterte er schlicht. »Ich habe dir letztendlich immer alles gesagt, was ich wusste und das werde ich auch diesmal tun. Aber nicht jetzt!« Bedeutungsvoll nickte er auf die gerammelt volle Straßenbahn. Als er ihren skeptischen Blick sah, musste er unwillkürlich lächeln. »Versprochen, Lenny. Ich bin nicht so wie der andere Tom, so viel weißt du hoffentlich inzwischen!«

Sie nickte zögernd. Aus dem Augenwinkel sah sie eine Frau mit langen, dunkelblonden Haaren und einem scheußlichen, senfgelben

Schal, die der Straßenbahn hinterherrannte und diese in letzter Sekunde erreichte. Sie riss die Tür von außen auf, woraufhin diese sich immer wieder von allein öffnete und schloss.

Offenbar verwirrt ein manuelles Öffnen diese ach so modernen Wessi-Türen, dachte Helena schmunzelnd.

Sie konnte das Gesicht der Frau mit dem hässlichen Schal nicht erkennen, da sie von Tom und anderen Passagieren verdeckt wurde. Sie stolperte anscheinend recht unbeholfen ins Wageninnere, wobei sie Tom unbeabsichtigt einen kleinen Schubs in den Rücken gab, sodass dieser erneut gegen Helena fiel und ihre Sicht verdeckte. Empörtes Gemurmel begleitete die Frau mit dem rasselnden Atem sowie die defekten Türen, welche schwallartig die kalte Luft von draußen ins Innere der Straßenbahn pumpten. Nach einigen Augenblicken hatte der Straßenbahnfahrer offenbar endlich einen Knopf gefunden, um das Problem zu beheben, sodass sich die Türen quietschend schlossen und die Straßenbahn ihre Fahrt fortsetzen konnte.

»Das machst du mit Absicht, oder?«, fragte Helena und nickte vielsagend auf den eindeutig fehlenden Abstand zwischen ihnen. Tom schien ihre Reaktion jedoch als ein gutes Zeichen zu verstehen und zog sie einfach noch näher an sich.

»Vielleicht«, grinste er schelmisch.

Bei näherer Betrachtung wirkte er in der Tat vollkommen anders als sein blasser Doppelgänger im Bunker, stellte Helena insgeheim fest. Vielleicht hatte er tatsächlich mitunter nur eine Rolle gespielt, um ihr zu helfen? Es schien alles dafür zu sprechen. War er es gewesen, der ihr Felix' T-Shirt übergestülpt hatte? Vermutlich eher nicht, denn anscheinend kam er ja aus einer Zeitleiste, in der sie ein Paar gewesen waren und es schien, als wollte er sie für sich gewinnen. Es musste also Alfred gewesen sein. Er hatte definitiv bemerkt, dass sie das T-Shirt unter dem Rock versteckt hatte.

Nachdenklich schweifte ihr Blick von Tom ab, doch er legte ihr sofort eine Hand unter ihr Kinn und zwang sie, ihn anzusehen. »Na schön, du neugieriges Huhn«, flüsterte er lächelnd. »Schieß los, welche Fragen hast du? Solange du brav leise sprichst, beantworte ich alle deine Fragen!«

»Wirklich *alle*?«, wiederholte sie zweifelnd, doch ein dankba-
res Lächeln bahnte sich auf ihrem Gesicht an. »Na gut. Frage eins:
Warum nennst du mich Lenny? Ich habe so einige Spitznamen, aber
Lenny sagst nur du. Nicht mal dein böser Zwilling hat mich so genannt.«

»Mein böser Zwilling?« Toms Schaudern schien ehrlich zu sein.
»Zu meiner Verteidigung sollte ich sagen, dass der Typ von einer
reichlich weit entfernten Zeitleiste war und dort anscheinend mindestens ebenso krasse Schocktherapien wie Alfred durchgemacht
hat. Glaub mir, das bringt selbst das stabilste Gemüt gewaltig durcheinander. Der Tom hat mit mir nichts zu tun! Und ich habe ihn übrigens nicht umgebracht, sondern nur sehr weit weggeschickt. Hoffen
wir mal, dass wir ihn so schnell nicht wiedersehen.« Sein Gesicht
strahlte eindeutige Ablehnung aus und Helena konnte nicht anders,
als ihm zu glauben. »Okay, der Name Lenny … Ich bin aus Zeitleiste Epsilon. Wie du dir anhand der Bezeichnung sicherlich zusammenreimen kannst, ist diese also logischerweise nur zwei Leisten
von deiner entfernt und wir haben uns gestern quasi in der Mitte
auf Delta getroffen. In meiner Zeitleiste haben wir uns, wie gesagt,
beim Fall der Berliner Mauer kennengelernt. Ich habe dich immer
in meinen Träumen wie eine Art Engel in einem blauen Licht gesehen – du hast direkt beim Brandenburger Tor vor einer riesigen
Menschenmenge gestanden. Naja, und am Abend, als die Mauer
fiel, wusste ich plötzlich, dass es eine Vorahnung gewesen war und
ich dich finden musste.« Er schien seltsam traurig zu sein, bevor er
sich räusperte und fortfuhr. »Wir sind danach zwischen Ost- und
Westberlin gependelt. Ich konnte nicht zurück in den Westen, weil
ich Jahre zuvor aus Projekt Lazlo ausgestiegen bin und wie wir wissen, verzeiht die Stasi so schnell nichts, selbst wenn sie theoretisch
bereits außer Kraft war. Du hingegen wolltest deine Mutter nicht mit
der Gehörlosenschule allein lassen.«

»Du bist aus dem Projekt *ausgestiegen*?«, fragte Helena skeptisch. »Einfach so? Die haben dich doch sicherlich nicht einfach so

gehen lassen – egal auf welcher Zeitleiste!«

»Nein, das war weder freiwillig noch im gegenseitigen Einvernehmen«, gab er schulterzuckend zu. »Aber das ist ein anderes Thema. Ich wollte jedenfalls unbedingt, dass du zu mir in den Westen kommst, aber du hast dich geweigert. Doch du mochtest schon immer westliche Musik, besonders *Always on the Run*. Irgendwann hast du mal aus Spaß gesagt, dass du in den Westen ziehen würdest, wenn ich Karten für ein ausverkauftes Lenny-Kravitz-Konzert bekommen würde. Und als ich die dann hatte, ...«

»... bekam ich unwiderruflich den dämlichen Spitznamen Lenny«, schlussfolgerte Helena seufzend.

»Naja, dämlich würde ich das nicht nennen!«, antwortete Tom gespielt gekränkt. »Manche Menschen würden das fast ein bisschen romantisch finden!«

Helena rieb sich ihre noch immer fröstelnden Arme und Tom drückte sie noch ein Stück näher an sich, um sie zu wärmen. »*Fast* romantisch«, gab sie lächelnd zurück. Ihr Blick wanderte zum Fenster und über den Stationsnamen *Lokalbahnhof*. Die Frau mit dem senfgelben Schal war hier ausgestiegen und bog gerade um die nächste Ecke. Helena sah gerade noch ihre blonden Haare im Wind flattern, bevor sie vollends aus Helenas Blickfeld verschwand. Toms Blick war dem ihrem gefolgt und er streckte plötzlich abrupt den Hals über die Köpfe der anderen Fahrgäste hinweg, um in Alfreds Richtung zu schauen.

»Na schau, der schickt uns in die hinterste Ecke, nur um dann irgendwelche Umfragen mitzumachen, der Spinner«, murmelte er kopfschüttelnd. Alfred stand zu ihnen gewandt und hatte tatsächlich einen Mann in ein reges Gespräch verwickelt. Helena konnte nur seinen Hinterkopf sehen, doch er schien eine reichlich seltsame, verzottelte Frisur zu haben, die auf und ab wippte, wann immer er sich leicht vornüber beugte, um etwas aufzuschreiben. Alfred war der letzte Mensch, der sich freiwillig mit jemandem unterhalten würde – schon gar nicht mit scheinbar brennend interessierter Miene! Doch bevor Helena zu ihrer nächsten Frage ansetzen konnte, begegnete Alfred Toms fragendem Blick und nickte kurz wie zur Bestätigung.

»Wir müssen hier raus!«, rief er laut über die vielen Köpfe zwischen ihnen. Von einer Sekunde auf die andere verwandelte sich sein beinahe charmantes Grinsen in die altvertraute, grimmige Miene, die Helena von ihm kannte. Er ließ den jungen Mann unvermittelt mitten im Satz stehen und rannte zur Tür, bevor diese sich schloss.

Tom warf einen Blick auf den Mann mit den zotteligen Haaren und legte seine Stirn ebenfalls in nachdenkliche Falten, während er Helena im Eiltempo aus der Tür ins Freie bugsierte. »Scheiße, ist das kalt!«, kommentierte er und rieb sich nun ebenfalls die nackten Arme in dem eisigen Wind, der ihnen entgegenschlug.

»Wir müssen eh weiter, solange die Wirkung des Serums bei euch noch anhält«, brummte Alfred.

»Warum sind wir ausgerechnet in dieser Straßenbahn gelandet?«, fragte Helena irritiert dazwischen.

»Ich hatte etwas zu klären!«, gab Alfred brüsk zur Antwort. Tom schwieg, doch er sah ihr nicht in die Augen, als er schlicht seinen Arm um sie legte. Seltsamerweise wirkte diese Geste nicht so, als ob er sie wärmen, sondern als ob er ihr Trost spenden wollte.

Zitternd drückte sie ihre ausgekühlten Arme unter dem T-Shirt fester an ihren Körper. »Solange wir irgendwo hingehen, wo es wärmer ist, bin ich dabei!«, stieß sie zwischen klappernden Zähnen hervor.

»Es ist nicht weit!« Trotz seiner üblichen Muffigkeit schien Alfred mit irgendetwas zufrieden zu sein. War während der Straßenbahnfahrt etwas passiert, was sie nicht mitbekommen hatte? Sie hatte nichts an dieser Situation wiedererkannt oder bemerkt. Und enttäuschender Weise hatte Felix' T-Shirt sie offenbar nicht wieder zu ihm gebracht. Sie hatte geglaubt, dass es vielleicht dieser Anker war, von dem alle so eindringlich gesprochen hatten und so sehr gehofft, dass sie Felix dadurch wiederfinden würde. Aber offenbar war es letztendlich nichts als ein dusseliges Kleidungsstück ohne Bedeutung.

~ KAPITEL 25 ~

Heimliche Verbündete

FRANKFURT AM MAIN, HAUPTBAHNHOF.
19. NOVEMBER 1984. ALPHA.

»Mir ist zu kalt, so kann ich mich nicht konzentrieren!«, schimpfte
Helena gereizt. Sie stand mit Tom und Alfred in einem nach Urin
miefenden, offensichtlich schon länger nicht mehr benutzten Raum
am Frankfurter Hauptbahnhof. Abgesehen von reichlich zerbeulten, schmuddelig grauen Schließfächern sowie einer dunkelbraunen
Holzbank war der Raum vollkommen leer. Nur die hallenden Bahn-
hofsgeräusche drangen gedämpft durch die verschlossene Tür.

Alfred hatte kein Wort über sein merkwürdiges Verhalten in der
Straßenbahn verloren und obwohl Helena das ungute Gefühl nicht
loswurde, dass es von Bedeutung gewesen war, blockte Alfred jedes
weitere Gespräch darüber ab. Tom schien etwas zu wissen, doch er
schwieg beharrlich und wich Helena nicht von der Seite.

Alfred hatte Helena immerhin kurz erklärt, was auf Delta geschehen war. Der blasse Tom hatte Peter im Labor außer Gefecht
gesetzt, bevor dieser die Gelegenheit bekam, Helena und Felix auf
Alpha zusammenzubringen. Das hatte Helena ebenso verstört wie
Peters erneuter Tod. Sie bezweifelte jedoch, dass Alfred und diese
Version von Tom sie hierher begleitet hatten, um das wieder rück-
gängig zu machen. Sie würde sich später darum kümmern müssen.

Sie verstand einfach nicht, was die beiden genau vorhatten. Die Alpha-Helena sollte also nicht erfahren, wer ihre leibhaftige Mutter war. Doch wie wollten die beiden das anstellen?

Nur mühsam hielt Helena ihre Fragen zurück. Sie würde so tun, als ob sie mitspielte und versuchen, mehr Informationen zu bekommen. Vielleicht würde ihr dann endlich eine zündende Idee kommen, wie sie die Balance wieder herstellen, aber trotzdem noch Peter retten und Felix kennenlernen konnte.

Wie soll ich das bloß schaffen?, schoss es ihr mutlos durch den Kopf.

Tom hatte erklärt, dass die Wirkung des Serums nicht allzu lange anhalten und ihnen nur wenig Zeit auf dieser merkwürdigen Zeitleiste bleiben würde, auf der zum ersten Mal in Helenas Leben alles neu und vollkommen fremd wirkte. Keine Déjà-vus, keine vertrauten Dinge oder Menschen. Diese Welt wirkte seltsam kalt, trotz ihrer widernatürlich kräftigen Farben. Vielleicht war es aber auch nur die Enttäuschung, dass sie trotz des vermeintlichen Ankers nicht auf Felix gestoßen war.

Dies war also Alpha, die originale Zeitleiste, an deren Geschehnissen sich alle anderen Parallelleisten automatisch ausrichteten und aus der die originale Helena spurlos verschwunden war. Laut Alfred war dies geschehen, als sie in die Vergangenheit gereist war, um ihre auf dieser Zeitleiste verstorbene Mutter zu retten. Die Helena aus Alpha hatte anscheinend noch weniger von Zeitreisen und Ankern gewusst als sie selbst.

Kein Wunder, dass sie in Therapie gelandet ist!, dachte Helena fassungslos. Noch weniger zu wissen als sie, schien ihr fast unmöglich! Bei ihrem Zeitsprung hatte die Alpha-Helena sich dann jedoch entweder unzählige Zeitleisten von hier wegkatapultiert oder aber sich dabei sogar umgebracht, wie Alfred zynisch bemerkte. Zu dem Zeitpunkt war sie bereits mit Felix verheiratet gewesen und es hatte Alexander gegeben.

Bedrückt schlang sie ihre ausgekühlten Arme unter dem T-Shirt an sich und stampfte genervt mit dem Fuß auf. Alfred und Tom hatten Felix mit keinem Wort erwähnt, also schien es ihnen glücklicherweise nicht um ihn zu gehen. Alfred hatte stattdessen gesagt, dass er einen letzten Versuch starten würde, um Hannelore auf dieser Zeitleiste zu retten. Sein Plan war, dass Helena sie in Klein Moskau aufsuchen und dort Sascha informieren sollte, bevor Hannelore von dort flüchten musste. Auf diese Weise würde sie hoffentlich nicht Gefahr laufen, einer Version von Alex zu begegnen, die laut Alfred gegebenenfalls ebenso willkürlich durch die Zeit irrte wie die Helena aus Alpha.

Helenas Hirn raste auf Hochtouren. Unabhängig davon, ob sie dann mit ihrer Mutter in Ostberlin aufwuchs oder irgendwo mit Sascha wohnte, so wäre die Alpha-Helena zumindest sicher. Und die originale Helena könnte später trotzdem nach der Wende ihre Tante Vera besuchen und dann hoffentlich auf Felix treffen. Solange sie genügend Zeit haben würde, ihrer Mutter dies in Klein Moskau zu erklären, sollte das doch zu schaffen sein!

Würde sie dann trotzdem auch Tom noch kennenlernen? Sie mochte zumindest diese Version von ihm auf gewisse Weise und er war ihr phasenweise ebenso vertraut wie sie in anderen Momenten abschreckte. Im Gegensatz zu Felix konnte Tom schließlich ebenfalls durch die Zeit reisen und sie finden. Oder war das hier auf Alpha anders? Er hatte nie gesagt, wo sein Doppelgänger auf Alpha lebte.

Angestrengt rieb Helena sich die unangenehm pochende Stirn und versuchte, den widerlichen Geruch um sich herum auszublenden. Es war einfach so gut wie unmöglich, die Veränderungen vorherzusehen, die ihr Eingreifen bewirken würde! Warum waren sich Alfred und Tom so sicher, dass ihr Besuch in Klein Moskau die verlorene Balance wiederherstellen würde?

»Warum sind wir in dieser blöden Straßenbahn gelandet, wenn wir doch aber zu meiner Mutter wollten?«, fragte sie zum wiederholten Male gereizt, als Alfred ihr in diesem Moment erneut ein altes, russisches Buch in die Hand drückte.

»Das tut nichts zur Sache!«, antwortete Alfred knapp. »Das Serum hat uns lediglich auf die richtige Zeitleiste gebracht, aber Tom und ich haben auf Alpha keinen Anker, der uns mit Klein Moskau verbindet! Jetzt konzentrier dich auf das verdammte Buch! Das hat Hanne dort viel benutzt, also hoffen wir mal, dass es klappt!«

»Aber warum diese Straßenbahn?«, begann Helena erneut stur, doch Alfred winkte barsch ab. »Die Wirkung hält nicht endlos lange an, also konzentrier dich!«

»Bist du sicher, dass das Ding als Anker reicht?«, fragte Tom skeptisch. »Das Buch hat doch mit Lenny nichts zu tun. Und in dieser Zeitleiste ist nicht Hanne ihr Anker, sondern …« Sein plötzlich misstrauischer Blick fiel auf Helenas auf links gedrehtes T-Shirt.

Doch Alfred fuhr ungehalten dazwischen. »Wer von uns beiden stammt aus Alpha?« Er packte Tom hart am Arm und seine Augen begannen seltsam zu glimmen, sodass selbst Tom vorsichtshalber ein Stück zurückfuhr. Dieser Alfred war eindeutig die aggressivste Variante von ihm, die Helena je kennengelernt hatte! Er war tatsächlich der originale Alfred? Die Erkenntnis traf sie wie ein Schlag und erklärte plötzlich so einiges!

»Jetzt konzentrier dich schon, Helena!«, zischte Alfred wütend. »Mann, so schwer ist das doch nun auch wieder nicht!« Er riss ihr plötzlich genervt das Buch aus der Hand und packte sie hart an den Händen. Er schien sie schütteln zu wollen, doch irgendetwas passte nicht zu seinem aggressiven Gesicht.

»Versteh doch, dass alles jetzt allein von dir abhängt! Du kannst jetzt nicht nur Hanne, sondern auch dich selbst retten! Denn wenn der verdammte General in Klein Moskau nicht erschossen wird, muss Sascha nichts vertuschen, Hanne muss nicht flüchten und du verschwindest später nicht, um nach ihr zu suchen! Du reist jetzt zurück, nennst dort deinen vollständigen Namen und die Adresse deiner Tante und regelst das!«, schnaubte er und tippte eindringlich immer wieder auf das T-Shirt.

Hatte er gerade gezwinkert?

Immerhin fühlte sie sich offenbar gestresst genug für einen weiteren Sprung, denn der altvertraute Nebel breitete sich um sie aus.

Er enthielt jedoch weder Funken noch Wärme. Irgendetwas bohrte sich hart in ihre Handinnenfläche, doch bevor sie nachsehen konnte, was Alfred ihr soeben heimlich in die Fäuste geschmuggelt hatte, schlug die unvermeidliche Übelkeit unbarmherzig über ihr zusammen.

~

LYNMOUTH, SÜDENGLAND. LYNDALE HOTEL. 14. AUGUST 1952. ALPHA.

»Are you not well, my darlin'?« Die besorgte Stimme einer älteren Dame drang zu ihr durch den dünner werdenden Nebel. »Are you feeling sick?«

Die Umrisse eines mit dicken Teppichen ausgestatteten Raumes mit plüschigen Möbeln sowie einer Rezeption wurden sichtbar. Helena blickte in das runde Gesicht der reichlich erstaunten Hotelbesitzerin Elsie, die Helena und deren mehr als sonderliche Aufmachung mit großen Augen musterte.

»How on earth did you get here, poppet? I swear you weren't here a second ago!«

»Ich kann kein Englisch!«, unterbrach Helena matt auf Deutsch, während sie sich bemühte, den ekelhaft dünnen Speichel herunterzuschlucken.

Elsie beugte sich noch ein Stück weiter zu ihr herunter und ihr kleiner grüner Kettenanhänger in Form eines Kleeblatts pendelte nur wenige Zentimeter vor Helenas Gesicht. Intuitiv fühlte Helena mit dem Daumen in ihre geballte, linke Faust. Sie fühlte sich noch immer zu schwach, um eigenständig den Kopf zu heben oder gar die Fäuste zu öffnen. War es das, was Alfred ihr zugesteckt hatte? Aber warum?

Elsie strich ihr gutmütig über die Stirn und half Helena mit unerwarteter Kraft auf die kleine Couch in der Lounge. Dann ging sie zum Empfangstisch und führte ein kurzes Telefonat, bevor sie zu Helena zurückkam und ihr eine kühle Hand auf die Stirn legte. Helena verstand kaum ein Wort in Elsies Redefluss, doch der beruhigende, mütterliche Klang entspannte sie langsam und die Übelkeit verschwand.

Die Lounge war vollständig leer und aus dem angrenzenden Esszimmer ertönten fröhliches Plaudern und das Klappern von Geschirr. Ihr Blick fiel auf die alte Wanduhr. Diese zeigte viertel vor neun an, vermutlich war gerade Frühstückszeit. Orangefarbene Sonnenstrahlen erhellten den dunkel gehaltenen Raum und ließen Helena unwillkürlich blinzeln.

Auf der Treppe ertönten plötzlich eilige Schritte und eine junge Frau erschien mit einem Baby im Arm.

»Ruth!«, rief Helena erleichtert.

Ruth und Elsie sahen zunächst einander und dann Helena fassungslos an.

»Kennen wir uns?«, fragte Ruth schließlich perplex, nachdem sie endlich ihre Stimme wiedergefunden hatte.

»Du kennst mich noch nicht, befürchte ich. Aber ich kenne dich! Und deinen Sohn!«, fügte sie hinzu und blinzelte angestrengt. Jetzt zu heulen würde niemandem helfen und wer wusste schon, wie viel Zeit sie hier hatte! Helena öffnete ihre geballte Faust und hielt den beiden Frauen die offene Handinnenfläche hin.

Elsie rief plötzlich etwas und griff automatisch wie zur Vergewisserung nach ihrem identischen Kettenanhänger. Dabei schüttelte sie immer wieder den Kopf und zu Helenas Verwunderung schien sie verärgert zu sein. Doch dann tätschelte sie Helenas Wange, gab Ruth offenbar ein paar Ratschläge, während derer sie wiederholt in Helenas Richtung nickte und verschwand schließlich erneut kopfschüttelnd im Frühstücksraum.

»Was war das denn?«, fragte Helena verblüfft.

Ruth warf ihr einen nachdenklichen Blick zu. »Sie ist ein wenig außer sich, weil ihr Kleeblatt-Anhänger von einer Freundin in ihrem irischen Heimatdorf angefertigt wurde. Sie hat ihn Elsie zum Abschied gegeben, bevor sie nach England gezogen ist und Elsie hatte geglaubt, dass dies ein Einzelstück ist, das ihre Freundin speziell für sie gemacht hat.« Ruth zögerte einen Moment. »Ist es das? Also, ein Einzelstück, meine ich?«

»Ja«, antwortete Helena schlicht. Sie sah, wie es hinter Ruths Stirn arbeitete. »Hör zu, ich kann dir das erklären, aber ich weiß nicht, wie viel Zeit ich habe. Kannst du mir einfach zuhören, ohne mich zu unterbrechen – egal, wie es vielleicht klingt?«

Ruth strich dem Säugling wie zur Beruhigung über den Rücken und starrte nachdenklich zurück. »Ja«, antwortete sie schließlich und ihre Augen ließen ein schelmisches Blitzen erkennen. Ruth und Felix waren einander in diesem Moment so unglaublich ähnlich, dass es Helena für einen Moment die Sprache verschlug.

Das Ziffernblatt der alten Wanduhr zeigte zehn nach neun an, als Helena in einem wilden Durcheinander alles heruntergerattert hatte, was ihr auch nur annähernd eingefallen war. Sie hatte zunächst alles aufgezählt, was sie über Ruth und Reinhard wusste. Es war nicht viel gewesen, doch es hatte gereicht, um Ruths Augen deutlich zu weiten und sie gebannt lauschen zu lassen. Glücklicherweise schlief ihr Sohn tief und fest, sodass sie nicht unterbrechen mussten. Dann hatte Helena ihr alles erzählt, was sie über das Unglück von Lynmouth wusste. Als Ruth kurz das Datum des aktuellen Tages erwähnte, stellten sie zu Helenas maßloser Erleichterung fest, dass es erst am nächsten Tag geschehen würde. Helena spürte, dass ihr wieder unangenehm flau im Magen wurde und zählte schnell ein paar Varianten auf, während derer sie Felix kennenlernen würde.

»Bist du sicher, dass du meinen Sohn meinst?«, fragte Ruth lediglich einmal dazwischen, doch Helena winkte entschlossen ab.

»Ja, ja, ich weiß, dass du ihn vorerst Frank genannt hast, aber in den meisten Situationen, in denen ich ihn kennenlerne, heißt er Felix. Ihr benennt ihn letztendlich um, weil er Glück hatte, die Flutkatastrophe zu überstehen, die morgen hier stattfindet. Versprich mir, dass du noch heute nach Dover fährst, ja? Felix sagte, dass sein Vater von der RAF entlassen wird, sobald das Unglück passiert und dass er mit euch eine Fähre von Dover zurück nach Deutschland nimmt.« Sie schluckte nur mühsam die aufsteigende Magensäure nach unten, während der Nebel langsam an ihren fröstelnden nackten Beinen hinaufschlich.

Ruth starrte fassungslos auf den Teppich, auf dem Helenas Füße soeben begannen, sich aufzulösen und sprang erschrocken auf. Wenn sie jetzt in Panik ausbrach, würde sie vielleicht nicht auf Helena hören!

»Ruth?«, krächzte Helena. »Kannst du mir einen Gefallen tun?«

»Natürlich!«, antwortete Ruth ängstlich, während sie entsetzt Helenas nun ebenfalls verschwindende Beine beobachtete und ihr Kind an sich presste.

Helena packte mit letzter Kraft Ruths Hand und legte den Kettenanhänger hinein. »Tu mir einen Gefallen und nenn ihn nicht Frank, ja?«

Ruth versuchte ein Lächeln und nickte. »Kann ich etwas für dich tun?«, fragte sie mit wackeliger Stimme.

Du reist jetzt zurück, nennst dort deinen vollständigen Namen und die Adresse deiner Tante und regelst das!, brüllte Alfred auf einmal in Helenas Gedanken.

»Ich heiße Helena Kraft! Meine Tante Vera wohnt in Frankfurt und ich lerne Felix nach dem Mauerfall kennen. Sie wohnt ganz nah bei euch im Nordend, Nummer 53.«

»Was für eine Mauer?«, fragte Ruth verwirrt dazwischen.

»Eine Mauer zwischen Ost- und Westdeutschland. Fällt am 9. November 1989. Ich heiße Helena Kraft!«, wiederholte sie schwächer. Die Kälte hatte bereits ihren Oberkörper erreicht. »Helena Kraft! 9. November 1989!« Helenas Stimme versagte, doch zu ihrer Erleichterung sah sie, dass Ruth nickte, bevor sie aus ihrem Blickfeld verschwand.

~ KAPITEL 26 ~

Neustart

FRANKFURT AM MAIN, HAUPTBAHNHOF. HESSEN. BRD.
19. NOVEMBER 1984. ALPHA.

»Hey, hiergeblieben!« stieß Tom fluchend aus, während er Helena wiederholt mit der flachen Hand auf die Wangen klatschte, um sie wieder zu Bewusstsein zu bringen.

»Jetzt mach hier nix in die Gänge und komm wieder runter!« Gereizt schlug Alfred Toms Hände zur Seite. »Wenn man zu dämlich ist, um hin und wieder mal was zu essen, dann kippt man halt mal um!«

»Sie ist nicht einfach ohnmächtig geworden, sie war kurz weg - mindestens eine Sekunde! Ich habe das doch mit eigenen Augen gesehen!«

»Ja, Helena löst sich manchmal halt auf, wenn sie das Bewusstsein verliert, das tu ich auch! Willst du einen Bericht darüber haben und meinem Vater schicken?«

»Verarschst du mich, Mann?«

»Sehe ich so aus, als hätte ich gerade Bock aufs Witzereißen!«, brüllte Alfred außer sich. Seine Finger fuhren in Sekundenschnelle an Toms Kehle, als er aufsprang und diesen an die verbeulten Schließfächer drückte. »Hast du den verdammten Eindruck, dass ich auch nur einen Hauch mehr Scheiß obendrauf tolerieren würde?«

In blinder Wut schüttelte er Tom und warf diesen immer wieder mit aller Kraft gegen das Schließfach. Die Übelkeit ließ rasch nach, auch wenn Helena noch zu schwach war, um aufzustehen. Entsetzt betrachtete sie das Schauspiel und bei jedem von Alfreds Angriffen zuckte sie zusammen. Diese Version von ihm war schlicht wahnsinnig!

Tom begann zu röcheln und hob beschwichtigend die Hände. Er war sicherlich jünger und durchtrainierter, doch Alfreds plötzlicher Wutanfall hatte ihn vollkommen unerwartet getroffen und in eine Position gebracht, aus der er sich anscheinend nicht befreien konnte.

»Schon gut!«, keuchte er. »Erinnere dich dran, dass wir auf derselben Seite stehen, Mann!«

Mühsam beherrscht ließ Alfred schließlich von ihm ab und Tom stand die Erleichterung ins Gesicht geschrieben, während er die schon jetzt deutlich gerötete Stelle an seinem Hals rieb. »Du hast doch echt einen Vollschaden, Alter!«, fluchte er leise, während er angestrengt nach Luft rang.

Alfred ignorierte seinen Einwurf, ohne mit der Wimper zu zucken. »Deshalb kann sie wahrscheinlich nicht springen – sie braucht was im Magen! Hier!« Er griff in seine Hosentasche und warf Tom abfällig ein paar Münzen vor die Füße. »Hau ab und hol ihr ein Brötchen!«

»Ich lass sie garantiert nicht mit dir allein!«, konterte Tom noch immer keuchend in Alfreds Richtung. Helena warf ihm einen dankbaren Blick zu, doch zu ihrem Entsetzen sprang Alfred erneut auf und warf sich nun mit seinem kompletten Körpergewicht auf Tom, so dass beide Männer mit einem hässlichen Geräusch zu Boden gingen. Helena zwang sich mit aller Kraft in eine sitzende Position. Sie musste hier weg – Alfred hatte anscheinend endgültig den Verstand verloren!

Alfred verpasste Tom einen Schlag ins Gesicht, der sie unwillkürlich aufschreien ließ, doch ihre Beine wollten ihr noch immer nicht recht gehorchen.

»Du wirst ihr jetzt etwas zu essen holen und dann geht sie nach

Klein Moskau und beseitigt dieses Chaos! Ist das klar? Ich sorge dafür, dass sie hierbleibt und du zischst jetzt ab, bevor wir noch mehr Zeit verschwenden! Wenn wir fertig sind, kannst du sie mit zurücknehmen – Gamma, Delta oder wohin auch immer, das ist mir so ziemlich scheißegal!«

Tom schien mit sich zu ringen und warf Helena einen verzweifelten Blick zu. »Ich komme so schnell zurück, wie ich kann!«

Helena fühlte sich sonderbar enttäuscht. Ob Felix sie auch mit dieser Amokläufer-Version von Alfred einfach so allein lassen würde? *So ein verdammter Feigling!*

Sie zog sich mühsam an der Wand hoch und sah, wie Tom mit einem letzten warnenden Blick auf Alfred den scheußlich stinkenden Raum verließ, um in die Bahnhofshalle zu gehen.

Alfred vergewisserte sich, dass Tom tatsächlich gegangen war und kam zu ihrem Entsetzen im Eilschritt auf sie zu. Grob öffnete er ihre Hände und sah ihr fragend ins Gesicht. »Sag schon, hat Ruth dir geglaubt?«

»Was? Ich … ich denke schon«, stammelte sie verwirrt. »Woher weißt du …?«

»Ich weiß mehr, als du denkst!«, gab er gewohnt unfreundlich zurück. »Du hast keine Ahnung, was die in der Klinik mit mir gemacht haben und wie oft ich durch die Zeit gesprungen bin. Das muss ein Ende haben! Verstehst du?« Er sah alt aus … - alt und verzweifelt. »Hast du Ruth von der Flutkatastrophe erzählt?«

Helena nickte stumm.

Aufgeregt packte Alfred sie an den Schultern. »Hast du ihr auch deinen Namen und den deiner Tante gesagt?« Als Helena erneut sprachlos nickte, schien er zufrieden zu sein. »Gut. Hör zu! Ich habe dir eben ein falsches Buch gegeben, das mit deiner Mutter nichts zu tun hatte. Deshalb bist du nicht gesprungen. Das hier ist meine Art, so manches wieder gut zu machen! Außerdem weiß ich, dass du sturer Esel sonst nie aufhören wirst, zu suchen und mich nur weiter in den Wahnsinn treibst! Mach dir wegen Felix jetzt also keine Gedanken mehr, das wird schon schiefgehen! Unser verliebter Freund hier hingegen«, er nickte abfällig zur Tür, »ist zwar nicht ganz so verkorkst wie sein Doppelgänger, den du vorhin kennengelernt hast. Aber auch er ist mit Vorsicht zu genießen, okay? Er selbst glaubt, dass ihn kein Wässerchen trüben kann, aber er ist so blind in dich verknallt, dass er so manche Scheiße am Stecken hat, der wir besser aus dem Weg gehen! Leider ist jede Version von ihm so was von arrogant, dass er sich immer für den Unschuldsengel vom Dienst hält!«

»Was meinst du damit?«, fragte Helena schwach.

»Damit meine ich, dass er mit meinem Vater ein Abkommen getroffen hat. Er wusste, dass es zu den Explosionen kommen und zu welchem Zeitpunkt niemand im Labor sein würde. Tom hat versprochen, dass er dafür sorgt, dass du die Balance wiederherstellst, sodass Lazlo ohne Zeitspringer-Chaos weitergeführt werden kann. Im Gegenzug lässt mein Vater dich in Ruhe und Tom bekommt, was er will.«

»Und was ist das?«

Alfred sah sie an, als ob sie soeben die dümmste Frage aller Zeiten gestellt hatte. »*Dich!* Dafür räumt Team Lazlo notfalls dann jeden aus dem Weg, der das verhindern könnte!«

Helena wurde blass. »Felix?«

Alfred nickte. »Felix und jeden anderen, der eure gemeinsame Zukunft verhindern könnte. Das ist Tom so ziemlich egal. Zu seiner Verteidigung sei gesagt, dass auch er viele Jahre gequält wurde und vermutlich alle Versionen von ihm in gewisser Form einen ähnlichen Hau weg haben, genau wie ich!«

»Aber das rechtfertigt doch nicht …«

»Nein!«, unterbrach Alfred unwirsch. »Aber du hast keine Ahnung, was diese sogenannten Therapien mit einem Menschen anrichten können! Er glaubt felsenfest, dass er das Beste ist, was dir passieren kann und glaubt, dass du nur mit ihm glücklich werden kannst. Er denkt, dass du die Einzige bist, die ihn verstehen kann und bei ihm bleiben wird!«

Helena schüttelte heftig den Kopf. »Das ist krank!«

Alfred packte sie erneut eindringlich bei den Schultern. »Wenn er gleich wiederkommt, spiel mit! Kein Wort von diesem Gespräch oder gar von Felix! Tu so, als würdest du Tom mögen!«

Helena warf einen verzweifelten Blick auf die Tür, durch die Tom gleich zurückkommen würde. Hatte Alfred tatsächlich recht oder versuchte er nur, sie auf seine Seite zu ziehen? Ihre Mutter und Tante Vera hatten ihr ganzes Leben lang auf ihn geschimpft und diese Version von ihm schien sogar noch weniger vertrauenswürdig zu sein als der Alfred, den sie bisher gekannt hatte!

»Wer sagt mir, dass das stimmt und dass du mir tatsächlich uneigennützig helfen wirst?«, widersprach sie, ohne nachzudenken. Es war womöglich nicht sonderlich weise, diese nur allzu leicht reizbare Version von Alfred zu provozieren. Doch es fiel ihr schwer zu glauben, dass er diese aggressive Rolle nur gespielt hatte, um ihr zu helfen. Alfred hatte in ihrer Version zwar durchaus viel für ihre Familie getan: Er hatte sich selbst an seinen Vater ausgeliefert und dafür gesorgt, dass sie nie Geldsorgen haben mussten. Doch würde er so weit gehen, dass er ihr nahezu väterlich besorgt durch die Zeit folgen würde, um sie höchstpersönlich zu retten? Bevor sie sich dessen bewusst war, entwich ihr ein sarkastisches Lachen – *ganz sicher nicht!*

Alfred schien ihren Gedankengang erraten zu haben und fuhr sich stöhnend durch die angesengten, wirren Haare. »Oh Mann, ihr treibt mich noch alle in den endgültigen Irrsinn! Okay, sperr die Ohren auf!« Er warf erneut einen Blick zur Tür, doch Tom war noch nicht zurück. »Ich wusste, dass dieses T-Shirt ein Anker von Felix war. Johanna hat es dem anderen Tom übergezogen, als ich mit ihm im Wintergarten gelandet bin. Ich habe Tom eingeredet, dass wir auf der falschen Zeitleiste gewesen sind, aber ich weiß hundertprozentig, dass es deine war und dass du kurz zuvor dort gewesen sein musst!« Helena spürte, wie sie knallrot anlief und Alfred nickte mit einem schiefen Grinsen. »Genau *das* meine ich! Ich habe dir vorhin das T-Shirt übergezogen, weil ich wusste, dass es dich zu Felix bringen würde!«

»Aber …«

»Ich sagte: Halt die Klappe und hör zu, verdammt nochmal!« Für einen flüchtigen Moment wirkte es, als ob er sie ohrfeigen wollte, doch er hielt sich in letzter Sekunde zurück. »Tom hat das mit dem T-Shirt vermutlich ebenfalls geahnt und deshalb habe ich ihn auf eine falsche Fährte gelockt. Der Typ, mit dem ich mich in der Straßenbahn unterhalten habe, war Felix. Hast du die Alpha-Version von dir in die Bahn stürmen sehen?«

»Die Frau mit dem gelben Schal war die originale Helena, die später verschwindet?«, fragte Helena verblüfft. Hatte Tom deshalb vor ihr gestanden und sie abgelenkt?

Alfred erriet ihre Gedanken und nickte. »Als Tom das T-Shirt gesehen hat, hat er geahnt, dass wir dadurch vermutlich in einer Version auf Alpha landen würden, in der du Felix kennenlernst. Daher hat er dich abgelenkt und ich habe Felix in ein Gespräch verwickelt, bevor er dein anderes Ich treffen kann.«

»Das heißt, weder die Alpha-Helena noch ich werden ihm jetzt je begegnen?«, fragte Helena entsetzt.

»Doch!«, knurrte Alfred ungeduldig. »Versteh doch! Das T-Shirt ist und bleibt dein Anker! Zusammen mit der Kette bist du daher eben noch weiter in seine Vergangenheit gereist. Jetzt hast du also Ruth gerettet und gleichzeitig Felix' Leben verändert. Den Typen, den ich eben in der Straßenbahn zugequatscht habe, gibt es bereits nicht mehr. Problem gelöst und Tom weiß es nicht!« Ein gehässiges Grinsen breitete sich auf seinem Gesicht aus, das Helenas Misstrauen noch immer nicht ganz verschwinden lassen wollte.

»Was springt dabei für dich raus?«, fragte sie mit einer Ruhe, die sie selbst überraschte.

»Verdammt noch mal!« Wutentbrannt schlug Alfred mit aller Kraft seine Faust in das Schließfach neben Helenas Kopf, sodass sie erschrocken zusammenzuckte. Es war dumm, ihn so zu reizen! »Hast du mir denn gar nicht zugehört?«

»Doch!«, bestätigte Helena, während sie sich bemühte, seine noch immer geballte Faust und seinen wutschnaubenden Atem vor ihrem Gesicht so gut es ging zu ignorieren. »Aber ich kenne dich gut genug, um zu wissen, dass auch du nicht ganz selbstlos bist! Also?«

Sein Atem beruhigte sich und sie meinte plötzlich, in seinem Gesicht eine Spur von Anerkennung sehen zu können. »Na logisch muss ich auch sehen, wo ich bleibe! Wenn Hanne diesmal mit dir und dem Russen verschwindet, statt zu meiner Schwester zu flüchten, dann muss ich ihr nicht bei der Flucht aus Ostberlin helfen, um mich zu beweisen. Und ich muss mich nicht erneut an meinen Vater ausliefern. Ich kenne seine Geheimkonten und habe sämtliche Zugangsdaten. Ich weiß inzwischen außerdem, wo er mich niemals finden wird. – Zeit also für ein besseres Leben als dieses! Wohlverdient, findest du nicht?«, grinste er.

So viel zu den vermeintlichen Vatergefühlen, dachte sie sarkastisch. Doch er hatte recht. Selbst wenn er auf dieser Zeitleiste vielleicht nicht mehr zurück in die Klinik gehen musste, um ihnen zu helfen, so hatte er all die Jahre und Qualen dennoch bereits erlebt und viel für sie getan. Auch wenn die Alpha-Helena das nun vielleicht nie herausfinden würde.

Eilige Schritte rannten draußen der Tür entgegen und Alfreds friedliche Miene verschärfte sich augenblicklich. »Jetzt zeig mal, was du drauf hast«, zischte er nahe vor ihrem Gesicht, »und lüg uns aus dieser Hölle raus!«

Intuitiv presste sie sich mit dem Rücken fester an die Wand und erblickte über Alfreds angespannter Schulter Toms erschrockenes Gesicht im Türrahmen. Sein Blick wanderte entsetzt von der eingeschlagenen Schließfachtür neben ihrem Kopf zu Helenas Gesicht.

»Lenny? Alles in Ordnung?«, fragte er gedehnt.

Alfred stand noch immer dicht vor ihr, sodass sie ihm direkt ins Gesicht sah. Seine Faust ruhte an der Wand neben ihrem Kopf.

Lüg!, formte er lautlos mit den Lippen.

Helena holte tief Luft. Sie wand sich unter seinem Arm hindurch und zwang sich zu einem unsicheren Lächeln. »Alles klar!«, antwortete sie. »Aber gut, dass du wieder da bist!«

~ KAPITEL 27 ~

Alfreds Plan

FRANKFURT AM MAIN, HAUPTBAHNHOF.
19. NOVEMBER 1984. ALPHA.

Tom sah Helena prüfend von der Seite an, während sie gierig ein zweites belegtes Käsebrötchen herunterschlang. Sie konnte sich in der Tat nicht erinnern, wann sie das letzte Mal etwas gegessen hatte – auch wenn ihr großer Hunger anscheinend nichts mit ihrem zuvor missglückten Zeitsprung nach Klein Moskau zu tun gehabt hatte.

Alfred hatte sich ebenfalls, Toms Protesten zum Trotz, zwei Brötchen aus der großen Papiertüte geschnappt und kaute in wenig ansehnlicher Manier in der gegenüberliegenden Ecke am verstaubten Fenster. Er hatte die Augen geschlossen und wirkte vollkommen in Gedanken versunken, doch Helena war sich relativ sicher, dass er sie genau beobachtete und ihnen zuhörte.

»Willst du nicht doch etwas essen?«, fragte Helena mit schlechtem Gewissen noch einmal. Selbst wenn Tom tatsächlich so berechnend und skrupellos sein sollte, wie Alfred eben behauptet hatte, so schien er sich jedoch ehrlich um sie sorgen. Tom schüttelte den Kopf und blickte erneut zum zerbeulten Schließfach.

»Es tut mir echt leid!«, flüsterte er zum wiederholten Mal. Helena schüttelte den Kopf und winkte ab. Er wirkte so normal. Im Gegensatz zu Alfred zumindest. Sie musste Alfred jedoch glauben, denn falls auch nur ansatzweise etwas an seinen Worten dran war, dann waren Felix und der Rest ihrer Familie in großer Gefahr. Doch vielleicht irrte Alfred sich oder er übertrieb zumindest? Immerhin war sein eigener Geisteszustand mindestens ebenso bedenklich wie der von Tom, wenn man seinen eigenen Worten Glauben schenken durfte.

Oder verwechselte er diesen Tom mit einer anderen Version von ihm? Immerhin konnte anscheinend derselbe Mensch in jeder Zeitleiste vollkommen anders sein! Sie selbst war jedenfalls mehr als nur verwirrt und war sich nicht mehr sicher, wer nun genau wohin gehörte und welche Eigenschaften hatte. Dieser Tom neben ihr war bislang immer nett und fürsorglich gewesen. Und er hatte ihr immer die Wahrheit gesagt und alles so gut wie möglich erklärt.

Oder etwa nicht?

Ermattet nahm sie einen Schluck aus der großen Wasserflasche, die Tom ihr mitgebracht hatte und spülte die letzten Reste des Brötchens ihren ausgetrockneten Hals herunter. Ihr Kopf pochte unangenehm, während ihre Gedanken hin und her schwirrten und die Kälte saß ihr so tief in den Knochen, dass sie sich fühlte, als ob eine heftige Grippe im Anmarsch war.

»Alfred hat mir nichts getan«, beruhigte Helena ihn, als sie zum vermutlich hundertsten Mal seinen prüfenden Blick auf sich spürte. »Er hat definitiv ein Aggressionsproblem, ja. Doch er würde mir nie etwas tun!«

Alfred wandte sich ruckartig ein Stück weiter von ihnen ab und starrte aus dem Fenster. Hatte er eben gegrinst?

Entnervt knallte sie die Glasflasche auf den Boden und sprang auf. »Gut, dann mal los! Was machen wir jetzt?«

Alfred drehte sich mit seiner gewohnt grimmigen Miene zu ihnen um und trat auf die beiden zu. »Das haben wir doch schon geklärt! Sofern du uns nicht nochmal aus den Latschen kippst, bringst du uns jetzt nach Klein Moskau, wie besprochen!«

Helena leckte sich nervös über die Lippen. »Das heißt, falls ich es wider Erwarten schaffe, uns zu exakt dem richtigen Zeitpunkt zu bringen, dann gehe ich zu Sascha, bevor dieser General Koslow zu meiner Mutter ins Zimmer kommt. Wir halten den Kerl auf und es gibt keinen Skandal. Dann überzeuge ich Sascha, dass er meiner Mutter und mir hilft. Keine erneute Flucht, wir bleiben einfach im Osten. Du setzt dich ab, hinterlässt uns genügend Geld und wir wohnen, wie gehabt, in deiner Wohnung. Richtig?«

»Können wir sicher sein, dass Sascha deiner Mutter und dir hilft?«, fragte Tom skeptisch.

Zu Helenas Erstaunen nickte Alfred entschlossen. »Ja, ich kenne keine Version, in der er letztendlich nicht in irgendeiner Form nach Hannes Pfeife tanzt! Also los, Helena! Hier, das Buch! Versuch's noch mal!«

Tom und Alfred legten gleichzeitig ihre Hände über Helenas Finger. Helena starrte verwirrt auf das vergilbte, russische Lexikon. Hatte er vorhin nicht gesagt, dass es nur eine Attrappe gewesen war, um Tom zu täuschen? Dann würde es doch jetzt ebenso wenig funktionieren wie vorhin!

Plötzlich holte Alfred aus und boxte Tom kraftvoll in den Magen, sodass dieser in derselben Sekunde lautlos in sich zusammensackte und zu Boden ging. Dann schnappte er sich Helenas Hände und legte diese unsanft auf das Buch. Seine Finger pressten sich beinahe schmerzhaft auf die ihren und sie spürte erneut einen winzig kleinen Gegenstand, der zwischen ihren beiden Händen lag und ein Gefühl wie lauter kleine, eisige Nadelstiche auf ihrer Haut hervorrief. Die Übelkeit traf sie mit solch unerwarteter Wucht, dass sie in die Knie sackte, doch Alfreds eiserner Griff um ihre Hände verstärkte sich wie ein Schraubstock und sie bekam das Gefühl, dass er ihr entweder die Blutzufuhr abdrücken oder schlicht die Fingerknochen brechen wollte.

Lautlos schrie sie auf, doch als sie im dichter werdenden Nebel Alfreds Blick auffing, schloss sie ihren Mund wie auf einen lautlosen Befehl hin. Seine kohlschwarzen Augen leuchteten unheilvoll in intensivem Dunkelblau und seine Gesichtszüge hatten sich zu einer wächsernen, beinahe diabolischen Grimasse verzogen.

»Lass sie los! Stopp!«, hörte sie Tom wie durch eine dichtgewebte Wolldecke hindurch keuchen.

Doch es war zu spät. Als Tom nach Helenas Händen griff, waren diese bereits verschwunden.

~ KAPITEL 28 ~

Doppelgänger

KLEIN MOSKAU, WÜNSDORF, DDR. SASCHAS BÜRO.
18. DEZEMBER 1960. ALPHA.

Einen Moment lang war sie überzeugt, dass irgendetwas gewaltig schiefgelaufen war. Alfred und Helena lagen keuchend auf einem rot-schwarz gemusterten Perserteppich, der vermutlich ein Vermögen gekostet hatte. Auch zwei der langen Wände in diesem teuren, insgesamt jedoch recht kahlen Büro waren mit jeweils einem dicken Teppich dieser Art verhangen. Als Helena den Kopf zu Alfred herumdrehte, erfüllte es sie mit einer gewissen Genugtuung, dass ihm zumindest ebenso speiübel zu sein schien, wie ihr selbst. Doch dieser kleine Anflug von Schadenfreude hielt nicht lange an, als sie bemerkte, dass etwas nicht stimmte.

Sie waren direkt vor einem langen Schreibtisch gelandet, an dem ein vergleichsweise blutjunger Sascha saß. Er wirkte angespannt und ausgezehrter als die ältere Version von ihm, die sie vor kurzem im Bunker 1977 gesehen hatte. Außerdem trug er keine KGB-Uniform mehr, sondern war erstaunlich leger mit lediglich einer grauen Uniformhose und einem weißen Hemd bekleidet. Doch das war nicht das Besorgniserregende an dieser Situation. Sascha schien in der Zeit eingefroren zu sein! Sie lagen bereits seit mindestens einer Minute hier und Helena spürte langsam wieder die Kraft in ihre

Glieder zurückkehren, sodass sie sich aufrichten konnte. Auch die furchtbare Übelkeit hatte nachgelassen. Helena sah, dass es Alfred genauso ging, als er sich mit angewidertem Gesicht den Speichel aus dem Gesicht wischte und sich mit verbissener Miene aufsetzte. Seltsamerweise schien sie die Übelkeit diesmal etwas schneller unter Kontrolle bringen zu können. Lag es daran, dass sie allmählich mehr Übung bekam, weil sie, wie auch alle anderen Zeitspringer, immer öfter und schneller durch die Zeit reiste?

Nachdenklich betrachtete sie den harten Gegenstand in ihrer Hand. Es war eine dieser russischen Puppen aus Holz, die man in verschiedenen Größen ineinander schachteln konnte. Sie war wunderschön bemalt und schien bereits etwas älter zu sein. Helena meinte sich dunkel zu erinnern, dass sie diese damals in Klein Moskau auf der Fensterbank gesehen hatte. Waren diese Matroschkas nicht von Saschas Tochter Tatjana gewesen? Woher auch immer diese kleine Figur kam, sie musste etwas mit Sascha zu tun haben, denn das Buch, mit dem Helena vergeblich versucht hatte, hierher zu kommen, war laut Alfred schließlich nur eine Attrappe gewesen, um Tom zu täuschen.

Sascha hatte sich seit ihrer Ankunft keinen Millimeter gerührt und schien noch nicht einmal die Augenlider zu bewegen. Unmittelbar vor ihm lag eine Waffe zwischen zwei dünnen Papierstapeln, doch anstatt nach ihr zu greifen, starrte er die beiden Zeitreisenden bereits seit über einer Minute unverwandt und reglos an. Helena beschlich erneut der Eindruck, dass sie womöglich irgendwo auf halber Strecke in der Zeit eingefroren waren.

Auch Alfred runzelte nachdenklich die Stirn, als er schließlich langsam aufstand und sich wie in Zeitlupe auf den Schreibtisch zubewegte. Als er jedoch seinen Arm nach der Waffe ausstreckte, schnellte Sascha plötzlich hoch, ergriff die Pistole und richtete diese mit weit aufgerissenen Augen auf Alfred. Seine Hand zitterte jedoch kaum merklich und sein Blick wanderte immer wieder für einen kurzen Moment zu Helena hinüber.

Seltsamerweise zog die Waffe Helena für einen Moment in ihren Bann. Sie erkannte die Pistole! Ihre Mutter hatte diese auf der Flucht aus Klein Moskau bei sich gehabt und es später nie übers Herz gebracht, diese zu entsorgen. Vielleicht hatte sie ihr auch ein Gefühl von Sicherheit vermittelt, obwohl sie diese ohne Patronen in einer Sockenschublade aufbewahrte.

»Das ist unmöglich!«, brachte Sascha schließlich kaum hörbar hervor. »Helena? Das bist du doch, oder?«

»Ja«, erwiderte sie erstaunt. »Woher weißt du das?«

Vorsichtig und Alfred noch immer nicht aus den Augen lassend, senkte er die Pistole. »Auch wenn du nicht diese seltsamen Augen hättest, so kenne ich niemand anderen, der sich einfach so in Luft auflösen oder plötzlich einfach aus dem Nichts erscheinen kann. Ich habe dich heute Mittag am Zaun gesehen. Und jetzt bist du auf einmal hier.« Sein Blick löste sich nun doch widerwillig von Alfred und wanderte vollständig zu Helena hinüber. Er krächzte etwas auf Russisch, als seine Augen sich sichtlich weiteten. »Wie alt bist du?«

»Keine Ahnung«, antwortete sie ehrlich in gebrochenem Russisch. »Irgendwas zwischen neunzehn und zweiunddreißig, glaube ich. Vielleicht aber auch älter.«

Zu ihrem Erstaunen verschwand Saschas Starre und wich unbändigem, beinahe hysterischem Lachen. Er ließ sich zurück auf seinen Schreibtischstuhl fallen und wischte sich die Lachtränen von den eingefallenen Wangen. Helena warf Alfred einen unsicheren Blick zu, doch Saschas Reaktion schien auch ihn unvorbereitet getroffen zu haben. Zum ersten Mal sah Alfred sie mit lediglich mäßig grimmiger Miene und vor Erstaunen leicht geöffnetem Mund an.

»Alles in Ordnung?«, fragte Helena zaghaft, woraufhin Sascha jedoch erneut von heftigem Lachen geschüttelt wurde. Als er sich schließlich beruhigte, ging er zu einem kleinen Beistelltisch in der Ecke, griff schwer atmend nach einer Kristallkaraffe und goss sich mit zitternder Hand eine großzügige Menge einer klaren Flüssigkeit in ein teuer aussehendes, reich verziertes Glas, das neben der Karaffe stand. Helena tippte auf Wodka.

Sascha leerte das Glas in einem Zug und holte anschließend tief

Luft. Er stand mit dem Rücken zu ihnen und zögerte offenbar, sich wieder umzudrehen. So als hoffte er, er hätte sich ihr widernatürliches Erscheinen nur eingebildet und wenn er sich ihnen wieder zuwandte, wären die beiden Zeitreisenden ebenso plötzlich verschwunden wie sie aufgetaucht waren. Als er sich schließlich zu ihnen herumdrehte, hatte er sich jedoch offenbar gefasst.

»Was macht ihr hier?«

»Wir müssen schnell zu Mama und dann hier weg, bevor General Koslow kommt!«, platzte Helena heraus.

»Koslow?«, wiederholte Sascha besorgt. »Was hat er vor?«

»Wenn heute der Tag ist, an dem er mich an der Mauer gesehen hat, dann ist das auch der Tag, an dem er versucht, meine Mutter …« Unruhig und verlegen brach Helena ab, doch Sascha verstand anscheinend sofort. Fluchend schnappte er sich die Waffe und stürmte damit an ihnen vorbei. Helena konnte Alfreds Gesichtsausdruck nicht einordnen, doch er schien auf der Stelle festgefroren zu sein.

»Geh!«, blaffte er sie barsch an, als Helena zögerte. »Wenn Hanne mich jetzt sieht, macht sie was Bescheuertes!« Er riss Helena die kleine Holzpuppe aus der Hand und schubste sie regelrecht aus der Tür.

Helena stolperte verwirrt aus dem Zimmer und folgte Saschas erstaunlich leisen Schritten. Er rannte in einem solchen Tempo, dass sie nur hoffen konnte, dass ihre damalige Wohnung nicht allzu weit von seinem Büro entfernt war, sonst würde sie sich hier vermutlich hoffnungslos verirren. Sie erinnerte sich an viele Details aus Klein Moskau, doch in diesem Gebäudeteil war sie als Kleinkind vermutlich nie gewesen.

Zu ihrer Erleichterung wartete er hinter einer Biegung ungeduldig mitten in einem breiten Gang und legte mahnend einen Finger auf den Mund. Nur mühsam unterdrückte sie ihren rasselnden Atem und folgte nervös seinem prüfenden Blick in alle Richtungen. Sie meinte, ein Telefongespräch in der Ferne zu hören und von einem der Exerzierplätze drangen militärische Trainingskommandos zu ihnen hinauf. Doch abgesehen davon schien alles ruhig zu sein.

Sascha legte schließlich eine Hand auf das große Wandbild neben sich und drückte auf den goldenen Zahn eines russischen Generals. Zu Helenas maßlosem Erstaunen schwang das massive Bild daraufhin fast geräuschlos ein Stück auf, sodass die beiden hindurchschlüpfen konnten. Sie rannten durch einen schmutzigen, dunklen Korridor, der gut versteckt direkt an der Außenwand lag und offenbar nur selten benutzt wurde. Helena hatte erst wenige Meter zurückgelegt, als sich die Geheimtür mit dem schweren Bild geschmeidig und lautlos hinter ihr schloss.

»Komm!«, flüsterte Sascha ihr zu. »Aber sei bloß leise! Dieser Gang führt an sehr hellhörigen Wohnungen vorbei!«

Helena war ohnehin zu überrascht und verwirrt, um etwas zu sagen. Ihr Atem hingegen ließ sich nur mit äußerster Anstrengung kontrollieren, als sie ihm so leichtfüßig wie möglich folgte. Sein Laufstil war zugegebener Weise beeindruckend: Er pflügte sich wie eine Kampfmaschine durch den langen Gang. Abgesehen von seinen rasend schnellen Beinen und Unterarmen schien er kaum den Körper zu bewegen, während er in den schweren Militärstiefeln lautlos vor ihr her preschte. Anscheinend hatte Michi die Sportlichkeit von seinem Vater geerbt. Wie ungerecht die Welt manchmal sein konnte!

Doch das angeschlagene Tempo vertrieb schnell jeden weiteren Gedanken. Helena war sich ziemlich sicher, dass sie noch nie hier gewesen war und dennoch kam ihr irgendetwas an diesen Geheimgängen sehr bekannt vor. Irgendwo aus ihrem Unterbewusstsein trat das Bild von einem kleinen, roten Schlüssel hervor. Zu ihrer immensen Erleichterung schien ihr raketenartig angestiegener Adrenalinspiegel zumindest ihre Russischkenntnisse schlagartig aufzufrischen, denn sie bezweifelte sehr, dass Sascha zu diesem Zeitpunkt bereits Deutsch verstand.

Sie rannten zwei Stockwerke nach oben und gelangten an eine blaue Markierung an der Wand. Erneut legte Sascha einen Zeigefinger an den Mund und lauschte in den Flur hinter der Wand. Zwei Männer schienen vor der Geheimtür zu tuscheln, doch Helena verstand nur einzelne Bruchstücke.

»Einfach verschwunden!«

»Sicher?«

»Ja! Die kriegt heute noch …«

Beide Männer lachten unterdrückt und Helena seufzte erleichtert auf, als die schweren Stiefel auf der anderen Seite sich anscheinend entfernten. Saschas Gesicht hatte sich zu einer hasserfüllten Miene verzogen, während er routiniert seine Pistole entsicherte. Hatten die beiden Männer etwa von ihrem Verschwinden an der Mauer gesprochen? Helena lief es kalt den Rücken herunter, als sie sich plötzlich an ihre Flucht erinnerte. Sie hatte die Lichter ihrer Verfolger immer näher rücken sehen, während ihre Mutter verzweifelt versucht hatte, eine Platte vom Boden freizukratzen, damit sie sich unter dem Zaun hindurchquetschen konnten. Helena hatte damals zum ersten Mal in ihrem Leben geglaubt, sterben zu müssen.

Sascha packte sie ungeduldig am Ärmel und riss sie aus ihrer Starre. Er hatte offenbar irgendeinen Mechanismus in der Wand aktiviert und zerrte sie nun in einen plötzlich nur allzu bekannten Gang. Da vorne links war sie – die Tür, hinter der sie gewohnt hatten! Trotz der Anspannung freute sich ein Teil von ihr sogar plötzlich ein wenig. Bis auf das abrupte Ende hatte sie hier eine gute Kindheit gehabt.

Noch bevor sie sich sammeln konnte, stieß Sascha die Tür auf und sie stand plötzlich der gleichaltrigen Version ihrer Mutter gegenüber, die mit einer dreijährigen, schlafenden Helena auf dem Boden saß und bei ihrem Hereinplatzen mit weit aufgerissenen Augen aufsprang. Die kleine Helena wachte erstaunlicherweise nicht auf, als Hannelore sie mit zitternden Händen auf das Bett neben sich legte.

»Verdammt, warum ist die Tür nicht abgeschlossen!«, fauchte Sascha, kaum dass er diese hinter sich verriegelt hatte. »Wie oft soll ich dir das denn noch sagen?« Verzweifelt fuhr er sich über die kurzgeschorenen Haare und lehnte sich schwer atmend mit dem Rücken an die Tür.

Hannelore hingegen beachtete ihn ausnahmsweise überhaupt

nicht, sondern ging auf Helena zu. Sie nahm ihr Gesicht in die Hände und schluckte, bevor sie Helena ohne Worte fest in den Arm nahm. Nach wenigen Augenblicken hielt sie ihre Tochter schließlich eine Armlänge von sich entfernt und sah sie nervös an.

Was bedeutet das?, fragte sie mit den Händen.

»Sprecht laut und auf Russisch, damit ich es auch verstehen kann! Bislang weiß ich nur, dass ich plötzlich zwei Zeitreisende mit einer Hiobsbotschaft im Büro hatte!«, hörte Helena Saschas Stimme hinter sich.

Sprich dabei!, übersetzte Helena in der improvisierten Zeichensprache, die sie mit ihrer Mutter seit jeher genutzt hatte. Ein seltsamer Gedanke kam ihr dabei: Die Alpha-Helena, die gerade selig und nichtsahnend auf dem Bett schlief, würde ihre Mutter in wenigen Monaten bei der Flucht aus der DDR verlieren und diese vollkommen vergessen. Wenn die originale Helena jetzt als Erwachsene hier wäre, könnte sie weder diese Zeichensprache noch Russisch! Und das alles nur, weil ein Detail bei ihrer Flucht anders gewesen war. Eine einzige Abweichung, die ihr Leben komplett umgeschrieben hatte …

Nervös kaute Helena an ihrer Unterlippe. Dies war die originale Zeitleiste, wenn sie es hier versaute, dann war es schlicht unvorhersehbar, welche Änderungen sich auch auf alle anderen Zeitleisten auswirken würden und welche nicht!

»Ich bin aus einer anderen Zeitleiste namens Gamma«, begann Helena. Sie hatte keine Ahnung, wie sie auf die Schnelle das Wort *Zeitleiste* mit den Händen erklären sollte und sie war mehr als nur verlegen, als sie ihrer so gut wie tauben Mutter improvisierte Handzeichen gab und dabei in vermutlich reichlich miesem Russisch kommentierte. Das konnte ja heiter werden!

»Entschuldige, mein Russisch ist nicht so gut«, ergänzte sie auf Deutsch.

»Du kannst Deutsch sprechen?«, fuhr Hannelore fassungslos auf Russisch dazwischen. »Aber ich habe mit dir doch immer nur Russisch oder eben in Zeichensprache gesprochen!«

Sascha kniff die Augen zusammen und nickte auf die schlafende, kleine Helena. »Sie kann auch schon Deutsch«, sagte er. »Das wurde mir heute mitgeteilt. Sie war an der Mauer, Hanne! Und sie kann fließend Deutsch! Erklär mir das!«

»Das ist jetzt vollkommen egal!«, fuhr Helena ihm aufgebracht über den Mund. »Hört zu, General Koslow taucht hier bald auf, um Mama und mir weh zu tun. Er hat mich an der Mauer gesehen und …«

»Was hast du denn an der Mauer gemacht?«, unterbrach Hannelore entsetzt.

»Ich konnte damals meine Zeitsprünge noch schlechter kontrollieren als heute und bin eben an Plätze oder zu Menschen gegangen, die ich gut kannte. Und meistens hatte ich Glück und entweder Martha oder Alfred waren dort. Die beiden waren die ersten, die mir Deutsch beigebracht haben.«

Hannelores Gesicht wechselte plötzlich schlagartig zwischen kalkweiß und puterrot. »Alfred?« Sie wich zurück und ging in großem Bogen um Helena herum, bis sie bei Sascha stand. »Sie lügt!«, versicherte sie ihm und rang flehentlich mit den Händen. »Das kann nicht meine Tochter sein!«

Das hier ging irgendwie schief!

Zu ihrer immensen Erleichterung schüttelte Sascha jedoch abwehrend den Kopf. »Sie sagt die Wahrheit. Ich habe Helena heute mit eigenen Augen gesehen – beide Versionen von ihr! Und ich weiß von der Mauer. Sie war dort und sie spricht Deutsch!«

»Alfred würde ihr doch niemals Deutsch beibringen, das ist eine grausame Lüge! Bitte, Saschko, du weißt, was er mir angetan hat! Diese Geschichte stimmt doch hinten und vorne nicht!«

»Mama, sieh mich an, bitte!« Helena packte ihre Mutter etwas härter als beabsichtigt an den Schultern und riss diese zu sich herum, sodass Hanne ihr direkt ins Gesicht sehen konnte. Ihre Mutter sah panisch aus. »Mama, komm schon, du weißt, dass ich es bin! Ich bin aus einer anderen Zeitleiste und ich bin nicht diese Helena, nein. Aber ich bin auch eine deiner Lenas, das musst du mir glauben! Und ich weiß, wie das hier ausgehen wird! General Koslow wird heute hier reinkommen, um uns weh zu tun. Sascha wird ihn in letzter Sekunde erschießen und wir müssen aus Klein Moskau fliehen!«

Sie ignorierte Saschas entsetztes Luftschnappen. So schnell sie konnte, fasste sie in vermutlich abenteuerlichem Russisch und wild mit den Händen rudernd ihr Leben zusammen. Hanne stützte sich schwer auf Sascha und jedes Mal, wenn der Name Alfred fiel, glaubte Helena für einen kurzen, besorgniserregenden Moment, ihre irritierend junge Mutter würde ihr entweder gleich eine Ohrfeige verpassen oder in Ohnmacht fallen. Sie endete mit ihrer Flucht aus der DDR und dass diese entweder zur Folge hatte, dass Hannelore starb oder dass Alfred sich opfern musste.

»Und deshalb,« endete Helena schließlich erschöpft, »haben wir den Plan, es diesmal komplett anders zu machen. Anstatt zweimal zu fliehen, erst aus Klein Moskau und dann aus der DDR, gehen wir *jetzt*! Jetzt sofort! Und Sascha hilft uns!«

Sie hatte es nicht als Bitte formuliert. Sie alle schuldeten sich in gewisser Weise ein Gefallen und dies war vermutlich ihre letzte Chance, um entweder den Tod ihrer Mutter oder Alfreds großes Opfer zu verhindern. Die vielleicht einzige Gelegenheit, um Alpha wieder in Balance zu bringen und viele Zeitsprünge und deren Folgen zu verhindern! Hanne sah wild entschlossen aus, Helena zu widersprechen und auch Sascha schien etwas einwerfen zu wollen.

Doch ein lautes Klopfen kam ihnen zuvor.

~ KAPITEL 29 ~

Neue Vergangenheit

KLEIN MOSKAU, DDR. HANNELORES WOHNUNG.
18. DEZEMBER 1960. ALPHA.

Sascha gebot ihnen mit einer raschen Handbewegung, sich auf den Boden zu legen und zu schweigen. Helenas Herz schlug bis zum Hals. Es konnte nur General Koslow sein! Doch hatte sie damals nicht in genau dieser Situation einen Zeitsprung gehabt, um Sascha zu holen?

Helena lag mit dem Gesicht auf dem Boden und wagte nicht, den Kopf zu heben, um einen Blick auf ihre kleine, anscheinend noch immer schlafende Doppelgängerin auf dem Bett zu werfen. War es ein gutes Zeichen, dass die Kleinkind-Version von ihr noch schlief oder hatte sie gerade einen Zeitsprung, der womöglich alles noch mehr vermasselte? Wie oft schon hatte sie sich gewünscht, die Zeitsprünge würden einfach aufhören! Doch selbst, wenn sie jetzt in dieser Sekunde in ihre eigene Zeitleiste zurückkehrte und nie wieder einen Zeitsprung hätte, würde dort inzwischen vermutlich nichts mehr so sein wie bisher.

Sascha öffnete abrupt die Tür und Helenas sah eine noch immer zum Klopfen erhobene Faust. Mit Schrecken erblickte sie eine Uniform, doch als sie erkannte, wer darin steckte, stockte ihr einen Moment lang der Atem. Erst der entsetzte Aufschrei ihrer Mutter ließ Helena hochfahren und mit einem Satz auf die Füße springen.

Hannelore stürmte auf die kleine Helena auf dem Bett zu, hob das schlaftrunkene Kind auf den Arm und rannte zur Küchenzeile. Sascha konnte sie gerade noch zurückhalten, als Hannelore kopflos ein Messer auf der Küchenschublade riss und damit auf die Tür zustürmen wollte. Anscheinend hatte er sich anhand ihrer Reaktion in Sekundenschnelle zusammengereimt, wer da vor ihnen stand. Er schnappte sich das Messer aus ihren Händen und hielt sie fest von hinten umklammert, während er leise ein paar russische Worte wiederholte, um sie zu beruhigen. Hannelore spürte anscheinend die Vibration seiner Stimme im Rücken, denn ihre Atmung verlangsamte sich tatsächlich erstaunlich schnell und ihr Blick wurde klarer. In der Soldatenuniform steckte niemand anders als Alfred!

Er wurde schließlich energisch von zwei Händen in die Wohnung geschoben und zu Helenas Schrecken folgte ihm Ivanka in den Raum, die so leise wie möglich die Tür hinter sich schloss. Sie warf Sascha einen undefinierbaren Blick zu, bevor sie beide Helenas ansah und sichtbar tief Luft holte. Welche Version von Ivanka würde dies sein – die hilfsbereite, die sie erst vor kurzem kennengelernt hatte oder das Monster aus Helenas Erinnerung?

Nach nur wenigen Sekunden hatte Ivanka sich anscheinend gefangen und stemmte kampfentschlossen die Hände in die Hüften. »Alle herhören!«, rief sie energisch, wobei sie einen flüchtigen, deutlich verabscheuenden Blick auf Sascha und Hannelore warf. »Alfred hat mir alles erklärt, was ich wissen muss. Vieles wusste ich ohnehin, auch wenn ich es von meinem Mann hätte hören müssen als von einem Fremden, der sich vor meinen Augen in Luft auflösen kann!«

Sascha sackte merklich zusammen und Hannelore sah trotz ihrer Angst zutiefst beschämt aus. Doch Ivanka strafte beide mit einem kalten Blick und straffte die Schultern. »Lassen wir das für den Augenblick, wir müssen jetzt zusehen, wie wir einen Skandal und eine Katastrophe verhindern! So wie ich Alfred verstanden habe, müssen wir von hier weg und der General in unserer Wohnung besiegelt diese Entscheidung leider!«

»In unserer Wohnung?«, wiederholte Sascha schwach, als sein

Blick plötzlich auf ein paar rote Flecken auf Ivankas Händen fiel.

»Ivanka! Was hast du getan?«

»Ich habe getan, was jeder anständige Mensch für seine Familie tut: *kämpfen*!«, fauchte sie zurück. »Nachdem Alfred plötzlich aus dem Nichts auftauchte und mir das Wichtigste erzählt hat, haben wir Koslow gerade noch abgefangen und von hinten auf den Kopf geschlagen. Die verdammten Ehrenpokale, die du nicht verdient hast, sind also doch mal zu einem sinnvollen Einsatz gekommen, Aleksandr! Ich musste nun mal sichergehen, dass er nicht sofort wieder aufsteht und habe vermutlich etwas zu hart zugeschlagen. Der wird schon wieder auf die Beine kommen! Er liegt jetzt jedenfalls gefesselt, geknebelt und mit einer Augenbinde in unserer Wohnung und ich hoffe, er ist noch immer bewusstlos! Sobald er aufwacht, wird er eine Erklärung verlangen. Ich hoffe allerdings, dass wir ihn einfach irgendwo unbemerkt abladen können, bevor er wieder zu sich kommt. Dann tun wir einfach so, als wüssten wir von alledem nichts!«

Sie warf einen hasserfüllten Blick auf Hannelore und Sascha. »Ihr zwei habt uns das eingebrockt! Schämt euch! Ihr habt damit meine Ehre und die von Tatjana besudelt! Die Kinder sind der einzige Grund, warum ich euch zweien nicht ebenfalls den Schädel einschlage!«

Ihr noch immer furchteinflößender Blick heftete sich auf Helena. »So, du und Alfred, ihr springt also durch die Zeit! Alfred sagte, dass Koslow in deiner Zeitleiste schwer von Sascha verletzt wurde und er sich im Gegenzug an meiner Tatjana vergriffen hat! Ich danke euch!« Sie schluckte sichtlich, als sie ihre geballte Faust öffnete. Helena erkannte in Ivankas Hand die kleine Holzpuppe, die Alfred zuvor wieder an sich genommen hatte und erinnerte sich schlagartig. Tatjana hatte diese Matroschka damals bemalt und ihre schnörkeligen Initialen waren auf der Unterseite! Deshalb hatte Helena gezielt hierher springen können, denn sie selbst hatte Tatjana dabei zugesehen! Kein Wunder, dass Ivanka gewillt war, Alfred diese Geschichte sofort abzukaufen!

Helena konnte nicht umhin, Alfred fast ein wenig zu bewundern, denn er nickte mit unschuldiger Miene - sofern man Alfreds Gesicht jemals unschuldig nennen konnte, denn er log, dass sich die Balken bogen!

Er warf ihr unauffällig einen mahnenden Blick zu, der ihr befahl, zumindest den Mund zu halten, wenn sie schon nicht überzeugend lügen konnte. Helena sah daher schnell zu Boden und hoffte, dass dies wie bescheidene Zustimmung aussah. Bis auf den Aspekt mit Tatjana stimmte ja schließlich auch alles. Und wenn Alfreds Lüge half, diese Zeitleiste in Ordnung zu bringen und damit Hannelores Leben zu retten, dann musste es eben so sein, beruhigte Helena sich selbst.

»Es tut mir …«, begann Hannelore, doch Ivanka unterbrach sie.

»Schweig, du Flittchen! Ich will kein Wort von dir hören! Du kannst heilfroh sein, dass ich im Gegensatz zu dir Ehre habe! Und dass deine Kinder mir helfen werden!«

Was hatte Alfred ihr bloß für Ammenmärchen aufgetischt?

Vermutlich war es die Nennung von mehr als nur einem Kind, die Hannelore puterrot anlaufen und Sascha verwirrt aussehen ließ. Ivanka hingegen schien mehr als Willens, Alfred alles zu glauben, was er von sich gab und Helena hoffte inständig, dass er ihr nicht noch mehr Unsinn erzählt hatte, der womöglich zum falschen Zeitpunkt auffliegen würde.

Seltsamerweise hatte sie plötzlich Mitleid mit Ivanka, die aller Demütigung und allen Lügen zum Trotz kämpfte. Ihre Mutter sah sie auf einmal ebenfalls mit anderen Augen, doch das Bild gefiel ihr ganz und gar nicht: Die stets fröhliche und starke Hannelore, die sie kannte, stand wie ein klammerndes Häufchen Elend neben Sascha und zum ersten Mal in ihrem Leben fühlte Helena keinerlei Respekt für ihre Mutter. Anstatt sich in Grund und Boden zu schämen, dass Ivanka soeben von ihrer Affäre und dem neuen Kind erfahren hatte, warf Hannelore sich immer wieder lautstark schluchzend an Saschas Hals, woraufhin er ihr beruhigende Worte zuflüsterte.

Peinlich berührt beobachtete Helena, wie ausgerechnet Ivanka ihr schließlich ein großes Glas Wodka eingoss, der hier anscheinend zur Grundausstattung eines jeden Zimmers gehörte, ihr diesen wortlos in die Hand drückte und dann kopfschüttelnd begann, eine große Tasche für Hannelore zu packen.

Auch Alfred warf Hannelore einen angewiderten Blick zu, als er sich eine zweite Tasche schnappte. »Was braucht sie?«, zischte er Helena zu und nickte zu der kleinen Version von ihr, die sich mit großen Augen an die Beine ihrer hysterisch schluchzenden Mutter drückte.

Helena wandte ihren beschämten Blick von Hannelore ab, nahm Alfred die Tasche aus den Händen und begann, für die kleine Helena und ihre Mutter zu packen. Offenbar mussten selbst manche der besten Menschen erst ganz gewaltig viel Mist erleben, bevor sie endlich ein Rückgrat bekamen und man zu ihnen aufsehen konnte!

Ein plötzlicher Tumult hallte aus dem Gang zu ihnen ins Zimmer und ließ alle Anwesenden in eine augenblickliche Starre verfallen. Ivanka schob Alfred von der Tür fort und horchte kurz nach draußen.

»Verdammt!«, fluchte sie schließlich. »Das ist ein Suchtrupp! Ich kann Galinas Stimme hören! Warum suchen die denn jetzt schon nach ihm? Er ist doch noch keine halbe Stunde weg!«

»Koslow hat keinen Hehl daraus gemacht, dass er heute Nachmittag testen wollte, was die vermeintlich *zurückgebliebene Russin aus Nowosibirsk* so teuer macht. Es ist ein bisschen ungewöhnlich, dass ein geschätzter Herr Armeegeneral den kleinen Import ganz für sich haben will, nachdem seine Familie zuvor etwas anderes versprochen hat!«, erklärte Alfred mit einem kalten Schulterzucken in Hannelores Richtung.

»Was hat er gesagt?«, kreischte Hannelore panisch auf, doch Sascha hielt ihr mahnend sofort eine Hand vor den Mund und versuchte offenbar, seiner Frau mit den Augen ein Zeichen zu geben.

Helena war ebenfalls verblüfft. Doch nicht wegen der kaltblütigen Idee, aufgrund derer Sascha und Ivanka die schwangere Anhalterin damals überhaupt am Rostocker Bahnhof mitgenommen hatten. Im Gegensatz zur jungen Version von Hannelore wusste Helena bereits, dass das Paar Hannelore ursprünglich nur deshalb nach Klein Moskau gebracht hatte, damit andere Generäle und Soldaten sich lieber an ihr statt an Tatjana vergreifen würden. Helena war vielmehr überrascht, dass Alfred nahezu fließend Russisch sprach und offenbar über jedes noch so kleine Detail aus ihrer Familiengeschichte Bescheid wusste.

Alfred schien ihre Gedanken erraten zu haben. »Ich sagte doch, dass diese verdammten Zeitsprünge immer mehr werden!«, raunte er ihr leise zu. »Du hast keine Ahnung, wie oft ich durch die Zeit gesprungen und wie lange ich jeweils dortgeblieben bin, bevor ich wieder zurückkommen konnte! Hoffen wir mal, dass wir den Spuk jetzt beenden können!«

»Wenn sie Koslow bereits in unserer Wohnung gefunden haben, kommen wir hier nicht mehr raus!«, stöhnte Sascha entsetzt.

Hannelore schluchzte erneut hysterisch auf und Helena hätte sie am liebsten geohrfeigt. »Wir könnten versuchen, in eure Wohnung zu gehen und ihn heimlich wegzuschaffen?«, schlug Helena an Ivanka gewandt vor.

Diese warf ihr einen seltsamen Blick zu und drückte ihr schließlich kurz aber fest den Unterarm. »Komm!«, sagte Ivanka schlicht.

Sie horchten angespannt nach draußen. Die Schritte hatten sich entfernt und es klang, als ob der Suchtrupp die Treppen nach unten zum Hof genommen hatte. Auf Zehenspitzen schlichen die beiden Frauen durch die Gänge zu Saschas und Ivankas Wohnung. Ivanka schien die Geheimgänge nicht zu kennen, denn sie nahmen die offiziellen Korridore, an die Helena sich erstaunlicherweise sogar noch erinnerte. Knapp fünf Minuten später drückte Ivanka ihre Wohnungstür auf und zog Helena geschwind hinter sich in die Wohnung, bevor sie leise die Tür schloss.

»Wie kann das sein?« Ivankas Blick war starr geworden. Wie in Trance ging sie ins Badezimmer und sah sich wie in Zeitlupe mit ungläubigem Blick um. Plötzlich steigerte sich ihr Tempo. Sie rannte durch alle Zimmer und schaltete sämtliche Lichter an. »Wie kann das sein?«, wiederholte sie noch einmal, als sie sich wie ein Kreisel um die eigene Achse drehte.

»Was ist los?«, fragte auch Helena nervös. Die konstante Anspannung zerrte unglaublich an ihren Nerven. »Wo ist der verdammte Kerl?«

»Ich weiß es nicht!«, stöhnte Ivanka. Zum ersten Mal, seitdem Helena Ivanka kannte, sah es so aus, als ob diese die Fassung verlieren würde. »Er sollte genau dort liegen!« Hektisch flatterte ihr Finger auf den Badezimmerboden. »Da waren Blutspuren und wir haben im Gerangel ziemlich viele Dinge umgeworfen: Stühle, Vasen und so weiter. Wir haben ihn ins Bad geschleift und dort gefesselt, geknebelt und ihm ein Tuch um den Kopf gebunden.«

Helena marschierte erneut zum Badezimmer und sah sich um. Alles war blitzblank, so wie auch in den anderen Räumen. Nirgendwo war auch nur ein Tropfen Blut oder ein sonstiger Hinweis zu sehen, dass hier vor weniger als einer halben Stunde ein Kampf stattgefunden hatte.

»Hat er sich vielleicht befreien können?«, fragte Helena verwirrt. Ivanka lachte zitternd auf und fuhr sich durch ihre gelöste Lockenfrisur. »Nein! Wir haben gute Arbeit geleistet. Ich bezweifle, dass er sich allein hat befreien können und dann auch noch beim Rausgehen höflich hinter sich aufgeräumt und geputzt hat!«

»Dann muss ihm irgendjemand geholfen haben«, murmelte Helena mehr zu sich selbst als zu Ivanka. Doch warum würde jemand Koslow helfen und dann alle Beweisspuren in der Wohnung beseitigen?

Helena spürte, dass ihr Kopf heftig zu pochen begann und ihr Magen seltsame Geräusche von sich gab. Es fühlte sich so an, als ob ein neuer Zeitsprung bevorstand! Hatte es etwas damit zu tun, dass sie gerade keinen Anker in ihrer Nähe hatte? Sie durfte jetzt noch nicht zurück! Doch wenn diese Holzpuppe und ihre Mutter ihre Anker waren, dann sah es um ihren Hilfseinsatz hier wohl düster aus, denn sie fühlte sich zu keinem der beiden sonderlich hingezogen!

»Wasser!«, keuchte Helena schwach. »Sonst springe ich gleich!«

Ivanka fasste sich in Sekundenschnelle und kam mit einem großen Glas zurück. Dankbar nahm Helena einen großen Schluck und begann augenblicklich zu husten.

»Stell dich nicht so an!«, kommentierte Ivanka ungerührt. »Das Leitungswasser hier ist nicht trinkbar und Tatjana hat anscheinend den letzten Saft ausgetrunken. Also runter damit!«

Helena schüttelte sich angeekelt, während sie krampfhaft ein paar Schlucke herunterwürgte. Der Wodka brannte wie Feuer in ihrem Hals, doch wunderbarerweise half er sofort. Vermutlich lag es daran, dass sie nie Alkohol trank, doch ihre Nerven beruhigten sich tatsächlich mit jedem weiteren Schluck und in ihrem ganzen Körper breitete sich eine angenehme Schwere aus.

»Ich glaube, ich muss einfach nur schlafen«, nuschelte sie schließlich seufzend.

Ivanka schüttelte jedoch energisch den Kopf und riss ihr das Glas wieder aus der Hand. »Das könnte dir so passen! Wir müssen schnell packen und dann zurück zu den anderen. Irgendetwas stimmt hier nicht!«

Sie kramte drei große Taschen hervor und warf diese Helena vor die Füße. »Ich sehe nach Tatjana und du packst! Pack sinnvoll, sodass du alles tragen kannst und wehe du vergisst meine Sachen aus dem Bad! Wir treffen uns in Hannes Wohnung! Findest du zurück?«

Helena nickte wie betäubt. »Los, mach schnell!«, blaffte Ivanka sie an und gab ihr einen kräftigen Schubs, sodass Helena beinahe über die Taschen fiel. »Ich weiß nicht, wie viel Zeit wir haben!«

Ivanka verließ auf Zehenspitzen die Wohnung und Helen bemühte sich krampfhaft, ihre Gedanken zu sortieren. Kopflos warf sie Kleidung für Sascha, Ivanka und Tatjana in die Taschen und erinnerte sich, dass Hannelore und sie viele Jahre später gelacht hatten, weil Sascha ihnen für die abrupte Flucht aus Klein Moskau sogar Messer zwischen Hannelores Strumpfhosen gepackt hatte. Jetzt verstand Helena nur allzu gut, wie es zu solch einem idiotischen Packen kommen konnte.

Kopfschüttelnd warf sie einen Blick ins Badezimmer, in dem Unmengen an Kosmetika standen, die vermutlich alle Ivanka gehörten.

Wozu brauchte man all diese Dinge bloß? Entschlossen schnappte sie sich schließlich eine kleine, vierte Tasche und warf kurzerhand alles hinein, was sie im Badezimmer an Kosmetikartikeln finden konnte. Irgendetwas klirrte am Taschenboden und Ivanka würde ihr vermutlich den Kopf abreißen, wenn etwas kaputt gegangen war, doch darauf konnte sie jetzt keine Rücksicht nehmen.

Wahllos pfefferte sie Kleidungsstücke in die Taschen und stopfte Saschas teure Hemden zu Tatjanas Seidenblusen und Ivankas Strumpfhosen. Bereits die zweite Tasche war so schwer, dass sie sich entschied, die dritte Tasche einfach zu ignorieren. Sie würde nie im Leben alles auch nur einen Meter weit schleppen können!

Keuchend schulterte sie die beiden mit Rosen verzierten Taschen und presste den Beutel mit Ivankas Utensilien in ihre Bauchgegend, während sie schnaufend die Gänge zu ihrer alten Wohnung entlang schlich. Ihr Adrenalinspiegel hatte sie recht schnell wieder ernüchtert, doch eine gewisse Restschwere blieb und füllte sie mit der nötigen Ruhe, um einen Fuß vor den anderen zu setzen. Damals war ihr alles unglaublich riesig vorgekommen, doch an diesem Abend erschien alles seltsam klein und bedrückend. Die Kanten der eleganten Beuteltaschen hatte ihre Schienbeine bereits mit deutlich sichtbaren roten Flecken versehen, als Helena endlich mit klopfendem Herzen die Klinke zu ihrer Wohnung hinunterdrückte.

Aufgeregtes Flüstern brach abrupt ab, als sie den freundlich eingerichteten Raum betrat, der vor so langer Zeit einmal ihr Zuhause in einer anderen Welt gewesen war. Alfred zerrte sie ins Innere der Wohnung und schloss leise die Tür hinter ihr.

»Alles läuft nach Plan«, raunte er ihr zu und nickte kaum merklich.

Ivanka saß kreidebleich auf einem Stuhl und hatte die Hände vor ihr Gesicht geschlagen. Ein Soldat stand neben Sascha und flüsterte leise. Er schien mit der Familie befreundet zu sein, denn in seinem Gesicht war aufrichtiges Mitleid zu sehen. Sascha war anscheinend zwiegespalten und warf immer wieder einen kurzen Blick zu der ungewöhnlich stillen Ivanka hinüber. Doch die schluchzende Hannelore hatte ihn noch immer im Klammergriff.

»Was ist passiert?«, flüsterte Helena.

Alfred nickte kaum merklich zu dem Soldaten hinüber: »Yuri hat unsere Spuren in der Wohnung beseitigt und Koslow auf die Krankenstation gebracht. Offenbar ist die Kopfverletzung ziemlich schwerwiegend und sie wissen noch nicht, ob er durchkommt. Yuri hat gelogen und gesagt, er habe Koslow in diesem Zustand in einem der Flure gefunden. Falls Koslow stirbt, werden sie jedoch Nachforschungen anstellen und dann wird es kritisch. Doch fürs Erste hat er uns wertvolle Zeit verschafft.« Alfred stockte plötzlich und kräuselte angewidert die Nase. »Zur Hölle nochmal, Helena, hast du etwa fröhlich gesoffen, während hier die Post abging?«

Anstelle einer Antwort ließ Helena ihr schweres Gepäck auf seine Zehen fallen und ging zu Ivanka hinüber. Das Gesicht der Russin wirkte blutleer, während sie nur allzu offensichtlich nach Fassung rang.

Als Hannelore in diesem Moment erneut aufschluchzte, platzte Helena endgültig der Kragen. »Hör auf zu heulen, Mama! Ich habe mich noch nie für dich geschämt, aber heute könnte ich dir echt eine klatschen! Ivanka hat gerade den Mann ihrer besten Freundin halb totgeschlagen, um dir den Hintern zu retten! Halt den Mund!« Noch nie war sie dermaßen wütend auf ihre Mutter gewesen – noch nicht einmal damals, als Michi ihr Zimmer verwüstet hatte und Hanne ihm geglaubt hatte statt Helena.

Hannelore hielt entsetzt in ihrem Wimmern inne und warf einen ungläubigen Blick von der kleinen Helena an ihrem Bein zu der großen, aufgebrachten Version von ihr. Ihre verweinten Augen starrten ihre gleichaltrige Tochter mit missbilligendem Blick an und Helena meinte, zum ersten Mal in ihrem Leben Ablehnung im Gesicht ihrer Mutter lesen zu können.

Klasse, soll sie doch!, dachte Helena bockig. Sie konnte diese Version von Hannelore ebenfalls nicht leiden!

Alfred hingegen prostete ihr mit einem imaginären Glas zu und schien sich für seine Verhältnisse beinahe zu amüsieren. Helena spürte eine Hand auf ihrem Haar und sah zu ihrem Erstaunen, dass Ivanka ihr warmherzig in die Wange kniff. Sie hatte offenbar die wichtigsten Worte in Helenas wüstem Schimpfen verstanden und sich den Rest zusammenreimen können.

»Ihr müsst weg!«, meldete sich Yuri verlegen zu Wort.

Sascha nickte langsam, während er die Stirn in konzentrierte Falten legte. »Falls Koslow tatsächlich stirbt, werden sie genauer nachhaken. Wir sollten verschwinden, bevor sie uns unter die Lupe nehmen. Ich habe bereits mehrfach die Einladung bekommen, nach Moskau zurückzukehren und mit Igor im Ministerrat zu arbeiten. Ich habe bisher immer abgelehnt, weil …«, er brach beschämt ab.

Ivanka stemmte wütend die Hände in die Hüften und beendete seinen Satz. »Igor war also derjenige, der dir deine gefälschten Finanzberichte abgenommen hat?«, fragte sie scharf.

Sascha nickte und sah schweigend zu Boden.

»Na gut, dann nutzen wir deine Verlogenheit jetzt mal zum Guten!«, fuhr sie eisig fort. »Du arbeitest mit ihm und vielleicht kann er das hier dann ebenfalls irgendwie unter den Teppich kehren, bevor Galina uns jemanden in ihrem Namen nach Moskau hinterherschickt!«

»Kannst du nicht schnell zu Galina gehen und so tun, als ob du gerade erst von Koslows Unglück gehört hast? Du könntest lügen, dass du aus Sicherheitsgründen lieber vorübergehend nach Moskau gehst, bevor sonst auch noch Sascha etwas passiert, da es offenbar jemand auf höhere Generäle abgesehen hat?«

Ivanka fuhr mit ungläubigem Blick herum und Helena wünschte sich augenblicklich, sie hätte einfach den Mund gehalten.

»Ich dachte ja nur«, fuhr Helena kurzatmig fort, »dass das am unauffälligsten und logischsten wäre, wenn du dich schockiert zeigst und dann erst abreist. Sonst wissen sie doch sofort, dass du etwas damit zu tun hast!«

Noch immer starrte Ivanka sie mit aufgerissenen Augen an und reagierte nicht. Auch die anderen im Zimmer schwiegen.

»Vielleicht ist es eine blöde Idee, entschuldige!«

Zu ihrem Erstaunen nickte Ivanka plötzlich langsam. »Keine blöde Idee. Ich kann glücklicherweise hervorragend schauspielern!«, bemerkte sie sarkastisch. Ivanka verschwand kurz im Badezimmer, bevor sie schließlich mit sorgfältig gerichteten Locken sowie adrett sitzender Kleidung wieder zurückkam und erhobenen Hauptes den Raum verließ. »Ich bin gleich wieder da!«, rief sie über ihre Schulter.

Alfred räusperte sich und wandte sich unerwartet an Hannelore. »Ein kleines Problem gibt es da noch«, sagte er und sah auf einmal deutlich weniger amüsiert aus. »Helena kann nicht mit nach Moskau kommen. Sie muss in Frankfurt aufwachsen. Ich bringe sie in den Westen!«

»Bitte was?«, riefen Helena und Hannelore aus einem Mund.

»Ohne mich? Niemals!«, rief Hannelore entsetzt und riss die kleine Helena zitternd an sich, während sie sich erneut an Sascha drückte und sich unwillkürlich über den Bauch strich. »Du bist doch nicht ganz richtig im Kopf!«

»Es geht nicht anders«, erklärte Alfred kalt. »Wenn sie bei dir bleibt, egal ob in Ostberlin oder in Moskau, dann wird sie irgendwann Martha kennenlernen und es wird zu dem Raketenunglück kommen. In jeder Version, in der ihr zusammen auf östlicher Seite bleibt, trefft ihr Martha! Und Helena und Peter reisen letztendlich unkontrolliert durch die Zeit. Jedes verdammte Mal!«, bekräftigte er eindringlich.

»*Wen* treffen wir und sie tun bitte *was*?«, rief Hannelore fassungslos.

»So ein Quatsch!«, warf auch Helena entsetzt ein. »Dann fahren wir eben einfach nicht nach Dannenwalde!«

»Du hast wohl vollkommen den Verstand verloren!«, brüllte Hannelore und zum ersten Mal seit ihrem Aufeinandertreffen wirkte sie wie die starke Mutter, die Helena zurückgelassen hatte. »Helena und ich bleiben bei Sascha! Die einzige Martha, die ich kenne, verkauft Bückware und die werde ich vermutlich nie wiedersehen, sobald ich aus Klein Moskau verschwinde! Was soll sie denn bitte mit uns zu tun haben?«

Alfred lachte verzweifelt auf. »Mehr als du denkst …«, antwortete er leise. Helena setzte automatisch zu einer Erklärung an, doch im letzten Moment sah sie Alfreds kaum merkliches Kopfschütteln. Ihre Mutter wusste zu diesem Zeitpunkt noch nicht, dass ihre Freundin Martha hinter der Mauer von Klein Moskau Alfreds Schwester und somit Helenas Tante war.

Wenn sie es nie erfuhr, …

»Heißt das, Peter wird nur dann überleben, wenn ich im Westen bin?«, fragte Helena mühsam beherrscht.

Alfred nickte. »Wenn du im Westen aufwächst und ihr erst gar nicht voneinander erfahrt, dann sollten wir auf der sicheren Seite sein!« Er packte sie an den Schultern, was den körperkontaktscheuen Alfred vermutlich unendlich viel Überwindung kostete. »Diese Helena ist nicht wie du! Sie ist zwar auch talentiert, aber egal wie oft ich mit ihr geübt habe, sie kann ihre Sprünge nicht ausreichend steuern – auch nicht mit einem Anker! Die Helena aus dieser Zeitleiste springt unkontrolliert durch die Zeit und verschwindet später, als sie ihre leibliche Mutter sucht«, erklärte Alfred verzweifelt. »Der Helena aus Beta geht es genauso, nur du bist noch hier! Martha weiß längst, wer ihr seid, und die blöde Kuh lässt sich nie im Leben davon abbringen, meinen Fehler wiedergutzumachen. Sie wird euch suchen und finden, solange ihr auf östlicher Seite seid – vollkommen egal, ob das Ostberlin oder Moskau ist!«

»Aber warte!«, warf Helena verzweifelt ein. »Die Helena aus dieser Zeitleiste ist doch in Frankfurt aufgewachsen und hat trotzdem alles durcheinandergebracht, als sie gesprungen ist.«

»Du hörst mir nicht zu!«, polterte Alfred mit hochrotem Kopf. »Die Alpha-Helena bringt alles durcheinander, weil sie später von Hannelores Tod erfährt und sie retten will. Solange dafür kein Grund besteht, bleibt sie hoffentlich wenigstens in derselben Zeitleiste! Helena, es geht nicht anders!« Obwohl Helena inzwischen wusste, dass er ein erschreckend begabter Schauspieler war, glaubte sie ihm, so sehr sie sich innerlich auch dagegen wehrte.

»Aber wir können die beiden doch nicht einfach trennen«, stammelte Helena. »Und wie soll die Kleine denn überhaupt in den Westen kommen?«

»Lass das mal meine Sorge sein«, erwiderte Alfred. Er sah sie dabei jedoch nicht an.

»Ihr beide seid vollkommen krank im Kopf!« Zum ersten Mal in ihrem Leben brüllte Hannelore sie an, ohne dabei die Hände zu benutzen - als wäre Helena eine vollkommen Fremde. Unwillkürlich dachte Helena an die Version von Hannelore, die sie in der anderen Zeitleiste in Dannenwalde zurückgelassen hatte. Diese hatte im Wald gesagt, dass sie wissen wollte, was mit *ihrer Leni* passiert war. Offenbar konnte ihre Mutter jeweils nur eine einzige Helena als ihre Tochter akzeptieren und das war die Version, die aus ihrer eigenen Zeitleiste stammte. Die bittere Erkenntnis kurbelte unwillkürlich Helenas Magensäure an. So sehr sie sich für diese schwache Version ihrer Mutter momentan auch schämte, Hannelore war immer ihre Mutter – egal zu welcher Zeit und in welcher Version! Warum war das nicht auch umgekehrt so?

Zu ihrem Unmut konnte offenbar selbst Alfred in ihrem Gesicht wie in einem offenen Buch lesen. »Nicht alle Versionen von uns sind gleich, Helena! Das hast du doch inzwischen bemerkt!« Seltsamerweise beruhigten seine Worte sie ein wenig, auch wenn er dabei wie immer griesgrämig und gereizt wirkte. Vielleicht war es aber auch der Alkohol, denn ihr Kopf begann unangenehm zu pochen.

Sascha hatte von Alfreds Erklärung offenbar kein einziges Wort verstanden und hörte nun angestrengt Hannelore zu, die ihm in ihren eigenen Worten eine Zusammenfassung lieferte. Helena konnte nur einzelne Bruchstücke heraushören, doch sie verstand genug, um zu erfahren, dass Hannelore sowohl Alfred als auch Helena für vollkommen übergeschnappt hielt. Saschas Gesicht verfinsterte sich, als er schließlich aufsah und Helena und Alfred einen vernichtenden Blick zuwarf.

»Niemand wird hier getrennt oder nach Frankfurt gehen!«, entschied er bestimmt. »Das ist Wahnsinn! Ich weiß allerdings auch nicht, wie ich die beiden nach Moskau mitnehmen soll.«

Helena vermutete, dass er an Ivanka und Tatjana dachte. Als sein Blick auf Hannelores erneute Tränen fiel, lenkte er jedoch schnell ein. »Ich spreche doch nur vom Hier und Jetzt, Hanne! Wir müssen eine schnelle Lösung finden, auch wenn die vielleicht nicht ideal ist!«

Helena bemerkte aus dem Augenwinkel, das Yuri in der Zwischenzeit routiniert und sorgfältig die Taschen umgepackt hatte. Er blinzelte Alfred zu und nickte kaum merklich. Oder hatte sie sich das nur eingebildet?

»Hör zu, Hanne!«, fuhr Sascha eindringlich fort. »Du kontaktierst deine Freundin Martha von der Mauer. Anscheinend liegt ihr viel an dir und sie will dir helfen. Ich kontaktiere Dahlke. Sein Sohn hat kräftig Dreck am Stecken, damit könnte ich ihn dazu kriegen, dass er uns hilft, damit du entweder hier nicht mehr als Flüchtling giltst oder eben mit nach Moskau kommen kannst.«

Sascha wand sich sichtlich unwohl und Helena war sich nicht sicher, ob er es ehrlich meinte. Doch als er abfällig von Dahlkes Sohn sprach, konnte sie einfach nicht anders, als laut aufzulachen. Auch Alfred sah stur an ihnen vorbei zum Fenster und schien sich nicht entscheiden zu können, ob er grinsen oder fluchen sollte. Es war einfach zu absurd, dass weder Hannelore noch Sascha zu diesem Zeitpunkt wussten, dass der besagte, verdorbene Sohn des Stasi-Chefs direkt vor ihnen stand!

Die kleine Version von Helena lugte schließlich hinter Hannelores Beinen hervor und ging unsicher auf Alfred zu. Sie sprach zum ersten Mal an diesem seltsamen Abend und zu Helenas Erstaunen sprach ihre kleine Doppelgängerin mit unüberhörbarem, russischem Akzent. »Warum können Mama und ich nicht einfach hierbleiben? «

Hannelore schlug entsetzt die Hand vor den Mund. »Du kannst ja tatsächlich Deutsch!«, rief sie entsetzt. Offenbar hatte sie es bis zu diesem Moment nicht geglaubt. Auch Sascha runzelte die Stirn, als er die kleine Helena anstarrte. »Ehrlich, Saschko«, fuhr Hannelore fast hysterisch auf Russisch fort. »Ich habe mit ihr immer nur Russisch oder in Zeichensprache gesprochen!«

»Er hat es mir beigebracht«, antwortete die kleine Helena seelenruhig und wandte sich wieder an Alfred. »Ich will hierbleiben!«

Alfred ignorierte Hannelores wirres Gebrabbel und ihre Versuche, ihre Tochter wieder zu sich zu ziehen. Zu Helenas maßlosem Erstaunen wirkte er für seine Verhältnisse beinahe freundlich, als er sich zu der dreijährigen Version von ihr hinunterbeugte. »Du bist immer wieder an anderen Orten und weißt nicht, wie du dorthin gekommen bist, richtig?«

Die kleine Helena nickte mit ernstem Gesicht.

»Und das passiert immer dann, wenn du Angst hast, nicht wahr?«

Erneut folgte heftiges Kopfnicken.

»Siehst du, wenn wir dafür sorgen, dass es nicht mehr so viel gibt, wovor du Angst haben musst, dann kannst du an einem Ort bleiben und alles wird besser. Abgemacht?«

Das kleine Mädchen starrte ihn mit seinen eigentümlichen Augen stumm an und nickte schließlich zögernd, bevor sie seine ausgestreckte Hand ergriff.

»Sie wird nicht mit dir mitgehen!«, kreischte Hannelore entsetzt und machte Anstalten sich auf Alfred zu werfen. Seltsamerweise hielt Sascha sie jedoch ruckartig zurück und hob beschwichtigend seine freie Hand.

»Erklär es! Auf Russisch!«

»Wie du weißt, Aleksandr Grigorjew, fragen sich hier viele schon seit längerem, warum du Hannelore beschützt. Und heute haben nun einige Soldaten und hochrangige Offiziere Helena ausgerechnet an der Schwarzmarktmauer gesehen. Nicht nur das, Helena hat sich auch noch direkt vor ihren Augen in Luft aufgelöst! Es wird also bald brenzlig!«

Noch während er sprach, wurde der Lärm von draußen lauter und ein kleiner Trupp russischer Soldaten stürmte ins Zimmer. Zwei der Russen brüllten etwas und deuteten auf die kleine Helena. Ein Soldat mit einer tiefroten, langen Narbe auf dem Handrücken packte das erschrockene kleine Mädchen an der Hüfte und stopfte es in einen kleinen brauen Sack. Dann schleifte er diesen aus der Tür, während seine Kollegen ihm folgten und dabei Alfred mit sich zerrten. Yuri hielt Sascha und die wie ein gequältes Tier schreiende Hannelore zurück, während Helena nicht anders konnte, als entsetzt Richtung Flur zu starren.

Sie hatte zwei Anker gehabt, die sie nach Klein Moskau gebracht hatten. Ivanka hatte einen von ihnen, die kleine Holzpuppe, mitgenommen und ihr zweiter Anker, ihre Mutter, konnte sie noch nicht einmal leiden. Noch dazu war der womöglich einzige Zeitreisende, der sie sicher wieder zurück auf ihre eigene Zeitleiste bringen konnte, gerade zusammen mit ihrer kleinen Doppelgängerin von einer Meute brüllender, russischer Soldaten abgeführt worden! Wenn sie die Augen schloss und sie gleich wieder öffnete, wäre das alles vielleicht nur ein Alptraum! Verzweifelt kniff sie die Augen zusammen und konzentrierte sich mit aller Kraft auf Felix. Sie trug noch immer sein T-Shirt – vielleicht klappte es und sie konnte einfach zu ihm zurück?

Das wird nichts ändern, gab eine kleine Stimme in ihr zu Bedenken. Doch alles konnte nur besser ausgehen als dieser Moment und so schob sie den Gedanken panisch zur Seite. Sie würde einfach zurück nach Frankfurt springen und alles würde sich irgendwie von allein regeln! Helena spürte, dass jemand unsanft an ihren Händen riss und ihr dann kräftig ins Gesicht schlug, doch sie kniff entschlossen die Augen zu.

~ KAPITEL 30 ~

Das Nichts

FRANKFURT AM MAIN, HAUS DER GENETS.
27. OKTOBER 1990. GAMMA.

Es war inzwischen Abend geworden und Felix stand bereits seit einer gefühlten Ewigkeit in dem kleinen Gartenstück am Ende der Kleinen Seestraße. Nur am Rande nahm er die misstrauischen Blicke vorbeiziehender Passanten wahr, die schnellen Schrittes an ihm vorübergingen oder ihre neugierigen Hunde schleunigst an die kurze Leine nahmen und von ihm wegzerrten. Seine Finger waren inzwischen fast taub vor Kälte, doch er spürte es kaum, als er unverwandt auf den schwach erleuchteten Wintergarten hoch oben im Dachgeschoss starrte.

Er hatte Helena heute ganz deutlich gesehen, doch sie war wie hinter einer gläsernen Wand gewesen. Er hatte ihr gesagt, dass sie sein T-Shirt anziehen sollte, doch entweder sie hatte es noch nicht in die Hände bekommen oder es funktionierte nicht so, wie Johanna es vermutet hatte. Felix war sich zunächst unglaublich dämlich vorgekommen, als diese Käthe sie alle zu diesem peinlichen Singsang aufgefordert hatte, doch dann war Helena tatsächlich erschienen. Ein anderes Wort gab es dafür wohl nicht.

Was ihn seitdem mindestens ebenso verstörte, war die Tatsache, dass er sich plötzlich an viele Dinge erinnerte, die nicht in sein Leben passten. Er erinnerte sich daran, dass er Stöcke am Boden gesehen hatte, die wie Pfeile ausgerichtet waren. An eine Helena mit einem langen, senfgelben Schal, die ihn missmutig in der Straßenbahn ansah und endlich lächelte. An eine lachende Helena in einem Café. Die Erinnerungen waren so klar, dass er sie sich unmöglich einbilden konnte. Und doch wusste er, dass all das nie geschehen war.

Unwillkürlich hob er seine verfrorenen Hände an den Mund und blies warmen Atem hinein, bevor er sie aneinander rieb. Das machte alles keinen Sinn, doch seltsamerweise schreckte es ihn nicht ab. Es verwirrte ihn maßlos, doch gleichzeitig verstärkte es nur noch mehr seinen Entschluss, Helena irgendwie wieder zu finden.

Wo war sie nur?

»Wenn du noch länger in meine Wohnung starrst, muss ich dich wohl anzeigen!« Johanna war unbemerkt hinter ihn getreten und rieb sich fröstelnd über ihre dünne Seidenbluse. »Nun komm schon nach oben, du holst dir hier ja den Tod!«

Felix nickte, doch seine Beine wollten sich einfach nicht in Bewegung setzen. »Ich denke die ganze Zeit, dass sie jeden Augenblick wieder auftauchen könnte. Ich traue mich kaum, zu blinken, falls ich sie sonst verpasse! Heute Mittag war sie fast wieder hier, aber ich konnte ihr nicht helfen. Ich kann absolut nichts machen!« Frustriert stieß er den angehaltenen Atem aus und blies erneut Atem in seine eiskalten Hände, während er in den Wintergarten starrte.

Johanna schwieg einen Moment. »Ich denke die ganze Zeit, dass es vielleicht gar nicht erst dazu gekommen wäre, wenn ich ihr nicht wegen Peter solchen Druck gemacht hätte. Ich dachte eben, sie muss einfach nur zurückgehen und ihn vom Gelände fernhalten. - Fertig!« Sie hob entschuldigend die Schultern, als sie beide unwillkürlich an die beiden Zeitreisenden im Wintergarten dachten.

»Ich denke, da hängt noch wesentlich mehr dran«, erwiderte Felix schließlich. »Ich hoffe nur, sie findet wieder zurück.«

»Das wird sie!«, sagte Johanna schließlich und hakte sich entschlossen bei ihm ein, um ihn Richtung Eingangstür zu manövrieren. »Peter ist immer wieder zu Martha zurückgekommen, weil sie sein Anker war. Und Helena wird auch zu dir zurückkommen, da bin ich mir sicher!«

»Bist du das?«, fragte Felix zweifelnd.

Johanna nickte zuversichtlich. »Sie *muss*! Ich habe plötzlich ein ziemliches Chaos in meinem Kopf, das ich mir lieber von ihr als von Alfred erklären lasse!«

Felix blieb ruckartig stehen, während Johanna ihren Hausschlüssel zückte. »Hast du plötzlich auch seltsame Erinnerungen?«

Johanna nickte unbehaglich. »In der Tat! Werner hat mir letztes Jahr erzählt, dass wir uns mal wegen Helena gestritten haben und ich hätte schwören können, dass er spinnt. Jetzt erinnere ich mich plötzlich haargenau daran! Werner hat mir außerdem erklärt, dass Helena ihn damals während ihrer Therapie bei ihm vor dem Autounfall gewarnt hat und er nur deshalb unser Leben retten konnte. Dabei glaube ich noch nicht mal, dass es diese Therapiesitzungen überhaupt gab, denn Helena hat noch nie hier in Frankfurt gewohnt. Verstehst du? Das alles ist vollkommen unlogisch! Aber wenn Helena jetzt wegen mir durch die Zeit reist und etwas ändert, sterben wir dann vielleicht bei dem Unfall?«

Johanna sah ihn nicht an, als sie energisch die Tür zum Hausflur aufdrückte. »Helena muss und sie wird wiederkommen!«, endete Johanna entschlossen. »Und bis dahin beruhigen wir uns – ich habe noch eine Flasche Rotwein im Kühlschrank!«

Felix unterdrückte ein schwaches Grinsen. Hoffentlich würde er diesmal nicht auch noch ihr angebranntes Essen auf den kalten Rotwein schaufeln müssen.

Ein heftiger Schwindel ließ ihn plötzlich ohne jede Vorwarnung in die Knie sacken. Kurz nachdem er den Führerschein bekommen hatte, hatte er eine Kurve zu scharf genommen. Der Wagen war von der Straße abgekommen und regelrecht über einen kleinen Hügel geflogen. Er hatte damals mehr Glück als Verstand gehabt und ihm war, abgesehen von einem vorübergehenden Schrecken, nichts passiert. Er hatte schon seit vielen Jahren nicht mehr an diese Nacht zurückgedacht - bis zu diesem Moment! Genau wie damals ergriff ihn plötzlich ein widernatürlich leichtes Gefühl zu schweben, während sein Leben wie in einem zu schnell abgespielten Film an ihm vorüberzog.

Und dann kam der bedrückende Augenblick, in dem die Zeit auf einmal stillstand. Der Film riss und sein Kopf wurde leer.

~ KAPITEL 31 ~

Unerwartetes Ende

KLEIN MOSKAU, DDR. HANNELORES WOHNUNG.
18. DEZEMBER 1960. ALPHA.

Helenas Hals brannte erneut wie Feuer, als sie hustend eine kräftige Ladung Wodka ausspie.

»Ivanka, stopp! Jetzt füll sie doch nicht ab! Ein Schluck genügt! Helena, komm! Hey!« Alfreds Hände schlugen eine Spur härter zu, sodass ihre Wangen unangenehm brannten und sie unwillkürlich die Augen öffnete. Sie war noch immer in Klein Moskau!

»Warum bin ich noch immer hier und nicht bei Felix?«, murmelte sie elendig und spürte, wie ihr das Wasser in die Augen trat.

»Weil ich dir dann höchstpersönlich den Hintern aufreißen würde!«, schnaubte Alfred. »Kann ich dich nicht mal ein paar Minuten allein lassen? Ich bin nicht dein verdammter Babysitter!«

Die sarkastische Antwort blieb Helena jedoch jäh im Hals stecken. Alle waren im Zimmer versammelt und ihre Mutter lag zusammengekrümmt in Saschas Armen.

Warum heult sie denn bloß schon wieder?, dachte Helena gereizt. Fahrig ließ sie ihren Blick über die Gesichter aller Anwesenden schweifen.

Tatjana war inzwischen ebenfalls hier. Sie kam auf Helena zu und nahm sie herzlich in den Arm. »Es tut mir leid«, sagte sie in ihrer ungewöhnlichen, stets fröhlichen Sprechweise.

Helena hatte damals nicht bemerkt, dass Ivankas und Saschas Tochter anders war als alle anderen. Sie hatte sie einfach als immer freundlich und fröhlich in Erinnerung gehabt. Tatjana hatte Down-Syndrom[41]!

»Was tut dir leid?«, fragte Helena verwirrt, während Hannelore im selben Moment noch lauter weinte.

»Dass du tot bist!«, antwortete Tatjana erstaunt. »Kannst du trotzdem hierbleiben?«

Helenas Kehle schnürte sich zu bis sie glaubte, keine Luft mehr zu bekommen. Sie sah automatisch zu Alfred hinüber, doch dieser hielt den Blick gesenkt und die Hände in den Hosentaschen vergraben. Im Hintergrund heulte Hannelore laut in Saschas Schulter, doch Helena nahm sie kaum wahr.

Bevor sie eine weitere Frage zustande brachte, hatte Ivanka ihre Tochter zur Seite gezogen und sanft zu Sascha geschoben. Sie zischte ihm etwas auf Russisch zu, das Helena nicht verstand, doch sie sah, dass Sascha zwischen Hannelore und Tatjana hin- und hergerissen zu sein schien. Gereizt drehte Ivanka sich wieder zu Helena herum und scheuchte nun Alfred aus dem Weg. Helena meinte, etwas von der *Nutzlosigkeit von Männern* aus ihrem Gemurmel herauszuhören, bevor Ivanka abrupt innehielt und Helenas Hände nahm.

»Hör mir genau zu«, sagte sie ungewöhnlich sanft. Sie sprach betont deutlich und langsam auf Russisch. »Eben waren Soldaten hier und sie haben ...« Ivanka blinzelte und brach ab. »Es tut mir so leid, Helena! Was auch immer du von mir hältst, aber das habe ich nie gewollt! Nie! Verstehst du das?«

Sie riss Helena in eine abrupte Umarmung und Helena konnte nicht anders, als zu nicken. Ihr Kopf war vollkommen leer. Das konnte nicht sein. Irgendetwas musste ihnen entgangen sein. Ihre kleine Doppelgängerin konnte unmöglich ... *Nein!* Es war zu undenkbar! Seltsamerweise schien die erneute Wodka-Zufuhr keinerlei inneren Aufruhr zuzulassen. Sie fühlte sich einfach nur angenehm betäubt, was vermutlich deutlich besser war als die Panik, die allmählich aufkommen sollte.

Ivanka hielt sie schließlich einige Zentimeter auf Abstand und flüsterte ihr eindringlich zu. »Es geht immer weiter, hörst du, Helena? Immer! Wir machen jetzt Folgendes!«, erklärte sie schließlich etwas lauter an die anderen gewandt. »Ich habe uns eine sichere Fahrgelegenheit nach Moskau organisiert. Offiziell wollen wir uns dort in Sicherheit bringen, bevor der Wahnsinnige, der Koslow niedergeschlagen hat, auch uns angreift.« Sie nickte den anderen verschwörerisch zu. Dann griff sie erneut nach Helenas Hand und drückte diese fest, während sie weitersprach. »Alfred und Helena werden zurückkehren, wo auch immer sie hergekommen sind. Hannelore, du kommst mit uns nach Moskau! Alles andere ist jetzt erstmal unwichtig!«

Hannelore hatte Ivankas Lippen nur mühsam durch ihren Tränenfluss hindurch lesen können, doch anscheinend hatte sie genug verstanden. Sie nickte wie in Trance und mit leeren Augen, ohne Helena auch nur anzusehen. Unbewusst ballte Helena die Fäuste. Sie war noch immer hier, doch ihre Mutter würdigte sie keines Blickes! Auch wenn die kleine Helena gestorben war, so war sie doch auch ihre Tochter und noch immer hier! Doch anscheinend fühlte Hannelore diesbezüglich vollkommen anders als sie.

In einem unbeobachteten Moment, in dem Sascha sich kurz Tatjana widmete, riss Hannelore sich plötzlich los. Für den Bruchteil einer Sekunde glaubte Helena, dass ihre Mutter endlich auf sie zukommen und sie in den Arm nehmen würde - so wie sie es immer getan hatte. Doch dann sah sie Hannelores hasserfüllten Gesichtsausdruck und wich entsetzt einige Schritte zurück. Ihre Mutter ignorierte sie, als wäre sie Luft und kam stattdessen schlitternd vor Alfred zum Stehen. Ihre Augen waren blutunterlaufen vom vielen Weinen und ihr Gesicht wirkte seltsam verzerrt, als sie den Kopf zurücklegte und Alfred in hohem Bogen ins Gesicht spuckte.

»Ich hoffe, du verreckst, du Abschaum!«, brachte sie zitternd vor Wut hervor und spuckte noch einmal hinterher. »Das ist alles deine Schuld! Alles!«

Obwohl Alfred in unmittelbarer Nähe vor ihr stand, wehrte er sich nicht. Er sah an ihr vorbei, während er sich stumm den Speichel aus dem Gesicht wischte. Sascha schnappte sich Hannelores Arme und zog sie von Alfred fort. Sie schleuderte ihm noch immer Flüche auf Deutsch und Russisch entgegen und schrie in sonderbaren Lauten, die Helena noch nie zuvor von ihrer Mutter gehört hatte. Es hatte etwas seltsam Abstoßendes, beinahe Animalisches an sich. Sonderbarerweise meinte Helena zu sehen, dass Ivanka Alfred kaum merklich zunickte.

Noch immer schweigend drehte Alfred sich schließlich auf dem Absatz um und ging zur Tür. Wie gelähmt folgte sie Alfred in den menschenleeren Flur, ohne sich noch einmal umzusehen. Was hätte das auch geändert? Für Hannelore war sie anscheinend tot. Alfred schwieg mit undurchdringlicher Miene und ging mit schnellen Schritten zum Geheimgang hinter dem Bild, den sie mit Sascha benutzt hatten. Anscheinend kannte er sich hier aus wie in seiner Westentasche.

»Wenn sie die Alpha-Helena umgebracht haben, warum bin ich dann noch immer hier?«, fragte Helena lallend, doch Alfred legte sofort seinen Finger auf den Mund und deutete dann auf die hellhörigen Wände, während er mahnend den Kopf schüttelte und sie unsanft am Arm mit sich fortzog.

»Prima, ignoriert mich doch einfach alle!«, nuschelte sie kaum hörbar vor sich hin und verschränkte die Arme über Felix' T-Shirt. Vielleicht würde sie sich ohnehin gleich in Luft auflösen. Es war jetzt sowieso alles egal!

»Du fängst doch nicht an zu flennen, oder?«, knurrte Alfred.

Helena fühlte sich zu ausgebrannt, um ihm einen bissigen Kommentar entgegen zu schleudern. Was hätten ein Streit oder Tränen auch an der Lage geändert? *Nichts!*

Sie waren im Erdgeschoss angekommen und Alfred zückte den kleinen roten Schlüssel, den sie vorhin plötzlich im Kopf gehabt hatte. Woher hatte er diesen? Ein Anflug von Erstaunen brach durch Helenas Taubheit, als sie plötzlich fünf russische Soldaten erblickte.

Waren das nicht dieselben gewesen, die vorhin Alfred und die kleine Helena aus dem Zimmer gezerrt hatten? Helena meinte, einen von ihnen zu erkennen. Doch sie wirkten alles andere als bedrohlich, als sie die Türen eines kleinen, eierschalenfarbenen Wagens öffneten und ihnen bedeuteten, schnell einzusteigen. Sie musste sich täuschen, die Soldaten sahen in ihren Uniformen eben alle gleich aus.

Der Wagen war hinter einem großen Baum mit ausladenden Ästen geparkt und wurde von der Dunkelheit fast verschluckt. Als Helena auf die Rückbank krabbelte, sah sie aus dem Augenwinkel, dass Alfred sich in Windeseile seine Kleidung vom Leib riss und diese in einem großen Beutel verschwinden ließ. Einer der Soldaten hielt ihm eine andere Uniform entgegen und Alfred zog sich diese schnell über, bevor er sich auf dem Fahrersitz niederließ. Müde erkannte Helena das Abzeichen eines Vier-Sterne-Generals auf seiner Schulter und begann, lauthals zu lachen.

»Du hast Sascha zum Abschied beklaut?«, rief sie hysterisch lachend. »Und jetzt fährst du uns mit dem Auto zurück ins Jahr 1977?«

Alfred drehte sich zu ihr um und presste unsanft seine Hand vor ihren Mund und ihre Nase, sodass ihr Lachen augenblicklich zu einem Ringen nach Luft wurde. Zu ihrer Verwunderung sah er jedoch nicht verärgert aus.

»Wir sind noch nicht fertig!«, sagte er schlicht.

Zu ihrem Schrecken bemerkte sie zu spät, dass ihr jemand eine Nadel in den linken Arm gerammt hatte. Als Helena von der schmerzenden Einstichstelle aufsah, blickte sie in Yuris Augen, der die Nadel auf den Boden warf und schnell mit den Füßen verscharrte, während er eine bläulich schimmernde Ampulle in seiner Manteltasche verschwinden ließ.

»Trink so viel du kannst und viel Glück!«, flüsterte er auf Russisch, bevor er den Kopf wieder zurückzog und die Beifahrertür zuschlug. Erst jetzt bemerkte Helena, dass mindestens zehn Wasserflaschen im Fußraum des winzigen Wagens lagen.

»Was zur Hölle war das?«, fragte sie beklommen, während sie noch immer fassungslos von der ein wenig blutenden Einstichstelle auf ihrem Arm zu Yuri blickte, der sich draußen in der Dunkelheit umblickte und dann wie zur Bestätigung zweimal kurz mit den Fingerknöcheln aufs Autodach klopfte. Sie konnte seine Gesichtszüge in der Dunkelheit nicht mehr genau erkennen, doch er schien ein gutmütiges Gesicht zu haben. Einen flüchtigen Augenblick lang erinnerte er sie sehr an Tom.

Alfred warf ihr einen gereizten Blick über den Rückspiegel zu. »Ich sagte doch bereits: Wir sind noch nicht fertig!«, wiederholte er betont langsam, als sei sie schwer von Begriff und trat aufs Gas. Die Reifen drehten auf dem steinigen Weg durch und ein Sprühregen von Kieselsteinen fegte über die Soldaten neben dem Wagen. Helena hörte ein paar Soldaten neben dem Auto fluchen, als sie schnell zur Seite sprangen, um sich vor Alfreds Fahrversuchen in Sicherheit zu bringen.

»Kannst du fahren, Genosse?«, rief einer von ihnen leise auf Russisch durch Alfreds Fensterscheibe.

»So schwer kann das nicht sein!«, antwortete Alfred grimmig auf Russisch und würgte im selben Moment den Wagen ab.

Ohne einen weiteren Kommentar rannte der Russe ums Auto, riss die Beifahrertür auf und setzte sich neben Alfred. So schnell er konnte gab er Alfred einen Intensivkurs und nach einigen schwindelerregenden Minuten um den Baum hielt der Russe den Daumen hoch und sprang aus dem Wagen.

Helena setzte sich plötzlich mit einem Ruck auf. Als er ausgestiegen war, hatte sie eine lange, rote Narbe auf seinem Handrücken entdeckt – er war definitiv einer der Russen gewesen, die vorhin in ihre Wohnung gestürmt und Alfred sowie die kleine Helena abgeführt hatten! Ihre kleine Doppelgängerin hatte nicht überlebt und dieselben Russen, welche sie getötet hatten, machten nun gemeinsame Sache mit Alfred?

»Was hast du vor?«, fragte sie schwach. Sie war noch immer zu benebelt, um etwas anderes als bleierne Schwere zu fühlen. »Willst du mich jetzt ebenfalls umbringen?«

Das Fahren forderte dem ungeübten Alfred offenbar alle Konzentration ab, die er aufbringen konnte, sodass er sie noch nicht einmal über den Rückspiegel ansah. Es war jedoch ohnehin inzwischen vollkommen dunkel geworden.

»Tu mir einen Gefallen, ja?«, zischte er über seine Schulter, ohne sich zu ihr umzudrehen. »Trink einfach und halt die Klappe!«

~ KAPITEL 32 ~

Blinder Passagier

OSTBERLIN, US-AMERIKANISCHER GRENZÜBERGANG.
18. DEZEMBER 1960. ALPHA.

Helena hätte nicht gedacht, dass es möglich sein würde, ihre Welt so vollkommen aus den Fugen zu bringen. Sie hatten die Fahrt zur Grenze schweigend verbracht und Helena hatte insgeheim beinahe jede Sekunde damit gerechnet, dass Alfred anhalten und sie in irgendeiner Form beseitigen würde.

Doch nichts dergleichen war geschehen. Alfred hatte ihr immerhin erklärt, was es mit der Spritze auf sich gehabt hatte. Es war dasselbe Serum gewesen, das die beiden auf Zeitleiste Alpha gebracht hatte und es sollte verhindern, dass Helena die originale Zeitleiste vorzeitig verließ. Danach war Alfred in angespanntes Schweigen verfallen und hatte jede weitere Kommunikation verweigert, sodass Helena schließlich ermattet aufgegeben und sich auf der unbequemen Rückbank ausgestreckt hatte.

Alfred hatte sie während der Fahrt immer wieder zum Trinken angehalten und erfreulicherweise schien das Wasser die Übelkeit in Schach zu halten, die das Serum auszulösen schien. Nur ihr Kopf pochte heftig, was in Anbetracht des enormen Schlafentzugs nicht verwunderlich war. Helena hatte auf der Rückbank jedoch ein paar belegte Brote gefunden, die ihre Lebensgeister halbwegs weckten.

Sie konnte es sich nicht erklären, doch sie war sich recht sicher, dass diese von Ivanka stammten.

Die Einstichstelle an ihrem Arm brannte noch immer, als sie nach knapp drei Stunden endlich anhielten. Helena hatte mehr als einmal geglaubt, dass Alfred sie in den nächsten Graben oder gegen einen Baum fahren würde, doch er hatte es tatsächlich geschafft. Es schien, als ob diese Version von ihm nie Fahrstunden gehabt hatte.

Seine Anspannung nahm plötzlich deutlich sichtbar zu und auch Helena fühlte sich auf einmal hellwach. Die Grenze zwischen Ost- und Westberlin sollte eigentlich noch leicht passierbar sein. Tante Vera hatte ihr einmal gebeichtet, wie naiv sie damals gewesen war, als sie geglaubt hatte, sie müsste dafür illegale, teuer bezahlte Hilfe beanspruchen.

Zu ihrer Überraschung erkannte Helena diesen Teil von Berlin sofort: Hier würden sich im kommenden Jahr sowjetische und amerikanische Panzer gegenüberstehen und Checkpoint Charlie würde der bekannteste Grenzübergang an der Berliner Mauer werden! Vor dem weißen Grenzhäuschen zwischen Ost und West, das später einmal so berühmt werden sollte, standen zwei äußerst ernst aussehende, bewaffnete Grenzposten. Die amerikanischen Soldaten hatten Helena und Alfred zunächst aufgefordert, den Wagen zu verlassen und dann Anstalten gemacht, diesen genauer unter die Lupe zu nehmen.

Für einen Moment hatte Helena geglaubt, dass Alfred handgreiflich werden würde, doch schien er sich in letzter Sekunde eines Besseren zu besinnen und verwickelte die beiden in ein lautstarkes Gespräch auf Englisch, von dem Helena kaum ein Wort verstand. Auch Alfred schien mit der englischen Sprache zu kämpfen und ruderte mit Händen und Füßen durch die feurige Diskussion.

Einer der beiden Grenzsoldaten war schließlich in dem kleinen Häuschen verschwunden und hatte offenbar mit einem seiner Vorgesetzten Kontakt aufgenommen. Über dem weißen Häuschen stand in länglichen, dicht aneinander gereihten Buchstaben *US Army Checkpoint* und zwei riesige US-amerikanische Flaggen umwehten das

Schild nahezu theatralisch in dieser windigen, kalten Nacht. Weiter im Hintergrund auf Westseite erblickte Helena auch die Flaggen der alliierten Streitmächte.

Helena glaubte plötzlich, irgendwo ein unterdrücktes Weinen zu hören, doch wohin sie auf der leeren, mitternächtlichen Straße auch sah, sie konnte keine einzige Menschenseele irgendwo erspähen. Vermutlich spielte ihr Verstand ihr nach all der Aufregung einen Streich – einmal ganz zu schweigen, von den Chemikalien, die erneut durch ihren Körper pulsierten. Zitternd rieb sie sich über ihre kalten Arme und zu ihrem Erstaunen kam der Grenzposten mit einem warmen Mantel aus dem Häuschen, den er ihr lächelnd überreichte.

»Bitte schön«, sagte er schmunzelnd in breitem, amerikanischem Akzent. Dann wandte er sich an seinen Grenzkollegen und erstattete offenbar Bericht. Helena verstand kein Wort, doch Alfreds Anspannung nahm anscheinend erneut an Intensität zu, als ihnen ein schwarzer VW auf der Westseite der Straße entgegenkam und ein erstaunlich jung wirkender Mann aus dem Wagen stieg. Er trug einen vermutlich sündhaft teuren, grauen Anzug und hatte akkurat geschnittene, perfekt zurecht gestylte, blonde Haare. Von weitem hatte Helena für den Bruchteil einer Sekunde geglaubt, es könnte Felix sein und fühlte eine nagende Enttäuschung, als sie bemerkte, dass es ein Fremder war.

Natürlich kann er nicht hier sein!, schalt sie sich selbst in Gedanken aus. *Das wäre vollkommen unlogisch!* Doch was war an ihrem Leben schon logisch?

Der blonde Mann kam strahlend auf sie zu und stellte sich als Andrew Mayr vom CIA vor. Er hatte einen kaum hörbaren, amerikanischen Akzent und sein Deutsch schien hervorragend zu sein.

»Das ist also die Nichte?«, fragte er mit einem freundlichen Kopfnicken auf Helena.

Erstaunt sah sie zu Alfred hinüber, doch dieser nickte lediglich grimmig zur Bestätigung.

Nichte?

»Ich habe mir die Akte aus Marienfelde von 1956 angesehen und erinnere mich sogar an die junge Dame aus der Holzfachhandlung«, fuhr Andrew schmunzelnd fort. »Ich selbst habe das Verhör damals geleitet. Die Dame war … wie soll ich sagen … ungewöhnlich gesprächig!«

»Ja, das klingt nach Gabi«, bestätigte Alfred mit den Augen rollend. »Oder *Vera*, wie sie sich jetzt nennt.«

»Nun gut.« Andrews Gesicht wurde ernst. »Kann ich die Unterlagen sehen?«

Schweigend griff Alfred in seine Jackentasche und kramte ein Bündel eng beschriebener Seiten hervor. Einer der Grenzposten kam mit einer kleinen Taschenlampe und leuchtete dienstbeflissen auf die zerknitterten Papiere. Andrew überflog einige Zeilen und befeuchtete seinen Zeigefinger geschäftig, als er mit größer werdenden Augen umblätterte.

»Unbelievable!«, stieß er hin und wieder aus. Nach schier endlosen Minuten winkte er den Soldaten mit der Taschenlampe gedankenverloren zur Seite und trat näher auf Helena zu. »Und warum soll sie bei ihrer Tante in Frankfurt wohnen? Sie ist alt genug, um einfach im Osten zu bleiben und dort zu arbeiten!«

»Geht nicht!«, erwiderte Alfred schnell, bevor Helena zu Wort kam. »Sie war Augenzeugin, als die Russen das Mädchen und dessen Mutter umgebracht haben und jetzt wird nach ihr gefahndet! Sie hat mir geholfen, die Informationen zu bekommen, daher habe ich sie kurzerhand mitgenommen«, fügte er schulterzuckend hinzu.

Er musste sie diesmal nicht mahnend ansehen. Sie wusste, dass sie jetzt mitspielen sollte. Würde er sie noch hier an Ort und Stelle umbringen, wenn sie es nicht tat? Der Amerikaner wirkte in diesem Moment eindeutig vertrauenswürdiger als Alfred …

Noch bevor sie sich entscheiden konnte, spürte sie, wie ihr automatisch die Tränen in die Augen schossen. Die Anspannung der letzten Stunden und Tage ließ sich einfach nicht mehr zurückhalten und nicht zu wissen, wem sie noch vertrauen konnte, trug nicht unbedingt zu einer stabileren Verfassung bei. Zu ihrem Ärger verstärkte das Starren der vier Augenpaare um sie herum ihren Tränenfluss und je mehr sie wischte, desto stetiger wurde er.

»I see«, sagte Andrew schließlich mit nachdenklichem Blick. Dann gab er sich anscheinend einen Ruck. »Nun gut, die Abmachung war eigentlich, dass wir nur dich verschwinden lassen, Alfred. Hat sie denn wenigstens irgendwelche Papiere? Schulzeugnisse, Abschlüsse? Irgendwas? Oder müssen wir eine komplett neue Identität ausstellen?«

Helena wurde zu sehr von ihrem Weinen geschüttelt, um zu antworten und beschränkte sich auf ein heftiges Kopfschütteln, während sie noch immer verzweifelt in ihrem Gesicht herumwischte.

»Schon gut, schon gut«, beschwichtigte der CIA-Agent schließlich eher sachlich als mitfühlend und wandte sich wieder Alfred zu. »Die Unterlagen sind zugegebener Weise recht beeindruckend, da komme ich dir noch einmal entgegen. Aber das ist der letzte Teil des Deals und dann sind wir quitt!«

Die beiden Männer schüttelten einander kurz die Hände zur Abmachung. Andrew schnippte seufzend einen der Grenzposten heran und dieser reichte Helena ein großes Stofftaschentuch. Wären ihre Nerven nicht so überstrapaziert gewesen, hätte sie seine unbeholfene, militärisch-zackige Bewegung mit dem Schnupftuch vielleicht zum Lachen gebracht. Doch in diesem Moment wünschte sie sich wieder einmal nichts sehnlicher, als sich endlich einfach in Luft aufzulösen, um der Situation zu entkommen. Das Serum schien jedoch ganze Arbeit zu leisten und die grellen Farben der Alpha-Zeitleiste ließen selbst zu dieser nächtlichen Stunde alles einfach nur absurd und aussichtslos erscheinen.

»Wir werden ihr etwas ausstellen. Und sie ist ganz sicher keine von ihnen?«, fragte er mit erneut prüfendem Blick in Helenas verquollene Augen. Sie fühlte, dass diese vom Heulen beinahe vollständig zugeschwollen waren und wandte sich verlegen ab. Was meinte er mit *keine von ihnen?*

Alfred verneinte dies jedoch entschieden und zu ihrer Erleichterung fand Helena sich schließlich auf der Rückbank des schwarzen Volkswagens wieder. Andrew hatte versprochen, ihnen eine Unterkunft in einem Hotel zu besorgen. Er würde schnellstmöglich Unterlagen für sie besorgen und diese noch heute Nacht für sie am Empfang hinterlegen. Für Alfred hingegen hatte er schon heute nagelneue Papiere mit einer neuen Identität organisiert, die er ihm in einer braunen Umhängetasche aus Leder überreichte. Alfred wollte am nächsten Tag mit dem Wagen nach Westdeutschland fahren und dort unter neuem Namen beginnen.

Unter heftigem Stöhnen hievte er einen riesigen Rucksack aus dem Kofferraum des hässlichen kleinen Fahrzeugs, mit dem sie gekommen waren und wuchtete diesen mit erstaunlicher Vorsicht in den Kofferraum des Volkswagens. Er schien dabei irgendwas vor sich hinzumurmeln. Grinsend quetschte er sich schließlich neben Helena auf die Rückbank und ihr entwich ein letzter Schluchzer, als Andrew die Fahrertür zuwarf und den Motor startete.

Alfred warf einen kurzen Blick nach vorne und vergewisserte sich, dass Andrew nicht in den Rückspiegel sah. Dann lehnte er sich zu Helena herüber und wisperte kaum hörbar in ihr Ohr. »Respekt!«

Verwirrt sah sie, dass er von einem Ohr zum anderen grinste und ihr versteckt den Daumen hochhielt. Anscheinend hatte er ihr Weinen für eine gelungene, schauspielerische Leistung gehalten und schien höchst zufrieden mit ihrem Einsatz zu sein.

Andrew lieferte sie vor einem kleinen Westberliner Hotel ab und stieg mit ihnen aus, um den Kofferraum zu öffnen. Er bot Alfred jedoch keinerlei Hilfe an, als dieser seinen offenbar vollkommen überladenen Rucksack mit beiden Armen aus dem Kofferraum hob und mit unendlicher Vorsicht auf dem Gehsteig ablegte. Schwitzend zog Alfred Saschas Mantel aus und warf diesen scheinbar achtlos über den riesigen Rucksack. Andrew war inzwischen wieder in den Wagen eingestiegen und kurbelte das Seitenfenster herunter, um ihnen letzte Anweisungen zu geben.

»Das Zimmer ist bezahlt und auf den Namen Mayr reserviert. Ich wusste nicht, dass ihr zu zweit sein würdet, das ist also euer Problem, nicht meins! Du solltest mit deinen neuen Papieren keinerlei

Probleme haben, auf der Transitstrecke bis in den Westen durchzu-
kommen und dann bist du frei. Deine Identität wird unter Verschluss
gehalten, das heißt sie sollten dich nicht finden können. Morgen früh
wird ein Wagen wie dieser vor dem Hotel parken, den ihr nutzen
könnt und der an den Übergängen nicht kontrolliert werden wird.
Von meiner Seite aus ist hiermit alles erledigt und ich will euch
nicht mehr sehen. Viel Glück!«

Er reichte Alfred lässig einen Autoschlüssel aus dem Fenster,
hob kurz die Hand zum Abschiedsgruß und startete den Wagen. Helena und Alfred standen reglos am menschenleeren Straßenrand und
sahen dem Wagen hinterher, bis er verschwunden war.

»Alter Falter, Helena! Das war erste Sahne!«, kommentierte Alfred schließlich anerkennend und gab ihr einen kleinen Schlag auf
die Schulter. Das war vermutlich das Höchste an Anerkennung und
positiven Gefühlen, was Helena je bei ihrem Erzeuger gesehen hatte und sie war zu sprachlos, um gekränkt zu sein, als er ihr Heulen
theatralisch nachäffte und heiser auflachte.

»Hannelore ist auch tot?«, fragte sie stattdessen kaum hörbar.

Noch immer ungewöhnlich gut gelaunt schüttelte er den Kopf.
»Die Hannelore aus Alpha galt die letzten Jahre offiziell als ver-
schwunden und wurde erst vor kurzem in Klein Moskau registriert.
Die Fassade der angeblichen *Russin aus Nowosibirsk* ist an dem
Punkt ebenso aufgeflogen wie das Talent ihrer kleinen Tochter. Verstehst du nicht? Das war der Beginn von Projekt Lazlo und allem
Chaos, was daraus folgte! Mein Vater hat zum ersten Mal von dir
Wind bekommen, als er geheime Unterlagen aus Klein Moskau gesehen hat. Und da wurde ihm allmählich klar, dass ich vielleicht
doch nicht einfach gestört bin. Die nächsten Jahre wären eine Hetz-
jagd auf Zeitreisende gewesen und wie du vermutlich weißt, kann
man uns über kurz oder lang in den entscheidenden Momenten spätestens an den Augen erkennen.«

»Projekt Lazlo hat wegen mir begonnen?«, fragte Helena entsetzt.

Alfred lachte leise auf. »Gott, bist du naiv! Die Geschichte um eine kleine Zeitreisende, die in einer geheimen Russenstadt mitten in der DDR versteckt wurde, hat sich in den sechziger Jahren schneller verbreitet als ein Lauffeuer! Zum Teil wurde natürlich ziemlich ausgeschmückt – irgendwo habe ich mal gehört, dass du sogar die Fähigkeit hast, Unschuldige mit bloßen Händen durch die Zeitgeschichte zu schleudern!« Alfred schien sich prächtig zu amüsieren. »Alle wussten davon, Helena! Die Stasi, der KGB und der Westen. Letzterer durch mich! Glaubst du etwa allen Ernstes, ich würde freiwillig für meinen Vater arbeiten, nachdem er mich jahrelang gequält hat? Ich musste so tun, als ob er mich eines Besseren belehrt und mich unter Kontrolle hätte. Das war für mich der einzige Weg, um da halbwegs heil rauszukommen und um später genügend Informationen zusammenzubekommen, die für den Westen in den nächsten Jahren relevant sein könnten. Yuri aus Klein Moskau hat einen Sohn, der ebenfalls durch die Zeit reisen kann und schon als Säugling quer durch Klein Moskau gesprungen ist. Er hat ihn nur wenige Wochen nach der Geburt nach Westberlin gebracht, damit er dort in Sicherheit aufwachsen kann. Das war erst vor wenigen Monaten. Deshalb haben er und seine Freunde uns geholfen. Er weiß jedoch nicht, dass sein Sohn später einmal ebenfalls für Lazlo rekrutiert wird und aus Liebe verblendet genug ist, saublöde Dinge zu tun!«

Trotz des Informationsschwalls schaltete Helenas Gehirn diesmal erstaunlich schnell. »Tom?«, fragte sie fassungslos und wickelte sich fester in den warmen Mantel des Grenzsoldaten. Dann hatte sie sich die Ähnlichkeit zwischen Yuri und ihm vorhin also doch nicht eingebildet!

Alfred nickte und jeglicher Anflug von Humor war aus seinem Gesicht verschwunden. »Der Bengel hat das Herz am rechten Fleck. Aber er ist bei vollkommen Fremden aufgewachsen, die ihn für gestört hielten und wie Dreck behandelt haben. Wenn auf so jemanden dann ein hohes Tier wie mein Vater zukommt und ihm Honig ums Maul schmiert, wie besonders und talentiert er doch ist, dann klingt das alles zu schön, um wahr zu sein!«

»Hat dich der Westen denn auch auf diese Weise herumgekriegt?«, fragte Helena spitz dazwischen. Es war kindisch von ihr, Alfred zu reizen, doch seine Bemerkung, dass sie an Projekt Lazlo und allem Chaos schuld sein sollte, machte sie unsagbar aggressiv.

»Ja, das hat er!«, gab Alfred bissig zurück. »Glaub mir, du hast keine Ahnung, wie das ist! Und wenn du Tom nicht den Kopf verdreht hättest, dann ...«

»Das habe ich nie getan!«, fiel Helena ihm wütend ins Wort. »Keine Ahnung, was andere Versionen von mir getan haben oder tun werden, aber *ich* ...«

»Okay, okay, halt einfach die Klappe!«, zischte Alfred sie an. »Wir haben vermutlich schon genug Aufmerksamkeit auf uns gezogen! Geh da jetzt rein!« Genervt schubste er sie auf das dunkle Haus vor ihnen zu und wuchtete sich mit höchster Anstrengung den offenbar tonnenschweren Rucksack auf die Arme. Seltsamerweise meinte Helena, ein unterdrücktes Glucksen zu vernehmen, doch Alfreds verkniffenes Gesicht passte so gar nicht zu diesem Laut. War etwa tatsächlich jemand in der Nähe und beobachtete sie bereits?

Schnell folgte sie Alfred auf den abgenutzten Stufen zu dem wenig einladenden Haus hinauf. Über der grauen, leicht zersplitterten Holztür prangte ein Schild, das eindeutig bessere Tage gesehen hatte. *Susis Stübchen* war in verschnörkelten, schwarzen Buchstaben zu lesen. Als sie ins nasskalte Innere des Hauses traten, fragte Helena sich insgeheim, ob Susi vielleicht hier gestorben war. Es roch abgestanden und staubig und das eingerahmte Bild auf dem Empfangstisch mit dem vor Feuchtigkeit gewellten *Willkommen* war in Anbetracht dieser Spelunke offenbar reine Ironie.

»Lazlo und Tom sind nicht meine Schuld!« ereiferte Helena sich erneut, bevor sie sich eines Besseren besinnen konnte. Sie wusste nicht, woher dieses plötzliche Gefühl kam, dass alle stets ihr die Schuld gaben, doch es machte sie unsäglich wütend.

Alfred wuchtete sein schweres Gepäck schwungvoll im Halbkreis herum, so dass er direkt vor ihr zum Stehen kam. Er betrachtete sie mit gerunzelter Stirn und knirschte hörbar mit dem Kiefer. »Ich halte dir mal zugute, dass offenbar die Alpha-Helena auf dich abfärbt! Zeit, dass du ihre Fehler gut machst, damit dieses Gejammer endlich aufhört!«

»Ihre Fehler gutmachen?«, wiederholte Helena dumpf. Eine böse Ahnung überfiel sie bei seinen Worten.

Die Alpha-Helena ist ähnlich talentiert wie du, aber sie ist nicht kontrollierbar, echoten seine Worte plötzlich durch ihr Gedächtnis.

»Hast du etwa dafür gesorgt, dass die kleine Helena verschwindet, damit ich für immer ihren Platz in Frankfurt übernehme?«, fragte sie schwach und rieb sich intuitiv über die Einstichstelle am Arm.

Wie lange hielt dieses Serum an? Sie war davon ausgegangen, dass sie nur vorübergehend mit ihm in den Westen gehen sollte, bis Alfred seine Zukunft geregelt hatte und sie wieder zurück auf ihre eigene Zeitleiste bringen konnte. Hatte er deshalb Dokumente für sie organisiert, weil sie ab sofort für immer hier festsitzen würde?

»So ungefähr«, erwiderte er vage und schleppte seine schweren Lasten zum Empfangstisch.

Helenas Gedanken rasten. Ivanka hatte von ihrer Reise gewusst, dessen war sie sich jetzt sicher. Das hieß, dass sie mit Alfred geplant hatte, die kleine Helena umbringen zu lassen, damit Helena an ihrer Stelle nach Frankfurt ging. Alfred würde sich ins Nirgendwo absetzen und auf diese Weise niemals seinen Vater um einen teuer bezahlten Gefallen bitten müssen, da Hannelore nun nicht mehr bei der Flucht aus der DDR erwischt werden würde. Alfred würden die Klinik und die jahrelangen Elektroschocktherapien erspart bleiben. Projekt Lazlo würde jetzt nicht mehr zustande kommen, weil Alfred und die kleine Helena nicht mehr da sein würden. Hannelore war in Russland versteckt und würde nicht befragt werden können. Oder würde Ivanka sie sicherheitshalber ebenfalls beseitigen lassen? Und Helena würde Tom vermutlich nie begegnen, da sie nun in Frankfurt leben würde. Außerdem war Tom in diesem Jahr gerade einmal ein Jahr alt – es war also eher unwahrscheinlich, dass er sich in eine deutlich ältere Frau verlieben würde, wenn er erst einmal volljährig war. *Doch dann wäre auch Felix jetzt erst ...*

»Klappe jetzt!«, unterbrach Alfred ihre hektische Kopfrechnung,

als plötzlich schwere, schlurfende Schritte in ihrer Nähe zu vernehmen waren. Eine dickliche, unfreundlich dreinblickende Dame um
die siebzig erschien an der Schwingtür zur kleinen Rezeption. Ihrem
Alter sowie ihrer ungepflegten Erscheinung nach zu urteilen, musste
sie die Susi sein, nach der diese Absteige benannt worden war.

»Kontakt?«, fragte sie kurz angebunden. Selbst Alfred zog ein
überraschtes Gesicht, sodass sie sich überdeutlich artikulierend wiederholte. »Wer hat euch geschickt?«

Kein Wunder, dass niemand in diesem Hotel absteigen will,
dachte Helena schaudernd und zog intuitiv ihre Hand zurück, die sie
eben unbedacht auf dem klebrigen Empfangstisch abgelegt hatte.

»Andrew Mayr.«

»Gut, mehr will ich nicht wissen. Ich stelle nie Fragen!«, fügte
Susi scharf hinzu. Anscheinend bedeutete das außerdem, dass sie
generell von ihren Gästen nichts hören oder sehen wollte. Schwer
atmend schälte sie sich hinter dem Empfang hervor und marschierte vor ihnen die knarrende Diele entlang. Wäre die Situation nicht
so beklemmend gewesen, hätten die heftigen Keuchgeräusche, die
Alfred und Susi dabei produzierten, ihr vielleicht ein Lächeln abge-
rungen. Doch Helena war viel zu verzweifelt, um es zu bemerken.
Sie waren im Jahr 1960. Wenn nun sie selbst anstelle der kleinen
Helena unter einer neuen Identität für immer hierblieb, würde sie
vielleicht Tom niemals kennenlernen, doch das war ihr inzwischen
vollkommen gleichgültig.

Wie alt war Felix in diesem Jahr? Er war jedenfalls noch ein kleines Kind, so viel war sicher. Es musste einen anderen Weg geben,
um die Balance zwischen den Welten wiederherzustellen und dieses
Zeitspringer-Chaos zu verhindern! Sie hatte schon so viel geopfert
– das hier war zu viel! Oder war es schon zu spät?

Panisch rannte sie gegen Alfreds Rücken, der vor ihr abrupt zum
Stehen gekommen war. Die Dame drückte eine Tür auf, zu der es
anscheinend keinen Schlüssel gab. Wie auch an der Rezeption roch
es in diesem Raum feucht und modrig. Ein einziges, schmales Bett
stand in der Mitte. Es gab keinen Teppich und keine Bilder an den

Loreley Amiti

Wänden. Lediglich die Tapete formte ein unebenes, wellenartiges Muster und hing an einigen Stellen bereits in traurigen Fetzen herunter. Der Raum war bis auf die dicken, braunen Vorhänge und das Bett vollkommen leer.

Doch bevor Helena den Mund zum Protest öffnen konnte, ergriff Susi schwer atmend das Wort. »Ich klopfe um sechs Uhr in der Früh an die Tür und um halb sieben seid ihr verschwunden! Frühstück gibt es nicht! Keine Schweinereien und keinen Pieps, alles klar?«

Helena schüttelte sich angeekelt, als sie verstand, worauf die Hotelbetreiberin hinauswollte und auch Alfred schien sich glücklicherweise äußerst unwohl zu fühlen. Susi stemmte die Hände in ihre ausladenden Hüften und warf ihnen noch einmal einen vielsagenden Blick zu, bevor sie die beiden allein ließ.

»Dein Geplapper hat es fast versaut!«, zischte Alfred schließlich, nachdem Susis Schritte im Gang verklungen waren.

»Mein *was*?«, begann Helena empört.

Doch bevor sie begriff, was geschah, meldete sich eine kleine Stimme aus Alfreds schwerem Gepäck. »Mir sind die Beine eingeschlafen. Bitte, kann ich raus?«

Fassungslos beobachtete Helena, wie Alfred die Schnur des riesigen Rucksacks aufzog und ihre kleine Doppelgängerin herauskrabbelte. Mit einem Schlag war ihr Hirn vollkommen leer.

Die kleine Helena richtete ihre großen, traurigen Augen auf ihr erwachsenes Ebenbild. »Kommst du auch mit nach Frankfurt?«

Bevor Helena ihre Sprache wiederfand, antwortete Alfred an ihrer Stelle. »Ja, sie kommt mit und liefert dich bei Tante Vera ab. Da bleibst du eine Weile, bis du deine Mutter wiedersiehst.«

»Ich dachte, sie ist …«, begann Helena vollends verwirrt, doch Alfred schnitt ihr das Wort ab und gab ihr mit den Augen ein Zeichen, den Mund zu halten, während er sich an die kleine Helena wandte. »Deine Mutter ist gerade noch in Russland und kommt sehr bald nach. Sobald die Grenzen offen sind, kommt sie mit einem riesigen Geschenk zu dir nach Frankfurt. Alles klar?«

»Aber die Mauer fällt doch erst in …«, stammelte Helena, doch

316

Alfreds wütendes Gesicht brachte sie mitten im Satz zum Schweigen.

»Sie wird in Frankfurt bleiben, bis Hanne kommen kann. Das dauert ja nicht lange.«

Zwölf Jahre!

»Weiß Hannelore schon davon?«, fragte Helena fassungslos.

»Nein! Sie hätte mir nie geglaubt, dass ich euch beiden helfen will, daher habe ich so getan, als ob ich euch trennen wollte. Logischerweise hätte Hanne sich darauf aber nie eingelassen, daher hatte ich von vornherein die hübsche, kleine Szene mit den Russen geplant. Ivanka weiß Bescheid, Sascha nicht. Das Weichei verplappert sich sonst nur!«

»Und Tante Vera?«, hörte Helena sich schwach fragen.

»Der musst du morgen glaubhaft erklären, dass ihre Schwester tot ist, sonst gibt sie keine Ruhe oder sagt etwas Falsches.« Er nickte kaum merklich auf ihre kleine Doppelgängerin.

»Du meinst wohl, dass *du* es Tante Vera erklären wirst!«

Alfred lachte höhnisch auf. »Ganz sicher nicht! Ihre letzte Erinnerung an mich ist nicht die beste. Wenn sie dich sieht, wird sie alles eher glauben, als wenn ich es versuche! Diese Helena hat in Klein Moskau eine Art Antiserum bekommen, das eine Weile anhalten sollte.«

»Sie hat *was* bekommen?«, fragte Helena hellhörig. »Was habt ihr mit ihr gemacht?«

»Das Serum wird ihre Zeitspringer-Fähigkeit unterdrücken. Das heißt, die Alpha-Helena wird ein ziemlich normales Leben haben. Das sollte sich relativ zügig auch auf alle Zeitleisten auswirken, sodass du ebenfalls bald deine Ruhe haben solltest. Das ist doch das, was du immer wolltest, oder?«

Das hatte sie sich tatsächlich oft gewünscht! Doch nun, da jemand anders für sie entschieden hatte, spürte sie plötzlich Panik bei dem Gedanken, nicht mehr durch die Zeit reisen zu können. Was würde geschehen, wenn sie hier etwas falsch machten und Helena keine Gelegenheit mehr bekäme, irgendetwas zu ändern? Die kleine

Alpha-Helena sollte also die nächsten zwölf Jahre ohne Zeitsprünge bei Tante Vera aufwachsen und Hannelore vergessen? Und ihre für tot erklärte Mutter würde dann nach dem Fall der Berliner Mauer einfach so bei Vera auftauchen?

»Der Plan ist scheiße!«, brachte sie schließlich fassungslos hervor.

Alfred betrachtete sie aus unheilvoll zusammengekniffenen Augen. »Lass mich mal nachdenken, Helena. Projekt Lazlo kommt nicht zustande und niemand bekommt Elektroschocks durch die Birne gejagt - mal abgesehen davon, dass die DDR jetzt nicht länger als nötig bestehen wird. Hannelore überlebt, genauso wie die Alpha-Helena. Dank des Serums wird sie ab sofort nicht mehr springen und sie kann nun ganz in Ruhe diesen Frankfurter Typen kennenlernen, was sich relativ zügig auch auf alle anderen Zeitleisten auswirken sollte. Gabi, oder nennen wir sie spaßeshalber *Tante Vera*«, schnaubte er sarkastisch, »wird nun nicht mehr Joachim Gutowski begegnen. Den habe ich nämlich damals mit dir nach Frankfurt geschickt. Das heißt, es besteht ein Funken Hoffnung, dass sie diesmal vielleicht keine allzu verkorkste Kuh wird. Und falls doch, ist es wenigstens nicht meine Schuld. Meine Schwester wird nun nie mit Hanne einen auf Familie machen und da sie darum auch keinen gemeinsamen Urlaub in Dannenwalde machen werden, wird Peter nichts passieren. Du bist Tom mitsamt seinem Chaos los und kannst nach ihrer Ablieferung«, gereizt nickte er zur kleinen Helena hinüber, die unendlich verloren in dem schäbigen Zimmer wirkte, »wieder auf deine eigene Zeitleiste zurück. Ich denke, das Wort, nach dem du suchst, ist DANKE!«

~ KAPITEL 33 ~

Wirbel der Zeit

FRANKFURT AM MAIN, NORDEND. FELIX' WOHNUNG.
27. OKTOBER 1990. GAMMA.

Energisch schüttelte Felix den Kopf, als ob er damit das seltsame Dröhnen in seinen Ohren loswerden konnte. Tanja war noch immer dabei, ihre letzte Kiste zu packen, obwohl sie ihm versprochen hatte, bis zum Abend ausgezogen zu sein. Seufzend ließ er sich zurück auf die Couch fallen, während seine Freundin betont fröhlich irgendetwas vor sich hin summte und dabei nervtötend mit irgendwelchen Schubladen knallte.

Ex-Freundin!, dachte er erleichtert. Was hatte er nur jemals an dieser Klette gefunden? Vielleicht sollte er irgendwo im Café warten …

Müde fuhr er sich über seinen stoppeligen Dreitagebart und schnappte sich den Schlüssel vom Fernsehtisch. Er fühlte sich wie gerädert, als ob er schon seit Tagen nicht mehr geschlafen hatte. Als er den kalten Hausflur betrat, erblickte er jedoch bläuliche Funken und spürte zeitgleich ein kurzes Brennen auf seiner Haut.

Brennende Glühwürmchen?

Doch bevor er sich besinnen konnte, dass diese sicherlich auch nicht blau leuchten würden, stand plötzlich ein Mädchen mit langen blonden Haaren im Flur. Sie war schätzungsweise um die achtzehn

Jahre alt, erstaunlich sommerlich angezogen und rieb sich fröstelnd die Arme, während sie sich hektisch umsah.

»Tom?«, rief sie ängstlich in den Hausflur. »Wo bist du? Tom?«

»Alles in Ordnung?«, fragte Felix die Fremde besorgt. Sie hatte ein wenig Blut am Hals und Felix meinte, eine Einstichstelle zu erkennen. Sie war recht dünn und definitiv unpassend für diese Jahreszeit angezogen, aber sie sah eigentlich nicht wie eine typische Drogensüchtige aus.

Die Einstichstellen wären dann logischerweise am Arm und sie würde nicht in einem blauen Funkenregen stehen, dachte er verwirrt.

»Irgendwas muss falsch gelaufen sein!«, rief die Fremde erneut und begann zu zittern. »Tom? Wo bist du?«

»Wer ist Tom? Ist das dein Freund?«, fragte Felix. Er konnte es sich nicht erklären, doch irgendwie hatte er das Gefühl, sich um das fremde Mädchen kümmern zu müssen.

Das Mädchen nickte und schien mit jeder Sekunde panischer zu werden.

»Okay, bleib kurz hier!«, befahl er entschlossen. Er ging einen Schritt zurück in die Wohnung und griff nach Tanjas Mantel neben der Tür. Sie würde einen riesigen Aufstand machen, wenn sie es bemerkte, doch seltsamerweise war ihm das auf einmal vollkommen egal. Er reichte dem zitternden Mädchen den Mantel, doch sie reagierte nicht, sodass dieser an ihrem Körper zu Boden glitt. Stattdessen schien sie blasser zu werden.

Nicht blasser, eher durchsichtig!, korrigierte er sich selbst geschockt in Gedanken. Blitzschnell zog er seinen eigenen Mantel aus und drückte ihn fest um die Schultern des Mädchens. Der Stoff schien plötzlich in Flammen zu stehen, doch auch diese waren seltsam blau und brannten. Sein Magen, der selbst nach den größten Alkoholgelagen mit Freunden den Ruf hatte, der stabilste Magen aller Zeiten zu sein, schlug einen unerwarteten Salto, bis er glaubte, sich übergeben zu müssen.

Mühsam atmete er in flachen Zügen und nahm kaum wahr, dass

er plötzlich in einem Zimmer zu stehen schien, das er noch nie gesehen hatte. Wenn er geglaubt hatte, dieses Mädchen wäre das Seltsamste, das ihm je widerfahren war, dann wurde er nun eines Besseren belehrt.

~ KAPITEL 34 ~

Bekannte Unbekannte

FRANKFURT AM MAIN, HESSEN, BRD. VERAS HAUS.
19. DEZEMBER 1960. ALPHA.

Die Nacht war sicherlich nicht die angenehmste gewesen, die Helena je erlebt hatte. Doch obwohl Alfred und Helena dem kleinen Mädchen das einzige Bett überlassen und mit dem harten, kalten Fußboden vorliebgenommen hatten, hatte Helena sogar einige wenige Stunden Schlaf bekommen. Sie hatte jegliches Gefühl dafür verloren, wie lange sie bereits wach gewesen war, doch anscheinend war ihr Schlafentzug gravierend genug gewesen, um allen Widrigkeiten und offenen Fragen zum Trotz sofort einzuschlafen.

Zu ihrer Überraschung war die Fahrt nach Frankfurt am Main erstaunlich reibungslos verlaufen. Alfred hatte offenbar längst seinen berühmten Wäschebeutel in der Wilhelm-Pieck-Straße geplündert und hatte für die kleine Helena einen waschecht aussehenden Reisepass sowie sämtliche, notwendige Urkunden dabei. Andrew hatte anscheinend ebenfalls bemerkenswerte Arbeit geleistet, denn sie wurden an den Grenzübergängen stets nur durchgewunken. Helenas nagelneue Papiere, die Andrew tatsächlich letzte Nacht für sie hinterlegt hatte, waren zwar beruhigend, doch niemand kontrollierte sie.

Gerädert und müde erreichten sie schließlich das Frankfurter

Nordend. Helenas Herz schlug deutlich schneller, als sie die Ecke wiedererkannte, in der sie Felix im Café kennengelernt hatte. Doch es gab im Jahr 1960 weder das Café noch war sie sich sicher, ob Felix überhaupt schon hier wohnte. Es kostete sie unendlich viel Selbstbeherrschung, Alfred nicht darauf anzusprechen. Doch die schlaflose Nacht hatte ihn trotz der nun unmittelbar anstehenden Freiheit in sein normales, verbiestertes Selbst zurückverwandelt und Helena wusste, dass er auf ihre Fragen bestenfalls einfach nur patzig reagieren würde. Er hatte ihr am Vorabend deutlich gemacht, dass er seiner Meinung nach genug geopfert hatte. Er würde Helena mitsamt ihrer Alpha-Version bei Vera abladen und in einer Seitenstraße auf sie warten. Sobald sie alles geregelt hatte, würde sie zu ihm in den Wagen steigen, er würde er ihr alles Weitere erklären und dann verschwinden.

Doch als sie nun bei ihrer Tante klingelte, hatte sie noch immer keine Ahnung, wie sie Vera das Nötigste erklären konnte, ohne dass diese Helena für vollkommen übergeschnappt hielt. Und wie sollte Helena bloß erreichen, dass Tante Vera ihre kleine Doppelgängerin bei sich aufnahm? Helena kannte ihre Tante als großzügig, doch sie war sicherlich nicht gerade als kinderlieb zu bezeichnen. Wie hatte dieser Joachim Gutowski, den Alfred genannt hatte, es damals geschafft, dass sie Helena bei sich aufnahm? Hatte er vielleicht eine Nachricht von Alfred dabeigehabt? Das Einzige, was sie heute in der Hand hielt, waren die zitternden Finger der Alpha-Helena, die aussah, als ob sie trotz des Bettes sogar noch schlechter geschlafen hatte als die große Helena.

Diese kleine Version von ihr war mehr als ungewöhnlich. Es musste schlimm für eine Dreijährige sein, einfach so aus ihrem Leben herausgerissen und dann auch noch von ihrer Mutter getrennt zu werden – auch wenn sie annahm, dass dies nur für kurze Zeit der Fall sein würde. Würde ein normales Kind nicht weinen oder zumindest Fragen stellen?

Diese Helena schwieg jedoch beharrlich. Sie hatte seit ihrer Ankunft in dem schäbigen Hotel der vergangenen Nacht kaum ein Wort von sich gegeben und Helena hatte auf der Fahrt hin und wieder fast vergessen, dass eine kleine Version von ihr direkt hinter ihr auf der Rückbank saß. War sie selbst in ihrer Kindheit auch so merkwürdig gewesen? Helena war sicherlich ebenfalls recht introvertiert und schwierig gewesen. Doch diese Alpha-Helena war beinahe schon gruselig seltsam in ihrer Schweigsamkeit und mit ihren stets geweiteten, unkindlichen Augen.

Helena wurde jäh aus ihren Gedanken gerissen, als plötzlich ein Schlüssel auf der anderen Seite der Tür ins Schloss gesteckt und umgedreht wurde. Noch immer hatte sie keinen Plan, wie sie ihre Situation erklären und ihre Tante davon überzeugen konnte, die kleine Helena bei sich aufzunehmen. Doch als sie die kleine, verschwitzte Faust ihrer Doppelgängerin in ihrer Hand fühlte und deren bleiches Gesicht sah, wusste sie, dass sie alles nur Menschenmögliche versuchen musste, damit sie genau das schaffte. Es gab keinen anderen Plan und vermutlich auch keine zweite Chance!

Doch sie war nicht auf das vorbereitet gewesen, was sie nun erwartete, als die Tür aufflog …

»Tante Vera?«, fragte sie verdutzt.

»Das glaube ich kaum!«, entgegnete die junge Frau vor ihr.

»Doch, du bist es!«, rief Helena aus, noch bevor sie nachdenken konnte. Sie hatte in der Anspannung nicht eine Sekunde daran gedacht, dass Vera im Jahr 1960 erst Mitte zwanzig sein und vermutlich recht anders aussehen würde, als Helena sie in Erinnerung hatte!

In der Tat hätte der Unterschied kaum größer sein können: Abgesehen von dem vertraut bitteren Zug um den jungen Mund, fehlten die vielen, scharfen Falten in diesem runden, frischen Gesicht. Alfred hatte Helena einmal gestanden, dass er ihre Tante damals für seinen hinterlistigen Betrug ausgewählt hatte, weil sie so ein hübsches Dummerchen gewesen war. Das hatte sie sich bei ihrer stets zynischen, strengen und immer akkurat gekleideten Tante damals so gar nicht vorstellen können. In diesem Moment verstand sie zum ersten Mal, was er damit gemeint hatte. Was hatte ihre Tante im Laufe der

Jahre so sehr altern lassen? War es tatsächlich die missglückte Ehe mit diesem Joachim gewesen oder war das etwa tatsächlich Helenas Schuld?

Veras Blick wanderte misstrauisch über die zwei so ähnlichen Gesichter der beiden Helenas sowie deren eigentümliche Augen. »Ich denke, ihr habt euch in der Tür geirrt!«

In letzter Sekunde gelang es Helena, ihren Fuß in die sich energisch schließende Tür zu stecken und jaulte sofort auf, als diese schmerzhaft gegen ihren Knöchel knallte. Sie hatte weder einen Plan noch eine gute Idee, aber anscheinend war es jetzt oder nie!

»Du heißt eigentlich Gabriele und hast meine Mutter und ihre Zwillingsschwester Christine damals in Rostock zurücklassen müssen, als du geflohen bist! Du hast in Marienfelde gemerkt, dass Alfred ein Betrüger war und dich irgendwann kurz danach Vera genannt, weil du wütend auf dich selbst warst!«

Vera, die bei Helenas Worten zunächst in eine Starre verfallen war, stieß plötzlich mit einem Ruck die Tür auf und machte einen Schritt auf Helena zu. »Was hast du mit Alfred zu schaffen?«, brüllte sie außer sich. Für den Bruchteil einer Sekunde war Helena unendlich dankbar, dass Alfred weise genug gewesen war, um nicht mit zur Tür zu kommen. Doch obwohl dieses noch immer verwirrend jung aussehende Gesicht ihrer Tante noch nichts von der Härte der späteren Jahre an sich hatte, erschrak sie, als sie den blanken Hass in Veras Augen sah.

»Alfred ist mein Vater«, stammelte sie hilflos. »Nun ja, *Vater* ist vielleicht nicht das richtige Wort …«

Vera atmete tief durch und starrte heftig blinzelnd gen Himmel. Sie schien sich nur mühsam zu beherrschen, doch Helena war sich nicht sicher, ob ihre Tante sie lieber ohrfeigen oder einfach weinen wollte.

»Er ist dein *Vater*«, wiederholte sie schließlich krächzend und richtete ihren Blick auf Helenas ungewöhnliche Augen. Dann sah sie auf die kleine Helena, die wie immer stumm und mit weit aufgerissenen Augen dastand, als wäre sie eine Puppe. »Und was ist mit ihr? Hat er sie ebenfalls produziert oder ist das dein Kind? Ihr seht euch sehr ähnlich!«

»Er ist auch ihr Vater«, erklärte Helena hilflos. Das Ganze schien gerade ganz gewaltig daneben zu gehen …

Vera schwieg einen Augenblick, während sie immer wieder von einer Helena zur anderen starrte. »Nun gut«, sagte sie schließlich in einem Tonfall, der Helena deutlich bekannter vorkam als ihr junges Gesicht. »Das ist nicht eure Schuld. Für seine Eltern kann niemand etwas!«

Helena meinte ihr anzusehen, dass Vera an ihre eigenen Eltern dachte. Helena hatte nie viel Kontakt zu ihren Großeltern in Rostock gehabt, doch besonders liebevoll waren sie nie gewesen.

»Wie heißt du?«, fragte Vera schließlich das kleine Mädchen.

»Helena«, piepste diese zum ersten Mal. »Meine Mama ist jetzt in Russland, aber sie kommt mich bald holen. Sie kann nicht gut hören, aber ich verstehe immer alles!«

Vera bekam erneut einen seltsam starren Blick. »Sie kann nicht gut hören?«, wiederholte sie leise. Ihre Augen musterten das kleine Mädchen plötzlich eindringlich.

»Ihre Mutter heißt Hannelore«, erklärte Helena für ihre kleine Doppelgängerin.

Vera stieß einen Laut aus, den Helena noch nie bei ihrer Tante gehört hatte und lehnte sich kreidebleich an den Türrahmen, als ob sie Halt suchte.

»Ist sie …?«, fragte sie zitternd.

»Ja!«, log Helena schnell, bevor sie sich eines Besseren besann. Als sie in das gequälte Gesicht ihrer Tante sah, bereute sie es sofort, dass sie ihrer Tante so viel Schmerz zufügte. Ging es wirklich nicht anders?

Doch Alfred hatte vermutlich recht: Diese Vera war noch immer sehr jung und wenn sie auch nur ansatzweise so naiv war, wie sie Helena selbst erzählt hatte, dann bestand die Gefahr, dass sie sich vorzeitig verplapperte und die Alpha-Helena vielleicht sogar noch vor der Wende durch die Zeit reiste. Und dann würde alles wieder von vorne beginnen: ständige, unkontrollierbare Zeitsprünge auf allen Zeitleisten. Fremde Erinnerungen, die nicht die eigenen waren. Projekt Lazlo … Helena schluckte tapfer die Tränen herunter. Es war nur eine vorübergehende Lüge, sie durfte nichts riskieren!

Glücklicherweise schien ihre Tante ihre Mimik missverstanden zu haben, denn sie richtete sich auf einmal auf und schien innerlich die Ärmel hochzukrempeln. »Nun gut«, sagte sie deutlich gefasster. Helena bemerkte, dass Veras Hände leicht zitterten, als sie diese scheinbar resolut in die Hüften stemmte. Doch sie schien sich bemerkenswert unter Kontrolle zu haben. »Lebt die Kleine bei dir?«

»Nein, ich kann nicht hierblieben. Ich …«, Wie sollte sie ihrer Tante das nur erklären?

Doch zu ihrer Verwunderung winkte Vera entschieden ab. »Manchmal ist es besser, keine Fragen zu stellen. Augen zu und durch! Das habe ich im Flüchtlingslager gelernt«, erklärte sie mit fester Stimme. »Also, Helena«, wandte sie sich streng an das kleine Mädchen. »Kein Grund, wie ein verschrecktes Huhn aus der Wäsche zu schauen – das kriegen wir alles hin! Hast du denn wenigstens eine Tasche dabei?«

Als die kleine Helena ängstlich den Kopf schüttelte, zog Vera missbilligend die Augenbrauen nach oben. »Nun gut, dann gehen wir nachher eben einkaufen! Ich habe ohnehin nichts für Kinder da und du läufst mir hier nicht wie ein bunter Paradiesvogel rum! Die Nachbarn werden schon noch genug tratschen!« Kopfschüttelnd betrachtete sie die in der Tat recht bunten Sachen, die Hannelore für Helena genäht hatte. Dann packte sie die beiden schließlich energisch an den Ärmeln und zog sie in den Hausflur.

»Ich kann nicht bleiben«, begann Helena verunsichert. Diese Vera schien binnen Minuten zu derselben strengen Vera mutiert zu sein, die sie aus ihrer eigenen Kindheit kannte.

»Papperlapapp!«, winkte ihre Tante empört ab. »Ein paar Minuten wirst du schon haben!«

Energisch marschierte sie hinter den beiden Helenas ins oberste Stockwerk zu ihrer Wohnung. Diese sah anders aus, als Helena sie in Erinnerung gehabt hatte - kärglicher und weniger bunt. Vielleicht hatten ihre Besuche in Helenas und Hannelores stets farbenfroher Wohnung in Ostberlin damals Spuren bei ihr hinterlassen, die letztendlich ihren Weg nach Frankfurt gefunden hatten?

Dazu wird es jetzt wohl nicht mehr kommen, dachte Helena plötzlich und kämpfte zum wiederholten Mal nur schwer gegen die Tränen an. Ihr kleines Ebenbild saß auf einem Stuhl in der überschaubaren Wohnung und hatte die kleinen Hände verkrampft in den Schoß gelegt. Es wirkte so trostlos, dass es Helena die Kehle zuschnürte.

»Also, du bleibst jetzt bei mir!«, erklärte Vera der kleinen Helena mit einem Schulterklopfen, das eine Spur zu heftig ausfiel und das kleine Mädchen erschrocken zusammenzucken ließ. »Und, kommst *du* denn wieder?«, fragte sie scheinbar gleichgültig in Helenas Richtung, während sie den beiden Mädchen den Rücken zuwandte und betont betriebsam in der kleinen Küchenzeile herumrumorte.

Würde sie das? Wenn Alfred sie tatsächlich auf ihre eigene Zeitleiste zurückbringen konnte, dann war die Antwort wohl nein. Auf der anderen Seite würde sie hoffentlich schon bald eine andere Version von Tante Vera wiedersehen – die ältere Gamma-Version von Tante Vera, die sie schon so lange kannte und der diese Alpha-Version von Minute zu Minute ähnlicher wurde. Es fiel ihr schwer, diese Vera als eine Fremde zu sehen, als diese ihre scheinbar harte Fassade mehr schlecht als recht zu verstecken versuchte. Unabhängig davon wie ähnlich oder unterschiedlich die Doppelgänger auf den verschiedenen Zeitleisten auch sein mochten, sie gehörten auf gewisse Weise alle zu Helena und ihrem Leben dazu.

»Ja!«, antwortete sie daher entschieden. »Wir werden uns wiedersehen. Vielleicht sogar schon bald.«

Tante Vera brummte eine Art Zustimmung und drehte sich mit drei vollen Weingläsern zu ihnen herum. »Das will ich auch gehofft haben – Familie hält zusammen. Basta! Glücklicherweise habe ich immer etwas für besondere Anlässe im Haus.«

Helena überfiel eine böse Vorahnung, als ihr Blick auf die bau-

chigen Gläser fiel, die eine blubbernde Flüssigkeit sowie angesto-
chene Pfirsiche enthielten. Diese scheußliche Tradition hatte Vera
nach ihrer Flucht bei einer Freundin in Nassau begonnen und sie
war seitdem ihr ganz eigener, von allen Familienmitgliedern ver-
abscheuter Neujahrsbrauch geworden.

»Sie ist aber erst drei!«, startete Helena einen sinnlosen Versuch
und nickte auf die kleine Alpha-Helena.

»Das bisschen Alkohol wird sie schon nicht umbringen! Und da
du an Silvester anscheinend nicht mehr hier sein wirst, müssen wir
das Ganze jetzt eben vorziehen!«, schimpfte Vera. »Offenbar be-
ginnt das neue Jahr für uns schon heute!«

Helena seufzte ergeben und nahm eines der Gläser. Diesen Tonfall kannte sie in der Tat nur allzu gut und jeglicher Widerspruch
würde zwecklos sein.

»Na dann … Nie wieder Krieg! Weder kalten noch sonstigen
Scheiß!«

Vera räusperte sich und gab der kleinen Helena ebenfalls ein
Glas, während sie ihr eigenes prostend anhob.

»Nie wieder Krieg!«, antwortete sie mit rauer Stimme. »Und
jetzt Kopf in den Nacken und runter mit dem Fusel!«

~ KAPITEL 35 ~

Kleine Opfer

FRANKFURT AM MAIN, HESSEN, BRD. NORDEND.
19. DEZEMBER 1960. ALPHA.

Wie betäubt ließ Helena sich auf den Beifahrersitz des dunklen Volkswagens fallen, den Alfred in einer Parallelstraße geparkt hatte und lehnte erschöpft den Kopf zurück. Das scheußliche Gemisch von Billigsekt und Fruchtzucker hatte seine Wirkung nicht verfehlt. Ihre fliegenden Gedanken hatten sich beruhigt und sie angenehm müde werden lassen. Wenn das so weiterging, würde sie ein ausgewachsenes Alkoholproblem bekommen!

»Und jetzt?«, fragte sie matt, bevor Alfred einen bissigen Kommentar von sich geben konnte.

»Jetzt warten wir!«

Schwerfällig drehte sie ihren Kopf zur Fahrerseite. »Auf was?«

»Dass die Wirkung des Serums nachlässt.«

»Wie lange wird das dauern?«

»Gute Frage« antwortete Alfred schulterzuckend und sah gähnend aus seinem Seitenfenster.

»Sie hat Helena bei sich aufgenommen.«

»Natürlich hat sie das«, knurrte Alfred genervt.

Trotz ihrer Müdigkeit konnte Helena sich ein kleines Lächeln nicht verkneifen. Es war paradox, dass ausgerechneten diese beiden

Stinkstiefel, die einander so sehr verabscheuten, sich im Grunde genommen recht ähnlich waren.

»Wir machen den Kopp zu, bis das Serum nachlässt«, entschied Alfred und schloss die Augen. »Du wirst vermutlich eine Weile nicht schlafen, wenn du zurückkommst.«

»Warum nicht?«

»Weil sich alles in unterschiedlichem Tempo ändern wird, sobald du wieder in deiner Zeitleiste bist. Die Änderungen auf Alpha wirken sich nicht sofort auf alle anderen Zeitleisten aus. Das heißt, es wird erstmal ein paar merkwürdige Situationen geben, in denen alle Zeitspringer und ihr Umfeld individuell schnell vergessen und sich in ihr neues Leben fügen. Erst werden hoffentlich die falschen Erinnerungen verschwinden und dann wird sich das Leben aller Beteiligten im Alleingang korrigieren«, erklärte Alfred widerwillig und hielt noch immer demonstrativ die Augen geschlossen. »So ist zumindest meine Theorie. Und jetzt halt die Klappe und lass mich schlafen!«

Helena hatte bereits eine Weile gedöst, als sie plötzlich mit einem Ruck auffuhr und Alfred bei der Schulter packte. »Scheiße, Alfred!«

»Was ist los?«, murmelte er schlaftrunken und sah auf die Straße. »Hat deine Tante uns gesehen?«

»Nein! Wenn alle Zweiterinnerungen verschwinden, dann wird Werner sich nicht mehr erinnern, dass eine meiner Doppelgängerinnen ihn vor dem Autounfall gewarnt hat! Und wenn die Alpha-Helena nicht mehr durch die Zeit springt, wird sie vermutlich auch nie eine Therapie beginnen und ihn erst gar nicht kennenlernen!«

»Du wirst immer und auf jeder Zeitleiste einen Dachschaden haben, keine Sorge!«, konterte er gelassen und schloss erneut die Augen.

»Das ist nicht witzig!«, fauchte Helena aufgebracht.

Alfred öffnete gereizt die Augen und drehte den Kopf zu ihr auf die Beifahrerseite. »Das habe ich auch nie behauptet!«

»Was machen wir denn jetzt?«

»Nichts«, antwortete er ruhig. Bevor Helena erneut aufbrausen konnte, packte er sie hart am Arm und zwang sie zum Schweigen. »Das Leben ist nicht perfekt! *Friss oder stirb*, wie man so schön sagt, Helena! Wir haben verdammt viel riskiert und durchgemacht – ich, mit Verlaub gesagt, mehr als du! Manchmal muss man eben mit dem kleineren Übel leben und dafür kleine Opfer bringen!«

»*Kleine Opfer?*«, brauste Helena ungläubig auf. »Eine Familie mit zwei Kindern nennst du ein *kleines Opfer?*«

»Du weißt sehr gut, was ich damit meine!«, erwiderte Alfred kalt. »Wenn wir Alpha nicht wieder in Balance gebracht hätten, wären über kurz oder lang viele Menschen gestorben – wer weiß, vielleicht auch dein Psychiater-Freund! Und manche Dinge kann man eben nicht verhindern. Du hast vermutlich wenigstens deinen Frankfurter Freund. Vergiss das nicht, wenn hunderte von Russen bei deiner Rückkehr nach wie vor sterben!«

»Bitte was?«, fragte sie entsetzt. »Ich dachte, wir haben das jetzt verhindert! Du hast gesagt, dass Peter nichts passieren wird!«

Außer sich begann sie, auf Alfreds Arme einzuschlagen, sodass er ihre Handgelenke schließlich schmerzhaft fest umklammerte, um ihren Angriffen zu entgehen.

»Wir sind nun mal keine verdammten Götter, Helena! Wir springen durch die Zeit und haben ein paar klitzekleine Chancen, etwas entweder besser oder eben auch schlimmer zu machen! Das Raketenunglück wird immer passieren, Lazlo oder nicht! Lazlo hätte alles noch viel schlimmer gemacht, weil sie unwissentlich Peter bis nach Alpha katapultiert und dann auch noch hochexplosives Material im Labor gehabt hätten. Doch selbst ohne Projekt Lazlo wird es trotzdem ein Geheimlager der Russen bleiben, Helena! Das war es schon immer! Das Serum, mit dem du es auf Alpha geschafft hast, ist zufällig entstanden, weil mit dem Helium, das dort ohnehin gelagert war, herumexperimentiert wurde. Selbst ohne Lazlo wird es vermutlich immer noch zu Explosionen kommen und die Russen werden dort in Scharen verrecken, weil sie dort sogenannte Spezialwaffen verbuddelt haben!«

»*Spezialwaffen?*« Das hatte sie doch schon einmal gehört.

»Atomare Sprengwaffen, Helena! Wären es nur Munition und Raketen ohne Zünder, würden die Russen weder Helium noch Kühlelemente in Sektor 3 brauchen! Dank meiner Unterlagen an den Westen sind die Amis jetzt zumindest gewarnt. Nur meine ganz eigene Formel des Serums wird ihnen hoffentlich Kopfschmerzen bereiten.«

Die beruhigende Wirkung des Sekts hatte bedauerlicherweise vollständig nachgelassen und Helena spürte, wie ihr Adrenalinspiegel rasend anstieg. Die Farben um sie herum schienen sich widernatürlich zu verstärken, sodass sie schließlich geblendet die Augen schloss, während eine nur allzu bekannte Übelkeit wellenartig über sie hinwegschwappte. Alfreds Griff schien sich zu lockern und Helena fühlte sich wie in Watte eingepackt.

»Du solltest genau dort landen, wo du hergekommen bist«, hörte sie Alfreds dumpfe Stimme.

»Meinst du meine eigene Zeitleiste oder Dannenwalde?«, brachte sie mühsam hervor.

Alfreds Gesicht und der Wagen waren jedoch schon im Nebel verschwunden. Sie trug noch immer Felix T-Shirt unter dem Mantel. Würde das reichen und sie konnte einfach zu ihm zurückkehren? Sie hatte endgültig genug von diesem Chaos - mehr als genug! Doch würde sie Werner einfach so im Stich lassen können?

~ KAPITEL 36 ~

Eine neue Welt

DANNENWALDE, ZONE 3, GEHEIMLABOR.
14. AUGUST 1977. DELTA.

»Gott sei Dank!«

Eine warme Hand griff nach der ihren und drückte sie. Wer auch immer es war, er ließ ihr Zeit, bis die Übelkeit nachließ. »Hier, trink etwas!«

Als Helenas Sicht sich normalisierte, wollte sie jedoch ihren Augen kaum glauben. »Wie siehst du denn aus?«, fragte sie verblüfft.

Tom starrte sie einen Moment lang ratlos an, doch dann zog er einen Mundwinkel zu einem schelmischen Grinsen nach oben. »Hast du es dir in den letzten Minuten etwa anders überlegt?«

Oh nein ...

»Du siehst ... jünger aus«, stammelte Helena fassungslos. Vielleicht war *jünger* jedoch nicht das treffende Wort. Diese Version von ihm sah im Vergleich unverbrauchter und irgendwie fröhlicher aus als der Tom, den Alfred und Helena am Frankfurter Bahnhof auf Zeitleiste Alpha zurückgelassen hatten.

»Wo genau bin ich?«, fragte sie nervös.

»Wir sind wieder im Labor«, antwortete Tom ruhig und strich ihr sanft über die Wange.

»Nein, ich meine, auf welcher Zeitleiste sind wir?«

»Zu Hause«, wiederholte Tom verwirrt. »Wir sind auf Delta. Das Serum hat bei mir nicht lange angehalten. Ich bin vor etwa fünf Minuten hierher zurückgekommen und hatte schon Sorge, ich muss jetzt alleine hierbleiben.«

Das war ein anderer Tom! *Hundertprozentig!* Der Tom, den sie kennengelernt hatte, war aus Epsilon. War dies etwa der Tom aus Delta, der bislang verschwunden gewesen war?

Nachdenklich schweifte sein Blick über Helenas Mantel, den sie vom Grenzposten in Berlin bekommen hatte. »Du hingegen scheinst eindeutig länger weg gewesen zu sein. Wie lange hat das Serum denn bei dir noch gewirkt?«

»Nicht allzu lange«, log sie und spürte seinen plötzlich argwöhnischen Blick auf sich gerichtet. Doch bevor die Lüge eine Chance bekam, ihre Wangen rot anlaufen zu lassen, erschütterte ein ohrenbetäubendes Knallen das noch immer verwüstete Labor.

»Wir müssen hier raus!«, rief Tom erschrocken und ließ in Windeseile irgendetwas in seiner Jackentasche verschwinden.

Warum gab es das Labor noch immer? Peter konnte sie nirgends entdecken, doch das Labor sah noch genauso aus wie vorher. Wenn es Projekt Lazlo nun nicht mehr gab, warum existierte dann dieses Labor?

Sie fühlte sich vor Schreck wie gelähmt, doch Tom hatte bereits ihren Arm um seine Schulter geworfen und schleppte sie so schnell er konnte aus dem Labor ins Freie. »Helena, lauf! Wir schaffen das!«

»Hier sind Atomwaffen gelagert«, hörte sie sich wie aus der Ferne sagen.

»Ich weiß! Und die Laborbestände werden es nicht besser machen!«

Wie konnte das nur sein?

Ein zweiter Arm packte sie zur Verstärkung, als sie zwischen explodierenden Kisten durch dichte Schwefelschwaden fegten. Helena war zu schockiert, um Details wahrzunehmen. Sie schien mitten im Höllenfeuer gelandet zu sein. Wo sie auch hinblickte, explodierte etwas. Das Mark und Bein erschütternde Heulen der Katjuscha-Raketen verfolgte sie wie ein animalischer Schrei, während sie blindlings über unzählige, reglos am Boden liegende Körper und abgetrennte Extremitäten Richtung Haupttor stolperten. Helena verlor jegliches Zeitgefühl, wie lange sie bereits rannten. Alle drei husteten und keuchten, doch seltsamerweise war sie nicht so außer Atem, wie sie es sonst nach einem so langen Lauf sein sollte. Vielleicht lag es daran, dass die zwei Männer rechts und links sie eher trugen, als dass sie ihre eigenen Füße bewegte. Wie im Traum registrierte sie, dass der Mann zu ihrer Linken Sascha war. Wenn Alfred und sie auf Alpha doch alles geändert hatten, sollte Sascha dann nicht in Moskau sein? War etwas schiefgelaufen?

»Was machst du hier?«, keuchte sie schließlich, als sie endlich bei einem Lastwagen in Zone 1 angekommen waren, der sie hier hoffentlich wegbringen würde, bevor es zu spät war.

Sascha blickte sie jedoch verständnislos an und schob sie schnell auf die Sitzbank im Vorderteil. In halsbrecherischer Fahrt fuhren sie von dem Gelände fort. Sascha fuhr immer weiter, ohne dabei auch nur eine Sekunde den Fuß vom Gas zu nehmen. Er fuhr jedoch nicht ins Dorf von Dannewalde, sondern schlug eine Richtung ein, die Helena noch nie gesehen hatte.

»Wo fahren wir hin?«, brachte sie schließlich mit kratzendem Hals hervor. Ihre Augen tränten mal wieder ohne Unterlass, sodass sie diese kaum noch öffnen konnte.

Erneut warf Sascha ihr einen verwirrten Seitenblick zu und blickte fragend auf Tom, der ihre Frage ins Russische übersetzte.

Helena blieb trotz ihrer Anspannung der Mund offen stehen. »Erkennst du mich denn nicht, Sascha?«, fragte sie ungläubig auf Russisch.

Zum ersten Mal seit ihrer Abfahrt vom Militärgelände kam Sascha mit quietschenden Bremsen zum Stehen. Die Raketen heulten noch immer in grässlicher Lautstärke, doch sie befanden sich immerhin nicht mehr in unmittelbarer Gefahrenzone, als Sascha sie nun einer kritischen Musterung unterzog.

»Woher kennst du meinen Namen?«, blaffte er Helena auf Russisch an.

Bevor sie sich von ihrer Überraschung erholen konnte, antwortete Tom für sie. »Ich habe dich vorhin erwähnt.«

Sascha langte über Helenas Kopf hinweg und verpasste Tom einen deutlich hörbaren Schlag auf den Hinterkopf. Dieser zuckte jedoch betont gleichgültig mit den Schultern, während er sich kurz auf Russisch entschuldigte. Er drückte sein Bein eng an Helenas Knie. War das ein Zeichen von Zuneigung oder wollte er ihr etwas mitteilen?

Verwirrt senkte sie den Blick und vermied weitere Fragen, bis der Wagen erneut anhielt. Sie waren in einem Dorf, das Helena noch nie zuvor gesehen hatte. Auch hier hörte man die Explosionen noch immer, doch sie waren anscheinend weit genug entfernt, um vor ihnen sicher zu sein.

»Bring sie in das Haus da vorne und halt den Mund, verstanden?«, kommandierte Sascha, bevor er wieder in den LKW stieg. »Wir müssen uns später unterhalten!«

Tom nickte und Helena sah, wie sich seine Kiefernmuskeln sichtbar anspannten. Hatte Sascha damit Tom gemeint oder auch sie? Sascha warf ihr einen undefinierbaren Blick zu und brauste schließlich ohne einen weiteren Kommentar davon.

»Erkennt er mich etwa nicht?«, fragte Helena schließlich verblüfft, nachdem Sascha abgefahren war.

Tom sah sie mit einer seltsamen Mischung aus Zuneigung und Skepsis an. »Nun ja, er weiß natürlich, wer du bist! Ich habe ihm schließlich von dir erzählt. Er hat ziemliches Interesse an deinen Fähigkeiten und will uns helfen. Aber ihr habt euch doch bis heute noch nie getroffen. Oder liege ich da falsch?«

Das klang in Helenas Ohren nicht sonderlich beruhigend. »Dann muss ich mich wohl geirrt haben«, log sie schnell. »Anscheinend habe ich ihn mit jemandem verwechselt, tut mir leid!«

Tom machte einen Schritt auf sie zu und sah ihr prüfend in die Augen. »Du hast ihn mit jemandem verwechselt, der zufällig auch noch genau denselben Namen hatte? Das wäre ziemlich seltsam …«

»Gute Intuition?«, fragte Helena schwitzend zurück.

»Hoffen wir mal, dass es nur das ist«, murmelte Tom, als er sie schließlich fest in seine Arme zog. »Es tut mir so leid, dass ich dich zum Labor gebracht habe. Ich dachte, wenn wir zwei es schaffen, auf die nächste Zeitleiste zu kommen und dann dort zu bleiben, dann sind wir auf Gamma in Sicherheit. Ich konnte ja nicht ahnen, dass ausgerechnet heute dieses verdammte Gewitter aufkommt und alles in ein Fegefeuer verwandelt!« Verzweifelt strich er ihr eine wirre Strähne aus dem Gesicht. »Außerdem wirkt dieses Serum einfach viel zu kurz! Ich glaube, ich war höchstens eine Minute dort. Wie lange hast du geschafft?«

»Ich weiß es nicht«, gab Helena so ehrlich wie möglich zu. Sie war also tatsächlich mit dem bislang verschwundenen Tom auf Delta. Das bedeutete, dass der Tom, den sie bisher gekannt hatte, vermutlich auch wieder in seiner eigenen Zeitleiste war. Doch warum war sie noch immer hier? Warum war sie nicht zurück auf Gamma?

Immerhin hatte sie inzwischen halbwegs verstanden, warum es das Labor noch immer gab. Alfred hatte auf Alpha nicht leugnen können, dass es Zeitreisende und Pläne für ein Geheimprojekt gab. Anscheinend hatte er den Bericht für Andrew jedoch deutlich abgeändert.

Meine ganz eigene Formel des Serums wird ihnen hoffentlich Kopfschmerzen bereiten!, erinnerte sie sich plötzlich an Alfreds Worte. Sein Plan schien aufzugehen! Doch wo war die Helena aus dieser Zeitleiste?

Tom trat einen Schritt zurück und sah sich gehetzt um. Dann nahm er sie an der Hand und führte sie zu dem Haus, auf das Sascha eben gedeutet hatte. Die drei Hausbewohner, ein Ehepaar und dessen etwa zehnjährige Tochter, waren offenbar bereits über spontane Gäste informiert worden und begrüßten die beiden überschwänglich. Das Mädchen hatte ihr Zimmer freigeräumt und ihre Mutter war in der Küche dabei, Unmengen an Essen zu kochen.

Helena registrierte jedoch weder, wie sehr ihr Magen bei dem köstlichen Duft plötzlich rebellierte, noch hatte sie die Energie für irgendwelche Scham, als der Vater die beiden in das Kinderzimmer des Mädchens führte und mit einem Fingerzeig auf das einzige Bett darin erklärte, dass er schließlich ein moderner Mensch sein. Mit einem kameradschaftlichen Schlag auf Toms Schulter verließ er endlich das Zimmer.

Ihr Gehirn arbeitete fieberhaft, doch sie kam einfach nicht weiter. War es möglich, dass Sascha sie wirklich nicht kannte oder tat er nur so? Auf Delta war sie nun also mit Tom zusammen, der Dank Alfreds Änderungen nun anscheinend nicht mehr für die Stasi, sondern für Sascha arbeitete. Das waren keine guten Nachrichten, doch immerhin schien das Projekt nicht sonderlich vielversprechend zu laufen.

»Tom«, begann sie matt, »du verwechselst mich mit jemandem. Genauer gesagt mit einer anderen Version von mir!«

Er lachte auf und zog sie erneut zu sich heran, um sie zu küssen.

»Ich meine das ernst!«, fuhr sie auf und schob ihn einige Zentimeter von sich weg.

»Pst!« Erschrocken legte er ihr einen Finger auf den Mund. Seine Sorge um sie war so offenkundig und intensiv, dass es sie sogar rührte. »Was ist denn los, Helena?«

»Genau das: *Helena*!«, gab sie trocken zur Antwort. Dieser Tom nannte sie nicht Lenny. Er war in sie verliebt, das war nur allzu offensichtlich, aber er wirkte in keiner Weise verschlagen.

»Ich verstehe nicht, was du meinst. Was hast du denn plötzlich? Liegt es am Serum?«

Vielleicht war dies die dümmste Entscheidung ihres Lebens und sie riskierte damit, alles zunichte zu machen, was Alfred und sie auf Alpha bewirkt hatten. Doch bei seinem Anblick fasste sie einen Entschluss. Sie würde ihm die Wahrheit sagen. - Oder zumindest einen großen Teil davon.

»Tom, ich bin nicht aus dieser Zeitleiste!«

Er schüttelte jedoch verständnislos den Kopf und sah sie so besorgt an, als ob sie einen Hirnschaden erlitten hatte. »Natürlich bist du das! Wie solltest du sonst so lange hierbleiben können?«

Weil ich hier vermutlich nach wie vor tot bin, schoss es ihr unbehaglich durch den Kopf.

»Ich weiß es nicht«, log sie und ging auf das Bett zu, um sich hinzusetzen. »Aber ich weiß, dass ich schon einmal hier auf Delta war und dass zu dem Zeitpunkt alles anders war. Du hast damals für Projekt Lazlo gearbeitet und Sascha war beim KGB.«

»Projekt *was*?«, fragte Tom verständnislos dazwischen.

»Siehst du, genau das meine ich!«

Tom starrte sie verunsichert an. »Das kann doch nicht sein. Der KGB hat bisher kein Serum entwickeln können, dass uns auch nur annähernd für länger als ein paar Minuten auf der nächsten Zeitleiste halten könnte. Das haben wir selbst doch gerade eben erneut festgestellt!«

Das waren in der Tat gute Neuigkeiten! Wenn das Serum hier so schwach war, dass niemand länger als höchstens ein paar Minuten auf die nächste Zeitleiste reisen konnte, dann bedeutete das, dass alle anderen Versionen von ihnen sicher sein sollten.

Helena seufzte und rieb sich die pochenden Schläfen. »Gut, dann kriegst du jetzt meine Kurzfassung: Ich habe eine andere Version von dir kennengelernt, genauer gesagt zwei! Ich bin aus der Gamma-Zeitleiste und die anderen zwei Toms waren wiederum aus zwei weiteren Zeitleisten. Alles war ziemlich chaotisch, weil plötzlich Zeitspringer auf Zeitleisten landeten, wo sie nicht hingehörten oder spurlos verschwanden. Die Balance auf Alpha ist gekippt und das hatte Auswirkungen auf alle anderen Zeitleisten. Wir alle hatten plötzlich Erinnerungen, die nicht unsere eigenen waren und wir Zeitspringer sind immer öfter und immer weiter gesprungen.«

Tom hob verwirrt die Hand, um ihr zu zeigen, dass er eine Pause brauchte. Er schien mühsam nach Worten zu suchen und sein Mund schnappte immer wieder lautlos auf und zu, während er versuchte, einen Satz zustande zu bringen.

»Es gibt die Alpha-Zeitleiste tatsächlich?«, brachte er schließlich ungläubig hervor.

Hatte sie zu viel verraten?

»Nun ja, wir gehen davon aus.« Sie zwang sich zu einem Lächeln und nahm seine Hand. Hoffentlich würde er sich davon erstmal ablenken lassen! »Erzähl mir deine Version!«

Sein Blick wanderte erneut über Helenas Gesicht und ihre Kleidung. Er schien ihr noch immer nicht recht glauben zu wollen, doch anscheinend konnte er ihr nur schwer etwas abschlagen. »Das weißt du alles schon, aber wie du willst ... Ich bin vor drei Jahren von meinen verdammten Pflegeeltern abgehauen, da war ich fünfzehn. Ein Russe war damals in Ostberlin unterwegs und hat zufällig einen Zeitsprung von mir miterlebt. Ich weiß nicht warum, aber als er mir die Hand gegeben hat, wusste ich plötzlich ein paar private Dinge über ihn – fast wie eine Eingebung! Ich habe ihm einiges erzählen können, sodass er mir sofort geglaubt hat. Er kam aus einer russischen Geheimstadt mitten in der DDR! Yuri war der erste Mensch, der wirklich nett zu mir war und er sagte, dass er gute Beziehungen hätte. Wenn ich bereit wäre, mein Wissen für Forschungszwecke zur Verfügung zu stellen, dann könnte er dafür sorgen, dass es mir gut gehen würde. Und er hat Wort gehalten. Ich musste oft hier zum Labor und irgendwelche Medikamente schlucken, allerdings ist das nie sonderlich spannend gewesen. Trotzdem hat Yuri mich nie hängen lassen. Er hat mir heimlich erzählt, dass der KGB offenbar den Westen ausspioniert hat, der sich ebenfalls für Zeitreisen interessiert. Angeblich hatte ein Typ vom CIA irgendwelche Unterlagen, in denen von einem Serum die Rede war, mit dem Zeitreisende nicht nur in die Vergangenheit, sondern sogar auf eine andere Zeitleiste springen können.«

Toms Augen blitzten vor Begeisterung wie die eines kleinen Jungen. Diese junge Version von Tom schien nicht die geringste Ahnung zu haben, worauf das alles hinauslaufen könnte!

»Ich habe das zunächst natürlich für Schwachsinn gehalten«, fuhr er aufgeregt fort, »aber dann sprachen sie von einer Zeitreisenden, die offenbar sehr talentiert ist und weiter springen kann als alle anderen. Es geht das Gerücht herum, dass sie nicht in der geheimen Russenstadt gestorben ist, wie man früher angenommen hat. Stell dir mal vor, was alles möglich ist, wenn jemand richtig weit in die Vergangenheit reisen oder sogar mehrere Zeitleisten überspringen kann! Was wir alles erfahren oder ändern können! Ich würde zwar nicht in den Schuhen der armen Sau stecken wollen, wenn sie sie erstmal in die Hände kriegen, aber komm, in der Theorie ist das doch genial, oder?«

Helenas entgleiste Gesichtszüge ließen ihn innehalten. »Ich habe dir schon ein paar Mal gesagt, dass ich nicht glaube, dass *du* es bist, Helena! Aber die Beschreibung passt leider recht gut genug auf dich und deine Daten. Vor kurzem habe ich Sascha kennengelernt, der das Projekt seit neuestem leitet. Ich habe ihm von dir erzählt und er kam gestern den ganzen Weg aus Moskau, damit wir inoffiziell das Serum ausprobieren können. Der muss dafür echt seinen Arsch riskiert haben! Deshalb habe ich dich heute heimlich ins Labor gebracht. Ich wollte dieses neue Serum an uns testen und habe gehofft, dass wir vielleicht tatsächlich bis nach Gamma kommen. Dann wärst du in Sicherheit. So, erinnerst du dich jetzt wieder oder muss ich mir ernsthafte Sorgen um dich machen?« Seine Augen musterten sie aufmerksam.

»Du würdest deine Zeitleiste für mich aufgeben?«, fragte sie perplex.

Tom erwiderte ihren Blick, als hätte sie keine dümmere Frage stellen können. »Natürlich! Es tut mir so leid, Helena. Ich habe wirklich geglaubt, ich könnte dich rausholen!«

»Mich rausholen?«, wiederholte sie lahm.

Verzweifelt fuhr er sich durch seine strubbeligen, schwarzen Haare und zuckte hilflos mit den Schultern. Er war so vollkommen anders als seine Doppelgänger! Dieser Tom war nicht in der Klinik gequält worden und der Unterschied zwischen dem verbissenen, oft so zwielichtigen Tom und dieser beinahe noch kindlichen, liebevollen Version von ihm hätte kaum größer sein können!

»Du musst nicht ewig bei dem Drachen leben, das verspreche ich dir!«, fuhr er eindringlich fort. »Aber ich denke, ich bringe dich lieber zurück nach Rostock. Auch wenn sie dich nach unserem spontanen Ausflug vermutlich lynchen wird!«

Helena japste erschrocken nach Luft, doch Tom zog sie beruhigend enger an sich.

»Wir versuchen es weiter, versprochen! Ich pass auf dich auf, das weißt du doch! Hoffen wir mal, dass dich deine Mutter bald wieder auf eine Reise in den Osten mitschleppt.«

Sie hörte ihn leise an ihrer Schulter lachen. »Meine Mutter?«, fragte sie heiser. Hannelore war im Westen?

»Du machst mir langsam Angst!« Er hielt sie an den Oberarmen fest und sah sie besorgt an. »Hast du wirklich Gedächtnisschwund oder machst du Witze? Vera wird mich umbringen, wenn ich dich lädiert von unserem Fluchtversuch zurückbringe!«, scherzte er halbherzig.

»Unserem *was*?«, rief sie entsetzt aus. *Vera?*

»Pst, ganz ruhig! Wir waren ja nicht lange aus Rostock weg, den einen Tag wird sie dir schon verzeihen! Erwähn mich nur besser nicht, ja? Du weißt, Vera kann mich aus irgendeinem Grund nicht sonderlich gut leiden. Und wenn ihr das nächste Mal wieder nach Rostock auf Besuch kommt, dann ruf einfach wieder die Nummer an, die ich dir gegeben habe. Mann, ich wünschte, ich könnte einfach mit dir nach Frankfurt kommen! Du bist alles, was ich habe! Warum ist es nur so scheiß kompliziert?«

Helena war in seinen Armen erstarrt und spürte Übelkeit in sich aufsteigen. Doch der Nebel, der für gewöhnlich folgte, blieb aus. Offenbar hatten ihre Änderungen auf der Alpha-Zeitleiste tatsächlich bereits alle anderen Zeitleisten beeinflusst. Sie wohnte also auch hier bei Tante Vera in Frankfurt und kam regelmäßig nach Rostock zu Besuch. Und anscheinend glaubte diese Helena inzwischen, dass Vera ihre leibliche Mutter war – so wie Alfred es geplant hatte. Doch warum war sie mit Tom zusammen?

»Tom, es tut mir echt leid, aber hier stimmt etwas nicht!«

»Das merke ich!«, kommentierte er trocken, doch er weigerte sich noch immer, sie loszulassen. Unten im Haus wurde rege mit Geschirr geklappert. Anscheinend war das Essen fertig und sie deckten soeben den Tisch.

Tom hatte es ebenfalls gehört und begann erneut zu flüstern. »Du hast mir mal erzählt, dass du früher Zeitsprünge hattest, nach denen du ziemlich verwirrt warst. Ist es das?« Er sah so rührend besorgt aus, als er ihr immer wieder verständnisvoll über die Schultern strich, dass Helena allmählich verstand, was ihre Doppelgängerin an diesem Tom anziehend fand.

»Tom, ich bin wirklich aus einer anderen Zeitleiste!«, wiederholte sie leise. »Ich bin aus Gamma und ich bin zweiunddreißig!«

»Klar!« Er kniff jedoch die Augen zusammen und schien mit sich zu ringen. Anscheinend war er sich inzwischen nicht mehr sicher, ob sie die Wahrheit sagte oder ob sie schlicht den Verstand verloren hatte. Ohne Vorwarnung zog er sie schließlich mit einem Ruck zu sich heran und begann sie zu küssen. Es war seltsam vertraut. Doch gleichzeitig fühlte es sich vollkommen falsch an. Vielleicht weil sie an Felix dachte. Oder weil sie sich so viel älter fühlte, als dieser liebenswerte Achtzehnjährige. Vielleicht lag es aber auch schlicht daran, dass dieses Leben einfach nicht das ihre war.

Tom löste sich plötzlich aus der Umarmung und erstarrte. Auf der Treppe waren Schritte und fröhliches Pfeifen zu hören, doch das schien nicht der Grund für seine Reaktion zu sein.

»Du bist nicht meine Freundin!«, stellte er entsetzt fest.

~ KAPITEL 37 ~

Die Entscheidung

EICHHOLZ, DDR.
14. AUGUST 1977. DELTA.

Das Klopfen an der Tür brach jäh ab, als Helena unterdrückt aufschrie.

»Alles in Ordnung da drinnen?«, vernahmen sie die Stimme des Familienvaters, der offenbar nicht recht wusste, wie er die Geräuschkulisse im Kinderzimmer einordnen sollte und es zum Glück vorzog, die Tür lieber nicht zu öffnen.

»Alles in Ordnung«, antwortete Tom geistesgegenwärtig. »Sie zieht sich nur ein frisches T-Shirt an und will nicht gesehen werden!«

Der Hausbesitzer schwieg. Für einen bangen Moment starrten sie wie hypnotisiert auf die Türklinke, als diese sich langsam ein Stück nach unten bewegte. Ihr Gastgeber schien sich jedoch eines Besseren zu besinnen.

»Das Essen steht auf dem Tisch. Wir erwarten euch sauber und manierlich bekleidet in der Küche!«

»In Ordnung«, antwortete Helena tonlos.

Nichts war in Ordnung! Fassungslos starrte sie in das Gesicht ihrer etwa gleichaltrigen Doppelgängerin, die schwach am Boden lag und mit derselben grässlichen Übelkeit kämpfte, die anscheinend das wortwörtlich gemeinsame Übel aller Zeitreisenden war.

Tom hatte blitzschnell von dem kleinen Waschbecken in der Zimmerecke einen Zahnputzbecher mit Wasser gefüllt und sich neben ihr niedergekniet. So wie er sich verhielt, war diese Helena eindeutig seine Freundin. Doch viel verstörender war, dass der blaue Funkenregen, in dem sie plötzlich aufgetaucht war, nach wie vor eine andere Person enthielt, die sich anscheinend nicht auf dieser Zeitleiste manifestieren konnte.

»Felix!« Endlich löste Helena sich aus ihrer Starre und streckte ihre Hände in den Funkenregen. Doch abgesehen von einem gefühlten Gefrierbrand auf ihrer Haut, kam sie nicht zu ihm durch. Er kniete vornübergebeugt und schien etwas zu sagen, doch es schien kein einziger Laut über seine Lippen zu kommen.

»Felix, ganz ruhig! Die Übelkeit geht gleich weg! Ich kann dich nicht hören - hörst du *mich*?«

Felix' Atmung beruhigte sich und er nickte. Seine weit aufgerissenen Augen wanderten von einer Helena zur anderen und er wiederholte etwas, ohne dass sie seine Lippen lesen konnte.

»Ich sehe, dass du etwas sagst, aber ich verstehe dich nicht!« Verzweifelt versuchte sie ihn zu berühren, doch die neblige Eisschicht schien diesmal noch dichter zu sein als beim letzten Mal. Es drang kein Laut hindurch und er wurde bereits blasser, als ob er sich jeden Moment wieder auflösen würde.

»Bleib hier!«, flehte sie verzweifelt. Doch es war zu spät. Felix war verschwunden und sie war noch immer hier! Warum konnte sie nicht zurück auf ihre eigene Zeitleiste? Viel schlimmer jedoch war das sichere Gefühl, dass er sie nicht erkannt hatte.

Tom hatte seine Freundin eng an sich gedrückt und starrte ebenso fassungslos wie Felix nur wenige Sekunden zuvor. »Oh Mann, ich dachte schon ernsthaft, du hast vom Serum einen Schaden davongetragen! Du bist tatsächlich aus Gamma?«

Helena nickte wie betäubt. »Aber anscheinend kann ich nicht zurück. Ich denke, ich hätte auf meiner eigenen Zeitleiste landen sollen, aber ...« Ihr gehetzter Blick streifte ihr zitterndes Ebenbild.

»Ich vermute, wir sind zur selben Zeit gesprungen. Tom hat mir damals erklärt, dass wir manchmal die Zeitleisten tauschen, wenn wir zufällig zur selben Zeit springen.«

»*Ich* soll dir das erklärt haben?«, fragte Tom verwirrt.

»Der andere Tom!«, erklärte sie ungeduldig.

»Gut, das heißt, wir werden gemeinsam alt und grau, ja? Oder in deinem Fall schlohweiß! Das sind doch mal gute Neuigkeiten!«, scherzte er gutmütig und gab der anderen Helena einen flüchtigen Kuss.

Schlohweiß? Auf seinen Fingerzeig hin griff sie verwirrt nach einer Haarsträhne. Sie war tatsächlich wieder weißblond - so wie sie es gewesen war, bevor sie auf dieser Zeitleiste gelandet war! Anscheinend machten sich die Auswirkungen von Alpha nun auch bei ihr bemerkbar und sie hatte sich zumindest wieder in ihr normales Selbst zurückverwandelt. Sie erinnerte sich jedoch noch immer an alles, was sie bisher erlebt hatte. Doch bei Felix schien sich das bereits geändert zu haben und auch die Delta-Versionen von Tom und Helena schienen bereits ein vollkommen anderes Leben zu haben.

Warum war sie noch immer hier? Warum hatte der Funkenregen sie nicht einfach mit Felix zusammen zurückgeholt?

»Hat er dich erkannt?«, fragte sie ihre Doppelgängerin schwach. Helena wusste die Antwort bereits, doch sie musste es einfach hören.

Die andere Helena aus Delta hatte sich inzwischen etwas beruhigt und schüttelte erstaunt den Kopf. Es war absurd, ihr Ebenbild direkt vor sich zu sehen, welche noch dazu mit demselben Frankfurter Dialekt wie Felix sprach! »Nee, sollte er das? Wer war das?«

Helena ließ sich aufs Bett fallen und schlug die Hände vors Gesicht.

Tom löste sich von seiner Freundin und legte ihr sanft die Hand auf die Schulter. »Ist der Kerl in unserer Zukunft wichtig?«

»Ich muss ihn finden!«, flüsterte sie kaum hörbar durch ihre Hände.

»Komm, sieh mich mal an!« Tom zog ihr energisch die Hände

vom Gesicht. »Ich helfe dir immer – egal, welcher Version von dir! Alles klar?«

Langsam rührte sich ein unliebsam schlechtes Gewissen, doch sie nickte und sah schnell zu Boden. Würde Tom ihr auch dann helfen, wenn er die ganze Wahrheit über Felix wüsste?

Vermutlich eher nicht ...

»Also, wer ist der Kerl?«, fragte Tom.

»Sein Name ist Felix. Ich habe seine Mutter, Ruth, vor dem Ertrinken gerettet, als er noch ein Kleinkind war. Ruth ist eine gute Freundin von mir.« Alfred wäre stolz auf sie gewesen: Sie log inzwischen, ohne auch nur mit der Wimper zu zucken! »Und ein gemeinsamer Freund, Werner, stirbt vermutlich bei einem Autounfall, wenn ich ihn nicht rechtzeitig warne!«

Tom pfiff leise durch die Zähne. Erneut war ein Klopfen an der Tür zu hören und Tom bedeutete ihr, sich schnell unter dem Bett zu verstecken. Den Familienvater im Flur hatte sie vollkommen vergessen! Sie zog gerade noch die Füße zu sich heran, als die Tür aufging.

»Seid ihr endlich fertig?«, hörte sie von draußen. »Ah, gut. Ich sehe, du bist mit dem Umziehen fertig geworden!« Anscheinend sprach er mit ihrer Doppelgängerin.

Hoffentlich ist die Delta-Helena genauso verlogen wie ich, dachte sie bissig.

»Wascht euch rasch die Hände und kommt runter, sonst wird das Essen kalt!«

Als sich die Schritte der anderen Helena und des Vaters entfernten, legte Tom sich jedoch schnell neben dem Bett auf den Bauch und nahm ihre Hand. »Keine Angst, wir kriegen das hin! Schleich dich aus dem Haus und versteck dich irgendwo in den Büschen. Ich organisiere einen Wagen und bring dich von hier weg, bevor ich meine Freundin zurück nach Rostock fahre!«

»Ich weiß nicht, wo ich hin soll!«, stieß sie verzweifelt hervor.

»Na, zurück zu mir - nur auf deiner eigenen Zeitleiste eben!«, grinste er aufmunternd. »Da, guck mal!«

Er zog seine Jacke ein Stück zur Seite und beförderte eine Ampulle zutage. Helena erinnerte sich dumpf, dass er im Labor etwas hatte mitgehen lassen, bevor sie ins Freie gerannt waren.

»Das Serum scheint bei mir leider noch nicht hundertprozentig zu wirken, aber ich habe das Gefühl, dass es bei dir reichen wird, um nach Hause zu kommen und deinen Kumpel, diesen Werner, zu retten!«

»Wer sagt dir, dass es bei mir besser wirken wird als bei dir?«

»Weil ich davon ausgehe, dass meine Freundin eben auf deiner Zeitleiste war. Das heißt, wenn sie es bis nach Gamma schafft, dann kommst du da logischerweise auch hin!«, antwortete er augenzwinkernd und griff neckend nach ihrem weißblonden Haar. »Da du anscheinend schon alt und weise bist, sag mir nur eins: Hast du auf deiner Zeitleiste meinen Antrag angenommen oder muss ich mich mehr anstrengen?« Er hatte es anscheinend wie einen Scherz klingen lassen wollen, doch sie wurde das ungute Gefühl nicht los, dass er es bitter ernst meinte.

Du bist alles, was ich habe! Warum ist es nur so scheiß kompliziert?, hörte sie seine Worte in ihren Gedanken.

»Du hast alles goldrichtig gemacht. Deine Freundin ist ein Glückskind!«, antwortete sie und sah ihm fest in die Augen.

»Wusste ich es doch!«

Toms Strahlen drehte ihr den Magen um, doch sie lächelte zurück.

Er drückte ihr kurz die Hand und richtete sich dann auf. »Gib mir ungefähr eine halbe Stunde!«, flüsterte er ihr von irgendwo aus dem Zimmer zu.

Helena beobachtete, wie sich Toms Schuhe aus dem Zimmer entfernten und hörte seine Schritte auf der Treppe verhallen.

Wie gelähmt starrte sie auf die Holzplanken des Betts über sich. Dieses Serum war nicht dasselbe, das sie zuvor bekommen hatte - dafür hatte Alfred offenbar gesorgt. Selbst wenn es tatsächlich bereits ausreichend entwickelt war, um sie zurück auf ihre eigene Zeitleiste zu bringen und dafür sorgen würde, dass sie dortbleiben konnte, wo sollte sie hingehen? Sie trug noch immer Felix' T-Shirt, doch wenn er sie noch nicht einmal mehr erkannte, dann war er vermutlich auch nicht mehr ihr Anker.

Hannelore lebte nun anscheinend in jeder Zeitleiste in Moskau. Wo sollte sie nur hin? Fieberhaft knetete sie ihre Hände und zwang sich schließlich, unter dem Bett hervorzukriechen. Ihr blieb vermutlich nicht viel Zeit, um sich unbemerkt aus dem Haus zu schleichen. Sie musste die Zeit nutzen, solange alle in der Küche mit ihrem Geschirr klapperten und sich unterhielten!

Mit angehaltenem Atem schlich sie die schmale Stiege hinunter. Einige der Stufen knarzten deutlich hörbar unter ihren vorsichtigen Schritten, doch zu ihrer Erleichterung schien niemand in der Küche davon Notiz zu nehmen. Wenn jetzt jemand hinauskam und den augenscheinlichen Zwilling der in der Küche sitzenden Helena entdeckte, würde sie in arge Erklärungsnot kommen!

Als sie nur noch wenige Schritte von der Haustür entfernt war, entschied sie sich, sämtliche Vorsicht in den Wind zu blasen und nahm die Beine in die Hand. Sie rannte so schnell sie konnte auf die Straße und bog nach rechts ab, um nicht im Sichtfeld des Küchenfensters zu sein.

Die Straße war glücklicherweise sehr betriebsam. Immer mehr Fahrzeuge mit russischen Familien erreichten nun auch dieses abgelegene Dorf und die Bewohner organisierten in Windeseile Unterkünfte für die unerwarteten Besucher, die aufgeregt die Straße füllten und versuchten, weinende Kinder zu beruhigen. Auch hier roch es bereits nach Schwefel, doch es war lange nicht so intensiv wie in Dannenwalde. Nur das stete Jaulen der explodierenden Katjuschas war deutlich zu vernehmen. Helena kauerte sich schließlich hinter einen geparkten Lastwagen. Von hier aus hatte sie eine relativ freie Sicht auf die Eingangstür des Hauses, aus dem sie sich eben herausgeschlichen hatte.

Wo sollte sie nur hin? Immer wieder raste dieselbe Frage durch ihr übermüdetes Gehirn. Wie sollte sie zu Felix kommen, wenn sie nichts mehr mit ihm verband? Machte das dann überhaupt noch

Sinn? Oder würde sie tatsächlich mit Tom zusammen sein? Sie mochte diese Version von ihm sehr und fühlte sich grauenvoll, dass sie ihn gerade schamlos für ihre Zwecke belogen hatte. Aber heiraten würde sie ihn nicht, selbst wenn sie jemals vergessen könnte, dass eine Version von ihm Peter getötet hatte!

Denk nach! Denk nach!, befahl sie sich selbst und rieb unbewusst ihre schweißnassen Hände an ihrem dicken Mantel ab. Das T-Shirt würde nicht mehr helfen, aber vielleicht gab es irgendeinen Gegenstand, den sie benutzen konnte. Oder würde auch ein Gebäude als Anker funktionieren? Wenn es tatsächlich klappte, wo sollte sie dann ihr neues Leben beginnen? *Denk nach!*

Ihre Gedanken überschlugen sich, bis ihr auf einmal Alfreds Worte einfielen. *Das heißt, die Alpha-Helena wird ein ziemlich normales Leben haben. Das sollte sich langfristig auch auf alle Zeitleisten auswirken, sodass du ebenfalls bald deine Ruhe haben solltest. Das ist doch das, was du immer wolltest, oder?*

Plötzlich wusste sie, was sie zu tun hatte! Wenn es womöglich nur eine einzige Chance gab, noch einmal etwas zu ändern, bevor sie ein anderes Leben antrat, dann hatte sie keine Wahl. Sie wusste nicht, wie sie zu Felix kommen sollte. Doch sie war bereits in der Nähe von Ostberlin und Felix hatte dieses T-Shirt während des Falls der Berliner Mauer in der Nähe des Brandenburger Tors gekauft. Wenn sie zurück auf Gamma springen konnte, vielleicht konnte sie dann Werner warnen, bevor es zu dem Unfall kam? Die Chance war vermutlich verschwindend gering, doch sie musste es versuchen, bevor sie ihre Zeitspringer-Fähigkeit verlor!

Wo du genau landest, hängt von deiner Konzentration ebenso ab wie von den Begebenheiten auf nahen Zeitleisten, erinnerte sie sich plötzlich an Toms Worte.

Sie musste nach Ostberlin und so nah wie möglich an das Tor, während sie sich auf Werner konzentrierte!

~ KAPITEL 38 ~

Alte, neue Bekannte

BERLIN, BRANDENBURGER TOR. MAUERFALL.
9. NOVEMBER 1989. GAMMA.

Eine ausgelassene Stimmung hatte Berlin nahezu vollständig lahm-
gelegt. Ein Meer aus schwarz-rot-goldenen Flaggen und ein schril-
les Hupkonzert begleiteten das aufgeregte Geschnatter auf beiden
Seiten der Mauer.

Schwitzend starrte Bernd in die Ferne, wobei er das Treiben um
sich herum aus den Augenwinkeln beobachtete. Er hatte die Säulen
des Brandenburger Tors bereits hinter sich gelassen und stand nun
direkt vor dem runden Mauervorsprung, der letzten Trennlinie zwischen Ost und West. Direkt zu seinen Füßen standen dichtgedrängt
tausende von Menschen, die ihm immer wieder etwas zuriefen oder
ihn anpöbelten. Vor wenigen Minuten hatten jemand das Warnschild
umgeworfen und triumphierende Füße trampelten nun auf den Worten *Sie verlassen jetzt Westberlin* herum. Die Atmosphäre war eine
seltsame Mischung aus Wut, Ungläubigkeit, Vorfreude und verblei-
bender Unsicherheit. Bernd ging es tief im Inneren nicht anders,
doch er hatte noch keine offizielle Meldung, sich zurückzuziehen.
Wusste der Himmel, wie dieser verrückte Abend enden würde!

Trotz des kühlen Novemberabends schwitzte er in seiner Uniform und verfluchte innerlich zum mindesten zehnten Mal seit

Dienstantritt sein Pech, dass er heute in letzter Minute zur Mauer berufen worden war. Seitdem Günther Schabowski auf einer Pressekonferenz quasi im Alleingang die sofortige Öffnung der Grenzen angekündigt hatte, war seine Schicht als Mauerwache zum Alptraum geworden. Die Menschenmassen in Ost und West wurden immer dichter und besonders von Westseite schlugen ihm und seinen Kollegen immer aufmüpfigere Kommentare entgegen, die noch bis vor wenigen Stunden undenkbar gewesen wären. Grimmig hielt er sein Gewehr bereit. Er gehörte zu den glücklichen Grenzposten, die noch nie jemanden hatten erschießen müssen und er hoffte inständig, dass sich dies heute nicht ändern würde.

»Stopp! Stehenbleiben!« Automatisch hob Bernd sein Gewehr auf die Schulter, als er aus den Augenwinkeln plötzlich eine Bewegung neben sich wahrnahm. Grelle blaue Funken tanzten durch die hellen Scheinwerfer um ihn herum und zwangen ihn zum Blinzeln. Irgendjemand schien sich vor ihm zu bewegen, doch er konnte die Person nicht klar erkennen.

»Anhalten!«, brüllte er so laut wie er konnte über das ausgelassene Tosen der Menge um ihn herum. »Ich habe noch immer Schießbefehl!«

Er hatte es gewusst: Auf den letzten Drücker würde er heute noch jemanden umbringen müssen! Oder galt der Schießbefehl nicht mehr? Unsicher warf er einen kurzen Blick auf seine Kollegen, die mehr oder weniger erfolgreich versuchten, die Kontenance zu wahren und ihren Wachposten so professionell wie möglich beizubehalten.

Im Grunde wünschte Bernd sich ebenfalls, dass die Mauer endlich fiel. Er hasste seinen Beruf, doch er wusste, dass seine vermeintliche Regimetreue sowohl ihm als vor allem aber auch seinen Kindern viele Vorteile gebracht hatte. Er konnte auf keinen Fall riskieren, seinen Posten zu verlassen! Selbst wenn die Grenzen heute tatsächlich offiziell geöffnet werden würden, so wäre das sicherlich nur vorübergehend. Er war erstaunt, dass so viele Menschen auf Ostseite offenbar hinter dem Brandenburger Tor bereitstanden, um bei der ersten Gelegenheit in den Westen hinüberzulaufen. 28 Jahre würden nicht einfach so an einem Abend beseitigt werden, so viel war doch wohl klar! Und wenn sich die Grenzen wieder schlossen, wovon Bernd fest überzeugt war, dann würden die in den Westen gelaufenen Ostdeutschen nicht mehr zurückgehen können und sie würden alles verlieren: ihr Zuhause, ihre Familien, ihr Leben … Bernd schüttelte grimmig den Kopf. Das war Wahnsinn! Wie konnte man nur so unüberlegt sein? Dieser Abend konnte einfach nicht gut ausgehen!

Nach wenigen Sekunden hatten seine Augen sich an das grelle Licht gewöhnt und er zwang sich, direkt in den blauen Funkenregen zu starren. Da bewegte sich tatsächlich jemand! Genauer gesagt kroch jemand auf allen Vieren! Er erkannte die sich immer klarer abzeichnenden Umrisse einer Frau, die anscheinend dreist an ihm vorbei in den Westen kriechen wollte. Auch die Westdeutschen zu seinen Füßen hatten das seltsame Licht und die Frau mit den wirren, weißblonden Haaren darin bemerkt. Ihre lauten Unterhaltungen wichen erstauntem Gemurmel, das sich wie eine Welle auszubreiten schien.

Ohne nachzudenken wanderte Bernds Finger an den Abzug und verharrte dort reglos, während er widerwillig fasziniert die ungewöhnliche Erscheinung vor sich beobachtete.

»Nicht schießen!«, keuchte die blonde Frau. Sie würgte und versuchte anscheinend vergeblich, auf die Beine zu kommen. »Nicht schießen!«, wiederholte sie flehentlich. »Es ist lebenswichtig!«

»Einfach stehenbleiben, dann wird auch nicht geschossen!«, brüllte er schwitzend. Durfte oder musste er sogar schießen? Ein flüchtiger Blick auf seine Kollegen verriet ihm, dass diese sein Dilemma nicht bemerkt hatten. Sie hatten jedoch ein sehr ähnliches Problem wie er. Die Massen waren dort in Aufruhr geraten und versuchten offenbar, den kleinen Mauervorsprung hochzuklettern. Er hörte die anderen Grenzposten brüllen, doch ihr Zögern ließ schlagartig immer mehr Westdeutsche die Mauer stürmen. Es ging nun also wirklich los!

Eine Bierflasche flog haarscharf an seiner Schläfe vorbei, doch das reichlich unflätige Gebrüll eines langhaarigen Westdeutschen wurde jäh durch einen deutlich vernehmbaren Aufschrei unterbrochen, der einer älteren Frau gehörte. Sie hatte sich einen Weg zum Mauervorsprung gepflügt und ihre weit aufgerissenen Augen auf die seltsame blonde Frau neben ihm gerichtet.

Vermutlich eine Verwandte aus dem Westen, tippte Bernd. *Schießen oder nicht?*

»Helena!«, schrie die Frau. »Um Gottes Willen! Bist du es wirklich?«

»Ruth?«, flüsterte Helena. Sie sah, dass der Grenzposten mit sich rang, als er sein Gewehr abwechselnd auf die beiden Frauen hielt. Mühsam rappelte sie sich auf und schwankte unbeholfen direkt in seine Arme, sodass er sie reflexartig auffing und dabei gleichzeitig aufschrie. Doch es war nicht etwa der Schreck über sein Gewehr, dass Bernd in seinem Reflex losgelassen hatte, sondern die verebbenden blauen Funken, die ihn entsetzt zurückspringen ließen. Sie sahen aus wie kleine Flammen, doch sie fraßen sich wie bitterste Kälte in seine Haut.

Die Menge hatte seinen Schwächemoment jedoch vollkommen falsch gedeutet. Wie auch bei seinen Grenzkollegen rechts und links von ihm sprangen nun Westdeutsche siegessicher auf die kleine, runde Mauer und jubelten in ohrenbetäubender Lautstärke. Ihre freudigen Ausrufe lösten tosenden Jubel aus und sowohl Bernd als auch seine Kollegen wurden zurück zum Brandenburger Tor gedrängt.

»Helena!«, wiederholte Ruth erneut und riss sie stürmisch an sich. Ihre Augen blitzen vor Rührung und Freude. »Ich habe mich manchmal schon gefragt, ob ich dich nur geträumt hatte!« Sie lachte wild und für einen kurzen Moment sah sie wieder wie die junge Frau aus, die Helena erst vor wenigen Tagen getroffen hatte. »Deine Haare sind anders, aber du trägst sogar noch dieselbe Kleidung!«, rief sie ungläubig lachend, während sie auf Helenas noch immer auf links gedrehtes Oberteil und ihren Rock zeigte.

»Gut, wenn wir dann mit der modischen Bestandsaufnahme fertig sind, dann kommt doch mal bitte wieder von der Mauer runter, falls die Ossis gleich doch schießen!«, brummte ein Mann neben ihr. Er schien etwas älter als Ruth zu sein und seine feuerroten Haare waren zum Großteil von weißen Strähnen durchzogen.

Sprachlos starrte Helena ihn an, während sie auf wackeligen Beinen die kleine Mauer hinuntersprang und ihren Blick nicht von ihm lösen konnte.

»Alexander?«, fragte sie verwirrt.

Das gutmütige Gesicht des älteren Mannes zeigte Erstaunen. »Nein, Reinhard.« Er schüttelte ihre Hand. »Aber seltsamerweise hatten wir Besuch von einem jungen Mann namens Alexander, der uns sagte, dass wir hierherkommen müssen.« Seinem Gesicht war deutlich anzumerken, dass dieser Besuch ihn mindestens ebenso verwirrt haben musste wie Helenas Erscheinen.

»Alexander war hier?«, rief sie erleichtert. Welche Version von Alexander auch immer es gewesen war, aber es bedeutete, dass sie Felix begegnen würde! Oder war Alexander hier gewesen, bevor die Zeitleisten sich verändert hatten? »Wo ist Felix?«

Ruth hakte sich bei ihr ein und zog sie in die dichte Menge. »Der sucht dich irgendwo hier. Wir haben uns vor etwa einer halben Stunde aus den Augen verloren. Ich befürchte allerdings, dass er nach einer alten Frau Ausschau hält!« Sie lachte erneut auf und ihre Ähnlichkeit mit Felix traf Helena wie ein Schlag in die Magengrube.

»Komm, wir suchen unser Auto. Vielleicht ist er dorthin zurückgegangen. Du verschwindest doch nicht gleich wieder, oder?«, fragte Ruth plötzlich besorgt.

Helena schüttelte unsicher den Kopf. Hatte sie es wirklich geschafft? Es schien so surreal, dass sie sich nicht traute, sich zu freuen. Ihr Kopf war plötzlich wie leergefegt und sie konnte keinen klaren Gedanken fassen. Wenn dies tatsächlich ihre eigene Zeitleiste war und sie nicht mehr durch die Zeit springen würde, dann würde jetzt alles gut werden! Sie hatte allerdings das nagende Gefühl, dass sie irgendetwas Bestimmtes hier tun wollte und ihr die Zeit davonlief. Doch sie konnte sich partout nicht mehr daran erinnern, was das gewesen sein sollte.

In der Ferne schwoll ein Hupkonzert an und Helena erblickte wie im Traum die vielen Autos mit den winkenden Händen in den Seitenfenstern, die begeistert Korso fuhren. Ruth und Helena quetschten sich unendlich langsam durch die jubelnde Menschenmasse neben einem Kleintransporter mit den Buchstaben ZDF. Ein paar Sicherheitsbeamte versuchten mühsam, die Massen von dem kleinen Kran zurückzudrängen, der offenbar in Eile herbeigeschafft worden war und Helena sah einen Reporter mit einem plüschigen Mikrofon, der hektisch den Hals reckte, um dem großen Mann neben ihm etwas zuzurufen. Der Riese nickte immer wieder mit einem breiten Strahlen, während er den Menschen selbstbewusst zuwinkte und dabei seinen Schal mit aufgedruckter Klaviertastatur über die Schulter warf.

Der Riese ...

Irgendetwas regte sich tief in Helenas Unterbewusstsein, doch die Erinnerung kam einfach nicht zurück an die Oberfläche.

»Mensch, der ist ja echt so riesig, wie er im Fernsehen aussieht!«, hörte sie Reinhard hinter sich laut kommentieren.

Ruth starrte den Mann mit offenem Mund an. »Ist das wirklich David Hasselhoff?«, rief sie ihrem Mann ungläubig zu.

Dieser nickte aufgeregt. »Ja! Schau, er kriegt gerade ein Mikro! Der singt bestimmt gleich *Looking for Freedom*!«

Dumm ...

»Werner!«, schrie Helena entsetzt auf. »Wir müssen Werner finden!«

»Wen?«, brüllte Ruth erstaunt über den Lärmpegel zurück.

»Es wird gleich einen Autounfall geben und ein Freund wird dabei sterben!«

Die Blicke einiger Umherstehender wandten sich von dem amerikanischen Star und dem Reporter ab und musterten Helena mit einem regen Gemisch aus Interesse und Belustigung. Helena bemerkte ein paar deutliche Gesten, die andeuteten, dass sie offenbar betrunken sein musste, doch sie scherte sich nicht darum.

»Ruth, ich muss ihm helfen!«

»Wie sieht er aus? Der Wagen, meine ich. Und wo ist er?«, fragte Ruth zu ihrer Erleichterung zurück.

»Ich weiß es nicht! Es verschwindet irgendwie gerade alles aus meiner Erinnerung! Ich weiß nur noch, dass es Werner, seine Frau und seine zwei Kinder sind! Und David Hasselhoff hat in weiter Ferne gesungen!«

»Ein bisschen präziser musst du schon sein, befürchte ich!«, rief Reinhard über den Lärm hinweg.

»Ja, und ich will die blauen Funken sehen!«, kommentierte plötzlich jemand hinter Helena. »Wenn du dich in Luft auflösen könntest, wäre das gerade eine echt coole Nummer! Komm schon, wir sind hier ganz unter uns!«

»Nicht jetzt!«, schimpfte Ruth und knuffte ihrem Sohn halbherzig in den Arm.

»Ist das etwa die berühmte, alte Frau?«, lachte Felix und musterte Helena unverhohlen von Kopf bis Fuß.

»Ich bin immer noch jünger als du, du Buschplahudi, und wir haben jetzt keine Zeit!«, gab Helena atemlos zurück, während ihre Gefühle Achterbahn fuhren. Er war tatsächlich hier!

»Buschplahudi? Großartig!«, lachte Felix, während er begeistert von einem Ohr zum anderen grinste. »Mann, warum hat mir denn niemand gesagt, dass sie …«

Erneut boxte Ruth ihm in den Arm, doch diesmal hatte sie eindeutig härter ausgeholt und sah ihn streng an. Felix rieb sich die getroffene Stelle und hob gespielt ergeben eine Hand.

»Entschuldige«, wandte er sich an Helena und wischte sich ein paar Lachtränen aus den Augenwinkeln. »Ich mag Ossis, ehrlich! Da, schau! Das habe ich gerade einem dieser Schwarzmarkthändler für ein halbes Monatsgehalt abgekauft!« Noch immer mit dem Lachen kämpfend, zog er ein schwarzes T-Shirt aus der Tasche. »Da steht es groß und breit: *Ein Herz für Ossis*«, zitierte er die Aufschrift und grinste Helena gutmütig an.

»Ich weiß!«, antwortete sie kurz angebunden. Bevor sie wusste, was sie tat, riss sie ihr auf links gedrehtes T-Shirt hoch, sodass er die identische Aufschrift lesen konnte. Erst als ihm sein Lachen im Hals stecken blieb und ein paar Umherstehende freudig pfiffen, erinnerte sie sich schlagartig, dass sie ihr eigenes Oberteil vor ihrem letzten Zeitsprung vorsichtshalber ausgezogen hatte und nun nichts mehr darunter trug. In Windeseile stopfte sie sich das T-Shirt zurück in den Rock und wandte sich ab.

»Ich muss Werner finden. Sofort!«, murmelte sie verlegen.

»Klar, ich helfe dir!«, hörte sie ihn hinter sich sofort sagen. Auch ohne sich umzudrehen hörte sie am Klang seiner Stimme, dass er unterdrückt lachte. Immerhin schirmte er sie recht geschickt von so manchem spitzen Ellenbogen und ein paar heftig gestikulierenden Händen ab, als er sich neben sie kämpfte und mit ihr gemeinsam den Weg frei pflügte. Sie sah aus dem Augenwinkel, dass er noch immer grinste und den Mund öffnete.

»Wenn du jetzt einen Ossi-Witz erzählst, scheuer ich dir eine!«, warnte sie ihn trocken. Doch sie konnte nicht anders, als unendliche Erleichterung zu fühlen, dass er hier war. Hatte Alexander ihnen bei seinem Besuch den Grund genannt, warum sie heute nach Berlin kommen mussten? Wie viel hatte er preisgegeben?

Ruth und Reinhard blieben ebenfalls dicht hinter den beiden. »Wo genau müssen wir hin?«, hörte sie Reinhard rufen.

»Da vorne sind viele Autos geparkt«, brüllte Helena über den immer ohrenbetäubender werdenden Lärm zurück. Sie hatte keine Ahnung, wo Werner war oder wie sein Wagen überhaupt aussah. Vielleicht hatte ihre verblassende Erinnerung ihr auch einfach einen Streich gespielt und sie hatte sich das alles nur eingebildet? Je weiter sie sich voranschoben, umso unsicherer wurde sie. Machte sie sich gerade zur Idiotin? Wie sollte sie Felix jemals wieder gegenübertreten, wenn sie sich jetzt wie eine Irre verhielt, obwohl überhaupt nichts passierte?

»Was ist los?« Felix stand plötzlich direkt vor ihr und blickte sie ungewohnt ernst an.

Helena war stehengeblieben und sah sich um. Tausende von

Menschen standen um sie herum und in noch immer beträchtlicher Ferne standen unglaublich viele Autos. Sie waren in den letzten paar Minuten kaum vorangekommen und Helena hatte keine Ahnung, in welchem der vielen Wagen Werner und dessen Familie sein konnten.

Wenn sie überhaupt hier waren ...

Die Freiheit, von der lautstark über ihren Köpfen gesungen wurde, passte definitiv nicht zu der unguten Vorahnung, die sie nicht loslassen wollte.

»Da vorne!«, kreischte Ruth auf einmal und zeigte auf einen viel zu schnell fahrenden Wagen in einiger Entfernung. Er war außer Kontrolle geraten und fuhr direkt auf die Menschenmenge zu, welche in atemberaubendem Tempo auseinanderstob. Nur ein einziger Wagen stand noch immer mitten auf freier Fläche, während der Mercedes ungebremst auf diesen zuraste.

Erst als Felix sie packte und die Arme fest um sie legte, bemerkte Helena, dass sie wie eine Verrückte geschrien hatte und ihr Gesicht nass war. Es war definitiv Werners Wagen und sie waren viel zu weit weg, um ihm zu helfen! Es war alles umsonst gewesen! Und es war allein ihre Schuld!

Sie sah, wie eine Frau aus der Seitentür stürmte und einen Jungen mit sich zog. Plötzlich erschien ein Mann neben dem Wagen, der die Fahrertür aufriss. Helena konnte keine Details erkennen, doch er zerrte jemanden heraus, der Werner sein musste. Die beiden Männer schienen etwas zu brüllen, worauf der Mann mit den wirren, dunklen Haaren Werner vom Auto wegschubste und dann kurz im Wageninneren verschwand. Der außer Kontrolle geratene Mercedes schlingerte in noch immer halsbrecherischem Tempo direkt auf den parkenden Wagen zu, als der Fremde mit einem kleinen Mädchen auf dem Arm wieder aus dem Wageninneren auftauchte und zu rennen begann. In letzter Sekunde packte er das Kind an der Jacke und schleuderte es mit aller Kraft in die Menge, bevor er von dem Mercedes erfasst und durch die Luft gewirbelt wurde.

Helena konnte das Geräusch nicht hören, mit dem er zuerst auf der Kühlerhaube aufschlug und dann auf den Boden rollte. Doch für einen Moment fühlte es sich so an, als ob auch sie fliegen würde, während das haarsträubende Brechen von Knochen die widernatürliche Stille durchbrach.

Sie wusste nicht, wie sie es überhaupt zu dem Wagen geschafft hatte oder wie lange es letztendlich gedauert hatte. Felix und Reinhard hatten sie anscheinend irgendwie hierhergebracht, sodass sie nun direkt neben dem lädierten Wagen standen. Ein Mann mittleren Alters strich seiner laut schluchzenden Frau immer wieder über den Rücken, während er seine Kinder an sich drückte. Sie war sich recht sicher, dass sie sich noch nie begegnet waren, doch sie wusste, dass dies Werner sein musste. Woher hatte sie gewusst, dass der Unfall passieren würde? Und was verband sie nochmal mit diesem Menschen? …

Felix war zu dem Mann am Boden gerannt und schien ihn zu untersuchen. Dann rief er einem älteren Mann in seiner Nähe etwas zu, woraufhin dieser nickte und sich in Bewegung setzte. Wie auf Watte ging Helena auf Felix und den Mann am Boden zu. Der Verletzte schien etwa um die dreißig zu sein und seine schwarzen Haare hingen ihm wirr ins Gesicht. Sein rechtes Bein lag unnatürlich abgewinkelt und er schien tiefe Schürfwunden zu haben. Mehr konnte man von außen glücklicherweise nicht erkennen.

»Mir tut nichts weh!«, erklärte er erstaunt. Seine weit aufgerissenen Augen streiften Helena und er machte Anstalten aufzustehen. Für einen flüchtigen Augenblick war sie sich sicher, dass seine Augen neonfarben geleuchtet hatten, doch als sie blinzelte und erneut hinsah, waren sie dunkel und unauffällig. Hatte sie es sich nur eingebildet?

»Liegenbleiben!«, befahl Felix energisch. Auch er schien einen Moment gestockt zu haben, doch nun wurde er so ernst, wie Helena ihn noch nie gesehen hatte.

»Aber mir tut nichts weh!«

»Das ist der Schock, völlig normal! Der Krankenwagen ist schon unterwegs und dann biegen wir das alles wieder hin! Wie heißt du?«

Der Angesprochene zog überrascht die Augenbrauen nach oben und schwieg, während sich eine sorgenvolle Furche auf seiner Stirn abzeichnete. Anscheinend stand er so sehr unter Schock, dass er sich nicht einmal mehr an seinen eigenen Namen erinnerte.

Helena kannte diesen Mann irgendwoher. Vorsichtig nahm sie seine Hand und strich ihm über den Handrücken. »Es wird alles wieder gut«, sagte sie beruhigend.

Er antwortete nicht, doch er starrte mit geweiteten Augen zurück, als versuchte er krampfhaft, seine Gedanken zu sortieren. Ruth und Reinhard sprachen ein paar Meter entfernt mit dem Fahrer, der anscheinend unverletzt geblieben war. Er schien jedoch unter Schock zu stehen und presste sein Gesicht in den Airbag seines Wagens. Werner kniete direkt neben Helena und stellte ein paar Fragen, doch sie nahm es kaum wahr. Dieser Mann hatte Werner gerettet, als sie es nicht konnte.

Ich habe dich immer in meinen Träumen wie eine Art Engel in einem blauen Licht gesehen – du hast direkt beim Brandenburger Tor vor einer riesigen Menschenmenge gestanden. Naja, und am Abend, als die Mauer fiel, wusste ich plötzlich, dass es eine Vorahnung gewesen war und ich dich finden musste. - Sein Name lag ihr auf der Zunge!

Nach endlosen Minuten, in denen er immer weniger ansprechbar geworden war, traf endlich der Krankenwagen ein. Auch Felix schien erleichtert aufzuatmen. Vorsichtig schnallten die Sanitäter den seltsam bekannten Mann auf eine Bahre und hoben ihn ins Innere des Krankenwagens.

»Tom!«, rief Helena plötzlich aus. Sie kannte ihn, das wusste sie mit Sicherheit. Ihre Erinnerungen waren aus irgendeinem Grund verschwommen und sie schien so manche Gedächtnislücke zu haben, doch sie kannte Tom!

Zum ersten Mal seit langen Minuten reagierte der Angesprochene und drehte seinen Kopf träge zu ihr herum. »Mein Hirn ist irgendwie total leer. Kenne ich dich?«

Sie nickte und hielt nur mühsam die Tränen zurück. Felix sah nachdenklich von einem zum anderen. »Sollen wir jemanden benachrichtigen?«, fragte er Tom schließlich.

Dieser blinzelte angestrengt und schüttelte dann schwerfällig den Kopf. »Ich glaube, da ist niemand. Ich bin allein hier.«

»Nicht ganz!«, sagte Helena plötzlich entschlossen und kletterte neben ihn in den Hinterteil des Wagens. »Worauf wartest du?«, fragte sie Felix mit einem ungeduldigen Kopfnicken.

Felix zeigte dem Sanitäter eine kleine Karte und flüsterte ihm etwas zu, woraufhin dieser nickte und eine halbherzig einladende Handbewegung zum Inneren des Krankenwagens machte.

»Wie heißt du?«, murmelte Tom kaum hörbar über das Heulen der Sirene hinweg und drückte dankbar ihre Hand, die sie in die seine gelegt hatte.

»Helena.«

»Meine Erinnerungen sind plötzlich so verschwommen«, nuschelte er und schloss müde die Augen.

»Das macht nichts, geht mir auch so«, flüsterte sie zurück. »Aber du bist nicht allein! Ich bin hier!«

Tom schien zu lächeln und seine Atemzüge wurden gleichmäßig. Felix ging vorsichtig um die Liege herum und quetschte sich auf die schmale Sitzfläche neben Helena.

»Ihr kennt euch?«, fragte er, während er sie prüfend musterte.

»Ja«, erwiderte sie schlicht. »Wir sind Freunde. Ich glaube, er ist wie ich.«

Felix schien erleichtert zu sein und legte den Arm um ihre Schultern.

»Warum ist hier kein Sanitäter bei ihm? Er stirbt doch nicht, oder?«

»Weil das Krankenhaus nur zwei Minuten weg ist und der Sanitäter weiß, dass ich Arzt bin. Und nein, er wird nicht sterben! Der Kerl wird gleich kräftig von Kopf bis Fuß geprüft, aber er scheint Knochen aus Stahl zu haben. Nur einen üblen Schock hat er weg, aber wer kann ihm das schon verübeln?«

Helena betrachtete Tom zweifelnd, doch Felix legte erneut seinen

Arm um ihre Schultern. »Ich hätte zwei ziemlich wichtige Fragen!«

Helena seufzte. Sie hatte aus irgendeinem Grund das Gefühl, dass er ihr jetzt einen blöden Witz erzählen würde.

»Nummer eins, warum berlinerst du plötzlich nicht mehr?«

Sie stockte und vergaß Tom für einen kurzen Augenblick. »Ich habe mit Berliner Dialekt gesprochen?«

»Volle Lotte!«, bestätigte er trocken. »Aber jetzt sprichst du eher Hessisch. Hat das einen Grund oder äffst du mich zur Strafe nach?« Ein schelmisches Grinsen hatte sich um seinen Mund gelegt.

»Nee! Ich weiß es nicht. Irgendwas stimmt mit meinem Kopf nicht, befürchte ich!«

Doch bevor sich erneut ein mulmiges Gefühl in ihr ausbreiten konnte, verstärkte er den Griff um ihre Schulter und tippte mit dem Finger seiner freien Hand auf ihr T-Shirt. »Frage Nummer zwei: Trägst du deine Oberteile immer auf links? Kleiner Tipp: Das ist hier im Westen nicht so der Mode-Hit. Wenn du magst, wäre jetzt ein idealer Moment, um es richtig herum anzuziehen!«

Erstaunt betrachtete sie sein breites Grinsen. Sie hatte seltsamerweise keine klaren Erinnerungen an ihn, es war mehr wie ein Déjà-vu. Doch es war, als ob sie sich schon seit Jahren kannten. Sehr gut sogar …

»Träum weiter!«, antwortete sie und spürte, dass sich auch ihre Mundwinkel unwillkürlich zu einem Lächeln angehoben hatten.

EPILOG

FRANKFURT AM MAIN, HESSEN. HOTEL GALORE.
18. APRIL 1991.

»Untersteh dich, das Zimmer zu verlassen!«, würgte Vera jeden weiteren Einwurf ab. »Ich besorge dir jetzt ein Glas Sekt, das ist gut für die Nerven! Ach nein, vielleicht besser keinen Sekt!«

Gestresst zupfte sie sich zum mindestens hundertsten Mal an diesem Frühlingsmorgen die kurzen, blonden Haare zurecht und warf einen flüchtigen Blick auf die blasse Helena. »Orangensaft wird es genauso tun! Notfalls schaufeln wir da eben ein paar Löffel Zucker rein! Bleib, wo du bist und atme, das hilft!« Energisch marschierte sie aus dem Raum und brummelte etwas Unverständliches vor sich hin.

Helena warf einen Blick auf den riesigen Spiegel der Kommode vor sich und musterte prüfend ihr Ebenbild. Ihre gesträhnten Haare waren nur wenige Minuten zuvor von geschickten Händen zu einer komplizierten Frisur gesteckt worden. Zum ersten Mal in ihrem Leben fühlte sie sich beinahe hübsch, auch wenn wohl kein Make-up dieser Welt jemals ihre Augenringe überschminken konnte. Sie fragte sich manchmal, ob sie irgendwann in ihrer nebeligen Vergangenheit einmal Phasen gehabt hatte, in denen sie lange Zeit nicht geschlafen hatte.

»Siehst du«, sagte die Besitzerin der geschickten Hände auf Russisch. »Ich sagte dir doch, dass es immer weiter geht. Immer!« Das Gesicht von Ivanka erschien hinter ihr im Spiegel, als sie ihr Werk stolz betrachtete und dann an Helenas Kleid herumzupfte. »Ich gehe mir dann mal etwas Anständiges holen. Ich brauche mehr als nur

Orangensaft! Willst du auch was?«

Helena verstand nur wenig Russisch, doch sie hatte sich Ivankas Worte zusammenreimen können. Sie schüttelte verneinend den Kopf und warf ihr einen dankbaren Blick zu.

»Wehe, du bringst sie zum Weinen!«, ermahnte Ivanka die stille Frau, die in dem großzügig geschnittenen Hotelzimmer auf dem Bett saß und immer wieder heftig blinzelte.

Helena konnte noch immer nicht glauben, dass Hannelore ihre leibliche Mutter war. Seltsamerweise hatte sie immer wieder Träume gehabt, in denen Vera nicht ihre richtige Mutter gewesen war. Sie erinnerte sich plötzlich bruchstückhaft an Klein Moskau und an eine lange Fahrt in einer Art dunklen Tasche. Doch als Hannelore nur wenige Tage nach der Wende plötzlich verheult und mit einem Brief von Alfred an ihrer Tür geklingelt hatte, hatte sie es dennoch nicht glauben können.

Hannelore war ihr seltsam vertraut, doch sie hatte in den vergangenen dreizehn Jahren ausschließlich Russisch gesprochen und Helena erinnerte sich nicht an die geheime Zeichensprache, die sie offenbar als Kleinkind mit ihrer Mutter geteilt hatte. Es herrschte eine seltsam verlegene Stimmung zwischen den beiden und die Sprachbarriere machte es eindeutig nicht besser. Doch ihre Mutter tat alles, um diese zu überwinden und ließ sich weder von ihrem schwach gewordenen Deutsch, noch von Helenas eingerostetem Russisch davon abbringen, aus den vergangenen Jahren zu erzählen und unendlich viele Fragen zu stellen. So viel Zeit war vergangen und es würde wohl eine Weile dauern, bis Hannelore keine Fremde mehr für sie war.

Vera hatte seit Hannelores Auftauchen eigentlich nur noch geschimpft und an allem etwas auszusetzen gehabt, doch Helena wusste, dass dies einfach ihre Art war, mit unliebsamen Gefühlen umzugehen. Es war Vera gewesen, die ihre gesamte Hochzeit organisiert und sogar eigenhändig dieses Hotelzimmer dekoriert hatte.

»Glücklicherweise passt du wenigstens noch in das Kleid rein!«, hatte sie an diesem Morgen grimmig bemerkt, bevor sie erneut aus dem Zimmer gestürmt war, um angeblich etwas zu holen. Helena musste bei der Erinnerung erneut lächeln.

»Bist du glücklich?«, fragte Hannelore in ihrem eigentümlichen Singsang.

»Ja. Mir ist schrecklich übel, aber das ging mir früher schon oft so«, antwortete Helena schulterzuckend. »Glaube ich zumindest.«

Sie fragte sich oft, ob sich dieser dichte Schleier, der sich über so viele ihrer Erinnerungen gelegt hatte, jemals lüften würde. Sie wusste lediglich, dass sie früher durch die Zeit gereist war und vielleicht sogar auf anderen Zeitleisten gewesen war. Bei letzterem war sie sich jedoch nicht mehr hundertprozentig sicher. Hätte Felix ihr nicht immer wieder versichert, dass sie in einem blauen Funkenregen am Brandenburger Tor erschienen war, um Werner zu retten, dann hätte sie es vermutlich als einen wirren Traum abgetan.

Tom war noch immer in der Reha und würde an ihrem besonderen Tag heute nicht dabei sein können. In Bezug auf seine Vergangenheit ging es ihm genauso wie Helena und es tat unendlich gut, einen Freund zu haben, der sie wirklich verstand, wenn ihr Gedächtnis plötzlich seltsame Lücken aufwies. Auch wenn nicht er es war, der heute unten in der Hotellobby auf sie warten würde.

Erneut breitete sich ein flaues Gefühl in ihrem Magen aus und sie schluckte angewidert den dünnflüssigen Speichel hinunter. Das geschah seit einigen Wochen unangenehm oft und aus irgendeinem unerfindlichen Grund erfüllte es sie jedes Mal mit Panik und einer bösen Vorahnung. Doch abgesehen von vielen spontanen Toilettenbesuchen war nichts Gravierendes geschehen. Diese elendige Übelkeit erinnerte sie an etwas und machte sie furchtbar unruhig, auch wenn sie es sich nicht recht erklären konnte.

»Nervös?«, fragte Hannelore und klopfte einladend neben sich auf das Bett.

Helena setzte sich vorsichtig neben sie und schüttelte den Kopf. »Ja und nein. Aber nicht wegen Felix. Eher ein komisches Gefühl.«

Hannelore lachte. »Das kenne ich. Mir ging es damals mit dir ziemlich schlecht.«

»Das verstehe ich«, antwortete Helena traurig. Sie hatte erst vor kurzem erfahren, wie sie entstanden war und was ihre Mutter durchgemacht hatte.

»Das meine ich nicht!«, erklärte Hannelore energisch. »Alles ist gut so, wie es ist!«

»Ich weiß nicht«, warf Helena nachdenklich ein. Im Gegensatz zu Helena konnte Ivanka sich noch an den folgenschweren Abend in Klein Moskau erinnern und hatte der ungläubigen Helena alles erzählt. »Ich musste nach Frankfurt fliehen und habe dich vergessen. Du hingegen dachtest, ich sei tot und bist in Russland geblieben. Nicht so die pralle Glücksgeschichte, oder?«

Hannelore schwieg und sah sie nachdenklich an. »Als ich dachte, dass ich dich verloren habe, war ich davon überzeugt, dass nichts je wieder gut wird. Aber siehst du, jetzt sitzt du hier neben mir in diesem schönen Zimmer.« Unwillkürlich grinsend musterten die beiden das Zimmer, das von unzähligen weißen Tüllschleifen und bunten Kissen beinahe erschlagen wurde.

»Meine Schwester meint es immer gut«, bemerkte Hannelore schließlich trocken und schüttelte lächelnd den Kopf.

»Warst du denn in Russland glücklich?«, fragte Helena unvermittelt.

»Ja«, antwortete Hannelore nach kurzem Schweigen. »Es mag für dich vielleicht seltsam klingen, aber in Klein Moskau ist viel passiert, was uns alle zusammengeschweißt hat. Es war nicht leicht, versteh mich nicht falsch. Aber Sascha hat sich letztendlich entschieden und Ivanka hat unglaubliche Größe gezeigt. Na gut, es hat vielleicht ein wenig geholfen, dass sie seit Klein Moskau eine Affäre mit Yuri hatte und dieser irgendwann ebenfalls nach Moskau zog«, fügte sie plötzlich augenzwinkernd hinzu. »Es wäre gelogen zu sagen, dass wir wie eine große Familie waren, aber wir sind halbwegs miteinander ausgekommen. Und seitdem Tatjana tot ist, haben Ivanka und ich uns erstaunlicherweise recht gut verstanden. Manchmal ändert sich unser Weg eben unangekündigt und das kann schwer sein. Aber es geht letztendlich immer irgendwie weiter, wie Ivanka so schön sagt.« Prüfend musterte sie Helenas ernstes Gesicht, als diese erneut gegen eine Welle der Übelkeit kämpfte. »Helena, ist alles in Ordnung?«

»Nein!« Schwankend stand Helena auf und ging zur Tür.

»Warte, wo willst du hin?« Hannelore war erschrocken aufgesprungen und fing ihre Tochter an der Tür ab. »Ich würde lieber hierbleiben, meine Schwester verliert sonst vollends die Fassung«, drohte sie spaßhaft, doch ihre Augen wirkten besorgt.

»Ich bin gleich wieder da, ich muss nur zur Toilette und ich will nicht die auf dem Zimmer benutzen, falls jemand reinplatzt!«, log Helena schnell und zwinkerte ihrer Mutter vielsagend zu. Sie erschrak sich oft selbst, wie talentiert sie lügen konnte. Mit schwitzenden Händen raffte sie die Unmengen an beigefarbenen Stoffschichten zusammen und ging zur großen Wendeltreppe. Tante Vera hatte einen riesigen Aufstand gemacht, als Helena zunächst ein weißes Kleid ausgesucht hatte.

»Der Zug ist ja wohl eindeutig abgefahren!«, hatte sie empört ausgerufen und dabei vielsagend auf Helenas noch immer flache Mitte gedeutet. Es war manchmal beinahe lächerlich, wie konservativ ihre Mutter sein konnte.

Nicht Mutter, Tante!, korrigierte sie sich selbst. Irgendwann würde sie sich hoffentlich daran gewöhnen können.

Soweit sie wusste, war Felix im zweiten Stock untergebracht, daher schlich sie so behände, wie es in diesem ausladenden Kleid möglich war, die breite Wendeltreppe hinunter. Tante Vera hatte sogar hier alles mit kitschigen Schleifen schmücken lassen. Kopfschüttelnd wandte sie den Blick von der scheußlichen Dekoration ab und ließ ihn über die braunen Holztüren wandern.

»Felix?«, fragte sie leise in den leeren Gang hinein. Sie meinte, irgendwo Stimmen vernehmen zu können. Wenn Tante Vera sie hier gleich entdecken würde, würde sie ausflippen und vermutlich drohen, alles abzusagen. *Sie war wirklich manchmal ein Drache!*

»Felix?«, rief sie etwas lauter. Zu Helenas Erleichterung wurde plötzlich nur wenige Meter von ihr entfernt eine Tür geöffnet und

Felix' Kopf erschien im Türrahmen.

»Was machst du denn hier?«, fragte er verblüfft und zog sie schnell in sein Zimmer. »Bringt das nicht Unglück, oder so? «

Tante Vera hatte hier erstaunlicherweise nicht gewütet. Stattdessen lagen überall Klamotten herum und das Zimmer versank in bemerkenswerter Unordnung. Doch sie fühlte sich in diesem Chaos wohler, als in ihrem piekfeinen, aufgeräumten und überdekorierten Zimmer im Stockwerk über ihm. Vielleicht weil es *sein* Chaos war.

Er zog sie vorsichtig an sich, um ihr Kleid nicht zu zerdrücken. »Für kalte Füße ist es jetzt ein bisschen zu spät!«, bemerkte er trocken, als er ihren Herzschlag spürte.

»Das ist es nicht!«, lehnte Helena entschieden ab und trat einen Schritt zurück, damit sie ihn ansehen konnte.

»Was ist es dann? Muss ich mir etwa Sorgen machen?«, fragte er leichthin, doch sein Gesicht wirkte plötzlich nervös.

»Nein, ich glaube nicht. Ich weiß es nicht! Verdammt!«

»Helena, hey! Was ist los?«

»Mir ist schlecht. Also, so richtig fies kotzübel! Und ich glaube, ich kenne das irgendwo her! Jedes Mal, wenn ich glaube, mich übergeben zu müssen, warte ich darauf, dass etwas passiert, aber ich weiß selbst nicht, was das sein soll!«

»Und? Passiert dann etwas?«, fragte er.

»Nein. Aber ich habe ein ungutes Gefühl!«

»Hormone?«, fragte er schulterzuckend.

»Nein! Das ist nicht witzig!«

»Das wollte ich damit auch nicht sagen«, wehrte er sanft ab und versuchte, sie beruhigend an sich zu ziehen.

Doch Helena machte sich abrupt los und machte erneut einen Schritt rückwärts. »Was ist, wenn das ein Zeichen ist?«

»Ein Zeichen?«, wiederholte Felix verwirrt. »Wofür denn?«

»Ein Zeichen, dass es wieder losgeht! Ich bin früher oft durch die Zeit gereist – du hast es selbst gesehen! Vermutlich erinnert sich allerdings jeder Mensch in diesem Hotel an mehr Einzelheiten als ich!«

Er nickte vorsichtig und wollte offenbar etwas einwerfen, doch sie würgte ihn nervös ab. »Was passiert, wenn ich plötzlich wieder springe und all das hier einfach weg ist? Ich kann mich an so vieles nicht mehr erinnern. Da sind so viele Lücken! Selbst die Dinge, die ich dir anscheinend in der Nacht des Mauerfalls von mir und den anderen Zeitleisten noch erzählen konnte, sind nur noch verschwommen da oder sogar ganz weg. Wenn du mir nicht immer wieder davon erzählt hättest, hätte ich alles vermutlich schon längst vergessen! Warum haben meine Zeitsprünge plötzlich aufgehört und was mache ich, wenn es wieder losgeht?«

»Das kann ich dir nicht sagen«, erklärte er nach einem nachdenklichen Schweigen. »Aber ich bin mir sicher, dass du immer wissen wirst, wann und wo du mich finden kannst.«

»Aber …«, begann sie, doch er legte ihr schnell den Finger auf den Mund, bevor sie fortfahren konnte.

»Ich kann dir keine Garantie geben. Vielleicht werde ich morgen von einem Auto überfahren oder irgendjemand baut eine neue Mauer – keine Ahnung! Aber ich weiß, dass du immer zu mir gefunden hast. Auf jeder Zeitleiste! Und ich verspreche dir, dass ich dich mit so vielen Details aus meinem Leben vollschwallen werde, dass keine Amnesie dieser Welt das jemals aus deinem Gehirn löschen kann!«, schloss er scherzhaft feierlich und zog sie mit einem Ruck zu sich heran.

Der Lärm vor der Tür schwoll an und Helena hörte Tante Vera hysterisches Kreischen im Flur. »Ich habe ihr ausdrücklich gesagt, dass sie im Zimmer bleiben soll! Ich werde noch wahnsinnig! Alle warten! Menschenskinder, HELENA!!«

»Ich glaube, es geht los!«, kommentierte Felix lächelnd. »Bist du bereit?«

Sie fühlte sich alles andere als bereit. Doch Helenas Herzschlag beruhigte sich, als er ihr über den Rücken strich und dabei mit amüsiertem Grinsen Tante Veras Gekreische verfolgte.

Sie war nicht allein.

»Na komm, die Gute kollabiert uns sonst da draußen!«, lachte

Felix schließlich und nahm ihre Hand.

Ivanka hatte recht. Es ging immer irgendwie weiter. *Immer.*

Danksagung

Die Trilogie „*Die Unvergessenen*" ist das Ergebnis vieler Jahre Arbeit und intensiver Recherche. Die Geschehnisse im Buch basieren auf wahren Begebenheiten, die mein Leben geprägt und beeinflusst haben - wenngleich ich selbstverständlich reichlich Seemannsgarn gesponnen habe. Ich selbst stamme aus einer multinationalen und multikulturellen Familie, daher ist es mir wichtig anzumerken, dass ich jede Nation von Herzen wertschätze und respektiere.

Ich bin gerührt und dankbar, dass ich erneut auf so viele helfende Augen zurückgreifen durfte: Julia Bee und Nicole Lehmann-Pritsch waren mir wunderbare Lektorinnen - habt tausend Dank! Auch meine Testleser Clemens Rohde, Ava Towfigh und Regina de Münck-Kohnert haben mir unendlich wertvolle Rückmeldungen gegeben, für die ich mich herzlichst bedanken möchte.

Coverdesignerin Maria Taneva von *FrinaArt Cover Design* danke ich für die wunderbare Gestaltung meiner E-Books und Taschenbücher. Andy Bee von *Creation Graphics* verdanke ich die Textgestaltung meiner Taschenbücher.

Eine große Hilfe waren mir außerdem Peter Möckel vom Krankenhaus Sachsenhausen (Diakonie im Zentrum), Amke Binder, Psychologin M.Sc., sowie das Universitätsklinikum Frankfurt.

Autorin Sabine Schroeter sei für ihr Buch „*Die Sprache der DDR im Spiegel ihrer Literatur. Studien zum DDR-typischen Wortschatz*" gedankt. Mein ebenso herzlicher Dank gilt Autorin Birgit Wolf für ihr Buch „*Sprache in der DDR*".

Das Deutsche Historische Museum war mir eine große Hilfe,

ebenso wie das Online-Mundart-Forum der Website *Sachenwelt* sowie die Wikipedia-Liste zum Sprachgebrauch in der DDR.

Ich danke ebenfalls der Bundeszentrale für Politische Bildung und dem Bundesarchiv. Viele Artikel des Zweites Deutschen Fernsehens (ZDF), des Norddeutschen Rundfunks (NDR), des Mitteldeutschen Rundfunks (MDR), der Magazine *Der Spiegel* und *Online Focus* sowie der Zeitungen *Berliner Morgenpost* und *Der Tagesspiegel Berlin* waren mir von großem Nutzen, ich danke den Autoren und Journalisten dieser Medien.

Ein ebenfalls großes Danke, wie immer, an alle ungenannt gebliebenen Filme, Dokumentationen, Bücher und Menschen aus West und Ost, England und Deutschland, die mich seit meiner Kindheit geprägt und sicherlich mehr oder minder unterbewusst ihren Weg in dieses Buch gefunden haben. Ein riesiger Dank sei meiner Familie ausgesprochen, die mir zahlreiche Arbeitsfenster geschaffen und enorme Geduld aufgebracht hat.

Eine besondere Erwähnung sei am Schluss ausgesprochen: Ohne Julia Kastl von *Sunkissed Solutions* hätte ich diese Trilogie niemals begonnen - danke für Motivation, Lachen, Anfeuern und ehrliche Freundschaft!

Nicht zuletzt möchte ich natürlich euch, meinen Freunden sowie lieben Leserinnen und Lesern, danken, die ihr mich mit diesem Buch erneut auf dem Weg in die Vergangenheit begleitet habt. Ich hoffe, das Finale hat euch gefallen und ich darf mich auf weitere Buchreisen mit euch freuen!

ERKLÄRUNGEN

1 STEWARDESS: Hier wurde bewusst der damals gesellschaftlich akzeptierte Begriff „Stewardess" verwendet, da er vor dem zeitlichen Hintergrund korrekt ist.

2 FDJ: Freie Deutsche Jugend, kommunistischer Jugendverband der DDR

3 PAPPSCHACHTEL/RÜHRSCHÜSSEL/ZONEN-KARTON/RENNPAPPE: Umgangssprache für den typischen Wagen der DDR (Trabant), da dieser im Vergleich zu westlichen Fahrzeugen als weniger stabil gebaut galt.

4 GABI: Anlehnung an Veras früheren Namen vor ihrer Flucht aus der DDR, als sie noch sehr jung und naiv war

5 TAVOR: verschreibungspflichtiges Schlaf- und Beruhigungsmittel, vor allem zur Behandlung von Epilepsien, als Narkosemittel und zur Beruhigung eingesetzt

6 EEG: Elektroenzephalografie, Messung der elektrischen Aktivität des Gehirns

7 RAF: Royal Air Force (GB). Britische Luftwaffe

8 HONECKER: Erich Honecker war der Vorsitzende des Staatsrats der DDR

9 DAHLKE: Der geschichtlich korrekte Leiter der ostdeutschen Staatssicherheit hieß Erich Mielke. Das Leben des hier erwähnten Friedrich Dahlke wurde jedoch nur von dessen Leben und Karriere inspiriert. Friedrich Dahlke ist eine fiktive Romanfigur, die nicht Erich Mielke repräsentiert..

10 HANDKÄS MIT MUSIK: traditionelle Frankfurter Speise. Ein streng riechender, gummiartiger Käse mit rohen Zwiebeln. Anlehnung an Band 1, in dem gesagt wird, dass Felix dieses Gericht nicht leiden kann.

11 URST: Jugendsprache für „sehr" oder „saugeil" (DDR)

12 ZONE: ehemalige DDR (Umgangssprache)

13 KABUFF: kleiner Raum

14 BUSCHPLAHUDI: negative Bezeichnung für einen Jungen (Umgangssprache, DDR)

15 HAMSTERHAKEN: Anhängekupplung am Auto (Umgangssprache, DDR)

16 EDESCHO: spaßhafte Abkürzung für „Erichs Devisenschoner". Ironische Bezeichnung für den „Kaffee-Mix", eine während der Kaffeekrise in der DDR angebotene Mischkaffeesorte mit 50-prozentigem Ersatzkaffeeanteil; Anspielung auf die Westmarke Eduscho

17 DATSCHE: aus dem Russischen (дача). Wochenendhäuschen im Grünen

18 MUNA: bis heute übliche, umgangssprachliche Abkürzung für Munitionsanstalt

19 NVA: Nationale Volksarmee (Streitkräfte der DDR)

20 ESO-SCHNALLE: Esoterikerin (Umgangssprache)

21 RUNDHOLZ: Rundholz war ein gehobener, rumänischer Weinbrand, den es in der DDR zu kaufen gab.

22 TAL DER AHNUNGSLOSEN: Spaßhafte Bezeichnung für den Raum Dresden, in dem Westdeutsches Fernsehen aufgrund seiner Tallage überwiegend nicht empfangen werden konnte.

23 KASKADEUR: Stuntman (Umgangssprache, DDR)

24 ERDMÖBEL: Sarg (Umgangssprache, DDR)

25 BROILER: Brathähnchen (Umgangssprache, DDR)

26 KITTIFIX: Klebstoffmarke der DDR, die sich später als stark gesundheitsschädlich herausstellte

27 NICKI: Im Westen war ein Nicki ein samtiger Pullover. In Ostdeutschland hingegen war es ein T-Shirt.

28 LEVIS: beliebte, preislich gehobene Markenjeans, die es offiziell nicht in der DDR gab

29 MARTY MCFLY: zeitreisender Jugendlicher im Sci-Fi-Klassiker „Zurück in die Zukunft" (1985).

30 BULLSHIT: Unsinn (engl., vulgär)

31 FAIL: Scheitern (engl., Internetsprache)

32 MINDFUCK: absichtlich herbeigeführte Verwirrung. (engl., vulgär)

33 KLASSENFEIND: Der Begriff stammt ursprünglich aus der Theorie des Marxismus, doch in der DDR wurde er vom Ministerium für Staatssicherheit (MfS) für die westliche BRD sowie die USA verwendet.

34 CIRCUS ALJOSCHA: verspottende Bezeichnung der Sowjetischen Armee in Deutschland, die sich auf die kyrillischen Buchstaben „CA" (Sowjetskaja Armija / Sowjetische Armee) auf den Schulterstücken der sowjetischen Streitkräfte bezog.

35 KGB: Komitet gosudarstvennoi bezopastnosti. Sowjetischer In- und Auslandsgeheimdienst, 1954–91

36 NEN BREITEN MACHEN: angeben (Umgangssprache, DDR)

37 LUAZ: Amphibienfahrzeug des ukrainischen Herstellers LuAZ

38 MfS: Ministerium für Staatssicherheit („Stasi", Kontrollorgan der DDR)

39 WARTEZEIT: In der Regel musste eine Familie über 16 Jahre auf einen Trabanten warten.

40 STASI: Staatssicherheit (DDR), welche u.a. Zivilbürger auf ihre Loyalität dem Staat gegenüber überwachte

41 DOWN-SYNDROM: angeborene Chromosom-Anomalie, heute Trisomie 21 genannt

Printed by Amazon Italia Logistica S.r.l.
Torrazza Piemonte (TO), Italy

10959543R00217